흔들리고 있는 소녀를 보거든

흔들리고 있는 소녀를 보거든

초판 1쇄 인쇄 2016년 2월 22일
초판 1쇄 발행 2016년 3월 2일

지은이 캐서린 라이언 하이드
옮긴이 김지현
펴낸이 김동업

펴낸곳 (주)북파크(레드스톤)
출판등록 2015년 3월 19일 제 2015-000080호
주소 경기도 고양시 일산동구 호수로 672 대우메종리브르 611호
전화 070-7569-1490
팩스 02-6455-0285
이메일 redstonekorea@gmail.com

ISBN 979-11-955886-4-0 03840

• 값은 뒤표지에 있습니다.
• 파본은 구입하신 서점에서 교환해드립니다.

흔들리고 있는 소녀를 보거든

캐서린 라이언 하이드 지음 | 김지현 옮김

레드스톤

1
빌리

발코니 유리문 너머로 거리를 내다볼 때마다 LA의 험악한 회색빛 겨울 하늘은 한층 더 어두컴컴해졌다. 남자는 크게 소리 내어 웃으며 자책했다. "빌리, 지금 무슨 생각을 하는 거야? 오늘은 갑자기 태양이 마음을 바꿔 먹고 오랜 관례를 깨트리기라도 할 것 같아?"

그는 커튼 뒤에 숨어서 다시 밖을 내다보았다. 여자아이는 여전히 그곳에 있었다.

"후……."

빌리는 파자마 위에 걸쳐 입은 낡은 목욕 가운을 바짝 잡아당겨 꼬챙이처럼 마른 몸을 꽁꽁 감싸고 허리띠를 꽉 묶었다.

그렇다.

빌리 샤인이 지금 밖으로 나가려 하고 있다.

물론 집 밖이나 거리로 나가는 건 아니다. 그렇게 정신 나간 짓은 하지 않는다. 빌리가 나가려는 '밖'은 그가 살고 있는 작은 연립형 아파트 1층의 발코니다. 베란다든 발코니든 내키는 대로 불러도 좋을 그 코딱지만한 공간에는 녹슨 접이식 의자 두 개만 덩그러니 놓여 있었다.

빌리는 다시 밖을 내다보았다. 폭풍우나 전쟁, 외계인 침공의 때가 다가

오는 걸 바라보는 듯한 표정으로. 그는 미닫이문에 방범용 빗장처럼 끼워 두었던 빗자루를 밀어냈다. 손가락에 먼지와 보푸라기가 뽀얗게 묻어났다. 빌리는 부끄러워졌다. 평소 청결하게 지낸다고 자부했던 탓에 더욱 창피했다.

"빌리, 명심해." 그는 소리 내어 혼잣말을 했다. "모든 걸 깨끗하게 해야 해. 당장 사용할 일이 전혀 없다고 생각되는 것도 예외는 아니란 말이지. 특별한 이유가 없다면 원칙을 따라야 한다고."

유리문을 밀어서 아주 조금 열었다. 차가운 바깥 공기가 느껴졌다. 빌리는 크게 숨을 들이마셨다.

문제의 여자아이가 고개를 들어 흘깃 빌리를 바라보았다. 하지만 곧 다시 고개를 돌려 자기 발치에 시선을 고정했다.

아이의 머리는 형편없이 헝클어져 있었다. 일주일은 족히 빗질을 안 한 것 같았다. 파란색 가디건 단추도 비뚤게 채워져 있었다. 기껏해야 열 살 정도로 보이는 아이는 두 팔로 무릎을 감싼 채 계단에 앉아 자기 신발을 뚫어져라 바라보고 있었다.

영 싱거운 반응이다. 빌리는 아이가 자신의 존재를 알게 되면 뭔가 극적인 리액션을 보일 것이라 예상했다. 정확하게 어떤 걸 예상했냐고 물으면 딱히 대답할 수는 없지만.

빌리는 크게 세 번 심호흡을 하고 부들거리는 몸으로 힘겹게 발코니로 한 발을 내딛었다. 발코니 바닥에 발이 닿는 순간 어찔 하고 현기증이 났다. 겨우 한 발을 더 내딛여 녹슨 의자 가장자리에 아주 조심스럽게 앉았다. 잠시 숨을 고른 후 발코니 난간 너머로 몸을 숙였다. 그곳에서 1미터 정도 거리에 있는 아이의 머리를 내려다볼 수 있었다.

"안녕, 정말 좋은 저녁이지?" 빌리가 조심스레 말을 걸었다.

"안녕하세요!" 고성능 확성기에서나 나올 것 같은 크고 높은 목소리가 튀어나왔다. 빌리는 펄쩍 뛰어오를 정도로 놀랐다. 하마터면 의자가 뒤집어질 뻔했다.

빌리가 어린이 전문가는 아니지만 저렇게 우울한 얼굴을 하고 있는 아이라면 겨우 알아들을까 말까한 목소리를 내는 게 맞지 않을까?

사실 이 목소리를 들은 게 처음은 아니다. 아이는 엄마와 함께 건물 지하에 산다. 비닥을 뚫고 들려오는 아이의 목소리를 여러 번 들었다. 그때마다 아이는 나직하게 말하는 법이 없었다. 하지만 빌리는 적어도 이번 경우는 예외일 거라 기대했다.

"아저씨도 여기 사세요?" 아이는 놀랍도록 요란한 목소리로 물었다.

하지만 이번에는 큰 목소리에 대한 대비를 하고 있어서 견딜 만했다.

"그런 것 같은데." 빌리가 답했다.

"그런데 어떻게 아저씨와 한 번도 만난 적이 없죠?"

"지금 만나고 있잖니. 사람은 이번 생에서 주어진 것에 만족할 줄 알아야 한단다."

"와, 아저씨는 웃기게 말하네요."

"너는 크게 말하는구나."

"네, 다들 그래요. 다른 사람들도 아저씨가 웃기게 말한다고 하죠?"

"내가 기억하는 한 그런 적은 없는데. 하지만 다시 생각해보니 이야기를 해본 사람이 많지 않아서 제대로 된 여론을 수렴했다고 할 수는 없겠다."

"그렇다면 제 말을 믿으세요. 장담하는데 아저씨는 웃기게 말해요. 아저씨 이름은 뭐예요?"

"빌리 샤인. 네 이름은?"

"샤인? 별이 반짝거리며 빛난다고 할 때 쓰는 그 '샤인'이요?"

"말하자면 그렇지."

"빌리 샤인 같은 이름은 어디서 났어요?"

"네 이름은 어디서 났니? 아직도 나한테 알려주지 않은 그 이름 말이다."

"아, 그레이스예요. 우리 엄마한테서 났어요."

"빌리 샤인이라는 이름은 우리 엄마한테서 나지 않았단다. 우리 엄마는 내 이름을 도널드 펠드만이라고 지어주셨지. 그래서 나중에 내가 이름을 바꿨어."

"왜요?"

"연예계에 있었거든. 나한테는 춤꾼의 이름이 필요했어."

"도널드 펠드만은 춤꾼의 이름이 아니에요?"

"전혀 아니지."

"춤꾼의 이름인지 아닌지 어떻게 알아요?"

"그냥 느낌으로 알 수 있어. 그런데 말이다, 이렇게 밤새도록 여기 앉아서 이 매력적인 이야기를 계속 이어갈 수도 있지만, 사실 내가 여기 나온 건 네가 혼자 밖에 나와 있는 이유를 묻고 싶어서란다."

"난 혼자가 아니에요. 아저씨도 여기 같이 있잖아요."

"날이 거의 어두워졌어."

그레이스는 빌리의 말이 사실인지 확인이라도 하겠다는 양 고개를 들어 하늘을 올려다보았다.

"네, 정말 그러네요. 그런데 지금은 연예계에 있지 않나요?"

"응. 전혀 상관없이 살고 있지."

"춤꾼이 된 게 싫었어요?"

"아니, 좋았지. 아주 좋아했단다. 춤은 내게 온 세상이었어. 난 노래도 부르고 연기도 했단다."

"그런데 왜 그만뒀어요?"

"안 맞았어."

"잘 못했어요?"

"매우 잘했지."

"그럼 뭐가 안 맞았어요?"

빌리는 한숨을 내쉬었다. 그가 여기로 나온 건 질문을 하기 위해서지 대답을 하기 위해서가 아니다. 하지만 애초 생각했던 것과 달리 반대 역할을 맡은 건 자연스럽고 당연한 것 같았다. 자신이 어른 역할을 해낼 수 있을 거라는 생각 자체가 말도 안 되는 일이었다. 이번 대화만이 아니라 이전의 그 어떤 다른 대화에서도 어른 역할은 빌리의 몫이 아니었다.

"모든 게 안 맞았어." 빌리는 말했다. "세상에는 나랑 맞는 일이 없구나. 살아가는 일도. 산다는 게 영 나랑 안 맞아."

"하지만 살아있잖아요."

"뭐 아슬아슬하게 목숨은 부지하고 있지."

"그럼 살고 있는 거잖아요."

"하지만 잘 살고 있는 건 아니지. 공연 활동도 못하고 있고. 비평가들이 너무 늦지 않게 다른 먹잇감을 찾아 떠난 게 얼마나 다행인지. 그런데 너 안으로 들어갈 수는 있지? 그렇게 할 필요가 있으면, 할 수 있는지 묻는 거야."

"그럼요. 여기 이렇게 열쇠도 있는걸요."

그레이스는 빌리를 향해 열쇠를 들어 보였다. 새로 만든 것처럼 반짝거리는 열쇠가 그레이스의 목에 걸린 노끈에 대롱대롱 매달려 있었다. 열쇠는 방금 전 켜진 거리의 가로등 불빛을 받아 빛났다. 빌리의 눈에는 아주 작은 섬광처럼 보였다.

'빛나네.' 빌리는 생각했다. '빛난다는 게 뭔지, 샤인이라는 말이 무슨 의미인지 아직 기억하고는 있었구나.'

"그런데 내가 도저히 이해가 안 가는 게 있는데……." 빌리가 말했다. "집에 있으면 되는데 왜들 밖에 나와 있는지 모르겠단 말이야."

"아저씨는 밖에 나와본 적 없어요?"

'이런, 맙소사. 또 시작이군.' 빌리가 이런 대화를 잘 처리하는 건 불가능한 일이다.

"어쩔 수 없는 경우가 아니면 나간 적 없어. 너는 무섭지 않니?"

"이렇게 집 가까이 있는 게 아니라면 무섭겠죠."

"그런데 나는 무섭구나. 네가 혼자 여기 나와 있는 걸 보면 무서운 생각이 들어. 너는 무섭지 않겠지만 말이다. 그럼 나를 도와주는 셈 치는 건 어떨까? 네가 집 안으로 들어가면 내가 무섭지 않을 거 같은데."

그레이스는 과장되고 요란한 한숨을 내쉬었다. 빌리는 그런 아이가 마음에 들었다.

"아, 좋아요. 원래 가로등에 불이 들어오기 전까지만 나와 있거든요."

그레이스는 그렇게 말하고 나서 계단을 터벅터벅 걸어 올라가 현관 안으로 자취를 감추었다.

"좋았어." 빌리는 어느새 사방에 깔린 어스름 속에서 큰 소리로 혼잣말을 했다. "이럴 줄 알았으면 진즉에 솔직히 말할걸. 그럼 괜한 고생할 필요도 없었는데."

그날 밤 빌리는 잠을 설쳤다. 사실 거의 자지 못했다. 문 밖 세상으로 나갔다 왔다는 이루 말할 수 없이 심각한 행동과 상관이 있을 것이다. 몇 분 정도는 간신히 잠들기도 했다. 하지만 그럴 때마다 날개가 퍼덕거렸다. 반복되는 꿈인지 아니면 환상이나 환각인지 모른다. 마음이 심하게 불안해지는 밤이면 날개는 한층 세게 퍼드덕거렸다. 그 날개 소리에 놀라 잠에서 깨어나곤 했다.

마침내 정말로 잠이 들었을 때는 해가 환하게 떠오르고도 한두 시간이 지난 후였다. 그리고 잠에서 깨어나 천천히 기지개를 펴고 자리에서 일어났을 때는 오후 4시가 다 되어 있었다.

빌리는 평상시처럼 머리를 뒤로 묶었다. 하나로 묶인 머리카락이 등 뒤로 말꼬리처럼 드리워졌다. 그러고 나서 욕실에 들어가 순전히 감으로 면도를 했다. 눈을 완전히 감은 채 하기도 했고 가끔은 세면대 위를 뚫어져라 응시하면서 하기도 했다. 마치 그곳에 거울이라도 있다는 듯이. 예전에는 그곳에 정말 거울이 붙어 있었을 것이다. 대부분의 욕실이 그러니까.

빌리는 날개가 스치는 소리를 계속 들으면서 멍한 얼굴로 커피를 내렸다. 이 날갯짓은 다행히 귀신이라도 본 듯한 섬뜩한 기분이 들게 하지는 않았다. 대신 머릿속에서 떠나지 않고 계속 퍼드덕거렸다.

빌리는 냉장고 문을 열다가 크림이 떨어졌다는 사실을 기억해냈다. 식료품 배달은 목요일이나 돼야 올 것이다.

설탕 세 스푼을 거무스름하고 칙칙한 커피에 넣고 시들한 얼굴로 휘휘 저었다. 머그잔을 들고 발코니 유리문 쪽으로 갔다. 커튼 사이로 어젯밤에 아이가 있던 곳을 슬쩍 보았다. 머릿속에서 날개가 퍼드덕대는 것처럼 그 아이도 꿈이나 환상이었을지 모른다.

하지만 아이는 여전히 그 자리에 있었다. 환상이 아닌 게 분명했다.

'여전히는 아니지.' 빌리는 속으로 가만히 중얼거리면서 생각을 정정했다. 잠은 집에서 잤을 것이다. 당연하다. 그러니 다시 그 자리에 나온 게 분명하다. 그렇다. 다시! 또! 나와 있는 것이다.

고개를 들어보니 저 멀리에 힌맨 부인이 보였다. 아파트 맨 위층에 살고 있는 노부인이 인도를 따라 걸어오고 있었다.

"다행이다." 빌리는 소리 내어 말했다. 하지만 자기에게만 들리는 작은 목소리였다. "어서 저 아이에게 안으로 들어가라고 하세요."

노부인은 비트적거리며 느리게 걸었다. 꼭 움켜쥔 쇼핑백 위로 와인 병 하나가 삐죽이 목을 내밀고 있었다. 빌리는 힌맨 부인의 쇼핑백에는 늘 와인 한 병이 있다는 걸 이미 알고 있다. 그 병은 항상 비죽이 튀어나와 있다. 빌리에게는 부득이하게 무기로 사용해야 할 때를 대비해서 잡기 쉽게 빼놓은 것처럼 보였다. 이 동네의 치안 상태와 분위기를 감안하면 이런 생각도 그리 무리는 아닐 것이다.

힌맨 부인이 문제의 여자아이에게 어떤 행동을 취할지 궁금해진 빌리는 미닫이 유리문을 조금 열었다. 최대한 소리 나지 않게. 그리고 커튼 뒤에 숨어 형편없는 블랙커피를 손에 든 채 귀를 쫑긋 세우고 밖을 보았다.

심장이 두방망이질을 쳤다. 왜 그러는지 확실히 알 수는 없었다. 그런데 다시 생각해보니 확실히 아는 일이 뭐가 있나 싶다.

노부인은 회색 콘크리트 계단참에서 발걸음을 멈추고 고개를 들어 아이를 보았다. 노부인은 아이의 주의를 끌지 못했다. 계단 꼭대기에 앉은 아이는 싸구려 휴대용 게임기에 정신이 팔려 있었다. 하지만 곧 게임에 진 모양인지 얼굴을 찡그리고 게임기에서 시선을 떼다가 힌맨 부인과 눈이 마주쳤다.

"안녕." 힌맨 부인이 인사를 건넸다.

"안녕하세요." 예의 그 목소리다.

"어머니는 어디 계시니?"

"안에요."

"그런데 왜 혼자 밖에 나와 있는 거니?"

"엄마가 안에 있으니까요."

"으응? 위험하다고 생각하지 않니? 여기는 그리 좋은 동네가 아니잖니. 나쁜 사람이라도 오면 어떻게 할래?"

"그러면 안으로 뛰어 들어가서 문을 잠그면 되죠."

"하지만 그 사람이 너보다 더 빨리 달릴 수도 있잖니."

"하지만 내가 그 사람보다 문에 더 가까이 있잖아요."

"그건 맞는 말 같구나. 그래도 나는 신경이 쓰이는데. 어머니는 안에서 무슨 중요한 일을 하고 계시니?"

"자고 있어요."

"오후 4시에?"

"저는 몰라요." 작은 여자아이가 물었다. "지금 몇 시예요?"

"오후 4시란다."

"그렇군요."

힌맨 부인은 한숨을 내쉬었다. 고개를 절레절레 흔들고 나서 계단을 오르기 시작했다. 한걸음씩 떼는 모습이 높은 산이라도 등반하는 듯했다. 부인은 빌리의 시야 밖으로 벗어났다. 빌리는 아파트 현관문을 지나서 안으로 들어오는 부인의 발소리를 들었다.

여자아이는 여전히 자리를 지키고 있었다.

잠시 후, 빌리는 머그잔에 담긴 끔찍한 물질을 싱크대에 쏟아버렸다.

"야만인들이나 크림 없이 커피를 마시는 거야." 빌리는 소리 내어 말했다. "사람이 오만 가지 부류가 있다는 건 부인할 수 없는 사실이지만 그래도 야만인이 되는 건 안 될 말이지."

아래쪽에서 문 두드리는 소리가 들렸다. 문제의 여자아이가 엄마와 함께 살고 있는 그 집이었다.

빌리는 자리에 가만히 서서 기다렸다. 아이 엄마가 대꾸하는지 듣고 싶었기 때문이다. 하지만 아무런 소리도 들리지 않았고 누군가가 움직이는 기척도 느껴지지 않았다. 빌리의 청각이 감지할 수 있는 수준에서는 아무 반응이 없었다.

'쿵, 쿵, 쿵, 쿵!'

빌리는 깜짝 놀라 펄쩍 뛰어올랐다. 문 두드리는 소리가 한층 더 커졌다. 마치 경찰이 거주자의 허락을 구하지 않고 안으로 들어가기 전에 두드리는 것과 같은 두드림이었다.

그리고 이어지는 침묵.

아이 엄마가 집에 없는지도 모른다. 어쩌면 아이는 엄마가 나가 있는 동안 사람들이 물어보면 핑계를 대라고 배웠는지도 모른다. 참으로 불가해한 일이지만 요즘에는 이런 게 예삿일이라는 걸 빌리도 알고 있다. 요즘의 모성은 과거와 전혀 다르다.

가만, 그런데 과거의 모성은 어땠지?

그날 또 한 번 특이한 일이 일어났다.

겨우 몇 분밖에 지나지 않았을 때 빌리는 복도의 우편함 근처에서 사람들이 웅성거리는 소리를 들었다. 힌맨 부인과 레일린 같았다.

레일린은 1층 복도 맞은편에 살고 있는 키가 크고 예쁜 흑인이다. 빌리는 가끔 문구멍 너머로 보이는 그녀를 부러워했다. 멋쟁이 아가씨였다. 그런데 늘 슬퍼보였다. 하지만 빌리는 인생의 위시 리스트에 행복까지 더하는 건 목록 전체의 실현 가능성을 바닥에 던져버리는 일이라고 생각한다. 현실에서는 근사한 외모에 멋쟁이인 걸로 만족할 줄 알아야 하는 법이다.

빌리가 잠시 딴생각을 하고 있는데 갑자기 밖이 소란스러워졌다.

레일린이 흥분해서 말하고 있었다. 아니 명확하게 말하자면 소리치고 있었다. 그녀답지 않은 일이다.

"절대 아동보호서비스에 연락하지 마세요! 그러지 않겠다고 약속하세요. 어서요!"

레일린이 소리치는 통에 화가 났는지 힌맨 부인도 목소리를 높였다.

"그게 뭐 그리 잘못된 일이라고 그래요? 거기는 그런 일을 하려고 있는 데라고."

빌리는 슬그머니 문 쪽으로 다가가서 귀를 가져다 댔다.

"그 불쌍한 아이가 그렇게 밉다면 차라리 총으로 쏴버리세요." 레일린은 흥분해서 제정신이 아닌 듯한 목소리로 말했다. "위탁 가정에 보내느니 그렇게 하는 편이 훨씬 인간적일 거예요."

"도대체 무슨 근거로 그러는 거예요?" 힌맨 부인이 항변했다.

"내가 잘 알거든요. 아주 잘 알죠. 부인은 알 수 없고, 절대 알 필요도 없는 일이지만요. 그걸 모른다는 걸 정말 감사하게 생각하셔야 해요."

"사회복지사예요?"

레일린은 코웃음을 치고서 말했다. "아니요. 사회복지사 아니에요. 네일 아티스트죠. 아시잖아요. 저기 대로에 있는 미용실에서 일하고 있어요."

"아, 그랬지. 물론 알고 있어요. 깜빡했네."

잠시 후 위로 올라가는 계단으로 두 사람이 이동하는 소리가 들렸다. 빌리에게는 답답하고 실망스러운 일이었다. 두 사람은 계속 대화를 이어 나갔지만 빌리에게는 모호하게 웅웅거리는 소리만 들렸다.

그로부터 2시간 후, 빌리는 발코니 문을 통해 회색빛 겨울을 바라보다가 시선을 아래로 내려서 아파트 입구를 보았다.

아이는 여전히 그곳에 있었다.

빌리는 마음을 가다듬으며 다시 말을 걸 용기가 생기면 아이에게 왜 집에 들어가지 않는지 물어봐야겠다고 생각했다.

2
그레이스

도무지 이해가 안 되는 일이다. 커티스는 무지막지하게 구린 녀석이다. 그레이스는 예전부터 그 사실을 잘 알고 있었다. 그래서 그런 아이의 말을 귀담아 듣고 마음을 다친 자신을 이해할 수가 없었다. 왜 덜컥 믿었을까? 여하튼 그레이스는 그 말을 믿었고 덕분에 문제가 생겨버렸다.

사건은 토요일 밤 교회에서 열리는 모임에서 벌어졌다. 몇몇 사람들은 이 모임을 '아이들 모임'이라고 불렀다. 모임에 참석하는 사람들이 각자의 아이를 데리고 오기 때문이다. 베이비시터를 구하는 데는 돈이 드니까.

교회는 아주 크고 기다란 건물이라서 한쪽에서는 모임을 하고 다른 한쪽에서는 애들끼리 모여 있었다. 애들은 조용히 해야 하고 모임에 참석한 사람들은 그럴 필요가 없었다.

F로 시작되는 단어를 입에 달고 사는 남자가 자신의 이야기를 하고 있었다. 그레이스가 좋아하지 않는 사람이다. 그는 모든 일에 화를 내는 것 같다. 사람을 만나기만 하면 대번에 화를 냈다. 그러고는 상대를 기억하지도 못한다. 그의 입 밖으로 나오는 말은 모두 그레이스가 기억하고 싶지 않은 것들이다.

그레이스는 방 한편에서 커티스와 애나, 리버와 함께 있었다. 애나와 리

버는 젠가를 했다. 커티스는 끼지 않았다. 휠체어를 타고 있어서 그런 놀이를 하긴 어려웠다.

커티스는 등뼈에 뭔가 문제가 있다. 하지만 커티스는 항상 자신의 '등'에 문제가 있다고 했다. 그는 항상 '뼈'를 빼먹는다. 그레이스보다 나이도 많은데. 열두 살은 되었을 것이다.

여하튼 그래서 그레이스도 젠가를 하지 않았다. 커티스가 하지 못하기 때문이다. 정말 친절하고 다정한 일이지 않은가? 그런데도 커티스는 그레이스에게 멍청이 짓을 했다.

커티스가 거대한 머리를 기울이고 말했다. "너네 엄마, 나간다며?"

"뭐? 커티스, 우리 엄마는 나가지 않았어. 바로 저기 앉아 있잖아." 그레이스는 방 건너편에 앉아 있는 엄마를 손으로 가리켰다.

커티스는 크게 소리 내어 웃었다. 하지만 진짜 웃음이 아니었다. 가짜 웃음 같았다. 처음에는 역겨운 악취를 풍기는 입술에서 피식거리는 소리가 나왔다. 풍선 주둥이에서 공기 빠져나오는 소리 같았다. 그러다가 잠시 후에는 일부러 웃음소리를 바꿔냈다. 당나귀가 내는 시끄러운 소음 같았다.

"이 '방'에서 나간다는 말이 아니잖아. 정신이 나간다고. 정신줄을 놓는 거지. 지금 약을 하고 있다고. 설마 정말 모르는 건 아니겠지?"

방 안이 빙글 도는 것 같았다. F로 시작되는 온갖 말들이 장난감 총에서 튀어나오는 작은 총알처럼 팡팡 터지듯 발사되는 소리가 들렸다. 그레이스는 최근에 엄마가 유난히 자주 졸던 모습을 새삼 떠올렸다. 하지만 그게 사실이 아니라고 결정하는 데는 1초도 걸리지 않았다.

그레이스는 정신을 바짝 차리고 말했다. "커티스, 이 코딱지 같은 멍청아!"

갑자기 조용해졌다. F로 시작되는 말소리가 그쳤다. 모든 것이 멈췄다.

'이런, 조금 크게 말한 모양이네.'

늘 이게 문제였다. 그레이스에게 크게 말하는 건 당연한 일이었다. 조용히 말하기 위해서는 굉장히 애를 써야 했다. 잠시라도 방심하면 목소리는 냉큼 커다란 원래의 모습으로 돌아왔다.

그레이스의 엄마가 일어나 아이들이 있는 쪽으로 왔다. 세 명의 아이들 모두 그레이스를 쳐다보았다. '너 이제 큰일났다.'라고 말하는 그런 표정들이었다.

엄마는 그레이스의 팔을 잡고 밖으로 끌고 나갔다.

밖은 어둡고 조금 추웠다. 사람들은 LA가 전혀 춥지 않다고들 생각하지만 가끔은 충분히 추울 때가 있다.

엄마는 담배에 불을 붙이고 교회 벽에 등을 기댄 채 차가운 거리에 그대로 주저앉았다.

"그레이스, 그레이스, 그레이스." 엄마는 한 손으로 머리를 빗어 넘기고 정말 크게 한숨을 내쉬었다. 지나치게 침착한 모습이었다. "그냥 조용히 있을 수는 없는 거니?"

그레이스는 엄마가 화를 내지 않는 이유가 궁금했다. "그러려고 했어. 조용히 있으려고 노력했어, 정말이야."

엄마는 다시 한 번 한숨을 내쉬고 담배를 뻐끔거렸다. 움직임이 조금씩 둔해지는 것 같았다.

그레이스는 남은 용기를 모두 그러모아서 물었다. "엄마, 다시 약 먹어?"

그레이스는 몸에 단단히 힘을 주고 긴장한 채 엄마가 화를 낼 것에 대비했다. 하지만 아무런 일도 벌어지지 않았다. 엄마는 그저 길게 내뿜은 담배 연기를 하염없이 응시하고 있었다. 담배 연기가 춤을 추거나 노래라도 할지 모른다고 생각하는 것처럼 바라보고 있었다.

마침내 엄마가 말을 했다. "나는 모임에 참석할 거야. 바로 지금도 모임에 참석하고 있고. 욜란다에게 매일 전화도 하고 있어. 엄마는 이미 밑이 빠져라 노력하고 있어. 그런데 여기서 나한테 뭘 더 바라는 거니?"

"아무것도 안 바라." 그레이스가 말했다. "미안해, 엄마. 나는 엄마한테 아무것도 안 바라. 괜찮아. 크게 말해서 미안해. 정말 조용히 하려고 노력했어. 하지만 커티스가 거짓말을 했단 말이야. 걔는 진짜 못된 거짓말쟁이야. 우리 다른 모임에 가면 안 돼? 커티스가 없는 그런 데."

정말정말 한참을 기다린 끝에서야 그레이스는 엄마의 답을 들을 수 있었다.

"어떤 모임? 다른 데는 아이들을 데리고 갈 수 없다는 거 너도 알잖아."

"아."

"애나랑 그…… 묘한 이름을 가진 아이, 그 아이랑 놀아."

"리버."

"그래, 걔."

"나는 커티스랑 놀고 있지도 않았어. 걔가 막 말을 건 거야. 피할 방법이 없어."

엄마는 담배를 바닥에 틱 던지고 손목에 찬 시계를 흘끔 쳐다보았다. "25분만 더 견뎌봐. 알았지?"

그레이스는 엄마에게 들릴 정도로 큰 한숨을 내쉬며 말했다. "알았어."

안으로 들어가자 아이들은 뚫어지게 그레이스를 쳐다보았다.

리버가 물었다. "너네 엄마가 너한테 소리 질렀니?" 거의 속삭임에 가까운 목소리였다.

"아니, 전혀. 그 비슷한 일도 없었어." 그레이스는 커티스 앞이라 좀 더 과장해서 말했다.

모임이 끝난 후 욜란다가 그레이스에게 와서 웃는 얼굴로 내려다보았다. 그레이스도 미소를 되돌렸다.

"안녕, 그레이스. 내 전화번호 가지고 있지?"

그레이스는 고개를 가로저으며 말했다. "아니요. 제가 왜요? 전화는 우리 엄마가 거는 거잖아요. 제가 아니라요."

"너도 내 번호를 알고 싶어 할지도 모른다고 생각했어."

욜란다는 그레이스에게 전화번호가 적힌 종잇조각 하나를 건네주었다. 그레이스는 속으로 번호를 읽었다. 사실 그레이스는 이미 욜란다의 전화번호를 알고 있었다. 그런데도 종이에 적힌 번호를 보고 있었다.

"좋아요. 음, 그런데 내가 왜 이 번호를 알고 싶어 할까요?"

"만약의 경우를 위해서야."

"어떤 만약의 경우요?"

"뭐든 필요한 게 있는 경우 말이야."

"그러면 우리 엄마한테 말하면 되죠."

"엄마가 곁에 없거나 어떤 이유로든 엄마에게 말을 할 수 없을 때를 위해서."

"어떤 이유로요?"

"나도 모르겠다, 그레이스. 어떤 이유로든 그런 일이 있을 수 있잖아. 혼자 있거나 그럴 때 말이야. 아니면 엄마를 깨우기 어려울 때라든가. 무섭거나 하면 전화를 걸면 돼."

그레이스는 더 묻지 않기로 했다. 더 질문하면 안 된다.

"알겠어요. 감사합니다." 그레이스는 전화번호를 주머니에 찔러 넣었다.

"엄마한테는 말하지 말고."

"알겠어요."

'그만 말해요!' 그레이스는 머릿속으로 그렇게 생각했지만 입 밖으로 그 말을 꺼내진 않았다.

욜란다는 엄마와 그레이스를 집까지 차로 데려다주었다. 다행이다. 어두워진 후에 버스를 타는 건 무서운 일이다. 그렇지 않아도 이미 그레이스는 충분히 겁이 나고 무서웠으니까.

3
빌리

빌리는 갑자기 잠에서 깼다. 밖에서 누군가 소리치는 소리가 들렸다. 아파트 바로 앞에서 나는 소리였다.

"이봐!"

빌리는 눈을 질끈 감고 새로운 하루에 대한 기대감이 급작스럽게 사라져버린 것에 대해 애도했다. 고요한 하루가 되기를 바라고 있었는데…….
하지만 다음 순간, 원조 현실주의자가 된 빌리는 벌떡 일어서서 발코니 커튼 너머로 밖을 훔쳐보았다.

여자아이는 여전히 그곳에 있었다. 아니, 여전히는 아니다. '또'라고 말해야 한다.

2층에 사는 펠리페 알바레즈가 여자아이 앞에 웅크리고 앉아 있었다.
그리고 2층에 사는 또 다른 이웃인 제이크 래퍼티가 저 멀리서부터 잰걸음으로 다가와 끼어드는 중이었다. 펠리페가 아이와 함께 있는 상황이 상당히 거슬리는 것처럼 보였다.

지난 수년 동안 관찰한 결과 이 불만스러운 이웃 래퍼티의 마음에 차는 상황을 찾기란 거의 불가능하다는 것을 빌리는 알고 있었다. 게다가 래퍼티는 그런 감정을 숨김없이 드러내며 완장을 찬 사람처럼 굴기도 했다.

래퍼티는 총총걸음으로 다가와서 크게 소리쳤다. "어이! 호세! 그 아이에게 무슨 짓을 하려는 거야?"

펠리페가 자리에서 일어섰다. 울화가 터진다는 표정이었다. 그 바람에 지치고 빈약한 빌리의 심장이 두근거리기 시작했다. 빌리가 가장 달가워하지 않는 삶의 요소인 물리적 충돌의 기운이 감지되었기 때문이다.

저 여자아이가 집으로 들어가기만 하면 될 텐데! 아이가 허구한 날 계단에 나와 있는 바람에 자꾸 빌리의 일상에 예측 불가능한 일이 생겼다.

하지만 두려운 상황이든 아니든 상관없이 다음에 무슨 일이 벌어질지 알고 싶었다. 빌리는 아주 조용히 발코니 문을 밀어서 열었다. 15센티미터 정도 문이 열리자 사람들을 훔쳐보며 엿듣기가 한결 수월해졌다.

"우선." 펠리페는 악센트가 강한 영어로 말했다. "제 이름은 호세가 아닙니다."

"나도 그렇다고 한 말은 아니오." 래퍼티가 말했다. "그냥 말이 그렇다는 거지. 별명처럼 말이오. 거 알잖소."

"저는 모릅니다." 펠리페는 단호하게 말했다. "전혀 모르겠습니다. 이 시점에서 제가 아는 건 단 하나입니다. 제 이름을 알려드린 게 열 번은 더 되리라는 거죠. 어르신은 제게 이름을 딱 한 번 알려주셨죠. 그래도 저는 절대로 그 이름을 잊지 않고 있습니다. 제이크 래퍼티 씨죠? 그럼에도 불구하고 제가 '조'라고 부르면 어떨까요? 대부분의 백인 미국인들은 조라는 이름을 갖고 있잖아요? 그러니 그렇게 불러도 충분하겠죠. 그렇지 않습니까?"

빌리는 아이를 살펴보았다. 겁먹은 얼굴일 거라 예상했다. 하지만 아이는 눈을 크게 뜨고 두 남자를 번갈아 보고 있었다. 이어서 벌어질 일이 마치 신나는 오락거리나 되는 양 생각하는 것 같았다.

아이는 키가 작고 통통한 체격이었다. 요즘은 왜 이러는지 모르겠다. 아이들이 과체중이라니. 빌리가 어릴 때 아이들은 늘 뛰어서 돌아다녔다. 그래서 살찐 아이를 보는 건 지극히 드문 일이었다.

"나는 아저씨 이름 알아요!" 느닷없이 그레이스가 끼어들었다.

하지만 펠리페는 한 손을 들어 그레이스의 말을 저지했다. "아니, 잠깐 기다리렴. 이 사람도 아는지 어떤지 한번 보자."

"거, 보자 보자 하니 정말……." 래퍼티는 더는 참지 않겠다는 신호를 보내고 있었다.

빌리의 심장이 더 빠르게 뛰기 시작했다. 둘 중 누구라도 상대에게 주먹을 날리지 않을까 걱정됐다. 하지만 래퍼티는 문장을 다 끝맺을 수 없었다.

"펠리페잖아요!" 아이는 자신의 기억력이 자랑스러운 듯이 소리쳤다.

"그래." 래퍼티가 말했다. "펠리페. 그럼 이번에는 내 질문에 답을 해주는 게 어떤가, 펠리페?"

"아, 그것도 한번 따져 보죠." 펠리페가 말했다. "나는 이 아이에게 왜 학교에 가지 않았냐고 물어보고 있었어요. 그게 전부란 말입니다. 그런데 저한테 왜 이러시냐고요."

"자네는 늘 싸움거리를 찾아다니는군."

"제가요? 저 말입니까? 싸움거리를 찾아다니는 건 제가 아니죠. 저를 볼 때마다 예민하게 굴면서 시비를 거시잖아요. 저는 누구랑 싸우고 그러는 사람이 아닙니다. 다른 사람들에게 물어보세요."

래퍼티는 가슴을 불룩하게 내밀고서 뭔가 받아치려고 입을 벌렸다. 하지만 시끄러운 여자아이가 선수를 쳤다.

"지금 두 분 싸우시는 거예요?" 아이는 한껏 목청을 높여서 말했다.

빌리는 내심 아이에게 감탄하며 미소를 지었다. 도대체 저런 용기는 어디서 솟아나는 걸까?

래퍼티는 고개를 숙여 탐탁치 않은 표정으로 아이를 내려다보았다.

"넌 왜 학교에 가지 않니?"

"얘 이름은 그레이스예요." 펠리페가 말했다.

"알고 있네." 래퍼티가 말했다. 하지만 설득력 없는 목소리였다. 빌리는 래퍼티가 그레이스의 이름을 몰랐을 거라고 생각했다.

"그레이스, 왜 학교에 가지 않았니?"

"학교에 혼자서 걸어가지 못하게 되어 있으니까요. 엄마가 데려다줘야만 하거든요. 그런데 엄마는 잠들었어요."

"아침 9시에?"

"지금이 9시예요?"

"그래. 5분 더 지났구나."

"그렇군요. 네, 9시예요."

"그건 잘못된 것 같구나."

래퍼티는 못마땅한 기색으로 한숨을 내쉬었다. "열쇠는 있니?"

'있고말고.' 빌리는 그렇다고 속으로 냉큼 대답했다. 아이에게는 열쇠가 있다. 그것도 매우 새것으로. 그 열쇠는 반짝거렸고, 복잡미묘하고 아름다운 '빛'을 내고 있다.

"그럼요." 아이는 목에 걸린 열쇠를 들어 올려서 래퍼티에게 보여줬다.

"안으로 들어가서 엄마를 깨울 수 있을지 알아보렴."

"이미 해봤어요."

"다시 한 번 해봐. 할 수 있겠지?"

아이는 크고 과장되게 숨을 내뱉었다. 그리고 벌떡 일어나 터벅터벅 안으로 들어갔다.

펠리페는 곧 계단을 내려갔다. 래퍼티도 가까이 다가가서 펠리페와 어깨가 닿을 정도로 바짝 다가섰다. 두 사람은 그렇게 서로를 노려보았다.

빌리는 문 가장자리에 기댔다. 얼핏 현기증이 느껴졌다.

"내가 자네 나이만 했을 때는 연장자를 존경해야 한다고 배웠네. 우리 아버지가 그렇게 가르쳐주셨지."

"우리 아버지는 뭐라고 가르쳐주셨는지 아세요? 존경을 받으려면 존경받을 만한 일을 해야 한다고 하셨죠. 저는 그 아이에게 왜 학교에 가지 않았는지 물어봤을 뿐이에요. 그런데 난데없이 저를 아동 성범죄자 비슷한 걸로 취급하셨잖아요."

"그쪽이 그런 걸 물어보는 것 자체가 과한 일이야. 미친 세상이잖아. 모든 사람들이 모든 걸 의심하지. 자네 또래 남자는 어린 여자아이 곁에 얼씬거리면서 뭔가를 물어봐서는 안 되는 거네. 엉뚱한 오해를 살 수 있으니까."

"내 또래 남자요? 지금 문제가 제 나이라는 말씀이신가요? 그러면 아저씨는요? 아저씨도 그 아이에게 말을 거셨잖아요."

"그건 다르지. 나는 나이가 많잖아."

"아, 그렇군요. 깜빡 잊었네요. 50줄에 들어선 남자들은 절대로 아동 성범죄자일 리 없군요."

"거 아들 같은 젊은이가 입이 거칠구먼."

"저는 아저씨 아들이 아닙니다."

"당연히 아니지. 내 아들이었다면……."

바로 그때 그레이스가 다시 나타났다. 두 사람은 황급히 뒤로 물러섰다. 그 작은 아이가 두 사람의 부모님이나 선생님이라도 되는 것처럼 보였다.

"엄마는 안 일어나세요." 그레이스가 말했다.

래퍼티는 펠리페를 쳐다보았다. 펠리페 역시 래퍼티를 보았다.

"그건 온당한 일이 아닌 것 같구나." 래퍼티는 펠리페를 보며 말했다. 그런 다음에 아이를 보면서 말했다. "엄마가 혹시 술을 드셨니?"

"아니요. 엄마는 술을 마시지 않아요."

"그럼 어디 아프시니? 의사라도 불러야 할까?"

"엄마는 아픈 게 아니에요. 한번 잠들면 깨울 수가 없을 뿐이에요."

그레이스는 계단에 다시 자리를 잡고 앉았다. 한동안 그 자리에 있을 생각인 것 같았다.

래퍼티는 펠리페를 쳐다보았다. 그런 다음에 그 젊은이의 소매를 잡아 끌고 잡초가 무성한 잔디밭으로 갔다. 아이가 듣지 못할 정도로 떨어진 곳이었다. 그리고 그곳은 애석하게도 빌리가 엿들을 수 있는 가청 범위를 벗어나 있기도 했다.

이제 두 사람은 싸우지 않았다. 그들의 몸짓을 통해 그 정도는 알아볼 수 있었다. 두 사람은 머리를 한데 모으고 뭔가에 대해 상의하고 이어 뭔가를 결정하고 있었다. 때때로 래퍼티가 어깨 너머로 그레이스를 흘깃 쳐다보기도 했다.

"멋진 해결책을 찾으세요." 빌리는 소리 내어 말했다. 하지만 그레이스에게 들리지 않을 정도로 작은 목소리였다. 그레이스는 여전히 계단 위에 있었다. "이건 정말 심각한 문제니까요."

하지만 잠시 후 펠리페는 경사 진 잔디밭에서 성큼성큼 걸어나와 인도로 올라선 후 길을 따라 멀어져갔다.

래퍼티는 현관 계단 쪽으로 왔다. 빌리는 희망을 버리지 않고 바라보면서 그 이웃이 완벽한 아이디어를 준비했을 수도 있다고 생각했다. 하지만 그는 그레이스 바로 곁을 스쳐 지나갔다. 갑자기 외계의 에너지가 작용해서 그레이스가 눈에 보이지 않게 된 것처럼 굴었다.

계단 맨 꼭대기에 발을 내딛은 래퍼티는 커튼에 몸을 숨긴 채 자신을 훔쳐보고 있는 빌리를 발견했다.

"뭘 보고 있는 거요?" 래퍼티가 우렁찬 소리로 고함쳤다.

빌리는 깜짝 놀라 물러났고, 몸을 잔뜩 구부리고 러그 위에 엎드렸다. 겁에 질린 심장이 팔딱거렸다. 빌리는 그 위협적인 이웃이 아파트 현관을 통해 건물 안으로 들어와 복도를 따라 걷다가 계단을 올라가는 소리가 들릴 때까지 최대한 방어적인 자세를 유지했다.

그런 다음에 발코니 문을 조심스러우면서도 재빠르게 쿵 닫았다. 그 문이 모든 곤란한 일의 시작인 것 같았다. 그는 아침 내내 절대로 다시 밖을 내다보지 않았다.

문제의 여자아이가 여전히 자리를 지키고 있을 걸 알고 있었지만 감히 직접 나서서 확인해볼 수는 없었다.

✤ ✤ ✤

빌리가 이 문제를 놓고 혼잣말을 하며 다시 따져보기 시작했을 때는 이미 어스름이 깔린 뒤였다.

"그 일이 '그렇게까지' 궁금한 건 아니잖아. 아니야, 사실은 정말 알고 싶어. 당연하잖아. 당연히 알고 싶어. 다만 '그렇게까지' 알고 싶은 건 아니야. 게다가 지금은 그리 많이 어둡지도 않아."

빌리는 발코니 쪽을 흘깃 보았다.

"하지만 가로등에 불이 들어오면 너무 늦을 거야. 그렇지 않아? 그렇게 되면 밤새도록 궁금해할 수밖에 없을 거야."

빌리는 깊은 한숨을 내쉬고 낡은 가운을 동여맸다. 하지만 열정적으로 답을 구하고자 하는 마음이 일어서 그런 것은 아니다. 그보다는 이 문제를 붙들고 씨름하다가 기진맥진해지지 않을 다른 방법이 없을 뿐이었다.

빌리가 발코니 문을 밀어 열자 아이는 고개를 들어 위를 보았다.

그가 지난번에 나갔던 때보다 조금 더 환하고, 조금 더 이른 시각이었다. 빌리는 문득 놀라운 일이라는 생각이 들었다. 그때 정말 그랬던 걸까? 빌리 샤인이 정말로 밖에 나갔다고? 어쩌면 꿈속에서 있었던 일인지도 모른다.

빌리는 고개를 가로저으며 그 생각을 멀찌감치 떨쳐버리고 억지로 마음을 모아 당면 과제에 집중했다. 하지만 이번에는 밖이 더 밝다. 어둠은 여차하면 가장 기초적인 형태의 피난처 역할을 해주는데.

빌리는 뒤로 한 걸음 물러서서 안전한 자신의 집 안으로 들어가고 싶었다. 하지만 아이가 빌리를 쳐다보고 있다. 그가 나오기를 기다리고 있다. 지금 물러나면 얼마나 실없는 사람으로 보일까?

빌리는 한 걸음을 내딛었다가 곧바로 무릎을 꿇고 주저앉았다. 그리고 두 손과 무릎을 바닥에 대고 한 두어 걸음쯤 더 이동하다가 배를 바닥에 대고 미끄러지듯 엎어졌다. 빌리가 생각했던 이동 방식은 이런 게 아니었다. 이런 식이면 되돌아 집으로 들어가는 게 더 나을 것 같다. 하지만 어쩌다 보니 이렇게 되었다. 일을 바로잡거나 한탄하기에는 이미 너무 늦었다.

빌리는 바들바들 떨리는 팔과 다리로 겨우겨우 기어서 발코니 가장자리까지 갔다. 발코니 턱 너머로 그레이스를 바라보았다.

"왜 기어 다니세요?" 그레이스는 쩌렁쩌렁한 목소리로 물었다.

"쉬. 목소리 좀 낮춰." 빌리는 자신도 모르게 반사적으로 말했다.

"죄송해요." 아이는 소리를 손톱만큼 줄여서 말했다. "이게 늘 골치예요."

"나한테도 사연이 있는데 이야기하자면 길단다."

"이야기해 주세요."

"언젠가 해주마. 오늘은 너한테 물어보고 싶은 게 있어."

"좋아요."

"왜 밖에 나와 앉아 있는 거니?"

"그건 지난번에 물어보셨잖아요?"

"나도 알아. 하지만 너는 대답하지 않았잖니."

이번에도 그레이스는 처음 몇 분 동안 아무런 대꾸도 하지 않고 가만히 있었다.

"내 말은 그러니까……. 네 엄마가 너를 돌보는 대신 뭔가 다른 일을 하고 있다는 건 알아. 거기까지는 분명히 알겠어. 하지만 너에게는 열쇠가 있잖니. 그러니까 집 안에 앉아 있을 수 있잖아."

"맞아요."

"그런데 왜?"

"아저씨가 먼저 기어 다니게 된 사연에 대해 말해줘야 할 것 같아요."

"내 생각은 다르구나. 오늘은 내 질문에 관한 이야기를 해야 한다고 생각해."

"왜 아저씨 질문이 먼저예요?"

"내가 먼저 물었으니까."

"아니요. 먼저 물어본 건 나예요."

"나는 전날 밤에 물어봤잖니. 너도 그렇다고 했잖아."

"그건 맞네요." 그레이스는 진지한 얼굴로 말했다. 그 문제에 대한 규칙은 아주 명백하다는 듯이.

"이게 말이죠. 이런 거예요." 그레이스는 빌리의 눈을 똑바로 쳐다보며 말했다.

"내가 집 안에 앉아 있으면 아무도 내게 문제가 있다는 걸 눈치채지 못해요. 그러면 아무도 나를 도와주려 하지 않을 거예요."

빌리의 심장이 철렁 내려앉았다. 말 그대로 정말 그런 느낌이 들었다. 심장이 쿵 하고 떨어져서 빌리의 불쌍한 아랫배에 있는 장기를 치는 듯한 감각이 물리적으로 느껴졌다. 물론 실제로 그런 일이 벌어졌을 리는 없다. 그럼에도 불구하고 그 모든 일들이 생생한 감각으로 느껴졌다.

"아, 네가 곤란한 지경에 처해 있단 말이지?"

"모르셨어요?"

"알고 있었던 것 같기도 하다."

"누군가가 도와줘야만 하거든요. 그래야 우리 엄마랑 계속해서 함께 있을 수 있어요."

침묵이 흘렀다. 빌리는 이 대화가 어디로 향하는지 분명히 알 수 있었다. 그곳은 빌리가 답을 줄 수 없는 영역이었다.

"저를 도와주실래요?"

또다시 긴 침묵이 흘렀다. 그동안 빌리는 가슴과 다리에 닿은 바다 표면의 거친 감각에 신경을 집중하고 있었다.

"얘야, 나는 내 몸 하나도 건사하지 못하는 사람이야."

"네, 그럴 줄 알았어요."

매우 우울한 순간이었다. 매일매일이 우울한 빌리의 기준에서 봐도 그랬다. 빌리가 완전히 쓸모없는 존재라는 사실이 분명해지는 순간이라서도 그랬고, 그가 아무짝에도 쓸모없다는 사실을 이 어린 여자아이가 이미 완벽하게 파악하고 있어서도 그랬다.

"미안하다. 아무짝에도 쓸모없는 사람이라서 미안해. 내가 늘 이런 사람이었던 건 아니란다. 하지만 지금은 그렇구나."

"괜찮아요."

"……그럼 잘 자렴."

"아직 잘 시간은 아니에요."

"하지만 잠자리에 들기 전에 너를 다시 보게 되진 않을 거니까. 그래서 미리 하는 거야."

"그럼 안녕히 주무세요." 그레이스가 말했다. 심드렁한 어투였다.

빌리는 스르르 미끄러지듯 집 안으로 기어 들어갔다.

4

그레이스

그레이스는 학교를 하루 결석했다. 하지만 다음 날에는 욜란다가 와서 학교까지 차로 데려다주었다. 애석하기 그지없는 일이다. 이 세상이 끝나는 날까지 학교를 빠진다 해도 그레이스는 조금도 속상하지 않을 텐데.

"집에는 어떻게 가죠?" 그레이스가 욜란다에게 물었다. "혼자서 걸어 다니면 안 되잖아요."

"엄마가 오실 거야."

"정말요? 확실해요?"

"그럼. 확실해."

"어떻게 확신할 수 있어요?"

"엄마랑 오랫동안 이야기를 나눴어. 엄마가 나한테 약속했단다."

"엄마가 그 약속을 깨트리면요? 전에도 그랬어요."

"내가 지켜볼 거야. 하지만 이번에는 확실해. 엄마는 마음을 다잡고 기운을 되찾을 준비가 됐다고 했어."

"그러면 정말 좋을 텐데."

하지만 이건 그냥 하는 말이었다. 그런 일이 일어날 수 있고 그렇게 된다면 정말 좋겠지만 그렇지 않을 가능성도 얼마든지 있다. 그레이스는 하루 종일 기대했다가 결국엔 실망하는 일이 얼마나 힘든 것인지 이미 알고 있다. 그래서 하루 종일 그 문제에 대해 지나치게 생각하지 않으려고 애를 썼다.

그렇지만 학교가 끝날 때가 돼서는 계속 그런 생각을 하게 됐다. 기분이 이상하고 신경이 곤두섰다. 가방에 숨겨뒀던 마지막 초콜릿 바를 먹고 싶었다. 하지만 그레이스는 먹지 않았다. 수업 시간에 먹으면 선생님이 당장 빼앗아 갈 것이다. 마지막 남은 초콜릿 바인데 말이다. 돈이 있다면 초콜릿 바를 더 사고 싶었다. 하지만 그레이스의 용돈은 충분치 않았다.

그때 학교 종이 울렸다. 놀란 그레이스는 펄쩍 뛰어올랐다.

복도로 쏜살같이 뛰어나가 가방에서 초콜릿 바를 꺼내들었다. 포장지를 뜯으면서 빠른 걸음으로 엄마와 늘 만나던 뒷문으로 향했다.

엄마다!

"뭘 먹고 있니?" 엄마가 그곳에 있었다. 그레이스는 놀랐다. 어쨌든 조금은 놀랐다. 엄마의 목소리는 느릿하지 않았다. 말짱한 것 같았다. 그레이스가 아는 한 가장 멀쩡한 모습의 엄마였다.

"아무것도 아니야."

"엄마한테 거짓말하지 마, 그레이스 퍼거슨. 네 입술에 지금도 묻어 있거든. 초콜릿 같은데."

"아, 맞아. 그거네. 마지막 시간에 먹었어."

"선생님한테 정크 푸드는 주지 말라고 해야겠다. 엄마는 네가 정크 푸드 먹는 거 정말 싫어."

"제발 그러지 마. 우리 며칠 만에 보는 거잖아. 그러니까 엄마를 못 봤다는 건 아니지만…… 엄마를 드디어 봤다는 거야. 내 말은…… 무슨 말인지 알지? 그러니까 우리가 싸우지 않으면 한다는 거야."

그레이스는 엄마가 죄책감을 느낀다는 걸 알았다. 그래서 조금 덜 강하게 밀어붙였다.

"그래. 네 말이 맞아." 엄마가 말했다. "집에 가자."

'와, 엄마가 진짜 오다니.' 그레이스는 엄마가 데리러 와서 정말 좋았다. 하지만 그 생각을 입 밖으로 내지는 않았다.

엄마는 저녁으로 그레이스가 가장 좋아하는 맥앤치즈와 핫도그를 만들어 주었다. 가끔씩 엄마가 죄책감을 느끼는 게 그리 나쁜 일은 아닌 것 같았다. 식사를 하는 동안 엄마는 다른 모임에 가고 싶냐고 물었다. 그레이스는 그렇다고 답했고, 그래서 두 사람은 저녁을 먹고 나서 다른 모임에 갔다.

버스를 타고 가는 내내 이상한 남자가 그레이스와 엄마를 뚫어져라 바라보았다. 그는 두 사람의 건너편 좌석에 앉아 있었다. 그레이스는 그 남자가 겉보기에는 이상한 구석이 없는 사람이라고 생각했다. 좋은 재킷을 입고 결혼반지를 끼고 있었으며 머리도 깔끔하게 정리되어 있었다. 하지만 그 사람의 눈길에서 이상한 사람이라는 걸 알 수 있었다. 엄마는 전혀 눈치채지 못한 것 같았다.

엄마는 무릎 사이에 작은 물병을 갖고 있다가 뭔가를 입 안에 털어 넣고 물 한 모금을 마셨다.

"그게 뭐야?"

"아무것도 아니야." 엄마는 말했다. "두통이 있어. 그게 다야. 누가 엄마고 누가 딸인지 잊지 마."

"알았어." 그레이스가 말했다.

"오늘 밤 캔디 바구니 곁에는 얼씬도 하지 않을 거라고 믿어도 되겠지?"

"하나는 먹어도 되잖아, 그렇지?"

"하나는 먹어도 돼. 먹고 싶은 거 골라서 먹어. 하지만 딱 하나야."

엄마는 늘 그렇게 말했다. 하지만 엄마는 모임에 참석하는 동안 그레이스를 지켜볼 수가 없었다. 그레이스는 항상 몰래 더 많이 먹었다.

하지만 이번에는 전혀 다른 상황이 펼쳐졌다. 어떤 면에서는 좋았다. 하지만 동시에 그리 좋지만은 않았다.

캔디 바구니엔 캔디가 가득 있었다. 모두가 충분히 먹고도 남을 만큼. 그래서 그레이스는 바구니에서 계속 캔디를 꺼내왔다. 그레이스를 말릴 수 있는 사람은 오로지 엄마뿐이었다. 하지만 그날 밤, 엄마는 그레이스를 말리지 않았다. 엄마는 다시 잠들었다.

그레이스는 화가 나기 시작했다. 엄마가 먹은 건 두통약이 아니었다. '그 약'을 또 먹은 것이다. 다른 엄마들은 머리가 아프면 아스피린을 먹는다. 그레이스가 아는 엄마들은 다 그랬다. 그레이스는 엄마가 의자에 앉은 채 잠이 들었다 깨기를 반복하는 횟수가 점점 많아지는 걸 보면서 더 많은 캔디를 먹기로 결심했다. 캔디 바구니로 다가가 빨간색 사탕이 보이는 족족 움켜잡았다.

모임이 끝나자 사람들은 재킷을 입으며 갈 채비를 했다. 그중 몇몇은 그레이스를 계속 쳐다보면서 미소를 지어 보였다. 그레이스를 딱하게 생각하는 듯한 그런 행동은 그레이스가 무엇보다도 싫어하는 것이었다.

잠시 후 키가 큰 한 남자가 다가왔다. 코 밑에 회색 수염이 가득한 그는 그레이스와 눈높이를 맞추기 위해 쪼그리고 앉아서 말했다. "저분이 네 어머니지. 그렇지?"

엄마는 머리를 책상 위에 떨어뜨린 채 자고 있었다.

"넵." 그레이스는 그 사실이 마음에 들지 않는 듯한 투로 대꾸했다.

"지금은 운전을 못 하실 것 같아." 남자가 말했다.

"우리한테는 차가 없어요. 우리는 버스를 타고 왔어요."

"아, 그렇구나. 그래, 그럼 메리가 두 사람을 집까지 데려다주면 되겠다. 메리?"

이름이 불린 여자가 두 사람에게 다가왔다. 은발에 주름진 얼굴을 한 그 여자는 키도 작고 몸집도 작았다. 남자는 엄마를 일으켜 세워서 메리의 자동차까지 데려갔다. 사실 거의 끌고 갔다고 하는 편이 정확할 것 같다. 차는 아주 작았다. 좌석도 두 개뿐이었다. 두 사람은 엄마를 앞자리 조수석에 앉히고 안전벨트를 매주었다. 그레이스는 자동차 뒤쪽에 몸을 조그맣게 웅크리고 앉았다.

집까지 가는 동안 그레이스는 자신들의 아파트로 가는 길을 말해주는 동시에 온갖 질문에도 답을 해야만 했다.

"엄마의 후견인이 누군지 아니?"

"네, 욜란다 언니예요."

"욜란다가 누군지 모르겠네."

"다른 모임 사람이에요."

"다른? 앨러논 후견인만 있는 거니?"

"아니요, 그런 데 말고요. 알코올이 아니라 약물 중독 모임이요."

"오, 그렇구나. 술 냄새가 나지 않았던 이유가 설명이 되는구나."

그 순간 그레이스는 그녀의 온갖 질문과 그날 밤의 모든 일들이 언짢아지기 시작했다. 갑자기 세상의 모든 것들이 기분 나빠졌다. 그래서 더는 질문에 답하지 않았다. 사탕을 더 먹고 싶었지만 이미 모두 먹은 후였다.

엄마를 집 안으로 들어가게 하는 건 쉬운 일이 아니었다. 그런데 엄마를 집에 누인 후에도 메리는 집을 떠나지 않았다. 그녀는 욜란다의 전화번호를 달라고 해서 전화를 걸었다. 욜란다가 오기 전까지는 그레이스의 집에서 떠나지 않겠다고 말했다. '이런 상태에서 어린아이만 놔두는 건 사리에 맞는 일이 아니기 때문에.'라고 했다. 그녀는 정확하게 그렇게 말했다. 그레이스는 그게 무슨 말인지 이해할 수 없었지만 어쨌든 기분이 더 나빠졌다.

잠시 후 욜란다가 도착하고 메리는 떠났다. 다행스러운 일이다. 하지만 메리가 떠난 후 욜란다는 그레이스가 그렇게 싫어하는 연민의 얼굴로 내려다보았다. 그레이스는 그런 얼굴이 세상에서 가장 싫었다.

욜란다가 말했다. "그레이스, 아무래도 일이 터진 것 같구나."

욜란다는 그날 밤을 그레이스와 함께 지내고 다음 날 아침 학교까지 데려다주었다. 그레이스는 학교에서는 그 일에 대해 많이 생각하지 않았다. 욜란다가 일이 터졌다고 했지만…… 상관없다. 괜찮다. 그런다고 세상이 끝나는 건 아니다. 욜란다는 정말 가끔 무섭게 변해서 대장 행세를 한다. 대개는 엄마를 대할 때 그렇다. 하지만 평소에는 상당히 괜찮은 사람이다.

마지막 시간 종이 울렸다. 그레이스는 복도를 따라 문 쪽으로 천천히 걸어 나갔다. 느릿한 걸음을 옮기면서 점심의 대부분을 주고 맞바꾼 롤리팝을 먹었다. 사탕에 온통 주의를 빼앗긴 탓에 다른 학생과 부딪치기도 했다. 한 번도 아니고 두 번씩이나. 건물 밖으로 나왔을 때에야 비로소 고개를 들어 주변을 둘러보았다. 욜란다나 엄마를 찾아보았다. 하지만 둘 중 아무도 없었다. 그레이스는 고개를 떨어뜨렸다.

한 여자가 그레이스에게 다가왔다.

"나야." 여자가 말했다. "1층에 사는 레일린. 기억나니?"

"네." 그레이스는 주변을 더 둘러보았다.

"내가 너를 데리러 왔어."

"언니가요?"

"그래, 내가."

"왜요?"

"내가 오면 안 되니?"

"욜란다 언니는 어디 있어요?"

"욜란다는 직장에 있어야 한대."

"오늘 일을 쉬고 나를 데리러 오겠다고 했는데요."

"욜란다는 내일 일을 쉬기로 했어. 그런 일은 한 번만 할 수 있거든. 매일 그렇게 할 수는 없지. 내가 온다는 얘기 못 들었니?"

"나한테 말했을지도 몰라요. 생각해보니 누군가 다른 사람이 온다고 했던 것도 같네요. 그렇지만 그게 누구인지는 말하지 않았어요. 아니면 내가 듣고 잊어버린 건지도 몰라요."

두 사람은 회색빛 동네를 가로질러 집으로 가는 길을 걷기 시작했다. 자동차 한 대가 옆을 지나가면서 귀청이 찢어질 것 같은 요란한 음악을 쏟아냈다. 레일린은 인상을 찡그렸다. 그레이스는 뱃속에 둥둥거리는 소리가 울려 퍼지는 걸 느꼈지만 인상을 찡그리지는 않았다.

두 사람이 서로의 목소리를 다시 들을 수 있게 되자 그레이스는 말했다. "그러면 이번 한 번만 데리러 온 거죠?"

"음, 이 시간에는 대개 일을 하거든. 오늘은 마침 오후 마지막 예약 손님이 아침 예약으로 옮겨서 올 수 있었단다."

"욜란다 언니가 한 번밖에 쉴 수 없으면 내일이 지난 다음에는 누가 나를 데려다주죠?"

"이따가 힌맨 부인하고 이야기를 해보려고. 은퇴한 노부인이니까 어쩌면 해주실지도 몰라."

"거절하면요?"

"그러면…… 그건 그때 가서 생각해보자. 미리 걱정할 필요 없잖아."

"……그런데 욜란다 언니랑은 어떻게 아는 사이세요?"

"사실은 잘 몰라."

"그런데 어떻게 나를 데리러 온 거예요?"

"오늘 아침에 복도에서 만났어. 계단에서 네가 나오기를 기다리고 있더라. 그때 네 상황에 대해서 약간 이야기를 했지. 그게 다야."

"아, 그랬군요."

그레이스는 고개를 끄덕이고 더 질문하지 않았다. 최소한 집에 도착하기 전까지는 말이다.

아파트에 도착하자 그레이스가 물었다. "지금 힌맨 할머니한테 물어볼 거예요?"

"먼저 집에 들어가서 가방을 내려놓고 싶지 않니?"

"별로 그러고 싶지 않아요."

"그렇게 해야 할 것 같은데."

그레이스는 무미건조하게 어깨를 으쓱이는 걸로 대답을 대신했다. 아무래도 좋다는 식이었다. 레일린은 그레이스를 따라 집 안으로 들어갔다. 높이 나 있는 지하층 창문의 먼지 낀 블라인드 그림자가 실내에 드리워져 있었다.

레일린은 문이 활짝 열려 있는 침실 앞에서 멈춰 섰다. 침대 위에서 자고 있는 그레이스의 엄마를 살펴보았다. 그녀는 꼼짝도 하지 않았다. 눈꺼풀을 움직이거나 작은 소리를 내지도 않았다. 마구 헝클어진 머리카락이 그녀의 얼굴을 뒤덮고 있었다.

그레이스는 레일린이 그런 엄마의 모습을 보고 있는 게 불편했다. 하지만 왜 그런 마음이 드는지는 알 수 없었다.

"갈까요?" 그레이스는 말을 내뱉고 곧바로 익숙한 죄책감을 느끼며 너무 크게 말했다는 사실을 깨달았다.

레일린은 화들짝 놀라 문가에 그대로 얼어붙듯 서 있었다. 그녀는 다시 침대 위를 응시했다. 그레이스의 엄마가 눈을 뜨기를 기다리는 것처럼 보였다. 사실 그레이스도 잠깐 엄마가 일어날지 모른다는 생각을 했다. 하지만 아무 일도 일어나지 않았다.

"그래." 레일린이 조용히 말했다. "힌맨 부인을 만나러 가야지. 가자."

하지만 레일린은 문 밖으로 나서지 않고 서성거리듯 주방으로 가서 찬장 문 몇 개를 열어보았다. 레일린이 왜 찬장 안에 흥미를 보이는지 그레이스는 알 수 없었다. 그런 걸 신경 쓰는 사람이 있다는 것 자체가 이해가 되지 않았다. 레일린은 냉장고를 열고 한참을 잠자코 들여다보았다.

"여기에는 네가 먹을 게 아무것도 없구나."

"찬장 뒤쪽에 시리얼이 있을 거예요. 그리고 난 계란을 삶을 줄 알아요."

"계란은 하나밖에 없는데."

"아."

"아무래도 피자를 시켜야 할 것 같다."

그레이스의 눈이 커졌다. 볼에는 핑크빛 윤기가 돌았다. 누군가 전원 스위치를 올려 전기를 공급해주기라도 한 것 같았다. 그레이스는 깡충깡충 뛰면서 기쁨의 비명을 질렀다.

"언니, 사랑해요, 사랑해요, 사랑해요. 지금껏 들어봤던 그 어떤 아이디어보다 더 멋져요. 언니는 이제 제 베스트 프렌드예요. 사랑해요, 사랑해요, 사랑해요!"

"알았어, 알았어. 그만해. 아이고, 귀야." 레일린은 그레이스가 얼굴을 가져다 대고 말한 쪽 귀를 손바닥으로 눌러 막으면서 말했다.

그레이스의 엄마는 여전히 일어나지 않았다.

갑자기 전화벨이 요란하게 울렸다. 레일린은 깜짝 놀랐다. 두 번째 벨이 울리자 그레이스가 달려가 수화기를 집어 들었다.

"여보세요?"

전화선 너머의 여자가 그레이스 퍼거슨이 맞느냐고 물었다. 날카로운 목소리였다.

"네, 제가 그레이스예요. ⋯⋯지금은 엄마가 전화를 받을 수가 없어요."

여자는 그레이스가 혼자 있는지 물었다.

"아니요." 그레이스가 말했다. "레일린 언니랑 있어요."

그레이스는 수화기를 레일린에게 내밀었다. "언니랑 통화하고 싶대요."

레일린은 수화기를 받아들었다. 그녀는 잠시 주저했다. 세상에서 가장 위험한 물건이라도 되는 것처럼 전화기를 쳐다봤다.

"여보세요?" 레일린은 잠시 말을 멈추었다가 다음 말을 이어갔다. "제 이름은 레일린 존슨이에요." 또 잠시 멈춤. "그레이스의 이웃이에요. 그런데 제가 지금 누구와 통화하고 있는지 알려주실 수 있나요? ⋯⋯아, 그렇군요. 하루 종일 집에 아무도 없었어요. 그레이스는 학교에 있었어요. 지금 막 제가 학교에서 그레이스를 데리고 온 거고요." 잠시 멈춤. "네, 부인. 제가 그레이스를 돌보고 있어요." 이번에는 한참 동안 멈춤.

"부인, 지금 상황은 이런 거예요." 이제 레일린은 거의 속삭이듯이 말하고 있었다. 하지만 그레이스가 듣기에는 충분히 큰 목소리였다. "그런 보고를 받으신 건 전적으로 제 탓인 것 같네요. 그레이스 엄마의 잘못이 전혀 아니에요. 제가 잘못했어요. 그런데 그런 연락을 한 사람은 도대체 누구예요?” 잠시 멈춤. “아, 네. 미안합니다. 물론 그럴 수는 없으시겠죠. 그런 걸 물어봐서 죄송해요. 어쨌든 상황은 이렇습니다. 그레이스의 엄마가 허리를 다쳤어요. 그래서 독한 약을 먹었죠. 아시겠지만 진통제랑 근육 이완제가 사람을 졸리게 하잖아요. 그래서 그레이스 엄마가 제게 돈을 주고 그레이스를 돌봐달라고 부탁했어요. 그런데…… 솔직히 이런 말까지 하고 싶지 않지만, 정말 기분이 언짢네요. 제가 딱 한 번 스케줄을 조정하지 못해서 그런 거예요. 하지만 앞으로 그런 일은 다시 없을 겁니다. 누구라도 실수는 할 수 있는 거잖아요. 그렇죠? 딱 한 번 실수한 거예요. 저는 원래 괜찮은 베이비시터랍니다. 책임감 강한 사람이에요. 정말로요. 그레이스는 엄마가 컨디션을 회복할 때까지 저와 함께 있으니 괜찮을 겁니다.”

레일린은 한참 동안 말을 멈춘 채 수화기 너머의 말을 듣고 있었다.

그런 다음 다시 한 번 자신의 이름을 댔다. 철자도 알려줬다. 그레이스와 주소가 같지만 F호가 아니라 D호라는 것도 설명했다. 그런 다음에는 자신의 전화번호를 불러주었다.

그레이스는 레일린의 손이 떨리고 있다는 걸 눈치챘다. 하지만 왜 그런지 확실히 알 수는 없었다. 어쩌면 늘 그렇게 손을 떠는지도 모른다.

“하지만 그레이스의 엄마는……. 좋아요. 그레이스 엄마에게 전화하라고 말해 놓을게요. 전화번호 알려주세요. 메모할게요.”

레일린은 전화를 끊었다. 그레이스는 누가, 왜 전화를 걸었는지 설명해주기를 기다렸다. 하지만 레일린은 아무런 설명도 해주지 않았다.

그저 그레이스의 손을 잡고 문 밖으로 함께 걸어 나가면서 이렇게 말했다. “이제 힌맨 부인에게 가자.”

“누구세요?” 그레이스는 힌맨 부인이 문 너머에서 소리치는 걸 들었다.

겁먹은 목소리였다. 강도나 나쁜 사람이라고 이미 확신하는 것 같았다. 착한 사람이 찾아올 수도 있다는 생각은 머릿속에 전혀 떠오르지 않는 모양이다.

"1층에 사는 레일린이에요. 그리고 그레이스도 왔어요."

"오." 힌맨 부인은 문 너머에서 조금은 행복해진 목소리로 말했다. "잠시만요. 조금만 기다려요. 잠금장치가 잘 안 열려서 말이지. 열려면 시간이 좀 길러요."

얌전히 기다리던 그레이스가 레일린에게 물었다. "이 다음에는 피자를 시키는 거예요?"

그때 힌맨 부인이 문을 활짝 열었다.

"어머나, 세상에. 레일린. 무슨 일이에요? 속상한 얼굴인데."

"할 이야기가 있어요. 정말 중요한 일이에요."

레일린은 그레이스의 손을 잡은 채 집 안으로 진군해 들어가다가 주방 테이블이 있는 곳에서 멈춰 섰다. 그녀는 테이블 위에 펼쳐져 있던 카드들을 유심히 쳐다보았다. "지금도 프리셀을 진짜로 하는 사람이 있는 줄은 몰랐네요."

"컴퓨터에서 하는 거잖아요." 그레이스가 덧붙였다.

"뭐, 세상에서 가장 바보 같은 짓은 아니잖수. 컴퓨터는 수천 달러가 들지만 카드 한 벌은 99센트만 있으면 되거든." 힌맨 부인은 문에 주렁주렁 달린 자물쇠를 부산하게 걸어 잠그면서 말했다.

"아니에요, 컴퓨터에 그렇게 많은 돈이 들지는 않아요." 그레이스가 말했다. "게다가 컴퓨터로는 다른 일도 많이 할 수 있지만 카드로는 카드 게임밖에 못하잖아요."

"나랑 할 이야기라는 게 뭐지?" 힌맨 부인은 좀 언짢은 듯 말을 돌렸다.

"맞다, 죄송해요." 레일린이 말했다. "며칠 동안만 그레이스를 학교에서 데리고 와주실 수 있을지 알고 싶어서요. 아이 엄마가…… 컨디션을 회복할 때까지만요."

"진담으로 하는 말은 아니겠지!"

"왜 진담이 아니라고 생각하세요?"

"학교가 얼마나 멀리 있는지 알기는 하는 거야?"

"네, 알고 있어요. 바로 저기에 있죠. 열 블록 정도 떨어진 곳이에요."

"갈 때만 그렇지. 왕복 스무 블록이란 말이야. 눈치채지 못한 모양인데, 난 늙은이야. 하루에 스무 블록을 걸을 수가 없어. 무릎이 부어오를 거야. 시장까지 걸어가는 것만으로도 무릎이 욱신거린다고. 왕복 네 블록밖에 안 되는 거리인데 말이지."

레일린은 힌맨 부인의 소파에 털썩 내려앉았다. 어찌나 세게 주저앉았는지 레일린의 몸이 반동으로 살짝 다시 튀어 오르기까지 했다.

"어떻게 하죠." 레일린이 말했다. "제가 일을 저질렀거든요. 그게 잘못인지는 잘 모르겠지만, 어쨌든 제가 곤란하게 될 일이기는 해요. 사회복지사한테 거짓말을 했어요. 제가 그레이스의 베이비시터라고 말해버렸거든요. 이제는 꼼짝없이 그래야만 해요. 거기서 분명 사람을 보낼 거예요. 찾아와서 그레이스를 돌보는 사람이 아무도 없는 걸 알게 된다면 당장 그레이스를 데리고 가겠죠. 그리고 나한테도 문제가 생길 거예요."

"오, 이런. 왜 그런 짓을 한 거야? 정말 이해가 안 되네."

"그 사람들이 이 불쌍한 어린애를 문제투성이 시스템에 집어넣는 걸 보고 싶지 않았어요."

그러자 힌맨 부인은 그레이스를 쳐다보았다. 그레이스는 레일린의 다리 근처에 서 있었다. 힌맨 부인은 턱짓으로 그레이스를 가리키고는 레일린에게 말했다. "이 문제에 대해서는 나중에 따로 이야기를 해야 할 것 같네."

"아니요. 저는 그렇게 생각하지 않아요. 지금 우리는 이 아이의 인생, 삶에 관해 이야기하고 있잖아요. 그러니 이 아이는 들을 권리가 있다고 생각해요. 하여간 말이에요, 아침에는 제가 출근하기 전에 학교에 데려다줄 수 있어요. 하지만 데리러 갈 사람이 필요해요."

"래퍼티 씨한테 물어보지 그래?"

레일린은 코웃음을 쳤다. 신싸 고보 웃었다. 그레이스는 재미있는 소리가 난다고 생각했다. 하지만 그 코웃음 말고는 전혀 재미있는 상황이 아닌건 분명해 보였다. 그래서 그레이스는 웃지 않기 위해 조심했다.

"그 고약한 사람이요? 그런 남자가 그레이스 근처에 어슬렁대는 걸 원하지 않아요. 야비하고 무례한 데다 편견이 아주 심한 사람이라고요. 손톱만큼도 마음에 드는 구석이 없어요."

힌맨 부인은 앞으로 몸을 숙이고 속삭이듯 말했다. "그레이스에 대한 편견은 갖고 있지 않을 거야."

"그건 중요한 게 아니에요. 문제는 그레이스 근처에 그런 사람이 어슬렁거리는 일이 있어서는 안 된다는 거죠." 그런 다음에 레일린은 그레이스에게 말했다. "래퍼티 씨라는 사람에 대해서는 안심할 수가 없어. 너는 그 사람을 좀 아니?"

"안다고 볼 수 있어요. 펠리페 아저씨를 좋아하지 않는 아저씨잖아요, 그렇죠?"

"얼추 맞는 말 같구나. 그러니까 그 아저씨는 적임자가 아닌 것 같아."

"펠리페 아저씨한테 물어보는 건 어때요? 아니면 빌리 아저씨요?" 그레이스가 물었다.

"빌리 아저씨? 빌리가 누구지?"

"있잖아요. 빌리 아저씨요. 1층에 사는."

"우리 집 건너편에 사는 사람? 너 그 사람을 아니? 본 적 있어?"

"네. 왜요?"

"그게…… 그 사람을 아는 사람이 아무도 없거든. 나도 만난 적이 없어. 여기서 산 지 6년이나 되었지만 한 번도 그 집 사람을 본 적이 없거든. 누가 그 집에서 나오는 걸 본 적도 없고 누가 그 집으로 들어가는 걸 본 적도 없어. 식료품도 배달을 시킨다고 들었어. 그런데 그 사람을 네가 어떻게 아니?"

"그냥 알아요. 이야기를 좀 나누었거든요."

"흠, 펠리페는 좋은 생각인 것 같아." 레일린이 말했다. "그래, 펠리페한테 부탁해봐야겠다."

"하지만 자네가 집에 돌아오기 전까지는 누가 아이를 돌보지?" 힌맨 부인이 물었다.

레일린은 멍한 표정을 지었다. 슬프면서 동시에 두렵기도 한 것처럼 보였다.

"부인이 그 일을 해주시겠다고 하기를 바라고 있어요."

"오, 이런. '그런 일'에 대해서는 아는 게 없는데."

그러자 사태의 중요성을 감지한 그레이스가 불쑥 끼어들었다.

"제발 부탁드려요. 힌맨 할머니, 네? 정말 말 잘 듣는 착한 아이가 될게요. 그리고 조용히 있을게요. 잠시 동안이면 될 거예요. 우리 엄마가 좋아질 때까지만요."

"아가, 네가 착한 아이라는 건 나도 알겠구나." 힌맨 부인이 말했다. "하지만 유감스럽게도 그게 문제가 아니란다. 나는 너를 돌보기에 적합한 사람이 아니야. 너무 늙었고 힘도 없어."

레일린이 소파에서 일어서는데 힌맨 부인이 그녀의 소매 한쪽을 붙잡아 바짝 끌어당기며 귓가에 속삭였다. 하지만 그레이스가 알아들을 수 있을 정도의 목소리였다. 사람들은 늘 왜 저러는 걸까? 그레이스의 귀는 문제가 없었다. 하지만 다들 그레이스가 귀머거리라고 생각하는 것 같았다.

"이건 자네 문제가 아니잖아. 게다가 일이 더 꼬이기만 하고 있어. 지금 자네는 피할 수 없는 일을 지연시키고 있는 것뿐이야."

레일린은 팔을 홱 잡아당겨서 힌맨 부인의 손에서 소맷자락을 빼냈다. 그러고는 아무런 대꾸도 하지 않았다.

힌맨 부인의 집을 나오자 그레이스가 말했다. "그럼 이제 피자 시켜요?"

하지만 그보다 먼저 펠리페에게 가야 했다. 낙담한 그레이스는 '피자를 시키기 전엔 늘 먼저 해야만 하는 일이 하나 더 있구나.'라고 생각했다.

펠리페가 문을 열자마자 레일린이 말했다. "펠리페, 괜찮아요?"

"그럼요. 왜요?"

"안색이 안 좋아 보여서요. 정말 괜찮은 거 맞아요?"

"아저씨, 슬퍼 보여요." 그레이스가 큰 목소리로 덧붙여 말했다.

그레이스가 그 말을 하자마자 펠리페는 마치 울음이 터져 나오려는 것을 막는 것처럼 보였다. 그레이스는 자신이 본 게 틀리지 않다고 확신했다. 하지만 동시에 자신의 생각이 틀렸을지도 모른다는 생각을 했다. 왜냐하면 펠리페는 다 자란 어른이기 때문이다. 다 큰 어른은 울지 않는 법이다. 어른 여자들은 가끔 운다. 하지만 남자들은 아니다. 적어도 그레이스가 아는 한은 그렇다. 하지만 지금은 그런 일이 벌어지려는 것처럼 보였다.

펠리페는 한 손으로 눈가를 쓱 훔치더니 두 눈을 질끈 감았다. 그리고 두 눈이 아프기라도 한 듯 비벼댔다.

"빌어먹을 알레르기." 펠리페는 말했다. "아주 미치겠어요. 자, 들어와요. 하지만 빨리 말해야 해요. 지금 일하러 나갈 준비를 하던 참이니까요."

레일린은 안으로 들어가지 않았다. 그래서 그레이스도 그렇게 했다.

"우리는 부탁을 하러 왔어요." 그레이스는 쾌활한 목소리로 말했다.

"아이 말이 맞아요." 레일린이 말했다. "요즘은 낮에 공사 현장에 나가지 않죠?"

"네, 안 해요. 더 나은 일을 얻었어요. 레스토랑에서 일해요. 사실 돈은 그리 많지 않지만 꾸준히 수입이 들어오는 일이에요. 꾸준하게 돈이 되는 일이 필요했거든요. 부탁이 뭔데요?"

"며칠 동안 그레이스를 학교에서 데리고 와주면 좋겠어요."

"아, 내가 할 수 있어요." 그러다가 갑자기 펠리페의 안색이 달라졌다. 뭔가 골칫거리가 될 만한 일을 막 생각해낸 것 같았다.

"아, 안 되겠어요. 안 돼요. 방금 한 말은 취소예요. 할 수 없겠네요. 미안해요. 내가 해줄 수 있으면 좋을 텐데……. 할 수 있다면 돕고 싶어요. 하지만 앞집 남자가 문제예요. 그 사람이 나를 괴롭힐 거예요. 며칠 전에 그레이스에게 왜 학교에 가지 않느냐고 물어봤거든요. 그게 전부였죠. 그런데 그 남자가 그야말로 죄수 호송 버스에 나를 태워서 주립 교도소에 보내버릴 기세로 난리를 쳤어요."

"빌어먹을. 그 사람은 정말 X같아요." 레일린이 말했다. 그러고 나서 갑자기 그레이스를 내려다보았다. 그곳에 그레이스가 서 있다는 걸 그제야 기억해낸 것 같았다. "이런, 미안하다, 그레이스."

"뭐, 전에도 그런 말 들어봤어요."

"내 입으로 그런 말을 들려줘서 미안하다는 뜻이야. 이봐요, 펠리페. 래퍼티 일은 제가 해결해보면 어떨까요?"

"음……."

"제가 한번 해볼게요, 괜찮죠? 그 사람이 참견하지 않는다는 것만 확실해지면 이 일을 해줄 수 있는 거잖아요, 그렇죠?"

"그럼요. 며칠 동안 그레이스를 학교에서 데리고 오는 건 문제없어요. 그런데 집에 와서는 누가 아이를 돌보죠? 그러니까 아이를 데리고 와서는 이렇게 해야 하나요? 아이 집에 그냥 두고 나가요? 아이를 데리고 온 후에는 나도 일을 나가야 하거든요."

레일린은 이마를 찡그렸다. 내내 주름이 잡혀 있던 이마에는 더욱 깊은 주름이 새겨졌다. 전화를 받은 후에는 계속 그렇게 이마를 찡그리고 있었던 것 같다.

"그 부분은 알아보고 있어요. 지금 분명한 건 그레이스가 혼자 있어서는 안 된다는 거예요. 아이 엄마랑 집에 있는 것도 안 되고요. 그레이스는 계속 누군가와 함께 있어야 해요."

"빌리 아저씨요!" 그레이스가 끼어들었다. "빌리 아저씨한테 물어봐요!"

"빌리? 빌리 아저씨가 누구야?" 펠리페가 물었다.

"우리 아파트에 사는 이웃이에요!"

레일린이 말을 이어갔다. "그레이스는 E호에 사는 남자를 알고 있다고 주장하고 있어요."

"농담하지 마. 그 남자를 아는 사람은 아무도 없어. 남자가 맞는지도 모르겠다. 여기서 산 지 3년이 되었지만 그 집에 사람이 드나드는 꼴을 한 번도 본 적이 없어. 어쩌면 아파트가 비어 있을지도 모른다는 생각도 했다고."

"그렇지 않아요. 빌리 아저씨가 살고 있어요."

"그 사람을 어떻게 알게 된 거니?"

"그냥요. 이야기를 좀 했거든요. 아저씨는 예전에 춤꾼이었대요. 노래도 하고 연기도 하고. 하지만 지금은 아니래요. 그리고 아저씨 이름은 빌리 샤인이에요. 하지만 그건 아저씨 엄마가 지어준 이름은 아니에요. 아저씨 엄마는 로널드인가 도글러스인가 하는 이름을 붙여주었고, 아저씨 성은 플라인스틴이에요. 하지만 그건 춤꾼의 이름이 아니라서 이름을 바꿨대요. 어떻게 춤꾼의 이름인지 아닌지 구별하는 건지는 몰라요. 하지만 아저씨는 그런 건 그냥 알 수 있다고 말했어요. 빌리 아저씨는 친절한 사람이에요."

펠리페와 레일린은 서로 쳐다보았다. 그레이스도 그런 두 사람을 쳐다보았다. 두 사람이 자신의 말을 믿을지 말지 고민하고 있다는 걸 알 수 있었다. 빌리 아저씨를 알고 있다는 걸 믿는 게 왜 그리 어려운 일인지 도무지 이해할 수 없었다.

"그레이스에게 왕성한 상상력이 있는 것 같네요." 레일린이 말했다.

"네, 그건 맞아요!" 그레이스가 말했다. "정말 그러거든요. 모든 사람들이 나보고 그렇다고들 하니까 나도 그런 줄 알고 있어요."

"어찌 되었든 방과 후에 돌보는 일은 해결하지 못한 상태지만……. 래퍼티 씨는……, 래퍼티 씨는 제가 해결해볼게요, 괜찮죠?"

"네, 그럼요. 일이 어떻게 되었는지 알려주기만 하세요. 그런데…… 죄송해요. 이제 나갈 시간이 다 돼서요."

"아, 네. 당연히 그러셔야죠. 죄송해요. 저희는 그만 갈게요."

"안녕히 계세요, 펠리페 아저씨!" 그레이스가 소리쳤다.

"잘 가렴, 그레이스." 펠리페는 문을 닫았다.

레일린과 그레이스는 복도를 따라 함께 걸었다.

"펠리페 아저씨한테 알레르기가 있는 건 아닌 것 같아요. 그러니까 정말 그럴 수도 있지만. 아저씨한테 알레르기가 전혀 없다고 말하려는 건 아니에요. 그걸 제가 어떻게 알겠어요? 하지만 아저씨가 지금 많이 슬픈 건 확실해요. 알레르기는 우리가 눈치채지 못하게 하려고 한 말인 것 같아요."

"그럴 수도 있지." 레일린은 완전히 다른 생각을 하고 있는 것 같은 목소리로 말했다.

"나도 다른 사람이 내가 우는 걸 보는 게 정말 싫거든요. 우리 엄마는 빼고요. 태어나서부터 엄마 앞에서는 많이 울었으니까 그건 괜찮아요. 하지만 학교에서 우는 걸 들키는 건 최악이에요. 학교에서 울다가 들키면, 나는 아저씨처럼 거짓말을 할 거예요. 정말 이걸 잘 기억해둬야겠어요. 알레르기요. 아주 좋은 변명거리예요."

"래퍼티라는 사람이랑 이야기를 하는 동안 네가 어디에 있을지 생각해봐야겠다."

그레이스는 레일린이 자신의 말을 듣기보단 뭔가 다른 생각에 빠져 있다는 걸 알 수 있었다. 어른들은 늘 그런 식이다. 대개는 남의 말을 듣지 않는다. 특히 어린아이의 말은 더욱 그렇다.

"그리고 방과 후에 누가 너를 돌봐줄지도 생각해봐야 해."

"빌리 아저씨한테 부탁해요." 이미 여러 번 말했지만 레일린의 머릿속에는 그 말이 들어가지 않은 것 같았기 때문에 그레이스는 다시 한 번 말했다.

"글쎄, 그 일에 대해서는 확신이 가지 않는구나."

"하지만 빌리 아저씨는 착해요. 게다가 아저씨는 집에 있을 거예요. 늘 집에 있으니까요."

"그건 반박하기 어려운 말이네."

레일린은 그레이스의 손을 계속 꼭 잡고 있었다. 두 사람은 이미 계단을 내려와 레일린의 집을 향해 나 있는 복도를 따라 걷는 중이었다.

"힌맨 할머니와 펠리페 아저씨가 나를 돌보고 싶어 하지 않는 이유를 알아요." 그레이스가 말했다. "우리한테 뭐라고 말했는지 알지만 그건 진짜 이유가 아니죠. 하지만 난 진짜 이유를 알아요. 그건 나를 좋아하지 않기 때문이에요."

그레이스의 말을 들은 레일린은 걸음을 멈췄다.

레일린은 놀란 얼굴을 숙여 그레이스를 보았다. 그레이스가 방금 뭔가 끔찍한 말이라도 했다는 듯이. 그레이스는 그런 레일린을 보면서 자신이 뭔가 나쁜 말을 했는지 머릿속으로 재빨리 되짚어 보았다. 하지만 나쁜 말은 없었다.

"그레이스, 어째서 그렇게 말하는 거니?"

"그게 사실이니까요."

"왜 그 사람들이 너를 좋아하지 않는데?"

"사실 나도 확실하지는 않아요. 내 목소리가 너무 커서 나를 좋아하지 않는 건지도 모르죠. 사람들이 늘 나보고 시끄럽다고 하거든요. 사람들은 그런 걸 좋아하지 않는 것 같아요. 그리고 사람들은 시간을 너무 많이 뺏기는 걸 좋아하지 않아요. 다른 아이들과는 몇 마디 나누고서 엄마에게 바로 돌려보내면 돼요. 그런데 나는 우리 엄마에게 쉽게 돌려보낼 수 없어서 사람들이 나를 좋아하지 않는다고 생각해요."

그레이스는 레일린의 얼굴을 똑바로 보면서 이 모든 말을 했다. 레일린의 표정은 여전히 좋지 않았다. 그레이스가 상심하게 만들기라도 한 것 같았다. 하지만 그레이스는 레일린이 왜 그러는지 정말 알 수가 없었다. 그냥 사실을 말했을 뿐이다.

"장담하는데 모든 사람들이 너를 좋아해."

"아니요. 모든 사람이 그런 건 아니에요."

그레이스는 레일린이 너무나 처참한 표정을 짓는 바람에 화제를 바꾸기로 마음먹었다. 사람들을 비참하게 만들고 싶지 않았다. 더군다나 자신을 도와줄 수 있는 사람을 그렇게 만드는 건 안 될 일이다. 그래서 그레이스는 말했다. "언니는 나를 좋아해요?" 그렇지만 그 말을 하자마자 이 질문노 영 아니라는 걸 깨달았다.

"물론 너를 좋아하지."

"내 어떤 점이 좋아요?"

레일린은 질문에 전혀 답할 수가 없었다.

"내가 너를 잘 알지 못하잖아. 아직은 말이야. 나중에 너를 더 잘 알게 되면 그때는 너의 좋은 점을 많이 말해줄 수 있을 거야. 엄청 많이. 분명히 그럴 거야."

"그럼 정말로 나를 좋아하는 건 아니네요. 아직은요. 그러니까 정확히 말하자면 나를 좋아하는 건 아니에요."

"아니야. 너를 좋아해. 분명히 그래. 다만 왜 좋아하는지 이유를 대려면 너를 알아갈 시간이 더 필요할 뿐이야."

"나는 언니가 좋아요. 그리고 왜 그런지도 알아요. 언니가 내게 피자를 시켜줄 것이기 때문이죠." 그레이스는 피자 이야기를 꺼내는 편이 현명하리라는 생각을 했다. 피자를 사주기로 한 약속을 잊어버리지 않게 할 겸. "그리고 계단에 있는 나를 본 모든 사람들 중에서 나를 돕기로 마음먹은 사람은 언니뿐이에요."

그레이스는 말을 마치고 상대의 말을 기다렸다. 하지만 레일린은 아무 말도 하지 않았다. 심지어 걸음을 다시 옮기지도 않았다. 두 사람은 꼼짝도 하지 않고 그곳에 서 있었다. 복도 한가운데 손을 꼭 잡고. 바람이 크게 불어서 레일린의 말을 모두 빼앗아 가버리기라도 한 것 같았다.

누군가는 말을 해야 했다. 그래서 그레이스가 말했다. "빌리 아저씨한테 가요."

그러자 레일린은 걸음을 떼면서 말했다. "좋아. 그러자. 네 친구라는 그 사람을 만나보고 싶구나."

"그런 다음에는 피자예요."

"그래. 그 다음에는 피자야."

5
빌리

"어, 이런." 빌리는 한참 동안 몸이 얼어붙은 듯 서 있었다.

하지만 문 반대편에 있는 사람은 다시 문을 두드렸다.

"우리 집 문 앞에 누군가가 있는 것 같아."

빌리는 조용히 말했다. 다행히 목소리 톤은 적당했다. 빌리는 침착함을 유지하고 있는 자신이 자랑스럽다는 생각을 잠시 했다.

누군가 그의 집 문을 두드리고 있었다. 이런 일이 전혀 없던 건 아니다. 전에도 있던 일이다. 하지만 그런 일은 늘 식료품이 배달되는 날에만 있었다. 그런데 오늘은 그 날이 아니다.

"어, 이런." 빌리는 세 번째 문을 두드리는 소리를 들었다.

문 밖의 사람은 예의바르고 공손하게 문을 두드렸다. 예의바르고 공손한 두드림. 도둑이나 강도를 비롯한 범법자들도 예의바르고 공손하게 문을 두드릴까? 그럴지도 모른다. 그럴 수 있을 것 같다. 그런 일도 능히 할 사람들이다. 상대를 속여서 안심시키고 나쁜 일을 시작할 요량으로 그럴 것이다.

빌리는 엄호 없이 달려 나가는 저격수처럼 재빨리 문으로 나아가서 묵직한 목재 문에 등을 대고 섰다.

"누구세요?" 빌리는 큰 소리로 외쳤다. 목소리가 떨리지 않게 주의했지만 불행히도 그의 가상한 노력은 결실을 거두지 못했다. 그의 목소리는 변성기를 겪는 소년처럼 갈라졌다.

"앞집에 사는 사람이에요. 레일린이라고 해요. 그리고 그레이스도 있어요. 그레이스는 아시죠? 그레이스가 안다고 하던데요."

"네, 우리는…… 나는 그레이스를 알아요." 빌리는 조금 더 안정된 목소리로 말했다. 그런 다음에 목소리를 낮추어 중얼거리듯 말했다. "하지만 '당신'은 모르는데요. 문구멍 너머로 자주 봤다고 해서 아는 사이라고 하기에는 무리가 있으니까."

"죄송해요." 레일린은 문 너머에서 말했다. "손님이 계신가요? 저희가 다음에 다시 찾아와야 할까요?"

좋은 질문이다. 거절의 의미로 다음에 오라고 할까? 하지만 빌리가 그렇게 말하면 저들은 반드시 다시 찾아오고야 말 것이다. 그러면 빌리는 전전긍긍하면서 날벼락이 내리칠 날을 기다려야만 한다. 바람직하지 않은 일이다. 최소한의 고통으로 이 상황을 처리할 수 있는 기회는 지금뿐이다.

빌리는 두 개의 잠금장치를 풀고 문을 5센티미터 정도 빼꼼히 열었다. 방범용 안전걸이는 그대로 남겨놓은 채였다.

빌리는 고개를 숙여 그레이스를 보았다. 그레이스는 빌리를 향해 손을 흔들어 인사했다. 레일린의 상의 끝자락이 빌리의 시야에 들어왔다. 빌리의 시선은 그레이스의 머리 근처를 맴돌았다. 고개를 더 들어서 레일린의 얼굴을 바라볼 수가 없었다. 레일린은 빌리와 눈을 마주칠 거고, 빌리가 견디기 어려운 인간관계 형성을 위한 행동들을 할 게 분명했다.

"안녕하세요, 빌리 아저씨!" 그레이스가 크게 소리쳤다. 물론 그레이스의 기준에서 보면 소리친 것은 아니었다. 하지만 다른 사람들은 그렇다고 생각할 게 분명했다.

"안녕, 그레이스."

"아저씨에게 도움을 청하러 왔어요." 그레이스는 '도움'이라는 단어를 아이스크림 케이크처럼 재미나고 즐거운 일이라는 듯 말했다.

빌리는 허리를 숙이고 두 손을 무릎에 댄 채 그레이스와 눈을 맞출 수 있을 정도로 몸을 낮췄다. 그리고 살짝 벌어진 문틈 사이로 방백 대사를 하듯이 남들이 다 들을 수 있게 속삭였다.

"그레이스, 이 문제에 대해서는 지난번에 이야기를 했다고 생각하는데."

"네, 그랬죠. 저도 알고 있어요. 하지만 이번에는 달라요."

"어떻게 다른데?"

"정말 나를 도와주는 사람은 레일린 언니니까요. 아저씨는 레일린 언니가 나를 돕는 걸 도와주면 돼요. 그러니까 일이 훨씬 쉬워진 거죠."

"지금 이 대화 나한테도 다 들리거든요." 레일린이 불쑥 말하는 통에 빌리는 화들짝 놀랐다.

"무슨 말인지 저도 알아요." 그레이스가 말했다. "나도 그거 정말 싫어하거든요. 저한테도 사람들이 늘 그래요. 힌맨 할머니도 아까 그랬어요. 정말 이상한 일이라고 생각해요. 나는 귀가 아주 밝다고요. 그래서 거의 모든 걸 들어요. 개만큼 잘 들을 수 있다고요. 그런데 정말 내가 개만큼 잘 들을 수 있다고 장담하지는 못하겠어요. 개를 키워본 적이 없거든요. 우리 엄마는 나 하나 키우는 것도 힘들다고 늘 말해요."

레일린은 한숨을 내쉬고 나서 빌리에게 말했다. "저희가 좀 들어가도 될까요?"

빌리는 크게 숨을 들이마시며 심장을 진정시키려 노력했다.

"집이 좀 어질러져 있어요. 집안일을 할 시간이 없었거든요."

"오, 어련하시겠어요." 레일린이 말했다. "저도 그 심정 잘 알죠. 우리 집 가정부가 며칠 동안 휴가를 가는 바람에요. 게다가 우리 집 인테리어 디자이너도 영 못마땅해요. 그러니 지금 어떤 심정이신지 참 이해가 되네요. 이젠 현실적인 이야기를 좀 하는 게 어때요? 우리 아파트는 거의 비슷한 수준의 쓰레기장 같은 곳이에요. 생사가 걸린 문제 때문에 이러는 거예요. 그렇지 않았다면 이렇게 오지도 않았을 거고요. 그리고 우리는 남 일에 이러쿵저러쿵 하는 일 따위 하지 않아요. 약속해요."

빌리는 허리를 폈다. 우아하게 상황을 벗어날 방법이 생각나지 않아서 그냥 문을 닫았다가 방범용 안전걸이를 풀고 문을 열었다.

"들어오세요." 빌리는 떨리는 목소리로 말했다.

빌리는 소파 가장자리에 걸터앉아 검지손톱을 이빨로 잘근잘근 열심히 씹어댔다. 레일린은 자리에 앉지 않고 거실 한가운데서 그대로 선 채 이야기했다.

"그레이스에게 오후에 두 시간 정도 있을 곳이 필요해요. 제가 일을 마치고 집에 돌아올 때까지면 돼요. 한동안만 해주시면 될 거예요. 그렇게 되기를 바라고 있어요. 하지만…… 이건 중요한 일이에요. 큰일이죠. 카운티에서 그레이스에 대한 파일을 만들었어요. 그래서 누군가 확인하러 왔을 때…… 그레이스는 어른의 보호를 받고 있어야만 해요. 일단 이 정도로만 이야기해 둘게요."

그러는 동안 그레이스는 빌리의 아파트를 여기저기 돌아다니며 사진 액자들을 유심히 쳐다보고 있었다. 그레이스는 두 사람의 말에 귀를 기울이지 않는 것처럼 보였다. 하지만 빌리는 그레이스가 두 사람의 이야기를 듣고 있으리라 생각했다.

빌리는 손톱을 물어뜯다가 속살까지 떼어내는 바람에 피를 보았다. 그는 재빨리 피를 빨아냈다.

그레이스가 빌리가 있는 소파로 걸어와서 놀랍도록 가깝게 다가섰다. 불과 몇 센티미터 떨어지지 않은 거리였다. 빌리는 너무 가까이 접근한 그레이스를 보고 이맛살을 찌푸리면서 찢어진 부위를 다른 손가락으로 꾹 눌렀다.

"손톱 가지고 뭐하시는 거예요?"

"물어뜯고 있어."

"왜요?"

"긴장했을 때마다 이렇게 해. 너는 긴장했을 때 어떻게 하니?"

"아무것도 안 해요. 그냥 긴장하고 있죠."

"모든 사람들은 뭔가를 하는데."

"가끔은 긴장했을 때 사탕을 먹어요."

"아하! 전형적인 경우지."

"하지만 긴장하지 않았을 때도 사탕을 먹는걸요. 그러니 그게 의미가 있는 건지는 잘 모르겠어요."

그레이스는 빌리에게서 고개를 돌렸다. 흥미가 떨어진 사람처럼. 그러고는 빌리의 주방으로 발걸음을 옮겼다.

여전히 성인 방문객과 눈을 마주치고 싶지 않았던 빌리는 이번에는 엄지손톱을 맹렬히 공격했다. 그러자 그레이스가 빌리의 코앞으로 다가왔다. 아이는 빌리의 이마 바로 앞에 얼굴을 대고 단호한 목소리로 꾸짖었다.

"빌리 샤인, 당장 멈춰요!"

시간이 그대로 멈춰버렸다. 빌리는 여자아이의 코가 거의 자신의 코에 닿을 지경이라는 걸 뒤늦게 자각했다. 그는 크게 숨을 들이마셨다. 그러다가 느닷없이 크게 웃음을 터트렸다. 놀랍게도 그레이스 역시 깔깔거리면서 따라 웃기 시작했다. 빌리의 웃음이 전염된 것 같았다.

"침 튀겼어요." 그레이스는 얼굴을 손으로 쓰윽 닦아냈다.

그러자 빌리는 다시 한 번 웃음을 터트렸다. 그레이스 역시 곧바로 따라서 깔깔거리며 웃었다. 이번 웃음 발작은 유난히 멈추지 않았다. 그레이스도 영 정신을 차리지 못했다.

"좋아요." 빌리가 자리에서 일어서면서 말했다.

"좋다고요?" 그레이스가 물었다.

"뭐가 좋다는 거죠?" 레일린도 물었다.

"당분간 그레이스가 하루에 몇 시간 정도 여기에 있어도 좋아요."

다음 순간 빌리는 전혀 예상치 못한 외마디를 내지르게 되었다.

"욱."

그레이스가 온몸을 내던지듯 안기면서 빌리의 배를 두 팔로 끌어안았다.

빌리는 한 손을 그레이스의 머리 위로 올렸다. 아이의 두개골에서 전해지는 희미한 온기가 경이로웠다. 진짜 사람이다. 다른 사람의 온기를 느껴본 게 얼마만일까? 10년? 15년? 빌리는 그 강렬한 감각에 온몸이 녹아내리는 것 같다는 생각을 했다. 그리고 정말 녹아내렸다.

빌리는 무릎을 꿇고 앉아서 그레이스의 눈높이에 맞춰 바라본 다음 아이를 꼭 안아주었다. 겉으로 보면 빌리가 의도적으로 그렇게 한 것처럼 보일 것이다. 빌리도 그렇게 보이기를 바랐다. 하지만 사실은 빌리의 무릎이 녹아내려서 벌어진 일이다.

"아저씨는 '좋다'고 해주셨네요." 그레이스는 모두의 예상을 벗어난 속삭이는 어조로 말했다. "모두들 '싫다'고 했거든요. 그렇다면 아저씨는 나를 좋아한다는 의미겠죠?"

"내가 너를 좋아하는 건 사실이야." 빌리도 자신의 입 밖으로 나온 말을 듣고서야 그게 사실이라는 걸 깨닫고 있었다.

"어떤 점이 좋아요?"

"너는 용감하잖니." 빌리는 아이를 안았던 손을 풀어서 조금 뒤로 물러선 다음에 아이의 어깨를 두 손으로 짚었다.

"내가 어떻게 용감한데요?"

"음, 너는 밖으로 나왔잖아."

"이런, 그렇기는 하죠. 하지만 저뿐만 아니라 이 지구상의 모든 사람들이 그러는걸요."

"그럼 저기서 덩치 큰 두 남자가 싸우는 걸 말렸던 때는 어때?"

"어떤 덩치 큰 남자요?"

"제이크 래퍼티와 펠리페 알바레즈 말이다."

그레이스의 얼굴이 밝아졌다. 그레이스는 빌리가 그 일을 어떻게 알고 있는지 물어보지 않았다. 빌리가 한 번도 만나보지 못한 이웃의 이름을 어떻게 알고 있는지도 묻지 않았다.

"그러네요. 와! 나 정말 용감한 것 같아요. 그렇죠?"

그레이스는 다시 한 번 빌리에게 총알처럼 달려들어 안겼다.

"아저씨가 쓸모없는 사람이 아니란 걸 이미 알고 있었어요." 그레이스는 빌리의 귓가에 대고 속삭였다. 그리고 빌리에게서 떨어지며 크게 말했다. "그럼 빌리 아저씨, 내일 봐요." 그레이스는 그 말을 남기고 씩씩한 걸음으로 문을 향해 행진하듯 걸어갔다.

"고마워요." 레일린은 인사말을 건네고 밖으로 나갔다.

레일린이 문을 닫고 나가자 혼자 남은 빌리는 방금 자신이 저지른 일에 대해 생각하기 시작했다. 하지만 지금은 제대로 상황 분석을 할 수가 없었다. 이미 말해버렸으니 그것으로 끝이다. 일단 낮잠을 자기로 마음먹었다. 온몸을 비틀어 짠 듯 피곤해서 휴식이 필요했다.

빌리는 문 두드리는 소리에 깨어났다. 하지만 턱까지 이불을 끌어올려 덮고 한참을 더 침대에 누워 있었다.

문을 두드리는 소리가 반복되었다.

빌리는 크게 심호흡을 하면서 저 소동을 그치게 할 수 있는 방법은 딱 하나라는 사실을 받아들이기로 했다. 그는 자리에서 일어나 까치발로 조심조심 거실을 지나 문으로 갔다.

"누구세요?"

"제이크 래퍼티라고 하는 윗집 사람이오."

"아."

그 이상의 말을 했다가는 문 너머에서도 빌리의 떨리는 목소리를 눈치챌 것 같았다. 하지만 그렇게 하는 편이 오히려 상대를 쫓아내는 데 도움이 될지도 모른다. 먹잇감 동물이 포식자에게 피를 보여주거나 부러진 다리를 보여주면서 항복을 표현하는 것처럼.

"물어볼 게 있어서 왔소. 그 어린 여자아이를 돌봐준다니 그 전에 확인하고 싶은 게 있어서."

"네, 좋습니다." 빌리는 제법 용감하게 대꾸를 했지만 목소리의 떨림은 숨길 수가 없었다.

"문을 열 거요, 말 거요?"

"아마 말 것 같습니다."

"문을 열지 않는 특별한 이유라도 있소?"

"댁이…… 조금 위협적이어서요."

"이런, 젠장." 래퍼티가 말했다. "이러니까 내가 확인하려고 하는 거요. 당신, 호모요?"

"뭐라고요?"

"정말 내 질문을 못 들은 거요?"

"아니요, 정말 못 들은 건 아닙니다. 그런 질문을 들었다는 사실이 안 믿겨진다는 의미로 한 말이라는 편이 더 명확하겠네요."

"이보시오, 나는 이런 질문을 할 권리가 있소. 그 어린아이를 당신이 돌보기로 했다고 하니까. 맞소? 호모들은 대개 아동 성추행을 하는 경향이 있다는 건 세상 모든 사람들이 아는 사실이잖소. 그렇지 않다면야 당신 일에 내가 상관할 바 없겠지만, 그런 이유로 내가 당신에게 물어봐야만 하는 거요. 모든 사람들이 아는 사실이니까."

세상이 핑 하고 도는 것 같았다. 빌리는 잠시 숨을 고르며 마음을 가라앉힌 후 대꾸했다.

"그건 아니죠. 정말 아니에요. 모든 사람들이 그렇게 생각하지 않습니다. 왜냐하면 그런 주장은 절대로 사실이 아니기 때문입니다."

"지금 농담하는 거요? 그렇다면 그 남자아이들을 누가 성폭행했다고 생각하는 거요?"

"그거야, 아저씨 또래의 유부남들이죠."

"지금 그게 무슨 말이요?"

"아저씨 말씀이 틀렸다는 말입니다. 지금 하신 말씀 거의 대부분이 틀렸습니다."

"그러면서 아직도 내 질문에 답은 하지 않고 있군."

"논쟁을 이어가기 위해 아저씨가 하신 말이 모두 맞다고 가정해보죠. 물론 사실은 모두 틀린 말이지만요. 하지만 잠시만 아저씨의 세상을 기준으로 상상해보도록 하죠. 그레이스는 만나보셨나요?"

"물론 만나봤지."

"그 아이가, 남자아이였나요? 아니면 여자아이였나요?"

"아, 그렇군." 래퍼티가 말했다. "알겠어."

빌리는 래퍼티가 복도를 따라 걸어가며 점차 멀어지는 소리를 들었다. 퉁명스럽게 중얼거리는 말소리도 들려왔다. "괴상망측한 인간이야."

빌리는 침대로 돌아갔다. 다시 낮잠을 자기는 애당초 글러먹었다는 사실을 잘 알고 있었지만.

그날 밤 빌리는 45분 정도를 제외하고는 내내 깨어 있었다. 그나마 잠이 든 45분 동안에도 퍼덕대는 날갯짓 소리에 둘러싸여 있었다. 평소보다 더 오랫동안 끈질기게 이어지는 날갯짓이었다. 날개가 만들어내는 불협화음이었다.

✠ ✠ ✠

"집까지는 누가 데려다줬니?"

빌리는 소파 가장자리에 걸터앉아서 자신의 아파트를 둘러보는 그레이스를 보았다. 그레이스는 어제 유심히 살펴보던 빌리의 사진들을 처음 보는 것처럼 뚫어져라 쳐다보고 있었다.

빌리는 잠이 너무 부족했다. 신경이 너덜너덜해진 기분이었다.

"펠리페 아저씨가요. 그렇게 하면 욜란다 언니가 조퇴를 하지 않아도 되거든요. 조퇴를 하면 돈을 받지 못한대요. 욜란다 언니가 조퇴를 할 수는 있지만 그렇게 되면 받기로 한 돈을 받지 못하게 되는 거죠."

"욜란다는 누군데?"

"우리 엄마의 후견인이에요."

"후견인? 어떤 후견인? 뭘 후견하는데?"

"프로그램에서요. 왜, 있잖아요. 모임 같은 거요."

"이런 맙소사. 그 말을 들으니 많은 의문이 해소되는구나."

"뭐가 해소돼요?"

"그야…… 아, 그건 이쿼티 웨이버 프로덕션에서 〈아이스맨 코메스〉를 공연할 때 사진이야."

"아저씨 말을 듣기 전까지는 무슨 사진인지 알 것 같았는데, 이제는 모르겠네요."

"그런데 래퍼티 씨는 네가 우리 집에 올 거라는 걸 어떻게 알았을까?"

"아! 제가 말했으니까요. 펠리페 아저씨는 나를 학교에서 데리고 오는 일을 하고 싶어 하지 않았어요. 왜냐하면 래퍼티 아저씨가 그 문제로 펠리페 아저씨를 곤란하게 만들었거든요. 그래서 레일린 언니가 래퍼티 아저씨를 찾아갔어요. 나도 같이 갔죠. 래퍼티 아저씨는 정말 엄청나게 화를 냈어요. 하지만 레일린 언니는 털끝만큼도 무서워하지 않았어요. 펠리페 아저씨가 나를 학교에서 데리고 오게 되었으니 앞으로는 상관하지 말라고 분명하게 말했죠. 래퍼티 아저씨는 기분 나쁜 듯이 말했어요. '내가 왜 상관하겠소? 하고 싶은 대로 하시오.' 하지만 펠리페 아저씨가 일을 하러 나가고 나면 내가 어디에 있게 되는지 알고 싶어 하셨죠. 나는 이상하다고 생각했어요. 방금 전에 상관할 바가 아니라고 해놓고 그런 걸 물어보다니요. 여하튼 나는 래퍼티 아저씨에게 빌리 아저씨에 대한 이야기를 많이 해드렸어요."

"그 아저씨한테 나에 대해서 뭐라고 말했니?"

"예전에는 춤꾼이었고 연기자인데다 가수이기도 했다고요. 그리고 아저씨 이름이 빌리 샤인이라고도 했어요. 하지만 아저씨의 원래 이름은 로드니인가 데니스인가 뭐였다고도 말했어요."

"도널드."

"아, 맞아요. 도널드. 죄송해요. 그리고 아저씨 성은 플라인스틴이었지만 샤인이라고 바꿨다고도 했어요. 플라인스틴은 춤꾼의 이름이 아니기 때문에요."

"펠드만." 빌리는 갑자기 더 피곤해지는 것 같다는 생각을 하면서 말했다.

"아, 펠드만. 플라인스틴은 어디서 들은 걸까요?"

"감히 짐작해볼 엄두도 안 난다."

"또 이상하게 말하네요. 그런데 이건 뭐예요? 아저씨가 춤추고 있는 사진인가요?"

그레이스가 소파 근처 작은 테이블에 놓여 있는 액자를 들어 보이며 말했다.

"그래. 그건 브로드웨이에서 춤을 추고 있는 사진이야."

"브로드웨이가 뭐예요?"

"거리 이름이야. 뉴욕에 있지."

"거리처럼 보이지 않는데. 어딘가 안에서 춤추고 있는 것처럼 보여요."

"맞아. 극장 안이지. 브로드웨이에 있는."

"헤, 좋은 덴가요?"

"그지없이 좋지."

"이제 이 일을 하지 못한다니 안됐네요. 그러니까 제 말은 아저씨가 이 일을 무척 좋아했으니 그렇다는 거예요."

"그건 말이지, 이런 식으로 볼 수도 있어. 내가 계속 춤을 추고 있었다면 지금 브로드웨이에 있었겠지. 그랬다면 너는 누가 돌봐주겠니?"

"맞는 말이네요. 하지만 다르게 생각해볼 수도 있잖아요. 아저씨가 아직도 춤을 추고 있었다면……."

"우리 그만하고 침묵 게임이나 하는 게 좋을 것 같다." 빌리는 그레이스의 말을 가로막았다.

"침묵 게임이 뭐예요?"

"왜 그거 있잖아. 누가 말하지 않고 오래 버티는지 알아보는 게임."

"웩. 정말 지루한 게임이네요." 그레이스는 액자를 원래 자리에 내려놓으며 말했다. 하지만 사진 액자의 각도가 틀렸다.

"그렇지만 이 아저씨는 너무나 피곤하단다." 빌리는 손을 뻗어 액자 각도를 바르게 고쳤다. "어젯밤에 잠을 자지 못했어. 이야기를 할 만한 힘이 남아 있을지 자신이 없다."

그레이스는 갑자기 빌리의 앞으로 불쑥 다가와서 두 손으로 빌리의 무릎을 잡고 까치발로 통통 뛰면서 말했다.

"나한테 춤추는 법 가르쳐줄래요?"

"그것도 힘이 있어야 할 수 있는 일이지."

"제발요, 빌리 아저씨. 제발, 제발, 제발요! 제발, 제발, 제발요! 제에에에발요, 네?"

빌리는 깊은 한숨을 내쉬었다. 피곤에 찌든 한숨이 새어나왔다.

"좋아." 빌리가 말했다. "그 말을 듣고 있는 것보다 춤을 가르쳐주는 편이 덜 힘들 것 같구나."

6
그레이스

다음 날, 펠리페는 그레이스의 학교를 찾았다. 그리고 그레이스와 함께 집에서 조금 떨어진 대로변에 있는 레일린의 미용실로 갔다. 실제로 레일린의 가게는 아니지만 어찌 되었든 레일린이 일하는 곳이다.

"왜 거기로 가요?" 그레이스는 펠리페에게 물었다.

"나도 몰라. 레일린이 너를 그곳으로 데려오라고 했어. 너한테 이미 이야기를 해놨다고 하던데."

"아. 어쩌면 그랬는지도 모르겠네요. 레일린 언니가 뭔가 말했는데 내가 까먹은 모양이에요."

"거기 가는 게 싫으니?"

"그렇지는 않은 것 같아요. 그렇지 않아요. 그냥 빌리 아저씨 집에 가는 걸 기대하고 있었거든요. 아저씨가 나한테 춤을 가르쳐주기 때문에요. 아저씨는 타임 스텝이라는 춤을 가르쳐주고 있어요. 가장 먼저 배워야 하는 기본이라고 아저씨가 그랬어요. 하지만 왜 타임 스텝이라는 이름이 붙었는지 모르겠어요. 그게 스텝 하나만 하는 게 아니거든요. 제대로 된 춤이에요. 그러니까 엄청 여러가지 스텝을 밟아야 되는 거예요. 그 모든 스텝을 따라하느라 고생하고 있어요. 하지만 이제 겨우 한 번 배웠으니까요.

그건 '탭댄스'라고 한대요. 아저씨, 탭댄스가 뭔지 알아요?"

"그럼, 알지. 탭댄스 공연을 본 적도 있는걸."

"특별한 신발도 신어야만 해요. 탭슈즈라고 하는 거예요. 물론 저한테는 탭슈즈가 없죠. 저한테 탭슈즈가 있을 리가 없잖아요. 그렇죠? 그래서 빌리 아저씨가 탭슈즈를 빌려줬어요. 아저씨가 어릴 적에 신던 거래요. 아저씨한테 정말 특별한 신발이에요. 아저씨가 처음 신은 탭슈즈니까요. 아저씨가 내 나이였을 때 신던 거래요. 하지만 그거 알아요? 내가 신기에는 아직 너무 커요. 양말 세 켤레를 겹쳐 신어야 하죠. 그리고 그 신발을 우리 집에 가져갈 수는 없어요. 너무나 특별한 신발이니까요. 하지만 빌리 아저씨 집에서는 얼마든지 신을 수 있어요. 그리고 춤은 아저씨네 주방에서만 춰야 해요. 러그 위에서는 탭댄스를 출 수 없거든요. 여하튼 저는 두 번째 레슨을 기대하고 있었어요. 그렇지만 뭐 하는 수 없죠. 펠리페 아저씨, 지금 제 말 듣고 계세요?"

"아, 미안. 하지만 대부분은 들었단다. 거의 다 들었어."

"아저씨를 슬프게 하는 일에 대해 생각하고 있었어요?" 그레이스가 물었다. 펠리페의 얼굴이 슬퍼 보였기 때문이다.

"조금, 아주 약간 그런 생각을 했던 것 같아."

"저한테 얘기하실래요? 가끔은 그렇게 하는 게 도움이 되거든요."

"오늘은 아닌 것 같아. 언젠가 그렇게 할 수 있을지 모르지만 오늘은 아닌 것 같아. 네가 이해하기 어려운 일일 거야. 어른들의 일이거든. 왜 있잖니. 남녀 사이의 그렇고 그런 문제."

"아." 그레이스는 말했다. "그렇겠네요. '그런 문제'는 이해하기 어렵죠."

두 사람은 침묵을 지키며 한 블록 정도를 걸었다. 그러다가 그레이스가 물었다. "아저씨, 스페인어 할 줄 알아요?"

"그럼. 영어보다 스페인어를 더 잘하지."

"내가 보기에는 아저씨 영어도 훌륭해요."

"고마워."

"저한테 스페인어 가르쳐주실래요?"

"글쎄다." 펠리페는 머리를 긁으면서 말했다. "할 수는 있겠지. 조금 정도. 스페인어로 어떻게 말하는지 알고 싶을 때 사용할 수 있는 유용한 표현이 있어. *꼬모 세 디쎄 엔 에스빠뇨르?* 이렇게 말하고 나서 궁금한 걸 손으로 가리키거나 궁금한 단어를 말하면 돼. '스페인어로 뭐라고 말하나요?'라는 뜻이야. 그렇게 하면 매일 하나씩 스페인어를 배울 수 있겠지."

"*꼬모 세 디쎄 인 에스빠뇨르.*" 그레이스가 말했다.

"음, '인'이 아니고 '엔'이야."

"아, 어, *꼬모 세 디쎄 엔 에스빠뇨르.*"

"잘했어."

"하지만 이걸로 충분치 않아요. 질문하는 것만 배운 걸로는요. 오늘도 질문을 해서 뭔가 단어를 더 배워야 할 것 같아요."

"좋아. 어떤 걸 스페인어로 말하고 싶니?"

"탭댄스요. 탭댄스를 스페인어로 뭐라고 하는지요."

"그걸 알고 싶다면 제대로 물어봐야지."

"아. 맞다. *꼬모 세 디쎄 엔 에스빠뇨르······* 탭댄스?"

"바일레 사빠떼아도."

"후와. 그거 발음하기 어려울 것 같아요."

"그러면 오늘은 조금 더 쉬운 걸로 해야 할 것 같구나."

그레이스는 잠시 두리번거리다 개와 함께 산책하는 노인을 발견했다.

"*꼬모 세 디쎄 엔 에스빠뇨르······* 개?"

"삐로."

"삐로." 그레이스가 말했다.

"잘했어."

"펠리페 아저씨, 아저씨는 나를 좋아해요?"

"물론 좋아하지."

"나의 어떤 면이 좋아요?"

"많은 면이 좋지."

"하나만 꼭 집어서 말해주세요."

"음, 스페인어를 알려달라고 한 거? 지금껏 나한테 스페인어를 가르쳐 달라고 한 사람은 한 명도 없었거든. 사람들은 스페인어를 쓰는 사람이 영어를 배워야 한다고 생각해. 그래서 스페인어를 배워보겠다는 사람이 있을 거란 생각은 한 번도 못해봤어. 그런데 스페인어를 가르쳐달라는 부탁을 받으니 내가 존중받는 느낌이 드는구나. 나의 모국어에 대한 존중도. 네가 부탁한 일이 그런 거야."

"나는 스페인어를 배우는 게 좋아요." 그레이스가 말했다. "탭댄스 레슨을 빼먹게 되었지만 스페인어를 배울 수 있게 되어서 정말 좋아요. 그런데 레일린 언니가 나를 언니네 미용실로 오라고 한 이유가 궁금하네요."

"아마도 네 머리를 어떻게 해보고 싶어 하는 것 같은데."

"와우, 내 머리. 맞다." 그레이스가 말했다. "그 말을 들으니 많은 의문이 해소되네요."

"오, 이런, 맙소사." 벨라라는 이름의 여자가 그레이스의 뒷머리채를 잡고 말했다.

벨라는 덩치가 커다란 아프리카인이다. 레일린처럼 아프리카계 미국인이 아니라 정말 아프리카에서 태어난 아프리카인. 나이지리아에서 왔다는 벨라는 아프리카에서 태어난 사람들이 종종 보여주는 근사한 억양을 가지고 있었다. 그리고 머리카락을 여러 가닥으로 땋아 내린 드레드록스 스타일을 하고 있었다. 그녀는 미용사이자 레일린의 친구였다.

벨라는 레일린 옆에 서서 고개를 가로저으며 혀를 끌끌 찼다. 그레이스는 거울에 비친 둘을 쳐다보았다.

"빗질을 좀 해줄 수 있을까?" 레일린이 물었다.

"자기야, 그렇게 하면 죽을 만큼 아플 거야. 머리카락도 많이 빠질 거고. 그냥 잘라내는 편이 좋을 것 같아."

그레이스는 거울 속에 있는 레일린이 미간을 찡그리는 모습을 놓치지 않고 보았다.

"얘네 엄마가 어떻게 생각할지 모르겠어."

"엄마? 그 사람은 뭐하러 걱정해? 지금 그 엄마는 어디 있는 거야? 당장 조치를 취해야만 하는 일이 있다고. 누군가는 결정을 내려야만 하잖아. 그러니 그 누군가를 자기가 해."

벨라가 말을 많이 하면 할수록 그레이스는 그녀의 억양이 마음에 들었다. 비록 벨라가 자신의 엄마에 대해 이야기하는 내용은 전혀 마음에 들지 않았지만. 사실 엉망으로 엉킨 머리를 잡아 뽑는 것보단 깔끔하게 잘라내는 편이 좋을 것 같았다. 그레이스의 머리는 지독하게 엉켜 있었다. 그레이스는 그런 자신의 머리 상태가 너무 싫었다. 그러니 여기 있는 사람들이 결정해줬으면 좋겠다고 생각했다. 바로 여기서, 지금 당장.

"그래도 아이 엄마의 의견을 들어야 할 거야. 내겐 책임이 있으니까." 레일린이 말했다.

그레이스는 새삼스럽게 레일린을 살펴보았다. 거울을 통해 바라보는 레일린의 모습은 평소와 달라 보였다. 벨라가 바로 옆에 서 있기 때문에 더더욱 그렇게 보였는지 모르겠다. 레일린은 마른 체형의 아름다운 아가씨였다. 그렇다고 벨라가 아름답지 않다는 의미는 아니다. 벨라 역시 아름답다고 생각했다.

그레이스는 벨라의 기다란 손톱이 자신의 머리를 가볍게 긁는 것을 느꼈다. 그나마 머리를 빗어 넘길 수 있는 곳에서 두개골을 따라 벨라의 손이 움직였다. 마사지를 받는 것처럼 기분이 좋았다.

"얘네 엄마가 자기 생각을 말할 정도로 정신을 차릴 수는 있는 거야? 그나저나 애 엄마한테 카운터에 연락하라고 말은 했어?"

"연락한다고 했어." 레일린은 자신 없는 목소리로 말했다.

"그런다고 했어요!" 그레이스가 불쑥 끼어들었다. "엄마가 연락할 거예요. 약속했거든요."

"그렇구나. 네 엄마가 직접 전화하겠다고 하셨니?"

"그럼요. 언니가 나의 베이비시터가 되어줄 거라고도 했어요."

레일린의 미간 사이 주름이 한층 깊어졌다. "엄마가…… 완전히 깨어나기는 하셨니? 그런 것처럼 보였니?"

"중간 정도로 깨어 있었어요." 그레이스가 말했다.

레일린과 벨라는 거울을 통해 서로의 눈을 바라보았다. 벨라가 눈알을 약간 굴리는 바람에 그레이스는 벨라의 흰자위를 볼 수 있었다.

"행운을 비는 수밖에 없을 것 같네." 레일린이 말했다.

"그럼, 여러분. 우리 집중합시다. 이 머리를 어떻게 할까요?" 벨라가 말했다.

"그레이스가 결정하게 해야 할 것 같아. 얘 머리니까. 그렇지, 그레이스?"

"음. 아무래도 잘라야 할 것 같아요. 머리가 엉켰을 때 누가 빗어주는 건 정말 싫거든요. 머리를 막 잡아당기니까요. 하지만…… 잘 모르겠네요. 괜찮게 보일까요?"

"괜찮게 보이겠냐고?" 벨라는 호탕하게 웃었다. "맙소사! 이 아가씨 좀 보게! 지금 너 누구랑 있는지 모르는구나. 내가 네 머리를 만지면, 넌 최상의 상태가 되지!"

"최상의 상태라는 말이 무슨 뜻인지 모르겠어요." 그레이스가 말했다.

"좋아 보인다는 말이야." 레일린이 말했다. "좋아 보이는 것보다 더 좋다는 뜻이지."

"와우, 그렇다면 좋아요."

드디어 벨라는 그레이스에게 망토 같은 천을 씌우고 목덜미를 똑딱 단추로 잠궜다. 그레이스는 목이 졸리기라도 하는 양 켁켁거리는 소리를 냈다.

"그래도 옷깃 속으로 머리카락이 들어가는 것보다는 나을 거야." 벨라가 말했다. "그렇게 되면 미치도록 간지럽단다."

"맞아요. 그건 싫어요. 세상에서 제일 싫은 일이에요."

"그레이스에게 빗질하는 법도 가르쳐야겠어." 레일린이 말했다.

"빗질하는 법은 나도 알고 있어요." 그레이스는 목소리를 조금 키워서 말했다.

하지만 그레이스의 관심은 거울에 비친 여자 손님에게로 옮겨가고 있었다. 소파에 앉은 그 여자의 무릎 위에는 작은 황갈색 치와와 한 마리가 앉아 있었다.

"삐로." 그레이스가 말했다. 하지만 아무도 신경 쓰지 않았다.

"그런데 왜 빗질을 안 하고 다녔니?"

"집에 빗이 하나밖에 없는데 그게 엄마 침실에 있는 옷장 맨 위에 올려져 있거든요. 내 손이 닿지 않는 곳이에요. 물론 기어 올라가면 되기는 해요. 전에 해본 적도 있어요. 빗을 가지러 올라간 건 아니었지만요. 다른 걸 집어 오려고 기어 올라갔어요. 그 다른 게 뭐였는지는 지금 기억이 나지 않아요. 잊어버렸어요. 하지만 당시에는 너무나 중요한 물건이어서 거기까지 갔던 건데. 지금은 기억도 나지 않네요. 웃기지 않아요? 결국 그 바람에 모든 게 내 위로 쏟아졌어요. 나는 비명을 지르며 울었죠. 여기서 살기 전에 있었던 일이에요. 어쨌든 다시는 그런 일을 할 생각이 없어요."

"이 엉킨 머리를 잘라 내기 전에는 머리를 제대로 감을 수도 없을 것 같아." 벨라가 말했다. 그레이스의 말을 전혀 듣지 않은 게 분명했다. 벨라는 윤이 나는 길고 뾰족한 가위를 꺼내 들고서 그레이스의 머리 위로 이동하다가 잠시 동작을 멈추었다. 그레이스의 머리를 어떻게 자를지 고민하는 표정이었다.

'머리야, 잘 가라.' 그레이스는 작별 인사를 했다. 머리를 빗고 잡아당기는 것보다는 이편이 나았다.

"아이 머리가 이 지경인데 학교에서 아무런 눈치도 채지 못했다는 게 놀랍네." 레일린이 말했다. "선생님이라면 아이가 몇 주 동안 빗질도 안 하고 다니는 걸 눈치채야 하는 거 아니야?"

"눈치챘을 거야." 여전히 가위를 든 손을 움직이지 않은 채로 벨라가 말했다. "그건 그렇고 누가 카운티에 신고했는지는 여전히 모르는 거지?"

"음. 맞아. 그건 생각해보지 않았어."

레일린과 함께 걸어서 집으로 가는 동안 그레이스는 자신의 손톱을 자꾸만 쳐다보았다. 두 손을 앞으로 내밀어 감탄어린 눈으로 보았다. 그 바람에 두 번이나 인도의 갈라진 틈에 걸려서 넘어질 뻔했다. 아니 세 번.

"길을 봐야지."

"하지만 손톱이 너무 예쁜걸요!"

머리를 자른 후에 레일린은 그레이스에게 가짜 손톱을 붙여주었다. 접착제로 붙이는 핑크색 손톱에는 반짝이는 예쁜 장식들이 붙어 있었다. 가운데 손톱에 붙인 작은 장식이 특히 예뻤다. 은색으로 빛나는 장식은 작은 말이 날아가는 것 같은 모양을 하고 있었다. 그레이스는 그 날아가는 말을 쳐다보는 걸 멈출 수가 없었다.

"마음에 들어하니까 좋네." 레일린이 말했다.

"저 스페인어 할 줄 알아요." 그레이스는 계속 손톱을 쳐다보면서 말했다.

"언제부터?"

"오늘부터요."

"오늘부터 스페인어를 한다고?"

"조금요. 아까 배웠어요. '꼬모 세 디쎄 엔 에스빠뇨르 개?'라는 말을 할 줄 알아요. 이 말을 하면 '뻬로'라고 답해야 해요. '에스빠뇨르'로 개는 '뻬로'라고 '디쎄'하는 거예요."

"와, 대단한데. 하루에 배울 수 있는 스페인어가 상당하네. 이런, 조심해, 그레이스. 길을 좀 보고 걸어가렴."

"죄송해요." 그레이스는 사과했다. 그러고 나서 레일린에게 물었다. "집에 도착하면 피자를 시킬 수 있을까요?"

"그럴걸." 레일린이 말했다. "하지만 지난번 피자와 같지는 않을 거야. 그런 걸 배달시킬 능력이 안 돼. 피자가 그렇게 비쌀 수도 있다는 걸 예전엔 미처 몰랐지. 배달원이 가격을 말하는데 농담인 줄 알았다니까. 누가 피자 한 판에 페퍼로니에 소세지에 캐나다 베이컨에 미트볼까지 몽땅 토핑해

달라고 하니?"

"저요."

"게다가 트리플 치즈까지? 더블 치즈까지는 들어본 적 있다만……."

"너무 비쌌다면 죄송해요. 하지만 먹고 싶은 대로 시키라고 하길래……."

"맞아." 레일린이 말했다. "그랬지. 그래서 살면서 배우는 게 많다고들 하나봐. 이번에는 내가 주문할게. 미리 말해두는데 이번에는 치즈와 페퍼로니로 먹어. 그 이상은 없다."

그레이스는 혼자 흐뭇한 미소를 지었다. 그래도 피자는 피자였다.

"나의 어떤 점이 좋은지는 아직 생각해보지 않았어요?"

"생각해봤어." 레일린이 말했다. "사실 진지하게 생각해봤어. 너는 역경에 굴하지 않는 아이야. 불평도 하지 않지. 지금 당장 내가 생각할 수 있는 건 이 정도야. 이건 그냥 지금까지 생각한 거야. 전에도 말했지만 너를 더 잘 알게 되면 분명 좋은 점을 훨씬 더 많이 말할 수 있을 거야."

"그 정도로도 됐어요." 그레이스는 다시 자신의 손톱을 흘깃 쳐다보면서 말했다. 오른손 약지 손톱에는 작은 초승달 장식이 붙어 있었다. "그이야기랑 피자면 오늘은 충분해요."

7
빌리

빌리는 아파트 문을 활짝 열고 복도로 뛰어나가 레일린과 그레이스의 바로 앞에 섰다.

"오늘 그레이스가 오지 않는다고 왜 말해주지 않은 겁니까?" 고함치듯 말하던 빌리는 자신의 분노 섞인 목소리에 스스로 놀랐다. "걱정돼서 정신이 나갈 지경이었어요. 정말입니다. 오후 내내 끔찍한 상태로 있었어요. 완전히 최악이었죠. 그레이스에게 무슨 일이 생긴 거라고 생각했어요. 그 바람에 아주 엉망진창이었어요. 손톱이 하나도 남아나지 않았다고요."

레일린은 한참을 그대로 우뚝 서서 입을 벌린 채 빌리가 하는 말을 들었다. 그런 다음에 고개를 숙여 그레이스를 보았다. "그레이스. 너, 빌리 아저씨에게 말하지 않았구나. 아저씨한테 말하겠다고 나한테 약속했잖아."

"아차차차!" 그레이스는 눈도 입도 동그랗게 벌린 채 레일린을 쳐다보았다.

빌리는 바보처럼 가만히 서 있었다. 모든 격노와 열기가 빠져나갔다. 그레이스 또래의 아이가 뭔가를 잊어버렸다고 해서 계속 화를 낼 수는 없는 노릇이다.

"죄송해요." 레일린이 말했다. "다 제 잘못이에요. 전적으로 제 책임이에요. 그레이스한테 맡겨 놓을 일이 아니었어요. 다음엔 계획이 바뀌면 제가 직접 말씀드릴게요."

"저도 죄송해요." 그레이스가 말했다. "아저씨가 손톱을 다 뜯어먹게 할 생각은 없었어요."

빌리는 깊은 한숨을 내쉬면서 극도의 공포감에 사로잡혔던 오후 시간을 모두 지워버리기로 했다.

"그래도 오늘 춤을 배울 수는 있죠?" 그레이스가 물었다.

"아, 안 돼. 오늘은 안 되겠다. 미안하구나. 정말 기진맥진한 오후였어. 그래서 난 도저히……. 이런, 맙소사! 이거 좀 보게! 네 머리!"

"마음에 들어요?"

"마음에 드냐고? 완전히 다른 사람이 되었잖아! 완전히 새로운 소녀야. 스타일이 아주 멋져! 정말 감동적이다!"

"이 손톱도 보세요."

그레이스는 빌리에게 잘 보이게 손가락을 들어 보였다. 아주 자랑스럽게.

"근사하구나. 굉장히 근사해. 완전히 다시 태어난 수준이야."

그레이스가 빌리를 쳐다보며 환하게 웃었다.

순간 빌리는 마법에서 깨어났다. 마치 거품이 팡 터지듯 예상치 못한 순간에 일이 벌어졌다.

"이런, 맙소사. 내가 복도에 나와 있잖아." 빌리는 허둥지둥 집 안으로 들어갔다.

✢ ✢ ✢

"어제 일은 아직도 너무 죄송해요."

그레이스는 빌리의 집 주방에 서 있었다. 주방에는 앉을 자리가 없기 때문이다. 그레이스는 식기세척기에 등을 기대고 서서 빌리의 특별한 탭 슈즈를 신는 데 열중했다. 양말을 세 켤레 겹쳐 신었기 때문에 양말이 접히지 않게 조심해야 했다.

"그 일은 그만 미안해해도 돼."

"하지만 아저씨의 불쌍한 손톱을 보세요. 너무 아파 보여요."

"아니, 내 불쌍한 손톱은 보지 마." 빌리는 목욕 가운 주머니 깊숙이 두 손을 찔러 넣었다. 아팠다. 아직도 손가락 모두가 따갑고 쓰라렸다.

"왜 보지 마요?"

"아파 보이니까."

"다 제 잘못인 것 같아요."

그레이스는 마침내 한쪽 신을 다 신었다.

"이봐, 꼬마 아가씨. 내가 약간의 긴장과 불안도 제대로 견디지 못하는 괴짜 미치광이인 게 네 잘못은 아니야."

"아저씨 자신을 그런 식으로 말하지 말아요." 그레이스는 마치 관객 앞에 선 배우처럼 잔뜩 인상을 찡그리면서 말했다. 연극배우 같았다. 정말이지 빌리의 마음에 쏙 드는 아이다.

"어쨌든 어제 일은 전적으로 실수였잖아. 지나간 일은 지나간 일이야. 다 끝난 일이지. 정말 다행히도."

"나는 아저씨가 지나간 일들을 좋아하는 줄 알았어요."

"어떤 건 그렇지. 하지만 어떤 건 아니야."

그레이스는 탭슈즈를 신은 발을 주방 바닥에 내려놓았다. 탭슈즈가 바닥을 치는 소리가 빌리 마음의 방어막을 뚫고 들어와 민감한 부분을 건드렸다. 헤어진 연인과 우연히 만난 것 같았다. 도무지 회복할 수 없을 정도로 깊은 상처를 주었던 사람이지만 아직도 사랑하는 마음을 품고 있는 상대를 불시에 마주친 것처럼. 작지만 독특하고 명료한 저 소리에 얼마나 많은 시간을 바쳤던가?

"좋았던 일만 기억하고 나머지는 잊어버리는 편이 좋아."

"그렇게 안 될 것 같아요." 그레이스가 말했다.

"뭐가 그렇게 안 될 것 같은데?"

그레이스는 다시 한 번 탭슈즈로 소리를 냈다. 플랩 동작을 천천히 해 보는 중이었다. 첫 시간에 배운 내용이었다. 그런 다음에 다른 쪽 탭슈즈를 신으면서 말했다.

"행복만 느끼고 슬픔은 느끼기 싫어하는 사람들이 있죠. 그런데 그게 마음대로 되진 않아요. 뭔가를 느끼거나 아예 못 느끼거나 둘 중 하나만 되죠. 감정을 고르고 선택하는 건 되지 않아요. 적어도 내 생각에는 그래요."

빌리는 곧바로 대꾸하지 못했다. 그저 한쪽 어깨를 벽에 기댄 채 서서 멍하니 그레이스를 바라볼 수밖에 없었다.

잠시 후 그레이스는 고개를 들어 빌리를 보았다.

"말이 없어지셨네요."

"네 나이에는 그런 말 하는 거 아니야."

"왜요? 바보 같아요?"

"아니. 현명해서. 너무 현명해서 문제야."

"너무 현명해서 문제인 게 어디 있어요. 예이! 다 신었다!"

그레이스는 두 번째 탭슈즈의 끈을 묶고 주방 한가운데로 성큼성큼 걸어 나왔다. 그리고 빌리가 가르쳐준 타임 스텝을 밟았다. 순서는 틀렸지만 스텝의 종류는 모두 해낼 수 있었다.

주방 바닥에 탭슈즈가 부딪치는 소리는 완벽하지 않았다. 하지만 빌리의 위축된 가슴 속을 추억으로 가득 채우기에는 부족함이 없었다. 그는 지나간 추억을 두 개의 그룹으로 나누어서 어떤 건 보관하고 어떤 건 폐기할 수 없다는 사실을 깨달았다. 과거는 일괄 포장된 채로 다가왔다.

"잠깐, 잠깐만." 그레이스의 춤 자체에 다시 집중하게 된 빌리가 말했다. "몇 가지를 잊어버렸구나."

"어제 레슨을 받지 못했잖아요."

"지금 당장은 타임 스텝을 하지 말자."

"하지만 배우고 싶은걸요!"

"나중에 가르쳐줄게. 약속해. 하지만 그 전에 잊지 말아야 할 게 있어. 너한테 팔이 있다는 걸 알아야 한다고 말한 거 기억하니?"

"팔이 있다는 건 나도 알아요." 그레이스는 증거를 대듯 두 팔을 들어 보였다.

"그게 무슨 뜻인지도 말했잖아. 기억나니? 팔이 있다는 걸 알아야 한다는 말을 했을 때 말이야."

"아, 네! 음, 생각 좀 해볼게요. 모르겠어요. 죄송해요. 기억이 안 나요."

"스텝을 밟는 데만 집중하면 발만 생각하게 된다는 거야. 타임 스텝을 하려면 기억을 해야만 하잖아. 더군다나 한 번밖에 배우지 않았으니 말이다. 하지만 나는 네가 첫발부터 제대로 내딛게 되기를 원한단다."

"첫 스텝이 틀렸어요?"

"아니. 내가 말하려는 건 말이지, 발은 잘 움직이지만 나머지 몸은 조각상처럼 뻣뻣하게 되는 나쁜 습관을 갖지 않길 바란다는 거야. 일단 정말 기본적인 걸 해보자. 스탬프와 스톰프를 연이어 해보고 나서 그걸 단순한 리듬에 맞춰보고, 그 다음에는 상반신과 팔에 집중하는 거야."

"상반신이 뭐예요?"

"여기, 몸통."

"아, 처음부터 그렇게 말하지 그랬어요?"

"이제 잡담 금지. 선생님 힘들게 하는 것도 금지다. 특히 이런 싼 값에 레슨을 하는 경우에는 더더욱 그래. 자 이제 시작하자. 오른발부터, 스탬프."

그레이스는 오른발을 아래로 떨어트려 만족스러운 소리를 내고 나서 다시 들어 올린 다음에 고개를 들어 빌리를 쳐다보면서 미소 지었다.

"그건 스탬프가 아니야. 스퐁즈지."

"제길." 그레이스는 미소를 지우면서 말했다. "두 개가 늘 헷갈린다니까요."

"차이를 기억하는 방법을 말해줬잖아. 내가 가르쳐줬던 것 기억하니?"

"사실 기억나지 않아요."

"편지 봉투에 도장을 찍을 땐?"

"맞다! 기억나요! 편지 봉투에 도장을 찍을 때는 도장을 반듯이 해서 그대로 아래로 내려트리죠. 맞다. 그래서 스탬프 스텝은 신발의 앞부분 징과 뒷부분 징으로 동시에 땅을 내딛고 내 몸무게를 그 발에 싣는 거죠."

"맞아. 오른발로 스탬프 스텝을 밟고 무게를 오른쪽으로 옮긴 다음 다시 왼발을 들어 올려서 스탬프 스텝을 한 다음에 무게를 왼발에 옮기는 거야. 그걸 반복하는 거지."

"이건 쉬워요." 그레이스는 스탬프 스텝을 서너 번 반복하면서 말했다. "너무 쉬워요."

"그러니까 몸의 나머지 부분에 대해 생각할 수 있게 되는 거야."

"아, 그러네요. 내 팔." 그레이스는 계속 스탬프 스텝을 밟으면서 말했다. "팔들은 뭘 해야 하나요?"

"팔에게 물어보렴."

"그건 멍청한 짓 같은데요."

"일단 해보고 나서 멍청한 짓이라고 해."

그레이스의 팔은 허리춤까지 올라와서 스탬프 스텝의 리듬에 맞춰서 움직이기 시작했다. 빌리는 속으로 미소를 지었다.

"아래층에 우리 말고 다른 사람이 안 살아서 다행이에요." 그레이스가 말했다.

"정말 다행이지." 빌리도 따라 말했다.

하지만 바로 그 순간, 누군가 빌리네 문을 두드렸다. 주방은 그대로 멈춤 상태가 되었다. 두 사람은 잠시 침묵 속에서 현관문 쪽을 뚫어지게 바라보았다.

"이런 망할!" 빌리는 숨죽인 채로 말했다. "도대체 왜 사람들이 계속 우리 집 문을 두드리는 거지? 전에는 배달부 외에는 문을 두드리는 사람이 하나도 없었는데 말이야. 몇 년 동안이나. 그런데 이제는 갑자기 일상적인 일처럼 되어버렸어."

"저 때문이에요." 그레이스는 놀랍도록 차분한 목소리로 말했다.

"그렇지 않아."

"나를 돌봐주겠다고 말한 다음부터 이런 일이 시작된 거잖아요."

"그건 사실이네."

그때 문을 두드리는 소리가 더 커졌다.

빌리는 큰 소리로 외쳐 물었다. "누구세요?"

"에일린 퍼거슨이에요. 아래층에 사는 사람이요."

빌리는 그레이스와 눈짓을 교환했다.

"네가 여기 있는 걸 엄마가 아시니?"

"잘 모르겠어요."

빌리는 심호흡을 한 다음에 문가로 걸어가서 방범용 안전걸이를 제외한 모든 걸쇠를 풀었다. 두방망이질 치는 자신의 심장 소리를 들키지 않기를 바라는 마음으로 몇 센티미터 정도만 살짝 문을 열었다.

"죄송합니다." 빌리는 말했다. "소리가 너무 컸나요?"

"네, 좀 그랬어요. 낮잠을 자고 있었거든요. 여기서 뭘 하시는지 모르겠지만 쓰레기통을 마구 두드리면서 춤을 추는 것 같은 소리가 나서요."

"죄송합니다. 이 시간에 누군가 잠을 잘 수도 있다는 생각을 미처 못 했네요."

빌리의 말에 섞여 있는 약간의 비꼬임을 알아차렸는지는 장담할 수 없지만 여하튼 에일린은 다른 말을 하지 않았다.

그녀는 끔찍한 몰골을 하고 있었다. 빌리는 자신이 누굴 평가할 주제가 되지 못한다는 걸 잘 알고 있다. 빌리 역시 꼴이 말이 아닐 것이다. 그렇지만 빌리는 이웃집 문을 두드리러 밖으로 나가지 않았다. 만약 그런 일을 하려고 했다면 가장 먼저 몸단장을 했을 게 분명하다. 뭐, 현실적으로 빌리는 애초에 나갈 생각도 하지 않았겠지만. 말하자면 그렇다는 거다.

"제가 그랬거든요. 그런데 제 딸 본 적 있으세요? 그레이스 말이에요. 그레이스 아세요?"

"이 아파트에 사는 모든 사람들이 그레이스를 알죠."

"그 아이가 어디에 있는지 아시나요?"

"제가 아는 건…… 아이가 탈 없이 잘 있다는 겁니다."

여자는 미심쩍은 눈으로 빌리를 쏘아보았다.

"어디 있는지 모른다면서 탈 없이 잘 있다는 건 어떻게 알죠?"

"아이한테 스케줄이 잡혀 있거든요." 빌리는 너무 많은 정보를 주는 게 아닌가 걱정하면서도 말을 계속 이어나갔다. "그레이스는 학교에 갑니다.

그러면 누군가 아이를 데리러 가죠. 그런 다음에 누군가가 돌봐주고 있으면 레일린이 집에 돌아옵니다. 그러면 그레이스는 레일린과 함께 있죠. 그레이스는 그렇게 학교에 있거나 펠리페와 함께 있거나 나와 함께 있거나 레일린과 함께 있게 됩니다."

"흠, 그런 스케줄에 대해서는 아는 바가 없어요. 레일린이 다 해주는 거라고 생각했어요. 하지만 좋은 일인 것 같네요. 좋아요. 그럼, 그레이스를 보게 되면 내가 집으로 오라고 했다고 전해주실래요?"

"그럴게요. 그레이스를 보게 되면 말할게요."

"고마워요." 그레이스의 엄마는 복도를 따라 아래층으로 내려갔다.

빌리는 문을 닫고 다시 걸쇠를 잠갔다. 그런 다음에 문에 등을 기대고 서서 크게 숨을 쉬면서 초과된 스트레스를 같이 날려 보냈다.

빌리는 그레이스가 있는 주방으로 되돌아갔다. 아이는 여전히 스탬프 스텝 연습을 계속했지만 발을 실제로 들지는 않았다. 그저 몸무게를 한쪽 발로 옮기고 무릎을 굽히는 정도만 하고 있었다. 팔이 있다는 것도 잊지 않았다.

"팔도 잘 움직이고 있네." 빌리가 말했다.

"고맙습니다. 그렇지만 춤을 출 수 없으니 망했어요. 어쩌다가 엄마를 깨우게 된 걸까요? 하루에 한 시간 정도를 제외하고는 엄마를 깨울 수 없거든요. 그런데 그게 왜 하필 지금인 거죠?"

"엄마가 널 보면 집으로 보내라고 하셨어."

그레이스는 한숨을 내쉬었다. "알았어요. 그리 오래 걸리지는 않을 거예요."

그레이스는 신발 끈을 풀고 오랜 친구에게 작별을 고하듯 탭슈즈를 벗었다.

2분이 채 지나기도 전에 그레이스가 돌아왔다.

"엄마가 다시 곯아떨어지셨어요. 이번에는 엄마가 깨어나지 않을 거라고 확신해요."

"위험을 감수할 생각은 없구나." 빌리가 말했다.

"밖으로 나가서 할 수도 있잖아요."

"너는 밖에 나가서 할 수도 있겠다."

"아, 맞다. 깜빡했어요. 그러면 발코니로 나가서 할 수도 있지 않을까요. 아저씨네 발코니는 우리 집 바로 위가 아니잖아요."

"얘야, 지금은 환한 대낮이야."

"그래서요?"

그레이스는 빌리의 답을 기다렸다. 한참이나 기다렸다. 빌리는 그레이스의 인내심에 놀라고 말았다. 하지만 결국 그레이스도 포기했다.

"발코니에도 나가지 못하는 거예요?"

"내가 그렇게 하지 않기로 선택한 거라고 해두자."

"하지만 거기에 나가 있는 걸 내가 두 번이나 봤어요."

"그렇지만 첫 번째는 어두워진 후였잖니. 그 다음에는 거의 해가 진 후였고. 게다가 나는 배를 깔고 기어 다니고 있었잖아. 너도 기억할지 모르겠다만."

그레이스는 오랫동안 아무 말도 하지 않았다. 너무 오래 가만히 있어서 빌리는 그레이스가 뭐라도 말하길 바라는 심정이 되었다. 그 시점에는 아무 말이라도 하는 편이 말없이 있는 것보다 나았다.

마침내 빌리는 더 견딜 수가 없게 되어서 자신이 침묵을 메웠다.

"난 한 번도 내가 정상인이라고 주장한 적 없다."

"그건 맞는 말이네요. 뭐, 상관없어요. 어쨌든 나는 아저씨가 좋아요. 그럼 나는 발코니에 나가고 아저씨는 여기에 서서 유리 너머로 나를 봐주는 건 어때요? 그러다가 내가 틀리면 문을 열고 말해주면요?"

"그럼 되겠다."

레일린이 퇴근하고 그레이스를 데리러 올 무렵에 그레이스는 꼬박 한 시간 동안 춤을 추고 있었다. 중간에 1~2분 정도 잠시 쉰 게 전부였다. 얼굴은 발갛게 달아올랐고 짧은 머리카락은 땀에 흠뻑 젖었다. 하지만 그레이스는 계속 춤을 추었다.

이제 팔이 있다는 걸 확실히 알게 된 그레이스는 다시 타임 스텝을 천천히 연습했다. 스텝을 모두 기억하고 있다는 걸 확인하자 정상적인 속도로 움직였다. 물론 팔도 적절히 움직였다.

빌리는 그레이스가 진짜 댄서가 될 수도 있겠다고 생각했다. 충분히 관심을 기울이고 시간을 내서 매진한다면. 동시에 남자나 자존심 같은 것에 흔들리거나 그 모든 것들의 방해를 이겨낸다면. 그리고 삶의 흉포함에 두들겨 맞지 않는다면 가능할지도 모른다. 생각이 여기까지 이르자 빌리는 뻐근한 아픔을 느꼈다. 명치를 관통하는 통증이 미세하게 감지되었다. 하지만 그레이스를 자랑스러워하는 마음에서 시작된 통증인지 아니면 질투하는 마음인지 그도 아니면 두려워하는 마음인지 구분할 수가 없었다. 아마도 그 모든 감정이 뒤섞여 있다고 보는 게 맞을 것 같았다.

레일린이 오자 그레이스는 그녀의 팔을 잡아당겨 미닫이 유리문 앞에 서게 했다. 그리고 발코니로 나가서 타임 스텝을 밟는 자신을 보게 했다. 레일린은 빌리와 어깨를 나란히 하고 서서 관객으로서의 역할을 충실히 했다.

"정말 놀랍네요. 그레이스가 지금 스페인어도 배우고 있는 거 아세요?"

"잘됐네요. 저도 스페인어를 조금 더 잘했으면 좋았을 거라고 늘 생각해요. LA에서는 아주 유용한 언어거든요. 물론…… 집 밖으로 나가는 사람들에게 해당되겠지만요."

레일린은 흘깃 빌리를 쳐다보다가 그레이스에게 다시 시선을 돌렸다. 레일린이 잠시 한눈판 걸 그레이스에게 들키기 전에 재빨리 움직여야 했다.

"사과를 드려야 할 것 같아요. 직접적으로 말하지는 않았지만…… 그레이스를 맡겨도 좋을지 의구심을 갖고 있었어요."

"지극히 정상적인 생각 같은데요."

레일린이 고개를 돌려 빌리를 바라보았다. 두 눈썹은 한껏 추켜올려져 있었다.

"내가 정상적이지 못하다고 해서 정상적인 사고방식이 뭔지도 모른다고 생각하지는 말아요." 빌리가 말했다.

레일린은 한 손을 빌리의 어깨 위에 올렸다. 레일린의 시선은 그레이스에게로 돌아갔지만 그녀의 손은 빌리의 어깨 위에 그대로 있었다.

다시 한 번 일이 벌어졌다. 녹아내리기 시작한 것이다. 하지만 이번에는 무릎을 꺾어서 주저앉는 건 적절하지 않은 행동이 될 것이다. 그렇게 했다간 빌리의 상태를 감출 도리가 없을 테니까. 빌리는 안간힘을 쓰면서 무릎에 힘을 주어 버텼다.

잠시 후 그레이스는 과장된 동작으로 춤을 마무리하고 허리를 숙여 인사했다. 레일린은 손을 거두어 박수를 쳤다. 빌리는 안도했다. 하지만 동시에 어깨에 닿은 손의 감촉이 사라진 게 아쉽기도 했다.

그레이스가 앙코르 공연으로 스탬프 스텝과 스톰프 스텝을 보여주기 시작했다.

"아까 에일린 퍼거슨이 왔다 갔어요. 그레이스의 엄마요. 그런데 그레이스가 여기 있다는 걸 알려주지 않았어요. 그 사실을 알려줘도 될지 어떨지 확신이 서지 않아서요." 빌리가 말했다.

레일린은 두어 번 깊게 숨을 들이마셨다. "알려주세요." 말을 꺼냄과 동시에 마음의 결정을 내린 것 같았다. "아이 엄마가 알아도 문제없어요. 지금 막 그렇게 하기로 결정했어요. 그레이스는 여기서 잘 지내고 있으니 이 상황에 대해 누구도 이의를 제기하지 못할 거라고 생각해요. 이 일에 반대하는 사람은 나한테 와서 이야기를 하면 돼요."

"그건 정말 다행이네요. 사람들이 나를 찾아오는 건 너무 싫거든요."

8
그레이스

그로부터 2~3일이 지났다. 저녁 7시 무렵, 그레이스와 레일린은 그레이스의 엄마가 지하층 계단에서 딸을 부르는 소리를 들었다.

"그레이스, 어디 있니?" 에일린이 소리쳤다. 한껏 열 받은 목소리였다. 그레이스를 찾기 시작한 지 얼마 되지 않았다는 사실은 잊은 것 같았다.

"가서 엄마한테 어디 있는지 말해드리렴." 레일린이 말했다.

"하지만 내 에그롤이 차갑게 식을 거예요."

"엄마한테 지금 어디 있는지 말하고 돌아와서 바로 먹으면 되잖아."

"하지만 빨리 걷기 힘들 거예요."

"발가락 사이에 낀 솜을 너무 많이 뭉개지 마. 그리고 발가락을 최대한 넓게 벌리고 있어. 그래야 안 번져."

"솜이 있으니까 발가락이 자동으로 벌어져 있을 거라고 생각했어요."

"그것보다 더 넓게 벌리고 있어야 해."

"알았어요. 노력해볼게요."

그레이스는 나무 의자에서 미끄러져 내려와 문까지 뒤뚱뒤뚱 걸었다. 양 손에는 에그롤이 하나씩 들려 있었다. 문에 도착해서는 들고 있던 에그롤 하나를 입에 밀어 넣었다. 그래야 문을 열 수 있었다.

이 모든 일이 진행되는 동안 에일린은 또다시 크게 소리쳤다. 한층 더 화가 난 목소리였다.

그레이스는 복도로 뒤뚱뒤뚱 걸어 나가서 엄마가 볼 수 있는 곳까지 가서 섰다. 하지만 입에 밀어 넣었던 에그롤을 씹고 있었기 때문에 대화를 시작하기 어려웠다.

"거기 있었구나." 엄마가 말했다. "어서 집에 가자."

엄마의 머리카락은 온통 헝클어져 있었다. 얼마 전까지 그레이스의 머리도 딱 저런 모양이었다. 그리고 눈 밑엔 짙은 그림자가 져 있었다.

"안 돼요." 그레이스가 대답했다. 하지만 웅얼거리듯 흘러나온 목소리 덕분에 뭔가 크게 소리를 지른 것으로만 들렸다.

"뭐라고 했니?"

그레이스는 에그롤을 든 또 다른 손으로 입을 가리키면서 다 삼킬 때까지 잠시 기다리라는 몸짓을 해보였다.

"뭘 먹고 있는 거니?" 엄마가 물었다. 그레이스의 몸짓을 알아듣지 못한 모양이었다. 아니 어쩌면 못 알아들은 척하는지도 몰랐다.

그레이스는 다시 손으로 입으로 가리키고 조금 더 오래 씹은 다음에 말했다. "에그롤이요. 정크 푸드가 아니에요."

"이제 집에 가자."

"안 돼요. 지금 에그롤을 먹고 있는 중이에요. 그리고 발 매니큐어를 받는 중이고요."

"페디큐어겠지. 누가 너한테 페디큐어를 해주고 있는데?"

"레일린 언니요. 있잖아요, 저를 돌봐주는 베이비시터요."

"그래. 레일린. 그 여자는 내가 너를 돌봐주는 대가를 주지 않을 거라는 사실을 알고 있니?"

"모르겠어요. 아마 아는 것 같기는 한데, 물어볼게요. 어쨌든 나는 지금 가야 해요."

"엄마는 네가 집에 오면 좋겠어. 네가 어디 있는지도 모르고 있었잖니."

그레이스는 두 손을 엉덩이에 대고 섰다. 한쪽 손은 여전히 에그롤을 꼭 쥐고 있었다.

"엄마. 내가 어디에 있는지 엄마가 모르고 있던 건 벌써 여러 날이 되었어요. 지금까지는 그걸 궁금해하지도 않았고요. 그런데 엄마가 갑자기 일어나서 내가 어디에 있는지 모르고 있다는 걸 깨달았다고 해서 내가 에그롤과 발에 바르는 매니큐어를 포기해야만 하나요."

"어제도 어디에 있는지 물어보고 다녔어."

"네. 하지만 1분 후에 다시 잠들었죠. 내가 엄마한테 달려가서 말을 걸기도 전에 말이에요."

용기를 내야만 할 수 있는 말이었다. 어딘가 남아 있던 화와 나쁜 감정들에서 나온 말이었다. 비난과 가슴 아픈 상처로 둘러싸인 말들. 그레이스도 그 사실을 잘 알았다.

그레이스는 엄마가 어떻게 나올지 기다렸다. 예전의 엄마라면 화를 냈을 것이다. 그레이스가 아는 한은 분명히 그랬다.

"좋아, 알았어." 그레이스의 엄마가 말했다. "하지만 다 먹고 나면…… 그리고 다 끝나면 곧바로 집으로 와."

"……네." 그레이스는 대답하고 나머지 에그롤을 입에 넣었다. 엄마는 화를 내지 않았다.

그레이스는 뒤뚱거리며 레일린의 아파트로 돌아갔다. 조금 전에 앉아 있던 의자 위로 올라앉아서 레일린에게 나머지 발톱 손질을 받았다.

입 안에 있는 에그롤을 다 먹은 다음 레일린에게 물었다. "내가 엄마한테 너무 버릇없이 굴었다고 생각해요?"

"아니, 솔직히 그렇게 생각하지 않아. 나는 네가 완벽했다고 생각해. 딱 적당할 정도로 버릇없이 굴었어."

그레이스는 페디큐어가 망가지지 않도록 한 손에 신발을 들고 맨발인 채로 조심스럽게 지하층 계단을 내려갔다. 엄마와 함께 시간을 보낼 수 있다는 기대감에 부풀어 있었다. 오랜만의 일이다. 하지만 문은 잠겨 있었다.

그레이스는 문을 크게 두드리면서 문 너머에 대고 소리쳤다. "엄마, 나 왔어요. 문 열어줘요. 엄마?"

문이 활짝 열리고 그레이스의 엄마가 나타났다. 엄마는 그레이스를 보더니 턱이 빠져라 입을 크게 벌리고 소리쳤다. "세상에, 맙소사!"

그녀는 한숨과 함께 속삭이듯 말했다. "그레이스 퍼거슨, 네 머리에 무슨 짓을 한 거니? 네가 가위로 싹둑 잘라버린 거야?"

그레이스는 대답하려 했지만 할 수가 없었다. 엄마는 그레이스의 턱을 손으로 잡고 머리를 이리저리 돌렸다. 이쪽저쪽 온갖 방향에서 머리 모양을 쳐다보았다.

"아니, 네가 한 게 아니구나. 이렇게 할 수가 없지. 전문가 솜씬데. 진짜 미용실에서 한 것 같잖아. 값비싼 미용실 말이야. 누가 잘라준 거니?"

"벨라 아줌마." 그레이스는 엄마의 손아귀에 잡힌 턱을 잡아 빼면서 말했다.

"벨라 아줌마가 누군데?"

"레일린 언니의 친구. 언니가 일하는 미용실에 있어. 왜? 마음에 안 들어? 다른 사람들은 모두 좋다고 하는데."

에일린은 아무런 대꾸도 하지 않았다. 대신 그레이스의 손을 잡고 위층으로 이어진 계단을 성큼성큼 올라가서 복도를 따라 걸어갔다.

행군하듯 걸어가는 와중에 그레이스가 말했다. "엄마, 아까도 나를 봤잖아. 바로 조금 전에 말이야. 그때는 왜 내 머리에 대해서 말하지 않았어?"

"그때는 못 봤어."

"그때 나는 엄마 바로 앞에 서 있었어!"

"복도 저편에 있었잖아. 머리를 묶고 있는 줄로만 알았지."

"이 머리 마음에 안 들어? 다른 사람들은 모두 좋아하는데."

두 사람은 레일린의 집 앞에 멈춰 섰다. 엄마는 문을 세게 두드렸다. 어찌나 세게 두드렸는지 거의 문을 부수려는 것처럼 요란한 소리가 났다.

그레이스는 곁눈질로 빌리의 집 문이 아주 살짝 열리는 것을 보았다. 3센티미터 정도의 문틈 사이로 빌리의 눈이 보였다. 그레이스는 빌리에게 손을 흔들어 보였다. 하지만 빌리는 입술에 손가락 하나를 갖다 댔다. 그게 무슨 의미인지는 그레이스도 잘 알았다. 그래서 빌리가 거기 있는 걸 못 본 척했다.

레일린이 문을 열었다. 문을 두드린 사람이 누구인지 파악한 레일린은 양 손을 허리에 올리고 우뚝 섰다. 싸움을 시작할 만반의 준비를 마친 사람처럼 보였다.

"이건 조금 지나친 거 아닌가요?" 잔뜩 성이 난 목소리였다.

"뭘 두고 그렇게 말씀하시는 건지 모르겠네요." 레일린이 답했다.

"모른다고요? 이봐요, 그레이스가 혼자 돌아다니지 않게 해준 사실에 대해서는 고맙게 생각해요. 진심으로요. 돈도 받지 않고 호의를 베풀어준 점에 특히 감사해요. 제가 돈을 드리지 못한다는 건 알고 계시죠?"

레일린은 대답하지 않고 냉담한 얼굴로 가만히 서 있기만 했다.

"하지만 이 일은 조금 그렇네요. 너무 지나친 일이에요. 왜냐면 그레이스는 제 딸이니까요. 당신 딸이 아니란 말이에요. 내 말 이해하죠? 그러니까 내가 낮잠을 자기는 하지만, 자고 일어나 보니 당신이 우리 아이 머리를 멋대로 바꿔 놨잖아요."

긴 침묵이 흘렀다. 무겁고 차가운 공기가 내려앉는 것 같았다. 그레이스는 레일린이 화가 나면 날수록 더 조용해진다는 사실을 알게 되었다.

"그레이스가 머리를 자른 건 3일 전이에요. 낮잠을 너무 길게 주무셨네요."

그 다음에 이어진 침묵은 그레이스의 목덜미 솜털이 모두 곤두서게 만들었다.

"좋아요. 그래요. 고마워요. 그러니까…… 대부분은 고마운 일이에요. 고맙게 생각해요. 정말요. 하지만 그레이스의 긴 머리를 싹둑 잘라버리다니요. 그건 당신이 결정할 그런 일이……."

레일린이 말 그대로 엄마의 말을 싹둑 잘라버렸다.

"제가 그랬다고요? 그레이스, 어머니께 어떻게 된 일인지 설명해드리렴."

"아, 네." 그레이스가 말했다. "엄마, 이게 어떻게 된 일이냐면 말이야. 머리빗이 옷장 맨 위에 있잖아. 거기는 내 손이 닿지 않아. 지난번 일이 있고 나서는 절대로 거기에 기어 올라가지 않았거든. 기억하지? 그래서 내 머리가 완전히 엉켜서 레일린 언니가 벨라 아줌마에게 빗질을 해서 풀어달라고 했어. 그런데 벨라 아줌마는 머리 상태가 너무 엉망이라 빗질을 하면 지독하게 아플 거라는 거야. 머리카락도 엄청나게 빠질 거라고. 그래서 아줌마랑 언니가 나한테 결정하라고 했어. 내가 원하는 걸 하라고 했단 말이야. 머리 엉킨 걸 잡아당기면 내가 얼마나 싫어하는지 알지? 그래서 내가 잘라달라고 했어……. 엄마는 마음에 안 들어? 다른 사람들은 모두 좋다고 하던데."

말을 마친 그레이스는 긴 침묵을 견디며 누군가 말하기를 기다렸다. 기다리는 동안 엄마가 작아지는 걸 볼 수 있었다. 정말로 작아진다는 건 아니다. 복도에서 엄마가 차지하는 공간이 작아지는 것 같았다.

"사실 머리 모양은 멋져." 엄마가 말했다.

그런 다음에 엄마는 울기 시작했다. 전에도 엄마가 우는 모습을 두세 번 본 적이 있다. 그레이스는 속이 상했다.

"미안해요." 엄마가 울음 사이로 레일린에게 말했다. 울음소리는 계속 커져갔다.

조금 후에 엄마는 그레이스의 손을 잡고 복도를 걸어 내려갔다. 그레이스는 빌리에게 손을 흔들어 작별 인사를 보냈다. 빌리도 손을 흔들어 보였다. 그런 후에 그레이스는 계단 아래로 모습을 감췄다. 그레이스를 잡아 이끌던 엄마는 정말 미안하다는 말을 내내 반복했다.

그레이스는 그래도 오늘밤은 엄마와 함께 보낼 수 있겠다고 생각했다. 울고 있는 엄마여도 좋았다. 미안해하는 엄마여도 좋았다. 그러나 그레이스의 예상은 완전히 빗나갔다. 그레이스는 엄마와 그리 많은 시간을 함께 보내지 못했다.

한 시간도 채 지나지 않은 시각, 그레이스는 레일린의 집 앞에 되돌아와 있었다. 그레이스는 문을 살짝 두들겼다. 화가 난 사람처럼 들리지 않게 조심했다.

레일린은 문 너머에 키가 큰 사람이 있을 거라고 기대한 모양이다. 레일린은 추켜올렸던 고개를 아래로 내려서 그레이스를 바라보았다.

"들어가도 돼요?" 그레이스가 물었다.

"그럼. 되고말고. 괜찮니?"

"그런 것 같아요. 오늘밤에 여기 있어도 돼요?"

"네 엄마가 괜찮다고 하신다면야. 엄마는 어떠시니?"

"다시 약에 취하셨어요."

"아……. 들어오렴."

잠시 후, 레일린은 담요를 꺼내 와서 소파 위에 그레이스의 잠자리를 만들어주었다.

"그런데 웬일로 엄마가 약에 취했다고 말하니? 늘 엄마가 잔다고 말했잖니."

"이제 그런 말을 하는 데 질렸어요." 그레이스는 말했다. "엄마는 약에 취해 있어요."

9

빌리

"기분이 별로인 것 같구나." 그레이스가 문을 열고 집 안으로 들어오자마자 빌리가 말했다.

그레이스는 평소처럼 빌리의 특별한 탭슈즈가 있는 곳으로 곧장 가지 않았다. 비에 젖은 작은 우산을 흔들더니 소파에 털썩 주저앉았다.

"네." 그레이스가 말했다.

"무슨 일이니?"

"아무것도 아니에요."

"그레이스 퍼거슨. 나는 널 거짓말쟁이라고는 생각하지 않았는데."

"난 거짓말쟁이가 아니에요! 그런 말을 하다니 너무해요! 왜 아저씨까지…… 에휴, 맞아요. 그게 맞아요. 일이 좀 있었어요."

빌리는 그레이스의 옆자리에 앉았다.

"나한테 말해봐."

그레이스는 과장된 한숨을 내쉬었다. "래퍼티 아저씨가 한 말 때문에 그래요."

래퍼티라는 이름만 들어도 오늘 할당받은 분량의 평화가 모조리 사라지는 느낌이 들었다. "그 끔찍한 사람이 너에게 뭐라고 했는데? 그 사람은 언제 봤니?"

"방금 전에요. 복도에서요. 펠리페 아저씨랑 아파트 현관으로 들어왔는데, 래퍼티 아저씨가 복도에 있었어요. 아저씨는 나를 쳐다본 다음에 펠리페 아저씨를 쳐다봤어요. 그리고 나서 고개를 절레절레 흔들면서 우리가 엄마한테 하는 일들이 '방조 행위'라고 했어요."

"이런. 네가 그런 말을 이해하고 우울해한다는 게 놀라운데."

"이해하지 못했어요. 하지만 래퍼티 아저씨가 계속 말했어요. 그 말을 다 들어보니 무슨 뜻인지 알겠더라고요. 래퍼티 아저씨는 알코올이나 약물 중독으로 고생하는 사람들을 많이 알고 있다고 했어요. 그 사람들은 절대로 회복하지 못했대요. 하지만 꼭 회복해야만 하는 이유가 있으면 해낼 수 있었대요. 잃어버리면 견딜 수 없는 것을 잃어버릴지 모르는 그런 경우에 말이에요. 집이나 자동차, 직장은 소용이 없대요. 하지만 아이를 잃게 되는 경우에는 나아졌다는 거예요. 전에 카운티에서 나를 데리고 가려고 했을 때야말로 엄마가 나쁜 습관을 고칠 타이밍이었다고 하셨어요. 하지만 지금은 엄마에게 그럴 이유가 없잖아요? 래퍼티 아저씨는 엄마가 책임져야 하는 걸 빌리 아저씨랑, 레일린 언니랑, 펠리페 아저씨가 모두 대신 해주니까 이제는 엄마가 나아질 이유가 없어졌다고 했어요. 이제 엄마는 나으려는 노력을 할 이유가 없다는 거예요. 그런 게 '방조 행위'구나 생각했어요."

"그렇구나." 빌리는 그레이스의 우울함에 전염성이 있다는 사실을 깨달았다. "그게 방조 행위지."

"그래도 래퍼티 아저씨 말이 맞는 건 아니죠?"

빌리는 아무런 대답도 하지 않았다.

"그러니까 래퍼티 아저씬 원래 그러잖아요. 막 틀린 말만 하고. 그렇죠?"

"꼭 그런 건 아니야." 빌리가 말했다.

"하지만 그 아저씨를 좋아하지 않잖아요."

"조금도 좋아하지 않지."

"그럼 그 아저씨 말은 틀린 거예요. 그렇죠?"

빌리는 바닥에 깔린 러그를 내려다보면서 아무런 답도 하지 않았다.

"좋아요. 신경 쓰지 말아요." 그레이스가 말했다. "우리 댄스 레슨이나 해요. 그러면 기분이 좋아질 거예요."

"아. 댄스 레슨. 유감이지만 이제부터 기분이 좋아지지 않을 마음의 준비를 하렴. 우선 알다시피 오늘은 비가 많이 와서 발코니에 나갈 수 없어. 그리고 나는 네가 주방 바닥에서 춤을 추게 할 수도 없어."

"왜요? 우리 엄마 때문에요?"

"그래. 너희 엄마 때문에. 사람들이 내 집 앞에 와서 고함을 치는 상황을 나는 감당하지 못해."

"우리 엄마는 고함치지 않았어요."

"하지만 다음에는 그럴 거야. 다음에는 전에 한 번 상냥하게 부탁했다는 걸 기억할 테니까."

"하지만 저렇게 늘 잠만 자는걸요." 그레이스는 울음기가 가득해서 금방이라도 넘쳐버릴 것 같은 목소리로 말했다.

"그래. 거의 그러시지. 하지만 언제 예외적인 상황이 생길지 알 수가 없잖니. 솔직히 나는 그런 불안과 걱정을 견디지 못하는 사람이야."

그레이스는 한숨을 쉬었다.

빌리는 그레이스가 더는 항의하지 않으리라는 걸 깨달았다. 불행히도 그레이스는 빌리를 너무나 잘 알고 있었다. 그레이스는 빌리의 불안장애에는 어떤 합리적인 이유도 소용이 없다는 걸 충분히 이해했다.

두 사람은 한참동안 나란히 소파에 앉아 있었다. 대화는 없었다. 한 10분쯤 그러고 있었을까? 어쩌면 시간이 더 흘렀을지도 모르겠다. 두 사람은 폭포수처럼 쏟아지는 빗줄기를 멍하니 바라보고만 있었다.

"빌어먹을, 정말 최악의 하루야." 그레이스는 그 말을 하고 나서 곧바로 자기 입을 가렸다.

빌리는 그런 그레이스를 쳐다보았다. "그게 그렇게 나쁜 말은 아니야. 흔히들 하는 말이잖아."

"아니요, 그래서 그런 게 아니에요. 제가 불평을 했잖아요."

"그래서? 누구나 불평을 해."

"레일린 언니가 나를 좋아하는 건 불평을 하지 않아서라고 했거든요."

두 사람은 다시 침묵 속에 잠겨서 한동안 비를 쳐다보고 있었다.

그러다가 빌리가 말했다. "이번 일은 아무한테도 말하지 않을게. 비밀로 지켜줄게."

"고마워요. 저는 러그 위에서 춤을 춰볼까 봐요. 아무것도 하지 않는 것보다는 나을 것 같아요."

"좋아. 가서 탭슈즈를 신고 와."

빌리는 낡고 큰 탭슈즈를 신기 위한 긴 과정에 돌입하는 그레이스를 쳐다보지 않았다. 그는 암울한 기분에 완벽하게 휩싸여버렸다.

턱없이 짧게 느껴지는 시간이 흐른 후 빌리는 고개를 들어 그레이스를 보았다. 그레이스는 스톰프 스텝에 이어서 플랩 스텝을 밟다가 그만 엉덩방아를 찧고 말았다.

"아우."

"조심해야지." 빌리는 맥없이 말했다. "러그 위는 미끄러워."

"참 빨리도 말해주시네요." 그레이스는 어기적거리며 일어났다. 그리고 플랩 스텝을 한두 번 더 시도했다. "젠장, 이것도 최악이에요. 이런, 으아, 또 불평을 하고 말았네요."

"또 불평하면 레일린한테 말할 거다."

그레이스의 얼굴이 애처롭게 변했다. "정말요?"

"아니, 안 그럴 거야. 농담이었어."

"아, 농담하지 마세요. 그럴 기분 아니에요. 여긴 안 되겠어요. 너무 미끄러워요. 그리고 탭댄스를 출 때 나는 딱딱 소리가 그리워요."

"나도 그래." 빌리가 말했다. "차이가 있다면 네가 태어나기도 전부터 그리워했다는 정도겠지."

그레이스는 소파로 돌아와서 털썩 앉았다. 밖에 내리는 비를 바라보며 말했다. "이번 주 내내 비가 온다고 했어요."

"방법이 하나 있기는 한데, 어떻게 실행할지 잘 모르겠어."

"뭔데요?"

"그게 말이다. 태핑 연습을 하기 위한 작은 댄스 플로어를 만드는 건 어렵지 않아. 커다란 베니어 합판 한 장만 있으면 되지. 1~2미터 크기의 정사각형 정도면 돼. 그 합판을 거실 러그 위에 올려놓으면 러그가 소리를 막아줄 거야. 소리가 바닥에 전달될 즈음에는 둔탁하게 되니까. 그런 게 있다면 정말 좋을 텐데. 하지만 이건 우리 집 거실을 관통하는 고속도로를 내서 물건을 받아오면 된다고 말하는 거나 마찬가지지. 참, 쉽지? 나는 밖에 나가지 않고, 너는 혼자서 목재상에 갈 수가 없지……."

"펠리페 아저씨한테 물어볼 수는 있잖아요!"

"그 사람한테 차가 있니?"

"그런 것 같지는 않아요. 하지만 아저씨가 걸어서 가거나 버스를 타고 가줄 수 있을 거예요."

"집까지 가지고 오는 게 큰일인데."

"제가 물어볼게요!" 어느새 그레이스는 문으로 가는 중간쯤에 서 있었다. "아직 일하러 가지 않았다면 좋겠는데."

"신발." 빌리가 다급하게 말했다. "내 탭슈즈."

그레이스는 뛰듯이 걷던 걸음을 멈추고 발치를 내려다보았다.

"하지만 서둘러야 하는데……."

참아내기 힘든 주저함을 읽은 빌리가 말했다. "그래, 어서 가봐. 서둘러."

그레이스가 복도로 발을 내딛자마자 빌리는 분리로 인한 극심한 통증을 느꼈다. 누군가 자신이 기르던 개나 아이를 훔쳐 집 밖으로 달아나버린 것 같았다. 빌리는 몇 분 동안 빗줄기를 뚫어져라 바라보면서 불안감이 더 커지지 않게 하려고 애썼다. 그저 그 존재 자체를 인정하려고 노력했다.

그때 그레이스가 미끄러지듯 되돌아왔다. 문자 그대로 문을 지나 러그 위로 미끄러져서 털썩 주저앉았다.

"자꾸 미끄러져서 짜증나요." 그레이스는 주저앉은 채 말했다.

"오늘은 탭슈즈를 벗는 편이 나을 것 같구나."

그레이스는 한숨을 쉬면서 탭슈즈의 끈을 풀기 시작했다.

"펠리페 아저씨가 해줄 수 없대요. 가장 가까운 목재상도 몇 킬로미터는 떨어져 있다고 했어요. 펠리페 아저씨는 공사장에서 일을 해봐서 잘 알고 있대요. 그렇게 큰 물건을 집까지 나르는 건 무리라고 했어요. 너무 커서 버스를 타고 올 수도 없을 거래요. 래퍼티 아저씨에게 소형 트럭이 있지만 펠리페 아저씨는 래퍼티 아저씨와 말하지 않겠대요. 이해가 가기는 해요. 래퍼티 아저씨가 펠리페 아저씨한테 친절하지 않잖아요. 아저씨는 자기가 멕시코 출신이라서 그러는 거라고 했어요. 아저씨도 펠리페 아저씨가 멕시코 출신이기 때문에 그러는 거라고 생각하세요?"

"아마 그럴걸."

"올바른 이유는 아니잖아요."

"그렇지."

그레이스는 탭슈즈를 집어 들고 소파로 다가와 빌리와 살짝 떨어져 앉았다. 그러고는 둘 사이 빈 공간에 탭슈즈를 가만히 내려놓았다. 그레이스도 그 신발을 강아지나 아기처럼 여기는 것 같았다.

"펠리페 아저씨는 래퍼티 아저씨에게 절대로 부탁하지 않겠다고 했지만 나는 부탁해볼 수 있잖아요. 내가 원하기만 하면요."

"레일린은 차가 있나?"

"네. 레일린 언니한테 차가 있어요."

"어, 잘됐네."

"하지만 고장 났어요. 언니는 차를 고칠 돈이 없어요."

"어, 안됐네."

"내가 어떻게 해야 하죠?"

"기다렸다가 레일린에게 말해보고 다른 뭔가를 해봐야 할 것 같은데. 특히 래퍼티 씨한테 말하는 건 그 다음에 해야 할 거야."

"알았어요."

두 사람은 또 몇 분 동안 비를 뚫어져라 바라보았다.

"이건 정말 지루하네요." 그레이스가 말했다.

"나도 동의하고 싶은 마음이 생기는구나."

"내가 여기 없을 때는 뭘 하고 있어요?"

"거의 이런 식으로 있어."

"우리 게임해요."

"그럴 힘이 있는지 모르겠다."

"그냥 말하기 게임을 하면 되잖아요. 진실 게임 같은 거요."

"글쎄. 위험할 것 같은데."

"그냥 말이잖아요. 말이 어떻게 위험할 수 있어요?"

"꼬마 아가씨, 세상에 대해 배워야 할 게 많구나. 말보다 위험한 건 없단다."

"바보 같은 소리네요. 그럼 총은요? 총은 사람을 죽일 수 있다고요."

"육체만 죽이는 거지. 영혼은 죽일 수 없어. 말은 너의 영혼을 죽일 수 있지."

"그렇다면 '그런' 말은 하지 않으면 되잖아요. 위험한 말들이요."

"……네가 생각하는 게임은 뭔데?"

"전에 친구가 한 명 있었어요. 이름이 자넬이었어요. 그런데 1학년 때 가족들이 산안토니오로 이사를 갔어요. 거기는 텍사스예요."

"그런데?"

"우리는 밤에 침대에서 이 게임을 했어요. 자넬이 우리 집에 와서 자거나 내가 걔네 집에 가서 자는 그런 때요. 그때는 우리 엄마가 깔끔하게 하고 있었고 집도 깨끗했죠. 먹을 것이랑 필요한 게 다 있었어요. 그래서 사람들을 집으로 초대해도 괜찮았어요. 우리는 한 침대에서 한 이불을 덮었어요. 이불을 머리 위까지 끌어당겨서 텐트처럼 만들었죠. 우리 둘이 들어가 앉아 있기에 딱 맞는 그런 텐트요."

"우리는 그런 건 하지 말자." 빌리가 말했다.

"하, 그럼요. 나도 그건 알아요. 아저씨, 말 좀 하지 마요. 내 말 끊지 말라고요."

"미안."

"그런 다음에 딱 두 가지 질문만 하는 거예요. 가장 원하는 건? 그리고 가장 원하지 않는 건? 그러니까 세상에서 제일 겁나는 일이 뭐냐는 식으로 묻는 거예요."

빌리는 이의를 제기하고 싶었지만 그렇게 하면 너무 번거로울 것 같았다.

"네가 먼저 하렴." 빌리가 말했다.

"좋아요. 내가 가장 원하는 건 우리 엄마가 나으시는 거예요. 그리고 내가 가장 겁나는 건 래퍼티 아저씨가 말한 거예요. 사람들이 절대로 나아지지 않는다는 거요. 그게 사실이라면 우리 엄마는 절대로 나아지지 않을 거잖아요."

침묵이 흘렀다. 빗줄기는 한층 강하게 떨어지고 있었다. 마치 홈통에서 물이 쏟아지듯이 하늘에서 빗물이 한줄기로 와락 쏟아지는 것 같았다.

"이제 아저씨 차례예요."

"알아. 그런데……. 좋아, 시작한다. 내가 가장 원하는 건…… 없어. 그게 문제야. 내가 마음에 둔 것들은 모두 과거에 두고 와서 이제는 원하는 게 없어. 그래서 겁이 나. 미래가 없다는 것. 원하는 게 없다는 것. 이렇게 살면 안 되거든, 꼬마 아가씨."

두 사람은 다시 몇 분 동안 침묵에 잠긴 채 창밖으로 내리는 빗줄기를 바라보았다.

"이 게임을 하면 아저씨 기분이 좀 나아질 거라고 생각했어요."

"나는 분명 경고했다."

"오늘은 정말 망했어요. 최악이에요."

"내 생각을 묻는다면, 평소에도 그리 다르지 않았다고 말해야겠다."

"그러면 다음에는 묻지 않을게요."

레일린이 집에 돌아올 시간이 채 되지 않았는데, 문을 두드리는 소리가 들렸다. 레일린 특유의 노크 소리였다. 작게 네 번을 두드리는데, 한 번, 두 번, 세 번 두드리고 잠시 멈췄다가 네 번째 다시 톡 두드린다. 문을 더 오래 두드리면 그 소리에 맞춰서 춤을 출 수도 있을 것 같았다. 이 상황이 더욱 멋진 것은 독특한 노크 소리가 빌리의 불안장애에 매우 효과가 있다는 사실이다. 레일린은 이 사실을 혼자서 알아냈다.

"열려 있어요." 빌리가 말했다. "들어오세요."

문이 활짝 열리고 레일린은 의아한 얼굴로 두 사람을 바라보았다. "도대체 두 사람한테 무슨 일이 있었던 거예요?"

빌리는 한숨을 내쉬었다. "모든 사람이 매일을 성공적으로 보내는 건 아니에요."

"레일린 언니!" 그레이스가 말했다. "래퍼티 아저씨한테 가서 우리를 위해 목재상에 다녀오실 수 있는지 물어봐도 될까요? 언니가 그 아저씨를 싫어하는 건 알아요. 내가 그 아저씨랑 어울리는 걸 언니가 정말 싫어하는 것도 알고요. 하지만 이번 한 번만 도움을 청해볼게요. 그렇게 해야 커다란 나무판을 구할 수 있어요. 제발 아저씨한테 가서 부탁해보게 허락해줘요, 네?"

"커다란 나무판은 뭐하러?"

"댄스 플로어를 만들려고요. 러그 위에 나무판을 깔면 엄마가 깨지 않거든요. 그래야 엄마가 이곳에 올라와서 빌리 아저씨한테 소리를 치지 않죠."

"그레이스, 난 잘 모르겠다. 래퍼티 씨는 무례하고 고약한 사람이야. 그런 사람이 너를 도와준다면 정말 놀랄 일이라고."

"그래도 부탁해볼 수는 있잖아요."

"물론 그렇지. 부탁해보렴."

그레이스는 문가로 달려 나갔다. 여전히 양말만 신은 채였다.

빌리는 고개를 들어 레일린을 쳐다보고 잠시 안색을 살폈다. 그런 다음에 자신이 앉은 소파 옆자리를 손으로 탁탁 쳐 보였다. 레일린은 소파로 다가와 빌리 옆에 앉았다.

"질문 있어요." 빌리가 말했다. "지금 우리는 그레이스를 돌보면서 아이 엄마를 방조하고 있는 건가요?"

레일린은 빌리의 얼굴을 잠시 쳐다보았다. 그러고 나서 시선을 바닥으로 떨어트렸다.

"음…… 그 문제에 대해선 생각해본 적 없어요."

"그런가요. 아니라고 말해주기를 바라고 있었는데 말이죠. 그레이스의 엄마는 하루에 23시간 동안 잠만 자고 아무런 일도 하지 않아요. 그런데 우리가 없으면 그러지 못할 것 같거든요."

"어쨌든 그레이스의 엄마는 종일 잠을 잘 거예요. 그러면 그레이스에게 해가 되겠죠." 레일린은 다시 빌리를 쳐다보며 말했다.

"하지만 이런 식이면 그레이스의 엄마는 죄책감 없이 그렇게 할 거고, 결국에는 모든 일이 다 소용없게 될 거예요."

"어쩌다 그런 생각을 하게 된 거예요? 무슨 일 있었어요?"

"래퍼티가 애한테 한 말 때문이에요."

"래퍼티! 그럴 줄 알았어요." 레일린이 자리에서 벌떡 일어났다. "빌어먹을 사람 같으니라고. 정말 싫어요. 지금이라도 그레이스를 뒤쫓아 가면 그 사람을 만나기 전에 잡을 수 있을까요?"

"너무 늦었어요. 지금쯤이면 둘이 이야기를 나누고 있을 거예요."

레일린은 한숨을 쉬고 다시 자리에 앉았다. 그녀는 발코니 유리문을 물끄러미 바라보았다. 사람들은 비를 바라보고 싶어 한다. 비의 어떤 점이 그렇게 만드는 걸까?

"비가 어마어마하게 오네요." 레일린이 말했다.

긴 침묵이 흘렀다. 빌리는 비에 관해 해줄 말이 없었다. 비는 그냥 비였다. 그저 그렇고 그런 일 중 하나였다.

10
그레이스

문이 열렸다. 래퍼티는 그레이스의 머리 너머로 시선을 주면서 얼굴을 찡그렸다. 하지만 잠시 후 고개를 숙여서 그레이스를 보는 래퍼티의 얼굴에선 찡그렸던 흔적을 조금도 찾을 수 없었다.

그레이스는 래퍼티가 키가 큰 사람에게 보여줄 찡그린 얼굴을 준비하고 있던 것이 이상했다.

"오, 너로구나." 마치 그레이스는 찾아와도 되는 사람이라는 듯이 말했다.

"네, 저예요, 래퍼티 아저씨. 아저씨에게 부탁할 일이 있어서 왔어요."

"너 괜찮니? 문제가 생긴 거냐?"

"아니요, 그렇지 않아요. 그냥 차가 좀 필요해요."

"차 타고 갈 데가 있는 거야? 어딜 가야 하는데?"

"아저씨, 제 말 좀 들어보세요." 그레이스는 불만스러움을 숨기려 노력하면서 말했다.

빌리나 레일린이었다면 그레이스는 그런 마음을 감추지 않았을 것이다. 그냥 '제 말 좀 막지 마세요!'라고 말해버렸을 것이다. 하지만 상대는 래퍼티였다. 래퍼티는 조금 더 신중하고 조심스럽게 대해야만 한다.

"미안하구나." 래퍼티가 말했다. 그건 그레이스를 놀라게 하는 말이었다.

"목재상에 가서 커다란 나무판을 가져다줄 사람이 필요해요."

"어떤 종류의 나무?"

"그건 확실히 모르겠어요."

"얼마나 커야 하는데?"

"빌리 아저씨는 1~2미터 정도래요."

"그렇지만 그보다는 더 많은 걸 알아야 하는데. 1미터와 2미터의 길이가 어느 방향을 말하는 거니?"

"음." 그레이스는 이럴 때 레일린이 늘 하는 말투를 그대로 따라했다.

"내가 가서 빌리한테 물어봐야겠구나."

"아니에요!" 그레이스는 외쳤다. 사실 그레이스는 그냥 말을 하려고 했던 것이지만 실제로는 거의 크게 외치는 꼴이 되고 말았다. "안 돼요. 빌리 아저씨네 문을 두드리지 말아주세요. 부탁드려요. 아저씨가 싫어해요."

그레이스는 래퍼티의 두 눈이 가늘어지는 모습을 바라보았다. 잠시 후 래퍼티가 말했다. "그럼 이렇게 해보자. 뭐에 쓸 물건인지를 말해주렴. 그게 도움이 될 것 같구나."

"네, 그렇겠네요. 댄스 플로어로 쓰려고 그래요. 제가 탭댄스를 배우고 있거든요."

"오호, 그랬구나." 빌리가 많은 의문이 해소되었다고 말할 때와 비슷한 말투였다. "그래서 나무판이 필요한 거로구나. 합판 같은 걸로. 정사각형의 커다란 베니어판 같은 거 말이다."

"네!" 그레이스는 크게 소리쳤다. 이번에는 신이 나서 외치는 소리였다. "빌리 아저씨가 했던 말이 바로 그거예요! 베니어판이요. 그리고 1~2미터 크기의 정사각형이라고도 했어요!"

"그런 일이라면 얼마든지 해줄 수 있지." 래퍼티가 말했다.

"해주실 수 있어요?"

"물론."

"와! 놀랐어요."

"응? 내가 해주지 않을 거라고 생각했니? 그러면 왜 나한테 부탁하러 온 거지?"

"물어봐서 나쁠 건 없으니까요."

"너 신발은 어쨌니?" 래퍼티는 신발을 신지 않은 사실이 탐탁지 않다는 분위기를 풍기면서 말했다.

"빌리 아저씨 집에 놓고 왔어요. 춤을 추려고 아저씨의 탭슈즈를 신었거든요. 전 탭슈즈가 없어서요. 빌리 아저씨 슈즈는 아저씨 집에서만 신을 수 있어요. 우리 집에 가져갈 수 없거든요. 우리 집에서랑 레일린 언니 집에서도 연습을 해야 좋은데. 사실 아저씨 슈즈는 제 발에 잘 맞지도 않아요. 하지만 저는 탭슈즈를 살 돈이 없어요. 제 생각에는 빌리 아저씨나 레일린 언니도 마찬가지인 것 같아요. 우리 엄마에게도 그럴 돈이 없다는 건 제가 알아요. 그래서 이 문제에 대해서 어떻게 해야 할지 모르겠어요. 하지만 나무판이 있다면 다시 약간의 연습을 할 수 있어요. 뭐, 어쨌든요."

"알았다." 래퍼티는 그것으로 대화를 마치자는 신호처럼 말했다.

그레이스는 그저 우뚝 그곳에 서 있었다. 그레이스는 묻고 싶었다. 언제 나무판을 가지러 갈 수 있느냐고. 하지만 무례한 일이 될 것 같았다. 래퍼티가 해주겠다고 말한 것만으로도 놀라운 일인데 거기에 덧붙여 뭔가를 물어보는 건 옳은 일 같지 않았다.

"좋아요. 감사합니다." 그레이스는 말했다.

그레이스는 양말 바람으로 조용히 복도를 지나 계단을 내려갔다. 그레이스가 1층에 도착할 무렵 레일린은 막 빌리의 집을 나서고 있었다. 그레이스는 복도에서 레일린에게 달려가 안겼다.

"아저씨가 해주신다고 했어요!"

"정말?"

"정말요! 래퍼티 아저씨가 해주신다고 했다니까요!"

"어머나, 세상에 이런 일이 다 있구나! 그래 언제 해주신대?"

"몰라요. 그건 물어보지 못했어요."

"내가 수고하는 대가 같은 걸 지불해드려야 할까?"

"몰라요. 그것도 물어보지 못했어요."

"그럼 뭐라고 물어본 거니?"

"해주실 수 있는지 물었어요. 그랬더니 그렇게 해주신다고 했어요!"

레일린은 그레이스의 어깨 위에 한 손을 얹었다. 그레이스는 레일린이 울적해하는 걸 눈치챘다. 아까는 우울해하는 기색이 없었는데 지금은 그랬다. 아마도 빌리 아저씨에게서 우울이 옮은 모양이다. 빌리 아저씨는 그레이스의 우울을 옮겨 받았다. 그러니 이 모든 건 그레이스 탓이다.

"안으로 들어가자." 레일린이 그레이스에게 말했다. "저녁으로 뭘 먹을지 생각해봐야 해. 오늘 예약 손님 한 명이 취소를 했고, 또 다른 손님은 연락도 없이 오지 않았어. 그래서 오늘은 배달을 시켜먹을 여유가 없어."

"네, 좋아요."

"먹을 만한 게 뭐가 있을지 모르겠다."

"래퍼티 아저씨가 나무판을 가지고 오면 어떻게 해요? 우리한테 그 돈은 있나요?"

"모르겠다. 베니어 합판이 얼마인지도 모르는걸."

그레이스는 레일린의 기분이 갈수록 가라앉고 있다는 걸 알았다.

두 사람은 레일린의 집으로 들어갔다. 레일린은 찬장과 냉장고 여기저기를 뒤적였다.

"시리얼이나 달걀 정도로 저녁을 때워야 할 것 같은데."

"네, 좋아요."

그레이스는 오늘은 그야말로 최악의 날이라는 생각을 다시 하게 되었다. 하지만 나무꾼에 대한 생각을 떠올리고 그것마저 최악의 일로 치부하는 건 공평하지 않다고 생각했다. 누군가가 그레이스를 위해 댄스 플로어를 구해주는 건 매일 일어날 수 있는 일이 아니기 때문이다.

"그 두 가지 모두 다 먹을 수 있나요?" 그레이스가 물었다.

"물론. 왜 안 되겠어?"

레일린은 기력이 하나도 남지 않은 사람처럼 힘없이 말했다. 그런 다음 바삭바삭한 오트밀 시리얼과 거의 다 먹어가는 우유 한 통을 그레이스 앞에 내어 놓았다. 그리고 그릇에 달걀을 몇 개 깨트려 넣고 휘젓기 시작했다. 지친 듯한 몸짓이었다.

그레이스는 시리얼을 그릇 가득 쏟아부었다. 한 상자 가득 시리얼이 있었기 때문이다. 하지만 우유는 아주 조금만 따랐다. 레일린의 몫을 남기고 싶었다.

그동안에 레일린은 스토브 앞에 서서 그레이스의 행동을 어깨 너머로 보고 있었다.

"우유를 더 넣어야지?"

"그럼 언니는요?"

"나는 스크램블을 먹을 거야. 하지만 고맙다. 정말 착하구나."

잠시 후 레일린은 스크램블 에그가 올려진 접시 두 개를 들고 식탁에 와서 앉았다.

두 사람은 말없이 먹었다. 다 먹은 후에도 두 사람은 말없이 있었다.

식사를 마치고 15분이 지났다. 레일린이 마지막 접시의 물기를 닦아서 치우고 난 직후에 문을 두드리는 소리가 들렸다.

그레이스가 뛰어나가 문을 열었다. 하지만 아무도 없었다.

그레이스는 복도로 나가 보았다. 여전히 양말 세 켤레를 겹쳐 신은 채였다. 복도 양쪽을 모두 쳐다보았다. 그레이스의 눈에 커다란 베니어 합판 한 장이 들어왔다. 정말 컸다. 그레이스의 키보다 더 큰 베니어 합판은 레일린의 문가 벽 쪽에 기대어 세워져 있었다.

그레이스는 다시 집 안으로 뛰어 들어가 레일린을 불렀다.

"와, 정말 신속하시구나."

"하지만 나무판이 문을 두드리지는 못하잖아요." 그레이스가 말했다.

"나무판이 문을 두드리지는 않았을 거야. 래퍼티 씨가 문을 두드리고 나무판을 세워놓고 가버리신 것 같구나."

"아, 그 편이 더 말이 되네요. 정말 바보 같은 생각을 했어요."

"정말로 그렇게 생각했던 건 아니지? 이게 무슨 뜻인지 알 텐데?"

그레이스는 레일린이 무슨 말을 하는지 알 수 없었다. 하지만 레일린의 어조로 미루어 좋지 않은 일이라는 건 알 수 있었다. 머리를 갸우뚱하다가 물었다. "아니요. 몰라요. 무슨 의미예요?"

"이건 래퍼티 씨가 우리를 위해서 친절을 베풀었다는 거지. 그러니까 이제 우리는 그 사람에게 가서 감사하다는 말을 해야만 해."

"아, 그게 다예요?"

"나한테는 그 정도면 충분히 나쁜 일이야."

"나 혼자 가서 말할까요?"

"아니, 나도 갈 거야. 그 사람한테 감사 인사를 한다고 죽기야 하겠어? 게다가 합판 값을 내야 할지도 모르잖아."

"너무 비싸면 어떻게 해요?"

"그건 그때 가서 생각하자."

"알았어요."

레일린은 문을 잠그고 나서 그레이스의 손을 잡았다. 둘은 함께 계단을 올랐다.

레일린이 래퍼티의 집 문을 두드렸다. 래퍼티는 조금 전과 같이 찡그린 얼굴로 문을 열었다. 이번에는 레일린을 쳐다보면서 그 찡그린 표정을 그대로 유지했다. 래퍼티는 문가에 몸을 기대고 레일린을 뚱하게 쳐다보았다. 절대로 기분 좋은 태도는 아니었다.

"감사 인사를 드리러 왔어요." 레일린이 말했다.

"그레이스가 탭댄스를 배우는 건 좋은 일이라는 생각이 들어서." 래퍼티가 말했다. "아이에게는 운동이 필요하지. 또 취미로 삼기에 좋은 일이고. 건전하고 유익하니까. 그렇지 않소? 형편없는 애들이 관심을 갖는 그런 일하고는 다르니까. 그레이스를 위한 적절한 조치인 것 같았소."

"특히나 이렇게 빨리 해결해주셔서 감사합니다. 정말 친절하세요." 레일린이 말했다.

"네, 정말 빨랐어요!" 그레이스가 말했다.

래퍼티는 잠시 동안 레일린을 빤히 쳐다보았다. 여전히 기분 좋은 구석은 하나도 없어 보이는 얼굴을 하고 있었다. 그런 다음에 불쑥 말했다. "나도 친절할 수 있소."

레일린은 크게 심호흡을 했다. 열까지 세고 나서야 뭔가 대꾸를 할 수 있다고 생각하는 것 같았다. "그럼요. 물론 그러시겠죠. 그럼 제가 얼마를 드려야 할까요?"

"돈을 받을 생각이었으면 나무판에 영수증을 붙여 놨을 거요. 그리고 문가에 나무판을 내려놓고 집으로 돌아와 있지도 않았을 거고. 그럴 생각이었다면 댁의 집으로 가서 얼마를 달라고 대놓고 말했겠지."

래퍼티는 뭔가 불만스러운 듯 불쾌한 목소리로 말했다. 하지만 그레이스는 왜 그러는지 영문을 알 수 없었다. 모든 일이 잘 풀려가고 있는 것처럼 보였기 때문이다.

"정말 감사합니다." 레일린은 모든 이야기가 끝났다는 투로 말했다.

그레이스도 덧붙였다. "네, 정말 감사해요."

레일린은 그레이스의 손을 잡고 복도를 따라 되돌아 걸었다. 두 사람이 계단에 도착하기 전에 래퍼티가 뒤에서 소리치는 소리가 들려왔다.

"그레이스가 당신들이 하는 일에 대해 내가 한 말을 전해주었소? 아이 엄마가 중독 상태에 안주하도록 방조하고 있다는 말을 하던가?"

레일린은 자리에 그대로 멈추어 섰다. 그녀는 고개를 돌려 래퍼티를 쳐다보았지만 아무런 말도 하지 않았다.

잠시 후 레일린이 말했다. "네, 그 이야기는 들었습니다."

"아이에게 내 생각이 틀렸다고 거짓말을 했소?" 래퍼티가 다시 소리쳤다.

정적이 흘렀다. 그레이스는 신경이 곤두섰다. 레일린이 왜 평소처럼 바로 대답하지 않는지 의아했다.

지나치게 긴 침묵이 흐른 후에 레일린이 말했다. "아니요."

레일린은 그레이스의 손을 잡고 계단을 내려갔다.

그레이스는 빌리의 집 문을 두드리면서 "저예요, 그레이스."라고 동시에 말했다. 그래야 빌리가 긴장하지 않기 때문이다.

빌리는 문을 열었다. 방범용 안전걸이나 그 어떤 것도 남겨두지 않았다. 그레이스만 있기 때문이다. 그레이스 바로 뒤에 레일린이 있기는 했지만 빌리의 기준에서 그 정도는 괜찮았다. 최소한 요즘은 그랬다.

빌리는 나무판을 보고 두 눈이 휘둥그레졌다.

"저기서 수다를 떨던 게 다 이것 때문이었군."

"안으로 가지고 들어가게 도와주세요, 괜찮죠?"

빌리의 눈동자가 변했다. 눈빛이 한층 짙어지고 폐쇄적으로 변했다.

"알아요, 알아." 그레이스가 말했다. "복도로 나와야 한다는 거. 하지만 아주 잠깐이면 된다고요. 딱 1분이면 될 거예요."

빌리는 고개를 들어 레일린을 쳐다보았다.

"이쪽은 제가 잡을게요." 레일린이 말했다. "정말 잠깐만 잽싸게 복도에 나와서 반대쪽을 잡아주면 몇 초 만에 이걸 들여놓을 수 있을 거예요."

빌리는 허리를 펴고 숨을 들이마셨다. 아주 많이.

"좋아요."

빌리는 셋을 셌다. 아주 큰 소리로.

"하나, 둘, 셋."

빌리는 셋을 셈과 동시에 복도로 뛰어나와 나무판 한쪽을 잡았다. 그리고 매우 빠르게 집 안으로 뛰어 들어갔다. 레일린이 미처 따라잡기 어려울 정도였다. 레일린은 하마터면 넘어질 뻔했다.

"문 닫아! 그레이스! 문 닫아!" 모두가 집 안으로 들어서자 빌리가 말했다.

그레이스는 시키는 대로 했다.

"오늘도 춤을 출 수 있게 되었어요!" 그레이스가 흥분한 목소리로 꽥 소리를 질렀다.

"아, 그건 모르겠다, 아가야. 시간이 몹시 늦었어."

"늦지 않았어요! 이제 겨우 6시 30분인걸요."

"하지만 네가 여기에 있기로 한 건 3시 30분에서 5시 30분까지인데."

"그래서요? 아깐 하나도 못했잖아요. 오늘만 조금 늦게 시작하는 거예요."

"하지만 나는 3시 30분에서 5시 30분 사이가 익숙해서."

세 사람은 잠시 가만히 서서 서로를 번갈아보았다. 그레이스는 빌리가 무슨 말을 하는 건지 알았다. 그레이스는 지금 빌리에게 전과 다른 새로운 것을 해달라고 부탁하는 것이다. 빌리는 새로운 일을 잘 하지 못했다.

그레이스는 빌리를 보았다. 빌리도 그레이스를 보았다. 그는 레일린에게 시선을 돌렸다가 다시 그레이스를 보았다.

"아, 아가야." 빌리가 말했다. "그렇게 시무룩한 표정 좀 짓지 마."

"어쩔 수 없는걸요." 그레이스가 풀 죽은 목소리로 말했다.

"알았어, 좋아." 빌리가 말했다. "춤을 추렴."

11
빌리

빌리는 잠들어 있었다. 꿈도 꾸지 않는 깊은 잠이었다. 깃털이 바스락거리는 소리도 없고, 날개가 퍼덕거리지도 않았다.

그러다 느닷없이 벌떡 일어나 앉았다. 잠에서 완전히 깨어나 헐떡거리기 시작했다. 심장은 두근거리다 못해 튀어나올 것 같았다. 총소리였다. 아니면 꿈속에서 있었던 일일까?

"하지만 꿈을 꾸고 있지 않았잖아." 빌리는 혼잣말을 했다.

한밤중에 설명할 수 없는 일이 일어나면 그건 꿈속의 일인 경우가 종종 있다. 하지만 몇 달 전에 이 동네에서 진짜 총격 사건이 벌어졌다. 누군가 거리에서 총을 쏴서 옆옆 건물 1층 유리창을 열 발이나 관통했지만 다행히 사망자는 나오지 않았다. 그때는 제이크 래퍼티가 새벽 2시에 이 아파트 전체를 뛰어다니면서 집집마다 문을 두드려 괜찮은지 물었다. 그의 어깨에는 엽총이 메여 있었다. 빌리는 문구멍으로 그 장면을 내다보면서도 문을 열지 않았다.

하지만 이번 총성은…… 그때 거리에서 들려온 것보다 더 크게 울렸다.

"어쩌면 꿈에서 일어난 일이라 그럴지도 몰라." 빌리는 다시 크게 말했다.

이번에는 제이크 래퍼티가 문을 두드리지도 않았다. 꿈을 꾼 것이 분명했다. 하지만 바로 그때, 누군가 빌리의 집 문을 두드렸다.

"그래도 제이크 래퍼티처럼 두드리지는 않잖아. 제이크 래퍼티보다는 약하지만 레일린 존슨보다는 더 세게 두드리네."

침실 불을 켜고 시계를 확인했다. 막 10시 30분을 지나고 있었다.

"아저씨, 괜찮아요?" 그레이스가 문 너머에서 소리치고 있었다.

빌리는 서둘러 문을 열었다. 레일린이 그레이스를 품에 안고 복도에 서 있었다. 아이는 잠이 덜 깬 것 같기도 하고 겁에 질린 듯도 보였다. 아니, 두 사람 모두 같은 상태였다. 더 명확하게 말하자면 세 사람 모두 그렇다고 봐야 할 것이다. 하지만 거울이 없으니 빌리는 자신도 그런 상태려니 짐작할 수밖에 없었다.

"괜찮아요? 아까 그건 뭘까요?" 레일린이 물었다.

"총격전이었을까요?"

"모르겠어요. 지금쯤이면 래퍼티 씨가 엽총을 메고 내려올 것 같은데."

그러자 빌리는 살짝 미소를 지었다. 자신도 모르게 새어나온 미소였다.

"무서워요." 그레이스가 레일린에게 찰싹 달라붙은 채 말했다. 그레이스는 두 다리로 레일린의 허리를 휘어 감고 얼굴을 레일린의 어깨에 파묻었다.

"이런, 두 사람, 안으로 들어올래요?"

"아니요." 그레이스가 말했다. "우리는 엄마랑, 펠리페 아저씨랑, 래퍼티 아저씨랑, 힌맨 할머니가 모두 괜찮은지 알아봐야 해요. 아, 잠깐만요. 저기요. 펠리페 아저씨가 저기 있어요."

펠리페가 계단을 내려오는 모습이 보였다. 그는 모두가 한곳에 모여 있는 모습을 보고는 안도하는 듯했다.

"펠리페 아저씨!" 그레이스가 소리쳤다. 필요 이상으로 커다란 목소리였다. "아저씨가 가서 래퍼티 아저씨랑 힌맨 할머니가 괜찮으신지 확인 좀 해주실래요?"

펠리페는 고개를 끄덕이곤 바로 계단을 따라 올라갔다.

"가서 열쇠를 가지고 오자." 레일린이 그레이스에게 말했다. "그래서 엄마가 괜찮으신지 확인해보자."

"제가 갈게요." 그레이스는 몸을 꼼지락거리며 레일린 품에서 내려오려 했다. "우리 엄마니까 내가 가서 확인해볼게요."

레일린은 아이를 바닥에 내려놓았다. 그레이스의 맨발이 복도의 목재 바닥 위에 닿았다. 그레이스는 경중경중 발을 바꾸며 춤을 추듯 움직였다. 바닥이 차가운 것이다.

"정말 내가 가지 않아도 되겠어?" 레일린이 물었다.

"그럼요."

"그럼 가서 열쇠를 가져오렴."

하지만 그레이스는 그대로 계단을 향해 걸어갔다. 조심스럽게 두어 걸음을 더 걷던 그레이스는 파자마 아래서 뭔가를 꺼내서 두 사람이 볼 수 있도록 들어 올려 보였다. 열쇠였다. 여전히 그레이스의 목덜미에 걸린 노끈에 대롱대롱 매달려 있었다. 그레이스는 지하로 통하는 계단을 내려갔다.

"저걸 목에 걸고 자는 줄 누가 생각이나 했겠어요?" 레일린은 한숨 쉬듯 말했다. 빌리는 어깨를 으쓱하고 고개를 내저었다.

빌리는 여전히 활짝 열린 문가에 서 있었다. 당연히 밖으로 나갈 마음은 없었지만 이 늦은 시간에 누군가를 집 안으로 초대할 마음의 준비도 되어 있지 않았다. 사실 빌리는 아직 잠기운이 가시지 않아 멍한 상태였다.

"나도 같이 가볼 걸 그랬나봐요. 혹시라도 아이 엄마가……."

"세상에, 맙소사." 빌리는 레일린의 말을 가로막았다. "그런 말 마요. 그런 건 생각도 하지 말아요."

"미안해요."

"근데, 저기 바닥에 있는 저건 뭐예요?"

빌리는 레일린의 활짝 열린 문 안쪽에 놓여 있는 하얀 봉투를 손으로 가리켰다. 낡고 시커먼 러그 위에 놓여 있으니 유난히 더 하얗게 보였다.

"음? 몰라요. 있는 줄도 몰랐네요."

레일린은 봉투를 집어 들었다. 그녀는 봉투를 열어보면서 빌리네 문 앞으로 돌아왔다. 하지만 복도의 조명이 어두워서 봉투 안에 든 조그만 카드에 인쇄된 글자를 읽을 수가 없었다. 뭔가 광고지 같기도 했다.

"안으로 들어오는 편이 낫겠어요." 빌리가 말했다.

빌리는 거실의 조명 세 개를 모두 켰다. 바로 그때 펠리페와 그레이스가 돌아왔다.

그레이스는 깡충깡충 뛰어오면서 소리쳤다. "엄마는 괜찮아요! 계속 깨어 있게 할 수는 없었지만 총을 맞지는 않았어요. 엄마가 나한테 투덜거렸거든요. 그건 좋은 일이잖아요."

빌리는 고개를 들어서 펠리페를 보았다. 그는 열려 있는 문 앞에 멈춰 섰다. 빌리는 펠리페를 처음 보았다. 물론 유리창 너머로 본 적은 있지만 직접 만난 건 처음이었다. 펠리페 역시 빌리를 한 번도 본 적이 없으리라. 두 사람은 낯선 사람들이 흔히 하는 것처럼 조심스럽게 서로를 보았다.

"제가 들어가도 될까요?" 펠리페가 물었다.

"아, 음, 물론이죠. 들어오세요."

하지만 펠리페는 빌리의 거실 안으로 한두 걸음만 더 내딛었을 뿐이었다.

"힌맨 부인은 괜찮아요." 펠리페가 말했다. "조금 겁에 질려 있을 뿐이에요. 래퍼티는 좀체로 나와 보지 않네요. 하지만 아마도 내가 가서 그런 걸지도 몰라요."

"그래도 대답은 했죠?" 레일린이 물었다. "그러니까 그가 괜찮다는 말은 들은 거죠?"

"아니요. 나와 보지도 않았고 대답도 하지 않았어요."

"그건 뭐예요?" 그레이스가 레일린의 손에 들린 봉투를 기리키며 말했다.

"상품권이네." 레일린도 방금 그 사실을 깨달은 모양이었다. "'댄서 월드'라는 매장에서 발행한 75달러짜리 상품권인데…… 그레이스 네 앞으로 발행되어 있어."

"저요?"

"그레이스 퍼거슨. 너잖아. 맞지?"

그레이스는 비명을 질렀다. 위 아래로 펄쩍펄쩍 뛰었다. 열 번을 뛰고 나서 다시 열다섯 번을 더 뛴 다음에 또 스무 번을 뛰었다. 그리고 소리를 질렀다. "탭슈즈를 살 수 있게 된 거예요! 탭슈즈를 살 수 있어요!" 그러다가 갑자기 뜀뛰기를 멈추고 걱정스러운 얼굴로 빌리를 보았다. "75달러면 탭슈즈를 살 수 있는 거죠?"

"그 정도면 제대로 된 걸로 살 수 있을 게 분명해." 빌리가 말했다.

그 말을 들은 그레이스는 뜀뛰기를 다시 시작했다.

"지금껏 받은 선물 중 최고예요! 누가 준 거예요? 네? 누구예요? 당장 찾아가서 꼭 끌어안고 영원히 키스할 거예요! 네? 누가 줬어요?"

빌리는 레일린을 보았다. 레일린은 고개를 가로젓고는 펠리페를 보았다. 펠리페 역시 자신이 아니라는 뜻으로 고개를 저었다.

"우리는 모르겠다." 빌리가 말했다. "누군가 문 아래로 봉투를 밀어 넣었나봐."

"너네 엄마인지도 모르겠다." 레일린이 말했다. "그래. 분명 너네 엄마일 거야."

"그렇지 않을걸요. 난 그렇게 생각하지 않아요." 그레이스는 펄쩍펄쩍 뛰어오르기를 그만두고 생각에 잠긴 얼굴을 했다. 선물의 미스터리에 대해 생각하기 시작한 모양이었다. "엄마는 내가 탭댄스를 시작한 줄도 모르는걸요."

"그럼 그걸 아는 사람이 또 누가 있지?"

"아무도 몰라요. 여기 있는 사람이 다죠. 아, 맞다. 학교 선생님한테 말했어요. 하지만 우리 선생님이 선물을 주고 싶었으면 학교에서 주셨을 거예요. 그렇잖아요? 게다가 탭슈즈가 필요하다는 이야기는 한 적이 없거든요. 여기에 있는 사람들만 그 사실을 알고 있죠. 아, 맞다. 래퍼티 아저씨요. 아저씨한테 나무판을 가져다 달라고 부탁하면서 제 탭슈즈가 없다는 이야기를 했어요."

"흠." 레일린은 뭔가 생각하는 표정을 지었다.

"어쨌든 우리 모두는 안전하니까." 펠리페가 말했다. "나는 위층으로 돌아갈게요. 거리에서 총격이 있었던 거라면 몇 분 후에는 사이렌 소리가 들리겠죠."

"잘 자요, 펠리페 아저씨." 그레이스가 크게 소리쳤다. 펠리페가 가고 나자 그레이스는 아주 살짝 목소리를 낮추어서 말했다. "저는 래퍼티 아저씨한테 가서 이걸 저한테 주신 건지 물어보고 올게요. 아저씨가 그렇다고 하면 감사하다고 말해야죠."

"10시 30분이야." 레일린이 말했다. "래퍼티 씨네 문을 두드리기에는 조금 늦은 시각이지. 게다가 펠리페 말을 들어보면 그분은 집에 없는 것 같아."

"펠리페 아저씨라서 대꾸를 안 한 걸 수도 있잖아요. 게다가 아저씨가 집에 있으면 당연히 깨어 있으실 거라고요. 누군가 방금 총을 쐈으니까요."

"좋아. 해보렴. 하지만 곧바로 돌아와야 해."

"네." 그레이스는 바람처럼 달려 나갔다.

그레이스가 나가자마자 레일린은 진지한 얼굴로 빌리를 보았다.

"이게 다 무슨 일일까요?"

"도통 모르겠어요." 빌리가 말했다.

"정말로 래퍼티가 그렇게 친절한 일을 했을 거라고 생각해요?"

"어쩌면요. 그레이스가 댄스 플로어를 부탁했을 때도 한 시간이 채 지나기도 전에 그걸 가져다줬잖아요. 어쩌면 그 사람은 어른은 모두 미워하지만 어린아이는 좋아하나봐요. 어린아이들이나 개만 참아낼 수 있는 그런 사람들이 있거든요. 그 둘 다를 다 참는 경우도 있고. 있을 수 있죠."

"두 가지 일이 연관되어 있다고 생각하는 건 아니죠?" 레일린이 상품권을 들어 올리면서 물었다.

"어떤 두 가지 일이요?"

그때 그레이스가 쿵쾅거리는 발걸음으로 계단을 내려왔다.

"래퍼티 아저씨는 집에 없나봐요. 나라는 걸 완전히 알 수 있게 했거든요. 그런데도 대답이 없어요."

"좋아." 레일린이 말했다. "이제는 좀 마음을 가라앉히고 진정하자. 그래야 다시 잠을 잘 수 있을 테니까."

"지금 농담하는 거죠? 내 탭슈즈를 생각하면 절대로 잠들 수 없을 거예요!"

"노력해봐."

그레이스는 한숨을 내쉬고 어깨를 축 늘어트린 채 레일린의 집으로 들어갔다.

레일린은 고개를 돌려 빌리를 보았다. "사이렌 소리가 안 나네요."

"그러네요. 그런데 아까 나한테 물어보려던 건 뭐예요?"

"아, 신경 쓰지 마세요. 그냥 말도 안 되는 생각을 했어요."

"나는 어떤 웃기는 생각을 했는지 알아요?" 빌리가 레일린에게 물었다.

"무슨 생각을 했는데요?"

"몇 달 전에 있었던 총격 사건이요. 그때 래퍼티 씨가 복도에 나와서 여기저기 뛰어다니면서 모든 사람들을 확인했잖아요. 그때는 마치…… 그가 그 사건의 책임자라도 되는 것처럼 보였어요."

"그건 그냥 노골적인 과시였어요. 순전히 자기 자랑을 위해서 한 일이라고요."

"하지만 래퍼티 씨 말고는 아무도 다른 사람 안부를 확인하거나 하지 않았잖아요. 모두 각자의 집에 있었어요."

"그때는 서로 잘 몰랐잖아요. 상황이 달랐어요."

그레이스가 다시 모습을 드러냈다. 초초한 얼굴로 복도를 건너왔다. "언니, 그만 들어와야 하지 않아요?"

빌리와 레일린이 대답 없이 자기를 쳐다보자 그레이스는 못마땅하다는 듯이 두 눈을 치켜뜨고 다시 자리를 떠났다.

"나도 상황이 달라진 것에 대해서 생각했어요." 빌리가 말했다.

레일린은 얼핏 미소를 짓고는 다른 말을 덧붙이지 않고 자리를 떴다. 빌리도 돌아서는 레일린을 보고 나서 문을 잠갔다.

빌리는 침실로 걸어 들어가서 침대 가장자리에 앉았다. "이제 잠자기는 완전히 글렀다."

✠ ✠ ✠

빌리는 동이 트고 여명이 비치기 시작하고 나서야 20분 정도 잠들었다. 하지만 거센 날갯짓이 만들어낸 바람결에 잠은 달아나버리고 말았다. 그러다 불현듯 날갯짓이 사라졌다. 날카로운 소리가 들리자 증발해버리듯 순식간에 자취를 감췄다.

빌리는 눈부신 빛에 두 눈을 깜빡거렸다.

"말 안 해도 알 수 있을 것 같아." 빌리는 나직하게 속삭이듯 말했다. "누군가 문을 두드리고 있을 거야."

노크 소리가 들려왔다.

"예전의 삶을 되찾고 싶어." 빌리는 말했다.

문 너머에서 그레이스의 목소리가 들렸다.

"빌리 아저씨, 저예요. 그레이스요. 아직 주무시는 거라면 일어나지 마세요. 그냥 오늘 제가 정말 많이 늦을 거라는 걸 말씀드리려고 왔어요. 펠리페 아저씨가 레일린 언니 미용실로 나를 데리고 간다고 해서요. 거기서 언니 일이 끝날 때까지 기다렸다가 같이 버스를 타고 댄서 월드에 가서 탭슈즈를 살 거예요."

"알았다." 빌리는 크게 소리쳤다. "내 이럴 줄 알고 있었지."

"아저씨도 우리랑 같이 가면 좋을 텐데. 그러면 최고로 좋은 슈즈를 고를 수 있을 테니까요."

"둘이서도 잘할 수 있을 거야. 주인 아저씨를 믿고 예산이 어떻게 되는지 명확하게 알려주면 돼. 그러면 도와줄 거야."

"주인이 여자면요?"

빌리는 한숨을 내쉬었다. "그래도 믿어야 하는 건 변함없어."

이제는 문 너머에서 레일린의 목소리까지 흘러 들어왔다.

"빌리, 혹시 몰라서 나도 여기 있다는 거 알려드려요."

"고마워요." 빌리는 말했다.

"이제 다시 주무세요."

"그럴게요."

물론 빌리는 다시 잠들지 못했다.

✛ ✛ ✛

"기다려봐요. 내가 사온 걸 보여줄게요." 그레이스는 빌리네 집으로 깡충깡충 뛰어 들어오며 말했다. "아주 좋은 거 같아요. 아저씨 보기에도 그러면 좋겠어요. 매장에 있던 아저씨는 정말 좋은 거라고 했어요. 그러니까 돈에 비해서 훨씬 좋은 탭슈즈래요. 세일 중이었어요. 원래는 100달러도 넘는 거래요. 그러니까 분명 좋은 걸 거예요, 그렇죠? 나한테는 100달러가 없었지만 세일 중이니까 살 수 있었어요." 빌리가 뭐라고 대꾸도 하기 전에 그레이스는 말을 이어갔다. "래퍼티 아저씨가 걱정돼요. 지난밤에 집에 안 계셨잖아요. 그런데 아침에 학교에 가기 전에도 안 계셨어요. 지금막 가봤는데 여전히 안 계시네요. 어딜 가셨을까요?"

"음······." 빌리는 신음에 가까운 소리를 냈다.

그리고 나서는 두 사람 모두 아무런 말도 하지 않았다.

빌리는 막연하게나마 뭔가를 생각해보려 노력했다. 머릿속을 배회하는 몇 가지 생각이 있었지만 어느 것 하나 명확하게 정리되는 것은 없었다.

"빌리 아저씨, 정신 차리세요. 지금 내 질문에 하나도 답하지 않았어요."

"미안. 생각 좀 하고 있어."

"무슨 생각이요?"

"아무것도 아니야. 정말 아무것도 아니야."

"빌리 샤인! 아저씨는 절대로 거짓말을 잘하는 사람이 아니거든요!"

"그래, 맞다. 미안……. 래퍼티 씨를 조금 걱정하고 있었어."

"하지만 래퍼티 아저씨를 좋아하지 않잖아요."

"사실이야. 그리고 분명 래버티 씨는 아무 문제 없을 거야." 빌리는 큰소리쳤지만 사실은 전혀 확신이 서지 않았다. "뭘 샀는지 어디 좀 보자."

"내게 상품권을 준 사람이 누구게요?"

"알아냈어?"

"네, 짐작이 가요?"

"난 짐작 못 하겠는데. 말해줘."

"래퍼티 아저씨요!"

"하지만 방금 래퍼티 씨를 못 만났다고 했잖니."

"맞아요. 못 만났죠."

"그런데 어떻게 안다는 거지?"

"매장에 있던 아저씨가 말해줬어요. 빌리 아저씨 말이 맞았어요. 가게 주인은 남자였어요. 그 아저씨가 래퍼티 아저씨에게 상품권을 팔았대요. 바로 어제요. 래퍼티라는 이름을 말하지는 않았지만 남자였고, 나이가 들었지만 정말 노인은 아니었다고 그랬어요. 게다가 아주 성격이 나쁘고 무례한 사람이라고 했어요."

"그렇다면 래퍼티 씨가 맞겠구나."

"눈을 감고 있으면 제가 보여드릴게요."

빌리는 두 눈을 감았다. 눈을 감고 있자니 어젯밤의 기억이 조금씩 떠올랐다. 레일린이 했던 질문이 생각났다. '두 가지 일이 연관이 있다고 생각하는 건 아니죠?' 이제야 그 말이 무슨 의미인지 알 수 있었다. 레일린은 상품권과 총성을 이야기한 것이다. 어쩌면 빌리도 그때 어느 정도 알고 있었는지도 모른다.

빌리는 새 신발의 가죽 냄새를 맡았다. 얼굴 가까이에 있었다.

"됐어요. 눈 뜨세요!"

눈을 떴다. 빌리의 마음 속 깊은 곳이 녹아내리는 게 느껴졌다.

"검은색이에요." 그레이스는 마치 빌리가 앞을 보지 못하는 사람인 양 말했다. "검은색이 좋은 거죠?"

"완벽하지. 모든 것과 잘 어울리니까."

"가게 아저씨도 그렇게 말했어요. 또 강제 코싸개도 있다고 했어요."

"강제 코싸개?"

"그 비슷한 거예요."

"보강 아니야?"

"아마 그럴 거예요. 그게 있으면…… 까먹었지만 좋은 거라고 했어요."

"안정적이라고?"

"네, 그거 같아요. 그리고 소리를 바꿀 수도 있대요. 태핑 소리를 크게도 하고 작게도 하고요. 하지만 어떻게 하는지 정확히는 모르겠어요. 아저씨는 알죠? 가르쳐주세요. 이거 말고 다른 것도 보여줬어요. 나비매듭이 있는 거랑 넓은 끈이 있는 거랑요. 아저씨, 어떤 것 같아요? 마음에 들어요?"

"상당히 마음에 든다."

빌리는 심호흡을 하면서 부비강과 허파를 새 신발 냄새로 가득 채웠다. 약간의 현기증이 느껴졌다. 하지만 기분 좋았다. 녹아내리는 것 같았다.

'오늘 새로운 걸 배웠네.' 빌리는 생각했다. '꼭 내 것이 아니어도 누군가의 첫 번째 댄스 슈즈는 늘 마력을 발휘한다는 걸.'

빌리는 고개를 들어 문가에 서 있는 레일린을 쳐다보았다.

"건물 주인한테 연락을 해야 할 것 같아요." 빌리가 레일린에게 말했다. "건물 주인한테…… 이것저것 좀 살펴봐 달라고 부탁을 하죠."

"그래요……. 이것저것. 나도 이것저것 걱정하고 있었어요."

12
그레이스

그레이스는 래퍼티의 집으로 가기 위해 계단을 올라가고 있었다. 그런데 2층 복도에 웬 낯선 남자가 서 있었다. 키가 정말 크고 뚱뚱한 그 사람은 작업복을 입고 입에 시가를 물고 있었다.

남자는 펠리페와 이야기를 하고 있었다.

"……마룻장을 뜯어내야 할지도 모르지. 러그도 새로 바꾸고 청소업체를 부르고 벽도 새로 페인트 칠을 해야 할 거요."

"안녕하세요." 그레이스가 말했다.

"어, 안녕, 애기 아가씨."

그레이스는 이상하다고 생각했다. 저런 식으로 말하는 사람이 있다니!

"누구세요?"

"캐스퍼는 우리 건물에 고장난 것을 고쳐주는 사람이야. 고칠 게 있으면 건물 주인이 보내는 사람이지." 펠리페가 대답했다.

그레이스는 두 눈을 가늘게 뜨고 고개를 들어 캐스퍼를 올려다보았다.

"그럼 어째서 전에는 한 번도 본 적이 없는 거예요?"

캐스퍼는 크고 무례한 코웃음을 치고 나서 말했다. "아마도 고칠 게 아무것도 없었던 모양이지."

"지금 농담하시는 거예요? 여기 있는 모든 게 고칠 것투성이예요."

캐스퍼는 미소를 거두었다.

바로 그 때 그레이스는 래퍼티 집 문이 조금 열려 있는 걸 발견했다.

"아저씨가 집에 계시네요! 래퍼티 아저씨가 마침내 집에 오셨나봐요! 감사 인사를 해야겠어요."

총알같이 튀어나가던 그레이스는 갑자기 허공으로 번쩍 들렸고, 다음 순간 펠리페의 품에 안겨 있었다. 그레이스의 발은 지상에서 50센티미터 정도 떨어진 곳에서 버둥거렸다.

"안 돼." 펠리페는 그 말 한마디만 했다.

그레이스는 버둥거림을 멈췄다.

"왜 안 돼요?" 그레이스가 펠리페의 귓가에 대고 속삭였다.

"래퍼티 씨가 돌아가셨기 때문이야." 펠리페가 나직하게 답했다.

"그거 죽었다는 말이에요?"

"그래."

"아."

그 순간 레일린의 목소리가 계단에서 울려 퍼졌다. 그레이스를 부르고 있었다.

"그레이스? 어딨니?"

"여, 이리 올라와서 아이 좀 데리고 가요." 캐스퍼가 너무 큰 소리로 대꾸를 하는 바람에 그레이스는 깜짝 놀랐다. "집으로 데리고 가요."

레일린이 복도 저쪽 끝에 모습을 드러냈다. 왠지 모를 불편한 기색이 엿보였다.

"아." 캐스퍼가 말했다. "아이 엄마인 줄 알았네요."

레일린은 아무런 대답도 하지 않았다. 그저 복도를 씩씩하게 걸어와서 펠리페에게서 그레이스를 받아 꼭 안아주었다.

"생각하시는 것과 같은 상황이에요." 캐스퍼가 말했다. "그…… 래퍼티 씨 말입니다. 전화해주셔서 고마워요. 한 일주일 아무도 눈치채지 못했으면 지금보다 훨씬 더 엉망이었을 테니까요. 지금도 이렇게 엉망진창인데."

"가자, 그레이스." 레일린이 말했다. "그만 내려가자."

"언니는 알고 있었군요."

그레이스는 레일린의 주방 식탁에 앉아 우유 한 잔을 마시면서 이따금씩 천장을 흘깃 올려다 봤다.

"아니." 레일린이 말했다. "몰랐어. 그냥 혹시나 했지. 그건 다른 거야."

"하지만 나한테 말해주지 않았잖아요."

"사실이 아닐 수도 있으니까. 어쩌면 괜한 걱정일 수도 있으니까."

"지금 너무 슬퍼요."

"그래, 그럴 거야. 나도 알아. 우리 모두 그렇단다."

"하지만 언니는 래퍼티 아저씨를 좋아하지 않았잖아요."

"그랬지. 그렇다고 그 사람에게 이런 일이 일어나기를 바라지는 않았어."

"왜 그러셨대요?"

"알 수 없지. 그 사람을 잘 알지 못하니까."

"왜 그러신 것 같아요?"

레일린은 한숨을 쉬었다. "불행했던 것 같아. 사람이 못되게 구는 건 대개 불행하다는 의미거든."

"내게는 못되게 굴지 않으셨는데." 그레이스가 말했다.

하지만 레일린은 아무런 대꾸도 하지 않았다. 그건 명백한 사실이었지만 이제는 너무 늦어버렸다.

"래퍼티 아저씨는 내게 세 번이나 친절을 베풀었어요. 요 며칠 사이에만 세 번이었다고요. 그럼 대단히 잘해주신 거잖아요. 맞죠?"

레일린은 생각에 잠겼다가 정신을 차리는 듯했다. 마치 낮잠을 자다가 뭔가에 놀라 깨어난 사람 같았다.

"세 번이라고?"

하지만 그레이스의 머릿속에서는 생각이 꼬리에 꼬리를 물고 이어지고 있어서 그 즈음에는 다른 화제를 꺼내들었다. "우리 모여서 얘기를 해봐야겠어요."

"우리 누구?"

"우리 모두요. 언니랑 나랑 빌리 아저씨랑 펠리페 아저씨요."

"뭘 하려고?"

"그게 우리가 모여야 하는 이유예요." 그레이스가 말했다. "모두 모여서 뭘 해야 할지 말하는 거죠. 가서 펠리페 아저씨를 불러올게요."

그레이스는 문가로 달려 나갔다. 하지만 레일린이 불러 세웠다.

"그레이스, 거기는 올라가지 마. 계단에서 펠리페를 부르기만 해."

"네, 알아요."

"잠깐만." 레일린이 말했다. "래퍼티 씨가 너에게 세 가지 친절을 베풀었다고 했잖아. 하지만 내가 아는 건 두 가지뿐이야."

그레이스는 깊은 한숨을 내쉬었다. 당연한 걸 굳이 설명해야 하나 싶었다.

"댄스 플로어." 그레이스는 손가락 하나를 폈다. "탭슈즈." 그러면서 두 번째 손가락을 폈다. "그리고 우리가 우리 엄마한테 잘못하고 있는 게 뭔지 말해준 거요. 그게 세 번째 친절이에요. 이제 펠리페 아저씨 데리러 가도 되죠?"

그레이스는 레일린의 답을 기다리지 않았다. 그대로 계단으로 달려가서 자신이 낼 수 있는 가장 큰 목소리로 펠리페의 이름을 불렀다. 평소라면 그레이스는 자신의 큰 목소리를 억눌러야 했고 부끄럽게 여겨야 했다. 하지만 이따금 큰 목소리가 제몫을 할 때가 있다. 바로 그럴 때 그레이스는 반짝거리며 빛났다.

"펠리페 아저씨! 잠깐만 내려와주세요. 알았죠? 모임을 할 거예요."

그러고 나서 그레이스는 다시 달려서 빌리의 문을 두드렸다. 역시 문을 두드림과 동시에 크게 말하는 것을 잊지 않았다. "저예요, 그레이스."

빌리는 바로 문을 열었다. 이번에도 방범용 안전걸이 같은 것은 걸려 있지 않았다.

"래퍼티 아저씨 이야기 들었어요?" 그레이스는 빌리에게 물었다.

"아니, 하지만 혹시나 하고 걱정하고 있었어."

"아저씨도요? 그러면서 어떻게 아무도 나한테 말해주지 않은 거죠?"

"확실하지 않으니까. 그냥 걱정한 것뿐이었어."

"네, 그러시겠죠. 레일린 언니도 똑같이 말했어요. 어쨌든 우린 모임을 할 거예요."

"알고 있어."

"어떻게요?"

"방금 네가 그 사실을 선포했잖니. 아파트 밖 거리를 지나던 사람들도 들었을걸. 그런데 그 모임은 우리 집에서 하게 되는 거니? 나한테 허락을 구하지도 않고?"

"저희 집에서 해도 돼요." 레일린이 복도 건너편에서 말했다. "아, 잠깐만요. 맞다. 깜빡했네요."

"그래요. 깜빡하셨죠. 모임은 어디에서든 해도 좋아요. 단 그곳에 모임

참석자가 모두 갈 수 있다는 전제가 필요하죠. 그렇게 생각하면 선택의 범위는 좁아지죠."

"네?" 그레이스가 말했다.

레일린은 그레이스 바로 뒤로 와서 말했다. "빌리 아저씨 말은 아저씨가 모임에 참석하기를 원한다면 아저씨 집에서 모임을 해야 한다는 거야."

"그거야 물론이죠. 아저씨는 반드시 우리 모임에 참석해야 해요."

펠리페가 도착했을 무렵 빌리는 문을 훨씬 더 활짝 열어서 모든 사람들이 안으로 들어올 수 있게 했다. 하지만 정말 모든 사람이 들어간 건 아니었다. 그레이스가 안으로 들어가다가 고개를 돌려 보니 힌맨 부인이 복도에 서 있는 게 보였다. 몇 걸음 떨어진 곳에 서서 그레이스와 무리들을 쳐다보고 있었다.

"안녕하세요, 힌맨 할머니." 그레이스는 인사를 건네고 바로 문을 닫았다.

빌리는 소파 가장자리 끝에 위태롭게 걸터앉아 있었다. 어찌나 위태롭게 보이는지 금방이라도 러그 위로 엉덩방아를 찧으며 내려앉을 것만 같았다. 펠리페는 팔짱을 긴 채로 문가에 서 있었다. 그나마 편안해 보이는 사람은 레일린이 유일했다. 그녀는 빌리의 커다랗고 푹신한 의자에 다리를 꼬고 앉아 있었다. 하지만 궁금해 못 견디겠다는 표정이었다.

"좋아요." 그레이스는 거실 한가운데 서서 말했다. 뭔가 책임을 맡은 중요한 사람이 된 듯한 기분이 들었다.

"우리가 여기에 모인 이유를 말씀드릴게요. 그건 우리가…… 그…… 뭐더라? 그 말을 까먹었어요. 래퍼티 아저씨가 말했던 거, 그게 뭐였죠? 우리가 우리 엄마한테 하고 있다는 그거요."

"방조 행위." 빌리가 말했다.

"맞아요! 우리가 모인 건 방조 행위를 그만둘 방법에 대해 이야기하기 위해서예요. 아시다시피 우리 엄마는 조금도 나아지지 않고 있어요. 나는 우리 엄마가 나아지기를 바라요. 내 말을 오해하지는 마세요. 여기 계신 여러분들은 그동안 너무나 잘해주셨어요. 하지만 그래도, 엄마는 엄마니까요."

빌리와 레일린, 펠리페는 서로를 번갈아 가며 쳐다보았다.

"나는 모르겠다." 레일린이 말했다. "그러니까 우리가 뭘 할 수 있지?"

"그래서 모임을 하는 거 아니겠어요?" 그레이스는 짜증스러움을 감추려 노력하면서 말했다.

"레일린이 말하고자 했던 건 우리가 할 수 있는 일이 없을 거라는 말 같은데." 빌리가 말했다.

그 말을 끝으로 불길한 침묵이 꽤 오랫동안 실내를 감돌았다. 침묵이 가시지 않은 상태에서 그레이스는 자신이 더 생각을 열심히 해야만 한다고 마음먹었다. 어찌 되었든 그레이스의 엄마 일이니까.

"음, 래퍼티 아저씨는 엄마가 나를 잃게 되면 나아질지도 모른다고 했어요."

레일린의 안색이 변했다. 뭔가 겁을 먹은 것 같았다. 그레이스의 뒤에 서 있는 무시무시한 괴물을 보기라도 한 것 같았다.

"오, 맙소사. 그레이스." 레일린이 말했다. "그런 생각하면 안 돼. 카운티에서 널 데려가면 무슨 일이 벌어질지 넌 알지도 못하잖니."

"당연히 그건 아니에요. 내가 원하는 건 그게 아니에요." 그레이스는 진심 어린 얼굴로 말했다. 비록 레일린이 말하는 내용을 완전하게 이해하는 건 아니었지만. "하지만 여기 있는 우리가 나를 엄마한테서 빼앗으면 어때요?"

방금 전에 실내를 장악했던 그 불길하고 길었던 침묵이 돌아왔다.

"무슨 말을 하는 건지 잘 모르겠다." 빌리가 침묵을 깨고 말했다.

"우리가 엄마한테 가서 약을 먹는 걸 그만두지 않으면 나를 다시 보지 못하게 될 거라고 말하는 거예요."

또다시 침묵. 이번에는 사이사이에 헛기침 소리 몇 번과 불편한 한숨 두어 번이 섞여 있기는 했다.

"그 계획에는 몇 가지 결함이 있는 것 같은데." 레일린이 말했다.

"예를 들면 어떤 거요?"

"지금도 네 엄마는 너를 하루에 한 시간 정도 보는 게 전부야. 그 정도 조치로는 네 엄마가 달라지겠다고 마음먹게 하기는 부족할 거라는 거지. 무엇보다 중요한 건 경찰에서는 이런 일을 유괴라고 부를 거야."

"나는 감옥에 갈 수 없어. 이상으로 마치자. 더 의논해봐야 소용없는 일이야." 빌리가 말했다.

"그런 일을 하면 감옥에 가게 될 가능성은 내가 제일 많죠. 댁들 둘을 합쳐도 내가 가게 될 가능성이 더 많아요." 펠리페가 덧붙였다.

"네, 경찰들이 내 피부색을 참 좋아하겠네요." 레일린이 쏘아붙였다.

"여러분이 나를 데리고 간 게 아니라고요. 그냥 나를 돌봐준 거죠. 우리 엄마가 하지 않았으니까요. 그러니까 엄마는 경찰에 연락하지 않을 거예요. 왜냐하면 그렇게 하면 경찰이 엄마가 약을 하는 걸 알게 될 테니까요. 엄마가 경찰에 연락을 하려면 먼저 약을 끊어야만 할 거예요."

"흠." 레일린은 생각하는 표정이 됐다.

"그래도 네 엄마가 경찰에 연락하시면? 분별력을 잃어서 말이다." 빌리가 물었다.

"그러면 경찰이 내게 물어보지 않겠어요? 경찰 아저씨들은 이 사람들이 너를 엄마에게서 떼어냈느냐고 묻겠죠? 그러면 나는 아니라고 답하는 거죠. 전혀 아니라고. 그런 건 법을 어기는 게 아니잖아요. 맞죠?"

"난 잘 모르겠다." 빌리는 중지 손톱을 질겅질겅 씹으면서 말했다.

펠리페도 빌리의 말에 동의하듯 말했다. "나도 마찬가지야."

하지만 레일린은 달랐다. "좋은 아이디어네요."

"나는 기꺼이 위험을 무릅쓰겠어요. 나는 이미 카운티에 그레이스의 베이비시터로 등록이 되어 있어요. 그러니 이 문제에서 다른 분들은 제외되도록 할게요. 저는 그레이스의 엄마에게 세 가지 선택지가 있다고 말하겠어요. 그레이스를 카운티에 빼앗기거나, 우리에게 빼앗기거나 아니면 약을 끊어야 하는 거죠. 만에 하나 그레이스의 엄마가 경찰에 알린다면, 그레이스가 집에 가기를 거부해서 나랑 같이 있게 했다고 말하죠 뭐. 그레이스도 내 말을 뒷받침하는 증언을 해주면 되고요."

"와." 빌리가 말했다. "유괴 같은 일에 연루되는 건 난생 처음이네요."

"이건 유괴가 아니에요." 그레이스가 지나치게 커다란 목소리로 말했다. "내가 생각해낸 아이디어니까요!"

"자, 이 정도면 됐어요!" 레일린이 느닷없이 날카로운 어조로 말했다. "이 정도면 충분한 것 같아요. 저는 바로 내려가서 애 엄마를 만나야겠어요."

레일린은 성큼성큼 밖으로 나갔다.

그레이스는 빌리와 함께 소파에 앉아 있었다. 펠리페도 빌리의 집에서 함께 레일린을 기다렸다. 빌리는 엄지 손톱을 물어뜯었다. 그레이스가 빌리의 손목을 찰싹 때렸다.

잠시 후 지하에서 문을 두드리는 소리가 들렸다. 모두 입을 다물고 가만히 있었다. 아무런 일도 일어나지 않았다.

다시 문을 두드리는 소리가 들렸다. 이번에는 조금 더 큰 소리가 났지만 여전히 아무런 일도 없었다.

레일린은 소득 없이 돌아왔고 모두가 각자의 집으로 흩어졌다.

모임이 끝난 후 그레이스는 아파트 맨 위층으로 올라갔다. 힌맨 부인이 아까 무언가 할 말이 있는 듯했기 때문이다. 아니면 따돌림을 당한 듯한 느낌을 받았을지도 모른다.

그레이스는 문을 두드리면서 동시에 말했다. "저만 있어요, 힌맨 할머니. 그레이스예요."

그레이스는 이 건물에 있는 모든 어른들에게는 이렇게 해야만 한다는 사실을 깨달았다. 여기 사는 사람은 다른 모든 사람을 두려워했다. 그레이스는 이 건물만 이러는 건지 아니면 세상에 있는 모든 건물에 사는 어른들이 다 그런지 궁금했다.

"그래, 아가야. 잠시만." 힌맨 부인이 문의 잠금장치를 모두 푸는 데는 늘 상당한 시간이 걸렸다.

마침내 모든 잠금장치가 풀리고 문이 열렸다. 부인은 여전히 걱정스러운 얼굴을 하고 있었다. 마치 그레이스가 한 무리의 노상강도와 폭력배를 데려 오기라도 한 것처럼.

"저 좀 들어가도 돼요?"

"그럼, 물론이지."

그레이스는 힌맨 부인의 거실로 들어가서 부인이 다시 문을 잠그는 모습을 지켜보았다.

"래퍼티 아저씨 소식은 들으셨어요?"

힌맨 부인은 고개를 절레절레 저으면서 혀로 못마땅하다는 듯한 소리를 냈다.

"세상에 그런 비극이 어디 있니? 부끄러운 일이기도 하고. 겨우 쉰여섯밖에 안 됐던데. 연고도 하나 없고. 다 큰 아이들은 소식을 끊고 살았다더라. 래퍼티 씨가 아무하고도 이야기를 안 하고 살았던 데는 다 이유가 있어."

"저는 아저씨랑 이야기를 하고 지냈어요."

"다행이구나. 네가 그렇게 해줘서 정말 기쁘다. 죽기 전에 그랬다니 정말 다행이야. 이제는 내 차례구나. 나도 연고 없이 지내지. 하지만 그건 내 탓이 아니란다. 지금 내 나이가 여든아홉이야. 남편도 앞세우고 친구들도 모두 떠나보내고 이렇게 되었어."

여기까지 말을 마쳤을 즈음에 문에 달린 잠금장치가 모두 잠겼다. 힌맨 부인은 주방으로 비척비척 걸어가면서 물었다. "주스나 그런 것 좀 줄까? 콜라는 없단다."

"괜찮아요. 콜라는 원래 마시지 못하게 되어 있어요."

"그럼 사과 주스는 어떠니?"

"좋아요." 그레이스는 주방 식탁에 앉았다. "제가 이렇게 온 건 아까 혹시라도 따돌림을 당했다고 생각하셨다면 죄송하다고 말하고 싶어서예요. 힌맨 할머니가 저희 일에 끼고 싶어하실 거라고는 생각해본 적이 없어서요."

힌맨 부인은 주스 한 잔을 그레이스 앞에 내려놓았다. "나도 너를 돕고 싶었단다. 다만 내 힘에 부칠 거라고 생각했어. 그래서 내가 생각을 해봤는데…… 그걸 어디에 났더라? 잠깐만, 카탈로그를 좀 찾아봐야겠다. 내가 무슨 생각을 했는지 보여줄게."

그레이스는 사과 주스를 홀짝홀짝 마셨다. 놀랄 만큼 맛있었다.

"우와! 이제껏 사과 주스를 마셔본 적이 한 번도 없었는데 앞으로는 이 걸 더 마셔야겠어요."

"주스를 마시고 싶으면 언제든지 여기로 오렴." 힌맨 부인이 말했다. "오, 여기 있다. 이걸 좀 볼래? 나한테 오래된 재봉틀이 한 대 있단다. 몇 년 동 안 꺼내보지 않기는 했어. 남편이 죽은 후로는 쓰지 않았지. 하지만 전에 는 내가 재봉틀을 꽤 잘 다뤘단다."

힌맨 부인은 그레이스이 건너편 자리에 앉았다.

"재봉틀로 뭘 하셨는데요?"

"내 옷을 직접 만들어 입었단다. 남편 마브의 옷도 만들었지. 여기 이 패 턴들 좀 보렴."

그레이스는 힌맨 부인이 가리키는 것을 쳐다보았다. 하지만 도통 뭔지 알 수가 없었다. 옷을 그려놓은 것처럼 보이기는 했다. 거의 대부분이 여 자 옷이었다.

"그런데 내가 이걸 왜 봐야 하죠?"

"네가 이걸 다 살펴보고 나서 드레스 두어 개를 고르면, 내 낡은 재봉 틀의 먼지를 털어내고 너에게 옷을 만들어줄 수 있을 것 같거든."

"아, 이제야 이해가 되네요." 그레이스가 말했다. "그렇게 하면 할머니만 따돌림당하는 느낌을 받을 일도 없겠어요."

힌맨 부인의 얼굴이 붉어졌다. 부인은 허둥거리는 것 같았다.

"나는, 그냥 네게 좋은 옷이 별로 많지 않을 거라는 생각을 했단다. 너 는 빨리 자라니까. 좋은 옷을 몇 벌 가지고 있으면 네게도 좋을 거라고 생 각한 게 다야. 내가 돕고 싶은 건 너지 나 자신이 아니란다."

"드레스를 내가 직접 고를 수 있어요?"

"물론이지."

"바지는요?"

"바지도 만들 수 있지. 거기에는 온갖 종류의 옷이 다 있단다. 한번 살펴보지 그러니?"

그래서 그레이스는 사과 주스 한 잔을 다 마시고 이어서 한 잔 하고도 반잔을 더 리필해 마시면서 새 옷을 골랐다.

"무슨 일이 있었는지 알아요?" 그레이스는 마지막 계단을 내려서자마자 레일린에게 소리쳤다. 레일린이 복도에 나와 있었기 때문이다.

그때 그레이스는 문제의 여자를 발견했다.

그 여자는 어두운 색의 치마 정장을 입고 있었다. 사업가처럼 보이는 그 여자는 절대로 그레이스가 사는 아파트에 있을 법한 사람이 아니었다.

그레이스는 걸음을 멈추고 그 자리에 얼어붙은 듯 우뚝 섰다.

레일린이 말했다. "그레이스, 여기는 캐츠 선생님이야. 사회복지사셔. 네가 괜찮은지 확인하러 오셨대."

"토요일에요?" 그레이스는 그대로 멈춰 선 채 입만 움직여 말했다. 그 외에는 달리 할 말이 생각나지 않았다.

"그래. 우리는 토요일에도 일하거든." 캐츠는 가면 같은 미소를 지으면서 말했다. "이분 말로는 네가 아파트 맨 꼭대기 층에 사는 노부인과 이야기를 나누러 갔다고 하던데."

그레이스는 두 걸음을 떼어서 조금 더 가까이 다가갔다. 그 정도면 안전할 것 같았다. 안전한 거리를 확보하는 게 중요했다.

"네, 힌맨 할머니한테 갔어요. 할머니가 따돌림을 받는다고 생각하실까 봐 걱정이 되어서요. 할머니한테는 아무도 없거든요. 그런데 그건 할머니 탓이 아니에요. 할머니는 여든아홉 살이시거든요. 알고 지내던 다른 사람들보다 더 오래 살아서 그렇게 된 거예요."

"정말 착한 일을 했구나." 캐츠가 말했다.

"그런데 그거 아세요? 할머니가 드레스를 만들 줄 아신대요! 그래서 저한테 몇 가지를 고르라고 하셨어요. 할머니가 제가 고른 옷을 만들어주신 대요. 정말 친절하지 않아요?"

"정말 친절하시구나. 그렇게 친절한 이웃이라니 너는 정말 운이 좋구나."

"그럼요. 저한테는 최고의 이웃이 있어요! 빌리 아저씨는 저한테 탭댄스를 가르쳐주시고, 펠리페 아저씨는 스페인어를 가르쳐주세요. 래퍼티 아저씨는 댄스 플로어로 사용할 나무판이랑 새 탭슈즈도 사주셨어요. 그리고 레일린 언니는 이렇게 근사하게 머리를 잘라줬고요. 그리고 제 손톱 좀 보세요." 그레이스는 두 손을 불쑥 내밀어 보여주었다. "이런. 손톱 하나를 벌써 잃어버렸네."

"이따 고쳐줄게." 레일린이 말했다.

"예쁘구나." 캐츠가 말했다. "그러면 너는 잘 지내고 있는 거지?"

"잘 지내죠." 그레이스가 바로 대답했다. 즉시 대답을 하지 않으면 무슨 일이 벌어질까봐 살짝 걱정이 되어서.

"다행이네. 가끔씩 들러서 네가 여전히 잘 지내고 있는지 확인할게."

"그게 언제쯤인데요?"

"이따금씩."

"아."

사실 그레이스는 '아니요, 그러지 마세요.'라고 말하고 싶었다. 그러나 그런 말을 하면 안 되는 게 분명했다.

사회복지사가 떠났다. 레일린은 그제야 숨을 내쉬었다. 한 시간은 숨을 참고 있던 사람 같았다. 정말로 그랬던 것처럼 느껴지기도 했다.

빌리의 아파트 문이 살짝 열렸다. 그가 빼꼼히 밖을 내다보았다.

"괜찮아요." 레일린이 말했다. "갔어요."

"그레이스에게 곤란한 일이 생기지 않아서 다행이에요." 빌리가 말했다.

"네, 오늘은요." 레일린의 목소리에 불안이 묻어 있었다.

그레이스는 레일린의 두 손이 떨리고 있는 걸 보았다. 레일린은 평소에 손을 떨지 않았다. 딱 한 번을 제외하고는. 레일린이 처음으로 카운티에서 온 전화를 받았을 때 그랬다. 그러니까 레일린이 손을 떠는 것은 오로지 카운티와 얽혔을 때뿐이다.

그레이스와 레일린은 집으로 들어갔다. 레일린은 텔레비전을 켜고 그레이스를 그 앞에 앉혔다. 잠시 후 그레이스는 두리번거리며 레일린을 찾았다. 레일린은 주방 구석 바닥에 주저앉아 있었다. 울고 있었다.

13

빌리

월요일 아침, 그레이스는 평소와 다름없는 시간에 빌리의 집을 찾았다. 자기 탭슈즈를 신은 채로 구부정하게 몸을 수그리고 걸어왔다. 하지만 평소처럼 곧장 댄스 플로어로 가지 않았다. 빌리의 소파 옆자리에 앉더니 한숨을 내쉬었다.

"오늘은 춤을 추면 안 될 것 같아요."

"무슨 이유로……."

"아유, 그걸 꼭 말해야 알아요? 사람이 죽었잖아요!"

"그래." 빌리가 말했다. "알았다. 그런데 탭슈즈는 왜 신었니?"

"좋으니까요."

"아하."

"빌리 아저씨, 제가 춤꾼이 될 수 있을까요?"

"이미 춤꾼이 되었다고 생각하는데."

"왜 그렇게 생각해요?"

"너는 춤을 추고 있잖아. 그렇지 않니?"

"제 말은 진짜 댄서 말이에요."

"그럼 너는 지금까지 자신을 가짜 댄서라고 생각했니?"

"그만하세요, 빌리 아저씨. 제가 무슨 말을 하는지 아시잖아요?"

그레이스의 목소리에는 장난기가 전혀 없었다. 진심으로 화를 내는 기색이 묻어났다. 빌리는 애써 별일 아닌 척하면서 이 화제를 넘기고 싶었다. 하지만 생각처럼 쉽게 벗어날 수가 없는 상황이 되어버렸다.

"그래. 네가 무슨 말을 하는지 잘 알아. 그렇다면 솔직하게 답을 해줄게. 어쩌면 될 수도 있어. 네가 죽도록 열심히 할 용의가 있다면 말이야. 그러니까 네 상상을 초월할 정도로 많은 걸 해야 해. '세상에 이렇게 많은 걸 해야 한다니!' 하고 놀랄 정도가 될 거야. 너에게 천부적인 재능 같은 건 없어. 그래도 원하는 경지에는 이를 수가 있지."

"천부적인 재능이 뭐예요?"

"숨 쉬듯 춤을 추는 사람이 있어. 춤을 추도록 태어났다고나 할까. 기술을 갈고 닦기는커녕 배우지 않아도 되는 그런 사람들이야. 하지만 그렇지 않은 사람들도 있어. 꾸준히 노력하는 사람들이지. 그런 사람들은 훨씬 더 많이 연습해야만 해. 하지만 그런 사람들도 결국에는 경지에 이르지."

"아저씨는 천부적인 재능이 있었어요? 아니면 노력했어요?"

"나는 타고났지."

"음, 그러면 천부적인 재능이 있다고 해서 반드시 경지에 이르는 건 아닌 모양이네요."

"아야! 정말 정곡을 찌르는구나."

"죄송해요."

"하지만 사실이야. 고통스럽지만 진실이지. 근면 성실과 노력이야말로 핵심이야. 노력은 천부적인 재능을 대체할 수 있지만 천부적인 재능은 절대로 노력할 마음이 없는 것을 채우지 못해."

"하지만 아저씨가 게을렀던 건 아니잖아요. 그렇죠?"

"그럼, 게으르지 않았어."

"무서웠던 거죠?"

"다른 이야기를 하자. 혹시 래퍼티 씨라면 네가 이런 때에도 춤을 추기를 원하셨을 거라는 생각 안 해봤니? 아니, 오히려 이럴 때 더더욱 춤을 추면 좋겠다고 생각하지 않으셨을까?"

"아저씨는 그렇게 생각해요?"

"래퍼티 씨는 너에게 댄스 플로어와 탭슈즈를 주셨잖니."

"그러셨죠. 이런, 제가 한 말 다 잊으세요. 제가 노력해야 하는 사람이란 걸 깜빡했어요. 연습을 해야겠어요."

그레이스는 러그를 가로질러 댄스 플로어에 올라서서 자세를 잡고 한 발을 들어 올렸다. 하지만 그 발을 다시 내딛기도 전에 복도에서 엄마가 그레이스를 부르는 소리가 들려왔다.

"그레이스? 어디 있니, 그레이스?"

두 사람은 꼼짝도 하지 않고 서로를 쳐다보았다. 살짝 겁이 났다. 조만간 이런 순간이 다가올 것을 예상하고 있었다. 이게 어떤 의미인지 두 사람 모두 잘 알고 있다. 그레이스의 엄마가 정신을 차린 순간에 새로운 소식을 듣게 될 것이다. 모두가 기다리고 있던 바로 그 순간.

그레이스는 노골적으로 대사를 읊는 듯한 목소리로 말했다. "거봐요. 오늘은 춤을 추기 좋은 날이 아니라니까요."

"언니랑 통화했어요." 빌리의 집으로 돌아온 그레이스는 레일린의 집 열쇠를 목에 걸고 있었다.

"집에 온대?"

"금방 온대요. 가능한 한 빨리요. 마지막 손님 한 명만 남았는데, 언니 친구라서 약속을 다시 잡을 수 있다고 했어요. 그러면 곧바로 집에 올 거예요."

그때 들려오는 목소리에 두 사람의 대화가 끊겼다. 그레이스 엄마 에일린의 목소리였다. 이번에는 아파트 바로 앞 거리에서 들려왔다.

"그레이스! 이제 재미없거든! 집으로 와!"

빌리는 최대한 그 목소리를 무시하려고 노력했다. 하지만 쉽지 않았다. 사실 최선이라고 해봐야 들리지 않는 척 연기를 할 뿐이었다. 그런데 빌리는 과거처럼 능숙한 연기를 할 수 없는 형편이었다. 흘깃 그레이스를 훔쳐보았다. 아니나 다를까 그레이스는 금방이라도 울음을 터트릴 것 같은 얼굴을 하고 있었다.

에일린이 외치는 소리가 또 한 번 들려왔다. "그레이스!"

빌리는 몸통 한가운데가 팽팽하게 잡아당겨지는 것 같은 기분을 느꼈다. 에일린 퍼거슨이 그의 복부에 있는 모든 생명력을 빼내고 대신 그 자리에 정전기가 빠지직 일어나는 물체를 채워 넣는 것 같았다. 과거에 느꼈던 모든 편안함의 경험을 지워버리는 느낌이었다. 사실 그리 대단치 않은 편안함이었지만.

'이제 우리는 공식적으로 유괴범이 되었군.'

빌리는 날개에 대해서 생각했다. 널찍하고 하얀 깃털이 박혀 있는 날개. 이제는 그 날개가 퍼덕거릴 걸 예측할 수 있었다. 어스름이 내리면 그 날개만이 빌리와 함께 있었다.

"그래서…… 레일린에게 뭐라고 말했니?" 빌리는 속살거렸다. 저 멀리 있는 그레이스의 엄마한테 들릴 리도 없는데.

"그냥 우리 엄마가 일어났다고……. 완전히 깼다고요……. 그리고 지금이야말로 엄마하고 이야기를 하기 좋은 때라고도 했어요."

"그레이스!"

두 사람은 소스라치게 놀랐다. 이번에는 훨씬 더 소름끼치게 높은 소리였다. 반 블록 가까이 떨어진 곳에서 들려오는 소리라고 믿을 수 없을 정도였다.

"이제 네 엄마는 겁에 질린 것 같구나." 빌리가 말했다.

"정말 기분이 이상해요. 정말 이상해요. 마치……."

빌리는 그레이스가 말을 마치기를 기다렸다. 기다림의 유전자를 타고난 사람처럼 진득하게 기다리다가 마침내 말했다. "적당한 말이 생각나지 않니?"

"잘못이요." 그레이스가 말했다. "잘못된 것 같아요. 하지만 잘못이라고 말하고 싶지는 않아요. 우리는 모임을 했고 이게 올바른 일이라고 결정했으니까요. 하지만…… 정말 이게 옳은 걸까요? 그러니까 우리가 옳은 일을 하는 게 아니면 어떻게 하죠?"

"우리가 확실히 아는 건 지금까지 우리가 해왔던 일이 잘못되었다는 거야. 그 점에 대해서는 우리 모두가 동의했잖아. 고인이 된 래퍼티 씨마저도. 그 사람은 원래 다른 사람에게 동의하고 그러는 법이 없었어. 그러니 잘못된 일에 뭔가 변화를 주는 거라면 최소한 옳은 일이 될 가능성이 있는 거지. 커다란 변화를 주지 않고는 옳은 방향으로 가지 못할 거라는 건 분명한 사실이야."

"맞아요. 고마워요." 내용과 달리 그레이스의 목소리에는 확신이 없었다. 심한 스트레스를 받는 것 같아 보였다.

"괜찮니, 아가?"

"달라요. 완전히요. 왜 있잖아요. 진짜로 하게 되니까 다르게 느껴져요."

"원래 그런 법이야." 빌리가 말했다.

레일린이 성큼성큼 인도를 따라 걸어온 것은 그로부터 약 20분이 지난 후였다.

"기록적인 시간인데."

"농담하세요? 백 년은 된 것 같아요."

빌리와 그레이스는 러그 위에 나란히 배를 깔고 엎드려서 발코니 유리문 밖을 내다보고 있었다.

"아까 전화받고 벌써 온 거야."

"1년은 걸린 것 같아요."

"20분 걸렸어."

"정말요? 20분? 어떻게 알아요?"

"여기서 주방에 걸린 시계가 보이니까."

"어째서 어떤 20분은 다른 20분보다 훨씬 더 길게 느껴지는 걸까요?"

"고금을 막론한 고민거리지."

"그건 아저씨도 왜 그런지 모른다는 말인가요?"

"거의 그렇지."

"이제는 엄마가 어디로 갔는지도 모르겠어요. 레일린 언니는 저렇게 서둘러서 엄마랑 이야기하러 집으로 왔는데 우리 엄마는 나를 찾는다고 모퉁이 너머 어딘가로 가버렸어요. 엄마가 언제 돌아올지 모르겠네요."

그레이스는 투덜거리듯 말하고 있었지만 목소리에서 안도하는 기색을 읽을 수 있었다.

"꼬마야, 다시 잘 봐봐."

그레이스의 엄마는 인도를 따라 집으로 돌아오고 있었다. 레일린의 반대 방향에서 걸어오는 거라 마치 두 사람이 아파트 진입로에서 마주칠 운명인 듯 보였다.

"이런, 젠장." 그레이스는 무심코 말을 내뱉다가 한 손으로 자신의 입을 찰싹 때렸다.

"오늘 욕한 건 특별가로 쳐줄게. 할인이야."

"아저씨는 정말 이상한 말만 해요."

외관상으로는 별다른 일이 벌어지지 않는 것 같았다. 레일린은 두 손을 허리에 올리고 온화한 얼굴로 서 있었다. 하지만 빌리는 진짜로 그런 게 아니라는 건 알았다. 그레이스의 엄마는 머리 하나 정도 차이 나게 키가 작았다. 그래서 가슴을 한껏 부풀리고 서 있었다. 그건 몸집을 크게 보이고자 하는 사람들이 흔히 하는 몸짓이었다. 그레이스의 엄마는 이야기를 나누는 동안 계속 머리를 뒤로 쓸어 넘겼다. 긴장하면 나오는 버릇인 것 같았다.

두 여자가 마주 선 자리는 멀찌감치 떨어져 있어서 빌리와 그레이스는 둘의 표정을 알아보기 어려웠다.

"화를 내고 있어요." 그레이스가 나지막하게 말했다.

"너네 엄마?"

"그럼 누구겠어요?"

"저기에는 두 사람이 있잖니."

"하지만 화가 날 만한 소리를 듣고 있는 사람이 누구겠어요?"

"정말 화가 나신 것 같니? 아니면 그럴 거라고 생각하는 거니?"

"엄마가 서 있는 모습으로 알 수 있어요. 엄마가 서 있는 모습이 여러 가지거든요. 나는 그 종류를 모두 알고 있어요. 그런데 저건 화가 났다는 거예요."

바로 그때, 그레이스의 엄마는 레일린을 외면하고 쿵쿵 발을 구르며 아파트 현관 쪽으로 다가오기 시작했다.

"오호, 네 말이 맞았구나." 빌리는 속삭였다. "화가 났어."

"이런 일을 하는 게 아니었나봐요."

"주사위는 이미 던져진 것 같은데."

"빌리 아저씨, 좀 정상적으로 말해주세요."

"이미 늦었다는 말이야."

아파트 현관문이 벌컥 열리면서 복도 벽에 쿵 하고 부딪치는 소리가 들려왔다. 그 바람에 두 사람은 화들짝 놀랐다.

"그레이스!" 그레이스의 엄마가 비명을 지르듯 외쳤다. 아니 비명 그 자체였다.

그레이스는 울기 시작했다. "이 일이 마음에 들지 않아요."

빌리는 한쪽 팔을 그레이스의 몸에 두르고 바짝 끌어안았다. 그레이스의 엄마는 다시 비명을 질렀다.

"그레이스! 이러지 마, 아가야! 아직도 이 엄마를 사랑하잖아, 그렇지? 엄마도 여전히 너를 사랑한다는 거 알고 있지, 그레이스?"

그레이스는 더욱 격하게 흐느꼈다. 하지만 울음소리는 입 밖으로 새어 나오지 않았다.

"그레이스! 엄마랑 같이 있고 싶지 않니, 아가야?"

"아저씨, 나한테 다시 말해줘요." 그레이스가 빌리의 품에 파고들었다. "이게 왜 좋은 아이디어인지 다시 말해주세요."

"그레이스, 엄마가 더 잘할게, 아가! 이제는 더 잘할게!"

"엄마가 이제 잘한대요!" 그레이스는 작지만 필사적인 목소리로 말했다.

빌리는 달래는 듯이 하지만 단호하게 말했다. "그래, 잘됐다. 그렇게 되면 일은 잘 풀릴 거야. 하지만 잘하는 모습을 먼저 보여주셔야 해. 나중에 잘하겠다고 약속하는 것만으로는 안 돼."

"왜 안 되는지 다시 말해주실래요?"

"그 정도로는 어림도 없기 때문이지. 엄마에게 충격을 줘야 맨정신으로 되돌아가도록 할 수 있으니까. 그렇게 하기 위해서 우리가 할 수 있는 일이 이거니까."

"맞아요. 하지만 최악이에요. 이렇게 빌어먹을 일일지는 몰랐어요."

"그레이스!"

이번에는 목청껏 외치는 소리였다. 선택의 여지가 없는 사람의 비명 소리였다. 빌리는 〈욕망이라는 이름의 전차〉에서 찢어진 셔츠를 입은 스탠리 코왈스키가 스텔라에게 고함치는 모습을 떠올렸다. 빌리는 두 달 동안 무대 위에서 그 대사를 고함치듯 외쳤다. 갓 스물두 살이 됐을 때였다.

밖에서 들려오는 목소리는 두 사람 모두에게 충격을 주고 있었다. 빌리는 그들 사이에서 충격파가 번져가는 것을 느꼈다. 감정의 번개가 번쩍 친 것 같았다.

지하에서 문이 쿵 닫히는 소리가 들렸다.

그레이스는 계속 울기만 했다.

5시 30분에 레일린이 왔다. 내내 일터에서 있다가 돌아왔을 때와 같은 시각이었다. 빌리는 레일린이 문을 두드리는 소리를 구분할 수 있다. 톡톡 톡 톡. 하지만 오늘 노크 소리는 전에 없이 나직했다.

빌리는 레일린을 위해 문을 열어주었다. 그러고 나서 소파를 손짓으로 가리켰다. 그곳에는 그레이스가 대자로 누워 자고 있었다. 작게 코를 골면서 꽤 많은 양의 침을 흘리고 있었다.

"이런 장면은 또 처음 보네요." 레일린은 들릴 듯 말 듯 말했다. 빌리는 레일린이 들어오자 문을 닫아 잠갔다.

"울다가 잠들었어요. 저기 누워서 한 시간 넘게 울었어요. 화장지 한 통을 다 써버렸죠. 그러고 나서는 저렇게……. 힘이 빠진 모양이에요."

레일린은 그레이스가 누워 있는 소파 옆자리에 앉아서 잠자는 아이의 머리카락을 쓰다듬었다.

"딱하기도 하지. 이왕 이렇게 잠들었으니 혹시…… 오늘 여기에 좀 더 있게 해도 될까요? 힘들게 하거나 과민하게 만들려는 건 아니에요. 그…… 아시잖아요."

"네? 뭘 안다는 거예요?"

"아이 엄마가 경찰에 연락할 경우를 대비해서요."

빌리는 레일린의 옆자리에 앉았다. 빌리의 엉덩이가 그레이스의 엉덩이에 부딪쳤다. 그래도 그레이스는 깨어나지 않았다. 사실 빌리는 그 자리에 앉을 생각이 없었다. 다만 그의 무릎이 녹아내리는 바람에 일어난 일이었다.

"그러니까 지금 경찰이 나타나도 그레이스가 어디에 있는지 모른다고 주장하려는 거예요?"

"그렇게 말하니까 나쁜 일 같네요."

"교도소에 끌려갈 만한 범법 행위죠. '네, 여기 아이가 있어요. 저는 아이의 베이비시터인데 아이가 집에 가지 않으려고 해서 데리고 있었어요.'라고 말하는 것과는 매우 다른 결과를 불러올 만한 일이라고요."

"이런, 빌리. 교도소라는 말은 하지 말아요……. 물론 맞는 말이지만요. 전적으로 맞는 말이에요. 내가 무슨 생각을 했는지 나도 모르겠어요. 지금은 나도 제정신이 아니에요."

"그런 사람이 한둘이 아니에요." 빌리가 말했다.

레일린은 일어서서 그레이스를 반쯤 앉힌 다음에 아이를 어깨에 둘러멨다. 그레이스의 사지는 축 늘어졌다. 여전히 깨지 않았다.

"에일린에게는 뭐라고 했어요?" 빌리는 그렇게 물어보기는 했지만 사실 알고 싶은 마음 반, 알고 싶지 않은 마음이 반이었다.

"우리가 의견을 모았던 것과 거의 같은 이야기였어요."

"아이 엄마는 뭐라고 했어요?"

"아, 나한테 몇 마디 악담을 했어요. 그러면서 계속 이게 그레이스의 아이디어라는 걸 믿을 수 없다고 했어요. 하지만 지금쯤은 그렇다는 걸 조금 더 믿게 되지 않았을까 싶네요."

레일린이 문 쪽으로 걸어가자 빌리는 재빨리 달려가 문을 열어주었다.

"지금 우리가 옳은 일을 하고 있는 거죠?" 빌리가 물었다.

"모르겠어요, 빌리. 옳은 일이길 바랄 뿐이에요."

빌리는 밤새도록 텔레비전 앞에 앉아서 옛날 영화를 보았다. 날갯짓 소리를 피하기 위해서였다. 그럼에도 새벽 4시쯤에 깜빡 잠이 들었다. 〈티파니에서 아침을〉을 절반쯤 보았을 때였다. 언제나 그렇듯이 날갯짓이 빌리를 덮쳐왔다.

14

그레이스

그레이스는 레일린의 집 앞에 섰다. 품에는 가르랑거리는 고양이를 안고. 새하얀 털에 딸기색이 감도는 금발 같은 독특한 색과 검정이 섞인 얼룩을 지닌 고양이는 이따금씩 얼굴을 그레이스의 턱에 비벼댔다.

그레이스는 문을 살살 두드렸다. 고양이가 놀라지 않게 조심했다.

레일린이 문 너머에서 누구냐고 묻는 소리가 들렸다. 하지만 그레이스는 큰 소리로 대꾸하기가 망설여졌다. 고양이가 겁을 먹을 것 같았다.

잠시 후에 아주 조심스럽게 문이 열렸다.

"아, 이제 막…… 세상에, 그레이스. 그게 뭐니?"

"내 새 고양이에요."

"'네' 고양이?"

"네. 래퍼티 씨가 기르던 고양이에요. 이제 막 내 고양이가 되었죠."

"래퍼티씨가? 아니…… 음, 어쨌든 그걸 어디서 키울 생각인지 모르겠구나. 여기서는 안 돼. 내가 아는 한 이 아파트에서는 키울 수 없어."

"하지만 고양이가……."

"그레이스. 게다가 나는 고양이 알레르기가 있어."

"이런! 언니도요?"

"응? 고양이 알레르기 있는 사람이 또 있니?"

"피터 아저씨요. 래퍼티 아저씨의 아들인데요, 집을 정리하러 왔대요. 침실 화장실에서 이 고양이를 발견했는데 피터 아저씨는 알레르기도 있고 집까지 비행기를 타고 가야 한대요. 그래서 제가 고양이를 맡아야만 하거든요. 여기서 키우면 안 돼요?"

"고양이가 여기 있으면 내 목이 부어올라서 숨을 쉴 수 없게 될 거야."

"휴, 그럼 빌리 아저씨에게 물어봐야겠네요."

"펠리페는?"

"빌리 아저씨한테 물어보면 안 되나요?"

"빌리는 변화를 그리 달가워하지 않잖니."

"나 여기서 다 듣고 있어요." 빌리가 말했다.

그레이스는 뒤로 돌아섰다. 빼꼼히 열린 문틈 사이로 밖을 내다보는 빌리의 모습이 보였다. 방범용 안전걸이가 빌리의 코 일부를 가리고 있었다.

"미안해요." 레일린이 말했다. "하지만…… 내가 하려던 말은…… 내 말이 틀렸나요?"

"경우에 따라 다르죠. 문제가 된 문제가 뭐죠?"

"당분간 내 새 고양이를 아저씨 집에 있게 해도 될까요?" 그레이스가 눈을 반짝이며 물었다.

"흠." 부분적으로만 드러난 빌리의 얼굴이 말했다. "펠리페에게 물어보는 게 좋을 것 같다."

"거봐, 내가 뭐랬니?" 레일린이 말했다.

"하지만 아저씨는 '집'에 있잖아요." 그레이스는 흐느껴 울기 직전의 목소리로 말했다. "아저씨는 집에 있으니까 고양이를 돌볼 수 있잖아요. 펠리페 아저씨는 일을 해야만 해요. '미스터 래퍼티'는 외롭고 무서울 거예요."

빌리가 고개를 들어 그레이스의 머리 위를 쳐다보았다. 그레이스는 뒤로 돌아서 레일런이 빌리와 눈을 맞추는 걸 보았다. 두 사람은 또다시 그 일을 하고 있었다. 어른들이 아이들에게 할 말이 있는데 누가 말할 것인지 정할 때 하는 몸짓이었다.

"그레이스, 래퍼티 씨는 돌아가셨어." 레일런이 말했다.

"사람인 래퍼티 씨를 말하는 게 아니에요. 고양이 래퍼티 말이죠."

"고양이 이름을 래퍼티로 정했니?" 빌리가 말했다.

"네. 미스터 래퍼티예요." 그레이스는 당당하게 말했다.

"그러면 좀 이상하지 않니?"

"뭐가 이상한데요?"

"이름이 같잖아…… 래퍼티 씨하고."

"하지만 래퍼티 아저씨는 돌아가셨잖아요." 그레이스는 짜증스러운 목소리로 말했다.

"난 들어간다." 레일런이 말했다. "목이 부어서 질식하기 전에."

그레이스는 돌아서서 빌리를 보았다. "좀 들어가도 돼요? 제발요. 우리 좀 들어가게 해주세요, 네?"

빌리는 크게 한숨을 내쉬었다. 필요 이상으로 커다란 한숨 소리였다. 빌리의 생각을 분명히 알려주고도 남을 소리였다. 하지만 빌리는 방범용 안전걸이를 풀고 둘을 안으로 들였다. 그레이스는 빌리가 그렇게 해주리라 믿고 있었다.

그레이스는 빌리의 소파에 앉아서 미스터 래퍼티의 옆구리에 귀를 대고 가르랑거리는 소리를 들었다.

"계속 이렇게 가르랑거려요. 래퍼티 아저씨의 침대 밑에서 꺼낸 다음부터 한 번도 이 소리를 그친 적이 없어요. 이렇게 귀를 가져다 대면 정말 근사해요. 모터 같은 게 있는 것 같다니까요. 다 편안해지는 느낌이에요. 뱃속까지 좋아져요. 아저씨도 한번 해보세요. 정말 해보셔야 해요. 아저씨도 분명 좋아하실 거예요."

빌리는 소파의 가장자리에 걸터앉아 있었다. 소파가 빌리를 긴장하게 만들기라도 한 것 같았다. 빌리는 고양이 쪽으로 눈길 한 번 주지 않았지만, 그레이스는 고양이 때문에 그런다는 걸 알 수 있었다.

"예쁜 고양이구나." 빌리가 말했다. 미스터 래퍼티에 관해 빌리가 생각해낼 수 있는 좋은 말은 그것 하나뿐인 모양이었다. "나는 고양이를 좋아하는 편이 아니야. 개도 좋아하지 않아. 하지만 그 고양이가 예쁘긴 하구나."

"예쁘죠! 털도 정말 부드러워요."

"나는 여전히 고양이에게 더 나은 이름이 필요하다고 생각한다." 빌리가 말했다.

"미스터 래퍼티라는 이름이 완벽하다고 생각해요."

"하지만 헷갈리잖아."

"헷갈릴 건 없다고 생각해요."

"자, 1분 전에 네가 한 말에 대해 생각해봐. 래퍼티 씨의 침대 아래서 꺼낸 이후 고양이가 계속 가르랑거리고 있다고 했잖니. 그러면 미스터 래퍼티는 래퍼티 씨의 침대 아래서 나온 이후로 계속 가르랑거린다고 말해야 되잖아. 헷갈리지?"

"하지만 우리 고양이는 이제 그 침대 밑에 갈 일이 없어요. 게다가 피터 아저씨가 래퍼티 아저씨의 짐을 모두 가지고 갔어요. 집으로 가져가거나 치워버렸죠. 그래서 래퍼티 씨에게는 이제 침대가 없어요."

"누구? 고양이?"

"아니요. 래퍼티 아저씨요. 집중 좀 하세요."

"하지만 그 고양이가 래퍼티라고 했잖아."

"빌리 아저씨, 지금 일부러 그러는 거 알아요. 실제로는 전혀 헷갈리지 않는다는 것도 알고요."

"그럼 다른 경우를 더 생각해보자. 누군가가 래퍼티 씨가 어떻게 죽었는지에 대해 이야기하는 걸 듣게 되었다고 생각해봐. 이런 거지. '오, 미스터 래퍼티가 죽었다는 이야기를 들었어요.' 순간 너는 '안 돼! 내 고양이!'라고 생각하게 될 거야."

"흠." 그레이스는 외마디 대꾸를 하고는 다시 고양이 옆구리에 귀를 가져다 댔다. 뱃속에서 울리는 기분 좋은 소리를 다시 한 번 듣고 싶었다. "아저씨 말이 맞을 수도 있겠네요. 하지만 이미 미스터 래퍼티라고 불러버린 걸요. 약속한 걸 깨트리고 싶지 않아요……. 그리고 여기 좀 있어도 되죠?"

"모르겠다. 난 동물들이 무서워."

"아저씨는 모든 걸 무서워하잖아요!" 하지만 그 말이 입 밖으로 튀어나오자마자 빌리의 기분을 상하게 했다는 걸 알 수 있었다. 그레이스도 기분이 나빠졌다.

"그래, 그렇지."

"죄송해요."

그레이스는 이어서 '진심으로 한 말은 아니에요.'라고 말하려 했다. 하지만 사실 영 마음에 없던 이야기는 아니었다. 그레이스는 자기 말이 틀리지 않다고 생각한다. 다만 그걸 입 밖으로 내뱉어서는 안 되는 것임을 방금 깨달았다.

"정말 죄송해요, 빌리 아저씨. 아저씨 기분을 상하게 할 생각은 없었어요. 그런데 래퍼티 아저씨네 가서 고양이 화장실과 먹을거리를 가지고 올

동안만 여기에 고양이를 좀 놓고 가도 될까요?"

빌리는 아직 상처받은 표정을 거두지 못했다.

"그렇게 하든지." 빌리가 말했다.

그레이스는 고양이를 소파 위에 내려놓았다. 빌리는 벌떡 일어나서 창가까지 물러섰다. 아무리 빌리라도 지나치게 과민반응하는 것 같았다. 미스터 래퍼티는 그레이스가 쉽게 들어올릴 정도로 가볍고 어린 고양이였다.

그레이스는 문으로 달려갔다. "그리고 정말로 중요한 걸 알아냈어요." 문손잡이를 잡고서 그레이스가 말했다. "지금은 너무 바빠서 모든 이야기를 다 할 수는 없지만 대충 말하자면 사람은 다른 사람들과 함께 있어야 하고 다른 사람 없이 혼자 지내는 사람은 없어야 한다는 거예요. 그리고 어떻게 하면 이곳이 완전히 달라질 수 있을지도 알아냈어요. 우리 모임을 한 번 더 해야 해요."

그레이스는 문을 활짝 열고 복도로 뛰어나가면서 등 뒤로 문을 쿵 닫았다.

세 걸음도 채 떼지 못했는데 손 하나가 불쑥 그레이스의 앞을 가로막았다. 난데없이 나타난 손이 그레이스의 입을 막는 바람에 소리를 지를 수도 없었다. 또 다른 손 하나는 그레이스의 허리를 움켜잡고 그레이스를 끌고 가기 시작했다. 그레이스는 마구 버둥거렸다. 몸을 비틀고 뒷발질을 했다. 하지만 헛발질이 될 뿐이었다.

고래고래 소리를 치고 싶었다. 비명을 지르면서 "도와주세요! 살려주세요!"라고 말해보려 했지만 손바닥이 입을 단단히 틀어막고 있었다.

그레이스는 익숙한 집 안에 들어가고 나서야 자신을 몰래 끌고 온 사람이 엄마라는 걸 깨달았다.

15
빌리

"더는 못 참겠다. 우리 인내심이 다 없어졌어." 빌리는 선언하듯 말했다.

빌리가 늘 하던 혼잣말과는 조금 다른 어조였다. 그도 그럴 것이 이번에는 미스터 래퍼티에게 말을 하고 있었기 때문이다. 고양이는 빌리의 눈을 똑바로 바라보았다. 그 바람에 빌리의 기세가 한풀 꺾였다.

미스터 래퍼티는 빌리의 소파에 웅크린 채 자리를 잡고 있었다. 시선은 빌리에게 못 박은 듯 고정한 채. 잠깐 동안은 빌리도 용기를 내서 고양이의 시선을 되받아쳤다. 아주 잠깐.

고양이한테는 흥미로운 반점이 있었다. 얼굴 한가운데 그어진 선이 아래로 내려가면서 미묘하게 달라졌다. 빌리는 마임 공연자 같다고 생각했다. 분장을 하고 있는 유능한 연기자 같았다.

빌리는 고양이와 자신 사이에 공통점이 있다는 생각을 했다. 하지만 그걸 입 밖으로 내뱉지는 않았다. 괜한 이야기를 해서 고양이가 뭔가 호의를 얻었다고 생각하게 될까 우려되었기 때문이다.

앞서 빌리는 의자에 앉아보려 시도를 했다. 그의 커다란 가죽 의자에. 소파는 이미 점령당했기 때문이다. 하지만 미스터 래퍼티는 불가해하게도 빌리의 움직임에 매력을 느꼈는지 의자 팔걸이로 펄쩍 뛰어올라 빌리의 무릎에 앉으려 시도했다. 빌리는 기겁을 하며 놀랐다. 그래서 지금 빌리는 유리문에 등을 기대고 서 있었다. 등에 닿은 유리는 충격적으로 차가웠다. 빌리가 있는 곳에서는 주방 시계가 잘 보였다. 빌리는 평소의 강박증을 뛰어넘는 기세로 그 시계를 계속 쳐다보고 있었다.

"화장실이랑 먹이를 가지고 오는 데 어떻게 1시간이나 걸릴 수 있지? 1시간이야. 아무래도 뭔가 다른 일에 정신이 팔려 있는 게 아닐까?"

당연히 미스터 래퍼티는 그에 관한 아무런 대꾸도 하지 않았다.

그레이스가 고양이 먹이를 가지러 간다고 집을 나간 지 2시간하고 26분이 흘렀을 때 누군가 빌리네 문을 두드렸다.

"그레이스?" 빌리는 문가로 달려 나가면서 물었다.

미스터 래퍼티는 바닥으로 펄쩍 뛰어내려 러그 위에 쭈그리고 앉아서 여차하면 가구 밑으로 달려 들어갈 준비를 하고 있었다.

사실 레일린이 두드리는 소리였다. 빌리는 금방 알 수 있었다. 그래도 그레이스냐고 물어본 건 그레이스가 오는 게 맞기 때문이다. 어쩌면 그레이스가 레일린을 흉내 내어 문을 두드릴 수도 있지 않은가. 아이들은 흉내 내기를 잘하는 법이다.

빌리는 자물쇠를 풀고 문을 활짝 열었다. 하지만 문 밖에 서 있는 건 레일린뿐이었다.

"아, 레일린이군요."

"저도 만나서 반가워요. 지금쯤 그레이스를 데리고 가야 할 것 같아서요."

"여기 없어요."

"농담하지 마세요."

"농담 아니에요. 그레이스는 여기 없어요. 래퍼티 그러니까 고양이 말고 사람 래퍼티 씨의 집으로 가서 래퍼티 그러니까 사람 말고 고양이 미스터 래퍼티의 화장실이랑 먹이를 가지고 오겠다면서 여기 문을 열고 나가고 나서 지금까지 보지 못했어요."

"그럼 펠리페 집에 있을지도 모르겠네요." 레일린이 말했다.

"그러기를 바라요." 빌리는 짜증스러움보다는 공포감이 엄습해 오는 걸 느끼면서 말했다.

"가서 확인해볼게요." 레일린이 말했다.

빌리는 평소와 달리 문가에 그대로 서서 손톱을 맹렬하게 물어뜯으며 레일린이 다시 돌아올 때까지 기다렸다.

레일린은 고개를 가로저으며 돌아왔다.

"그레이스가 엄마한테 간 건 아닐까요? 엄마가 자기를 부를 때 가지 않은 걸로 많이 힘들어했잖아요."

"아니요." 빌리는 말했다. "그럴 리 없어요. 전혀 가능성 없는 이야기예요. 처음에 그레이스 엄마가 아이를 불렀을 때는 그런 생각을 했을 수도 있고, 그때라면 아이가 엄마한테 갔을 수도 있죠. 또 내일만 되어도 그런 일은 있을 수 있을 거예요. 하지만 그레이스는 지금 막 새 고양이를 가지게 되었어요. 엄청나게 빨리 달려 나가면서 고양이에게 먹일 걸 찾아온다고 했단 말이에요. 그레이스는 고양이 때문에 무척 신이 나 있었어요. 한시라도 빨리 고양이에게 돌아오고 싶었을 거예요. 게다가 나는 그레이스에게 고양이를 여기에 두는 건 잠시뿐이라고 허락한걸요. 우리가 이럴 때가 아니에요. 모든 게 앞뒤가 맞지 않아요."

"알았어요. 그럼 계속 찾아볼게요." 레일린이 말했다.

"잠깐만요! 음, 겁쟁이처럼 보이겠지만……." 빌리는 말을 하면서 이미 늦었다는 생각을 했다. 이미 세상에 다시없는 겁쟁이처럼 말하고 있었다. 그래도 어찌 되었든 말을 끝맺기로 했다. "이 모든 일을 알아보는 동안 고양이는 펠리페의 집에 가 있는 게 좋지 않을까요."

"미안해요. 펠리페는 방금 나갔어요."

"나 지금 토할 것 같아요." 빌리가 말했다.

그냥 느낌이 그런 게 아니었다. 정말 토할 것 같았다. 얼굴이 싱기되고 열이 올랐다. 온몸이 아파왔다. 세계 최고 급성 독감이 발병한 것 같았다.

"심호흡을 좀 해봐요." 레일린이 말했다.

"힌맨 부인 집은 확인해봤어요?"

"확인했어요. 그런데 우리가 말하지 않은 경우의 수가 하나 더 있어요. 어쩌면 아이 엄마가 그레이스를 낚아챈 것일 수도 있잖아요. 그레이스의 뜻과 상관없이 막무가내로 데리고 갔을 수도 있어요."

"아, 제발 그랬으면 좋겠어요. 그렇게 되었다고 해도 좋은 일은 아니지만…… 경찰에 연락해야 할까요?"

"우리가 그럴 자격이 있는지 모르겠네요. 우리는 그레이스의 법적 보호자가 아니잖아요. 경찰한테 연락을 해서 출동했는데 그레이스가 자기 엄마랑 같이 있다는 게 밝혀지기라도 하면…… 경찰에게 뭐라고 하겠어요? 우리가 아이를 훔쳤는데 아이 엄마가 다시 훔쳐갔다고 말할까요?"

"하지만 혹시라도……."

"나도 여러모로 생각해봤어요, 빌리. 그레이스에게나 우리에게 안 좋은 일이 벌어지는 상황까지 포함해서 모든 경우를 다 점검해봤다고요. 이제는 그레이스 엄마한테 가서 그레이스가 없어졌다고 말해야 할 것 같아요. 만약 아이 엄마도 그레이스의 행방을 모른다고 하면, 그때 경찰한테 연락해요."

"그레이스 엄마가 보기에 좋지 않은 상황이네요. 우리가 아이를 제대로 돌보지 못한 걸로 보일 테니."

"어떤 경우라도 좋지 않네요. 어쨌든 가볼게요."

빌리는 두 무릎의 힘이 빠져나가 흐물흐물해지는 것을 느꼈다. 그는 문가에 가까운 러그 위에 무너져 내리듯 무릎을 꿇고 앉았다. 흘깃 고양이를 쳐다보았다. 밖으로 도망치려고 하지는 않는지 확인해야 했다. 하지만 고양이는 다시 소파 위에 웅크리고 앉아서 약간의 호기심이 담긴 눈빛으로 빌리를 쳐다보고 있었다.

지하에서 쿵쿵 문을 두드리는 소리가 들려왔다. 쿵 소리가 울려 퍼질 때마다 빌리의 몸에 총알이 관통해 지나가는 것 같았다.

"퍼거슨 부인?" 레일린이 외치는 소리가 들렸다. "그레이스가 거기 있나요? 만약 아니라면 저희한테 알려주세요. 지금은 서로 의견 차이는 잠시 묻어두고 그레이스를 찾아 나서야만 해요. 진심으로 드리는 말씀이에요. 지금 상황이 심각하다고요."

다시 문을 두드리는 소리가 이어졌다.

잠시 후 레일린이 계단을 올라오는 모습이 보였다. 빌리는 문가에 무릎을 꿇고 앉아서 얼마 남아 있지 않은 손톱을 물어뜯고 있었다.

"왜 무릎을 꿇고 있어요?" 레일린이 빌리 옆에 서서 물었다. 사실 무슨 상황인지 파악할 수 있을 것 같기는 했다.

"말하자면 길어요. 어떻게 됐어요?"

"문을 두드려봐도 대꾸가 없어요. 으, 목소리가 안 나오네." 레일린은 빌리의 문가에서 뒤로 몇 걸음 물러나면서 변명조로 말했다. "이따 다시 내려가볼게요."

"잠깐만요!" 빌리는 안간힘을 내어 몸을 일으키면서 크게 소리쳤다. "힌맨 부인이 고양이를 데려갈 수 있지 않을까요? 오늘밤만이라도."

레일린은 잠깐 동안 복도에 우두커니 서서 갈피를 잡지 못하는 표정을 지었다. 그런 사소한 문제에 대해 생각할 여력이 없는 듯 보였다.

마침내 레일린이 말했다. "가서 물어볼게요."

빌리는 안도의 한숨을 내쉬었다. 그 잠깐 사이에 더 많은 손톱이 희생되었다.

레일린이 다시 아래층으로 내려오는 데는 2분이 채 걸리지 않았다. 그래도 그 2분은 길기만 했다.

"죄송해요. 힌맨 부인은 고양이를 싫어하신대요."

"저도 마찬가지예요!" 빌리는 의도했던 것보다 더 애절하게 울부짖었다.

"하지만 고양이는 빌리 씨에게 있잖아요. 점유하고 있는 거잖아요. 실질적인 점유자에게는…… 아, 잊어버렸어요. 그 왜 있잖아요, 점유자에게 대부분의 법적 권한이 있다는 말이요. 가진 사람이 임자라고 하는 거요."

"그렇죠." 빌리는 비참한 어조로 말했다. "하지만 화장실이 필요한데, 먹이도요."

"아, 그렇죠. 그것도 알아볼게요."

빌리는 문을 닫고 자물쇠를 채우고 나서 고양이를 보았다. 미스터 래퍼티는 여전히 빌리를 뚫어져라 바라보고 있었다.

"그만 쳐다봐." 빌리가 말했다. "내가 그 정도로 매력적이지는 않잖아."

고양이의 강렬한 응시는 계속 이어졌다.

"모든 게 다 네 탓이야." 빌리가 말했다.

미스터 래퍼티는 두 귀를 획 하고 뒤로 젖혀 보였다. 하지만 그 이상의 움직임은 없었다.

텔레비전에서 심야 영화 〈문스 트럭〉을 중간 정도까지 봤을 무렵, 가볍게 톡톡 두드리는 소리가 연이어 들려왔다. 빌리는 리모컨을 집어 들고 퉁퉁 부은 손가락 끝이 따끔거리는 걸 참으며 음소거 버튼을 눌렀다. 그리고 몸을 구부려 귀를 기울였다.

하나, 둘, 셋…… 잠시 멈추었다가 넷.

하지만 그건 레일린이 문을 두드리는 소리가 아니었다. 빌리의 문을 두드리는 사람은 아무도 없었다. 빌리의 바닥을 두드리는 소리였다. 그러니까 지하에서 빌리의 집 바닥을 두드리고 있었다.

"하!"

빌리는 호흡인지 고함인지 모를 큰 소리를 냈다. 빌리의 가죽 의자에 앉아서 잠들어 있던 미스터 래퍼티는 재빨리 소파 밑으로 달려가 몸을 숨겼다.

빌리는 숨을 죽이고 귀를 기울였다. 다시 소리가 들렸다. 하나, 둘, 셋…… 잠시 멈추었다가 넷.

빌리는 현관문으로 달려가서 화끈거리는 손가락을 떨면서 자물쇠를 열었다. 문을 활짝 연 빌리는 복도로 뛰어나갔다. 레일린의 문을 두드릴 생각이었다. 하지만 레일린은 이미 복도에 나와 있었다.

"그 소리 들었어요?" 빌리는 기쁨과 안도감에 떨리는 목소리로 소리쳤다.

"들었어요!"

"그레이스가 아래층에 있어요."

"엄마가 잠들 때까지 기다렸다가 우리한테 신호를 주는 모양이에요."

"똑똑한 아이예요." 빌리가 말했다.

"정말 똑똑하죠!" 레일린은 자랑스레 말했다.

놀랍게도 레일린은 두 팔로 빌리를 얼싸안았다. 빌리도 팔을 둘렀다. 두 사람은 서로를 안고 있었다. 상당히 오랫동안.

"조심해요. 고양이가 밖으로 나오겠어요." 레일린이 팔을 풀면서 말했다.

"아, 맞아요."

"그건 그렇고…… 빌리, 지금 복도에 나와 있는 거 알고 있어요?"

"이런." 빌리는 외마디를 내지르면서 허둥지둥 집 안으로 되돌아갔다.

그날 밤, 빌리는 누군가가 자신과 함께 있다는 느낌을 받았다. 눈을 뜨자 미스터 래퍼티의 얼굴이 바로 눈앞에 있었다. 고양이의 황금빛 눈이 주방에 켜놓은 야간등을 반사하며 빛나고 있었다.

빌리는 비명을 질렀다.

고양이는 냉큼 달아나 침대 아래로 숨었다.

"이런 빌어먹을."

빌리는 이제야 고양이가 거실 의자나 소파에 있을 때 침실 문을 닫아놓는 적절한 조치를 취했어야 한다는 사실을 깨달았다. 그 생각을 아예 하지 않았던 것은 아니다. 하지만 그보다는 평상시처럼 야간등의 빛이 비추지 않는 상태에서 잠을 잘 수 있을지 자신이 없었던 게 더 컸다. 이런 식으로 무례하게 잠을 깨게 될 줄은 미처 예상치 못했다.

빌리는 침대 머리맡에 있는 등을 켜고 그저 누워 있었다. 고통이라고밖에는 설명할 길이 없는 격한 감정이 일어나서 피곤했다. 그러다가 결국에는 다시 스르르 잠이 들었다.

날이 밝아 있었다. 빌리는 반듯이 누워 자고 있었다. 전에는 한 번도 이런 자세로 잔 적이 없었다. 늘 모로 누워서 잔뜩 웅크린 태아형 자세로 잠들고 깨어났다. 하지만 이번 잠은 고통 없이 그를 찾아왔다.

고개를 옆으로 돌리려던 빌리는 그제서야 미스터 래퍼티가 자신의 오른쪽 얼굴 옆에 웅크리고 앉아서 기세 좋게 가르랑거리고 있다는 걸 알았다.

빌리는 자리에서 벌떡 일어났다. 하지만 그 묘한 온기와 미세한 진동이 없어지자 왠지 아쉬웠다. 깊은 곳에서부터 느껴지는 뭔가가 있었다. 자신이 깨닫기 훨씬 이전부터 오랫동안 그걸 느끼고 있던 게 분명했다.

빌리는 천천히 그리고 조심스레 다시 자리에 누웠다. 고양이는 움직이지 않았다.

빌리는 한참을 가만히 누워서 귀를 기울인 채 감각을 열고 있었다.

빌리는 그레이스에 대해서 생각했다. 걱정이 되었다. 다시는 빌리의 집으로 찾아오지 않으면 어떻게 하지? 탭댄스를 가르칠 수 없게 되면? 그레이스가 빌리에게 손톱 물어뜯지 말라고 소리치는 일을 더는 못하게 되면 어쩌지? 함께 작당했던 유괴 작전이 영영 끝나버린 거면?

답을 찾을 수 없는 질문들이었다. 쓸 만한 답은 전혀 찾을 수가 없었다. 하지만 고양이의 가르랑거리는 소리가 조금은 도움이 되었다.

1시간을 꽉 채우고 난 뒤에야 자리에서 일어났다. 문득 빌리는 날갯짓의 방해 없이 잠을 잤다는 사실을 깨달았다.

펠리페는 평소와 같은 오후 3시 30분경에 빌리네 문을 두드렸다.

하지만 펠리페 옆에 그레이스는 없었다.

빌리는 펠리페를 쳐다보았다. 펠리페도 빌리를 보았다. 거울을 쳐다보는 것 같다고 빌리는 생각했다. 감정을 비추는 거울 말이다.

"그레이스가 엄마와 함께 있어요." 펠리페가 말했다.

"그레이스를 봤어요?"

"네, 그레이스를 데리러 학교에 갔어요. 그런데 걔 엄마도 와 있더라고요. 그러니 내가 뭘 어쩔 수 있겠어요? 진짜 아이 엄마가 버젓이 와 있는데 남의 아이를 데리고 갈 수 있겠어요?"

"그레이스에게 말이라도 걸어봤어요? 언제 보였어요?"

"그레이스는 나한테 와서 말을 걸려고 했어요. 하지만 아이 엄마가 허락하지 않았죠. 그레이스는…… 뭐랄까, 자유롭지 않은 상태인 것 같아요. 그렇지민 그레이스가 나한테 소리처시 말을 하기는 했어요."

"그래요? 뭐라고 했는데요?"

"'빌리 아저씨한테 고양이 일 미안하다고 전해주세요.'라고 하더군요. 그래서 제가 여기 온 거예요. 제가 고양이를 맡겠다는 말을 하려고 왔어요. 그러는 게 좋다고 생각하신다면 그렇게 할게요."

"아…… 고마운 말씀이네요. 정말 친절하세요. 그런데요…… 우리가 이제 막 서로한테 익숙해져가고 있는 것 같아요. 사실은 잘 지내고 있다고 볼 수 있을 정도예요. 그러니까…… 적응을 했다고나 할까요."

"와우, 잘됐네요. 그렇다면 다행이에요."

"아이 엄마가 계속 멀쩡한 상태로 지낸다면 그레이스를 다시는 못 볼 수도 있는 거겠네요." 그 말을 내뱉는 빌리의 입술이 일그러지고 있었다. 금방 울음이라도 터질 기세였다. 펠리페 앞에서 그렇게 된다면 치욕적인 일이 될 것이다.

"저도 그 생각을 했어요." 펠리페가 말했다. 울음기 섞인 음성은 절대 아니었지만 그에 못지않게 가라앉은 목소리였다.

"좀 들어오실래요?"

그건 빌리에게 있어서 흔치 않은 일이었다. 빌리는 그 말을 내뱉는 동시에 그런 자신의 모습에 의문을 제기했다. 말을 건넨 후에도 자문하는 걸 그치지 않았다. 이 의문을 해결할 수 있는 가장 간단한 답은 이거다. 이제 빌리는 오후 3시 30분에 손님을 맞이하는 일에 익숙해진 것이다.

펠리페는 안으로 들어와서 빌리의 소파에 앉았다.

"커피?" 빌리가 물었다.

"좋죠, 네. 일하러 갈 때 카페인 기운을 받으면 정신이 말짱해질 테니까요."

빌리가 물을 올리려 주방에 들어가려는데 문제의 고양이가 침실에서 나와 펠리페에게 곧장 다가갔다. 펠리페의 청바지 밑단 주변에서 킁킁거리며 냄새를 맡았다.

"이런, 그쪽이 바로 미스터 래퍼티예요." 빌리가 말했다.

펠리페는 고개를 번쩍 치켜들어 빌리를 보았다. 농담을 하는 건지 아닌지 가늠하려는 것 같았다.

"지금 농담하시는 거죠? 설마 그레이스가 고양이 이름을 래퍼티라고 지은 거예요?"

"저는 그런 걸로 농담을 하지 않아요."

"맙소사. 그 사람한테선 벗어날 수가 없나봐요."

"그래도 이 래퍼티 씨는 펠리페를 좋아하는 것 같은데요." 빌리의 말이 끝나자마자 고양이는 냉큼 펠리페의 무릎 위로 뛰어올라 앉았다.

"그러네요. 그나마 다행이네요. 그렇죠?"

빌리는 커피를 내리려 자리를 떴다. 필터에 커피 가루를 계량해서 넣다가 주방 문가에 기대어 서 있는 펠리페를 보았다. 미스터 래퍼티는 펠리페의 다리 사이로 원을 그리면서 빙글빙글 돌았다. 잠시 후엔 빌리에게 옮겨와서 고개를 부비면서 가르랑거렸다.

"편안해 보이네요." 펠리페가 말했다.

그러고 나서 펠리페는 빌리의 주방 바닥에 깔끔하게 정리되어 있는 물이 담긴 도자기 컵과 고양이 사료가 담긴 그릇을 고갯짓으로 가리켰다.

"그릇이 너무 좋은데요."

"우리 모두는 먹어야 하고, 굳이 야만스럽게 먹을 필요는 없잖아요."

펠리페는 고양이를 안아서 귀 뒤쪽을 부드럽게 긁어주었다.

빌리는 커피 메이커의 전원을 켜고 커피 메이커를 유심히 보았다. 그리고 펠리페에게는 시선을 주지 않은 채 말했다. "그 사람이 여기 찾아온 석이 있어요. 절 힘들게 했죠. 세가 처음 그레이스를 돌보기 시작할 무렵에요."

"래퍼티 씨요?"

"래퍼티 씨요."

"무슨 일로요?"

"내가 게이인지 아닌지 알고 싶다고 하더군요." 빌리는 모든 시각적 주의력을 커피 방울에 집중해야만 하는 것처럼 뚫어져라 쳐다보면서 말했다. "래퍼티 씨는 자기가 그런 질문을 할 권리가 있는 게 '호모들은 어린이 성폭력범일 가능성이 높기 때문'이라고 말했어요. 어떻게 나를 폭력적인 것과 연관시킬 수 있었을까요." 빌리는 말을 이었다. "그러니까 내 꼴을 봐요. 폭력적인 것과는 무관한 존재로 보일 수밖에 없지 않아요? 여기에는 아무것도 없어요. 살아갈 기력조차 없는 나랑 이 칙칙하고 작은 아파트가 전부죠. 그리고 매달 우리 어머니가 굶어죽지 않을 만큼 보내주는 돈 몇 푼이 전부예요."

"그래도 어머니한테 돈을 뺏기고 사는 것보다는 낫네요."

빌리는 크게 웃었다.

"우리 부모님한테는 돈이 넘쳐나요. 더럽게 부자죠. 정말이지 더럽게 부자예요."

"아."

잠시 이야기가 끊어졌다고 하기에는 조금 심하게 긴 시간이 흘렀다. 하지만 빌리는 그 사이를 메울 말을 애써 찾지 않았다.

"그러면……"

"하지 마세요." 빌리가 말했다. "뭘 물어보려고 하는지 알 것 같으니까. 돈 많은 집안 출신이 왜 여기서 이러고 있는지 묻고 싶은 거죠?"

"제가 상관할 바는 아니지만, 그래요. 그게 궁금하네요."

"내가 정말 돈이 없으면 의욕을 갖고 뭔가 하게 되리라고 생각하시는 것 같아요."

"방조 행위를 하지 않으시려는 거군요."

잠시 침묵이 흘렀다가 두 사람 모두 웃음을 터트렸다.

"보시다시피 그 작전의 결과는 이 모양 이 꼴이에요." 낡은 파자마를 입은 빌리는 크게 허리를 굽혀 호들갑스럽게 인사하는 제스처를 취하며 말했다.

"이런, 알려줄 게 있어요."

펠리페는 빌리의 커다란 가죽 의자에 앉아 있었다. 그의 무릎 위에는 미스터 래퍼티가 배를 보이고 누워서 가르랑거리고 있었다. 펠리페는 한 손으로 커피를 마시면서 다른 한 손으로는 고양이 배를 쓰다듬었다.

"나쁜 소식인가요?"

"그냥 알려줄 얘기예요. 이 녀석을 미스 래퍼티로 불러야 할 거라는 거죠."

"암컷이에요?"

"암컷이에요."

"그레이스가 알면⋯⋯."

당황스럽게도 빌리는 더 말을 할 수가 없었다. 그래야 울지 않을 수 있었기 때문이다.

긴 침묵이 흘렀다.

펠리페가 말했다. "그 마음 저도 알아요. 저도 그레이스가 보고 싶네요."

"그레이스의 엄마 상태가 좋아지기를 바라는 게 옳은 일이죠. 그레이스를 위해서요. 하지만 우리는 어떻게 하죠? 우리한테는 뭐가 좋은 걸까요? 두 번 다시 그레이스를 만나지 못하게 되면 어떻게 하죠?"

"저도 모르겠어요. 일이 다 엉망진창이 되었어요." 펠리페는 잠시 말을 멈췄다가 다시 말을 이어갔다. "시간이 지나면 알게 되겠죠."

펠리페는 손목에 차고 있던 시계를 쳐다보았다. "출근 준비를 해야 할 것 같네요." 그는 남아 있는 커피를 한 입에 털어 넣고 꿀꺽 삼켰다. "커피 잘 마셨어요."

펠리페는 고양이를 바닥에 내려놓고 문을 향해 걸어 나갔다.

"그레이스를 다시 보게 되면 알려주세요." 빌리가 말했다.

"그럴게요. 내일도 학교에 갈 거예요. 그 다음날도, 그 다음날도 매일 갈 거예요. 만약 아이 엄마가 또 회까닥 해서 아이를 데리러 오지 않으면 어떻게 해요? 그럴 때를 대비해서 내가 가 있을 거예요. 그러니 그레이스를 볼 수는 있죠. 말을 나눌 수는 없어도요. 그렇게 되면 알려줄게요."

펠리페는 거기까지만 말하고 횡하니 밖으로 나갔다.

빌리는 문에 달린 모든 잠금장치를 하나씩 잠그는 일에 돌입했다. 잠금장치들을 모두 처리하지 않았는데 갑자기 문을 두드리는 소리가 들렸다.

"네?" 빌리는 깜짝 놀라 말했다.

문 너머에서 펠리페의 목소리가 울려왔다.

"빌리, 문을 다시 열 필요는 없어요. 할 말이 하나 더 있어서요. 저는 당신이 그렇다고 해도 아무런 상관없다는 말을 하고 싶었어요. 저는 래퍼티 같은 사람이 아니에요. 편견 같은 건 갖고 있지 않거든요."

침묵. 빌리는 의사소통 능력을 잃어버린 사람 같았다.

"빌리, 당신은 참 좋은 사람이에요."

"고마워요." 빌리는 말했다.

"나중에 또 봐요, *미 아미고(친구).*"

"고마워요."

그 말 외에 그 어떤 말도 그 순간에는 아무런 소용이 없을 것 같았다.

16

그레이스

어느덧 마지막 시간이었다. 하교 시간이 가까이 다가올수록 그레이스는 토할 것 같았다. 얼굴이 뜨거워지고 얼얼해졌다. 배는 돌덩어리처럼 단단하게 뭉쳤다.

마음이 불편하고 스트레스를 받으면 이런 상황이 벌어졌다. 조금만 더 있으면 정말 토할 것 같았다. 하지만 교실에서 토하는 건 최악이다. 바지에 오줌을 싸는 것 다음으로 견디기 힘든 일이다.

그래서 그레이스는 선생님에게 수업 도중 화장실에 갈 수 있는 복도 통행권을 요청했다. 선생님이 복도 통행권을 써주는 데 한참이 걸렸다.

"아이, 선생님. 빨리요. 지금 막 토할 것 같단 말이에요."

"이런." 선생님은 통행권을 건네주면서 말했다. "일을 보고 나면 곧바로 양호 선생님께 가보렴."

이건 이상한 말이다. 마지막 시간인데다 집에 갈 시간이 거의 다 된 판이었다. 어른들은 늘 온갖 이상한 말을 한다. 이번 것도 맨날 늘어가는 '어른들의 이상한 말 목록'에 추가하면 될 것 같다.

"알았어요." 그레이스는 대충 대답하고 최대한 빠르게 복도를 따라 내달렸다.

늘 그냥 알았다고 말하는 편이 나았다. 어른들이랑 말씨름을 하는 것보다는 그 편이 늘 더 나았다.

그레이스는 한참 동안 여자 화장실 칸막이 앞에 서 있었다. 변기가 보이게 문을 열고 서 있었다. 필요하면 언제든지 토할 수 있는 곳에 왔더니 이제는 그럴 필요가 없어진 것 같았다.

바로 그때 종이 울렸다.

그레이스는 뒷문을 향해 전력질주를 했다.

엄마가 거기에 있었다. 펠리페도 있었다. 엊그제와 똑같았다.

엄마는 그레이스의 손을 세게 잡고 집으로 끌고 갔다. 그레이스는 어깨 너머로 펠리페를 보았다. 하지만 곧바로 엄마가 팔을 잡아당겨서 정면을 바라보아야 했다.

"학교에서 탭댄스를 춰야 해요." 그레이스는 엄마에게 말했다. "학예회에서요. 전교생이 있는 자리에서 춤을 출 거예요."

"언제?" 엄마의 시선은 어깨 너머 펠리페에게 꽂혀 있었다.

그레이스도 고개를 돌려서 아직 뒤에 펠리페가 있는지 확인했다. 하지만 엄마가 다시 고개를 돌리게 했다.

"석 달 남았어요."

"다행이네. 그 정도면 탭댄스 배울 시간은 충분하겠다."

"이미 탭댄스 추는 법을 아는걸요."

"언제부터?"

"엄마가 놓친 일들이 많아요. 한참 동안 정신이 없었잖아요."

"그렇게 오래는 아니었어."

"몇 주 동안이었는데."

"며칠 정도였어."

"그래요, 며칠 같은 몇 주였으니까."

그레이스는 엄마가 곧 소리를 지를 것이라고 예상했다. 하지만 아무 일도 일어나지 않았다. 엄마는 그저 어깨 너머로 펠리페를 보았다.

"빌리 아저씨한테 학교에서 춤을 춘다고 이야기해야 해요." 그레이스가 말했다.

"앞으로 그 사람한테는 아무런 이야기도 할 수 없어."

"해야만 해요."

"할 수 없어."

"해야만 해요!" 그레이스는 소리치면서 이 점에 대해서는 절대로 물러설 수 없다고 생각했다. 그러면서 조금 더 용감한 말을 했다. 어쩌면 지금껏 했던 말 중에서 가장 용감한 말이었는지도 모른다. "나는 그렇게 할 거야!"

하지만 그 말에 아무도 주의를 기울이지 않았다.

엄마는 갑자기 인도 한가운데 우뚝 서서 뒤로 돌아섰다. 그리고 펠리페를 쳐다보면서 고함을 지르기 시작했다.

"왜 우리를 따라오는 거예요? 우리 좀 그냥 내버려 둬요."

"따라오는 게 아니야. 아저씨는 우리와 같은 곳에 살고 있을 뿐이야."

"따라가는 게 아니에요. 저도 집에 가고 있을 뿐이에요."

그레이스와 펠리페가 거의 동시에 말했다.

"애초에 왜 학교에 온 거예요?" 그레이스의 엄마가 소리쳤다.

펠리페가 말했다. "혹시라도 그레이스를 데리러 오는 사람이 아무도 없을 때를 대비해서요."

"하지만 내가 있잖아요."

"그래도 없을 경우를 대비해서요."

그레이스는 펠리페를 쳐다보았다. 펠리페는 슬퍼보였다. 어찌할 바 몰라 하는 것 같았다. 거기까지 생각이 미치자 그레이스는 화가 나기 시작했다. 엄마는 펠리페에게 신경질을 부리고 있었지만 그럴 이유가 전혀 없었다. 그레이스는 엄마가 있든 없든 이 문제를 처리하기로 했다.

그레이스는 엄마에게 잡혀 있던 손을 떼어낸 다음 펠리페에게 달려가 두 팔로 그의 허리를 안고 한쪽 얼굴을 그의 배에 댔다. 펠리페는 초록색 체크무늬 셔츠를 입고 있었다. 볼에 닿는 감촉이 아주 부드러웠다.

"떼 아모, 펠리페(사랑해요, 펠리페)." 그레이스는 엄마가 들을 수 있을 만큼 큰 소리로 말했다.

"떼 아모 땀비엔, 미 아미가(나도 사랑한다, 친구야)."

"빌리 이 레일렌? 디쎄 파라 미, 그레이스 떼 아모.(빌리랑 레일린은요? 그레이스가 사랑한다고 전해줘요.)

"시, 미 아미가. 시, 욜로 하레.(그래, 친구야. 그렇게 할게.)"

그런 다음에 그레이스는 엄마에게 달려갔다. 엄마는 그레이스의 팔을 움켜잡고 다시 길을 따라 걸었다.

"아야. 아파요. 그리고 우리 좀 천천히 걸어요."

"엄마 옆에서 걷기나 해."

하지만 아팠다. 아픔은 그레이스에게 다시 한 번 넘치는 반항심을 안겨주었다. 그레이스는 인도에 우뚝 서서 팔을 비틀어 빼냈다.

"펠리페 아저씨! 우리 앞으로 가줄래요? 제발요. 엄마를 따라가는 게 너무 힘들어서 그래요. 엄마가 팔을 자꾸 아프게 잡아요."

펠리페는 큰 길을 건너서 반대편 인도로 갔다. 에일린은 우두커니 서서 그를 바라보았다. 펠리페는 두 사람보다 더 앞설 즈음에 다시 길을 건너왔다. 그는 뒤를 돌아보거나 어깨 너머로 확인하지 않았다. 그저 계속 걸음을 재촉했다.

에일린도 다시 집을 향해 걷기 시작했다. 하지만 이번에는 조금 더 천천히 걸었다. 그레이스를 붙잡지도 않았다. 한결 나았다.

"언제부터 스페인어를 했니?"

"엄마가 놓친 일들이 많다고 했잖아요."

집 앞에 도착한 두 사람은 문 앞에 놓인 길색 식료품 봉두를 보았나. 봉투 겉에는 크게 '그레이스에게'라고 적혀 있었다. 그레이스는 누구 글씨체인지 알 수 없었다.

엄마가 봉투를 집어 들어 안을 들여다보려고 했다. 그러자 여전히 반항심이 가득한 그레이스는 엄마의 손에서 봉투를 낚아챘다.

"에일린에게가 아니라 그레이스에게라고 적혀 있잖아요."

"하지만 누가 너에게 뭘 줬는지는 엄마가 확인해봐야 하는 거야."

"좋아요. 그럼 잠깐만요. 내가 보여줄게요. 화내지 말아요."

그레이스는 손을 봉투 안에 집어넣었다. 부드러운 천이 느껴졌다. 봉투에서 천을 꺼내 펼쳐 보았다. 드레스였다. 새 드레스. 그레이스는 엄마 앞에 드레스를 펴보였다. 그레이스에게 딱 맞을 것 같았다. 그도 그럴 것이 전에 힌맨 부인이 그레이스의 온몸 치수를 다 쟀기 때문이다. 그레이스의 무릎까지 내려오는 드레스는 이제껏 본 파란색 중에서 가장 완벽한 파란색이었다.

"잘 나왔네!" 그레이스가 말했다.

"누가 사준 거야?"

"사준 게 아니에요."

"그냥 나타났다고?"

"힌맨 할머니가 저를 위해 만들어주신 거예요. 가서 감사하다고 말하고 와야겠어요."

"나중에." 엄마가 말했다.

"지금 하면 왜 안 되는데요?"

"내가 너랑 같이 가야 하는데 지금 엄마는 피곤해. 좀 쉬어야 해."

"엄마가 같이 갈 필요는 없는데."

"아니, 같이 가야 해."

그레이스는 한숨을 내쉬었다.

"알았어요. 엄마 좋을 대로 해야죠. 그럼 나는 춤 연습을 하고 있을 테니까 준비되면 말해줘요."

그레이스의 엄마는 문을 열어서 먼저 그레이스를 안으로 들여보내고 자신도 들어갔다.

그레이스는 곧바로 탭슈즈가 있는 곳으로 뛰어가면서 생각했다. 엄마가 자신을 납치했을 때 탭슈즈를 신고 있던 게 얼마나 다행인지 모른다. 이 생각을 적어도 스무 번은 넘게 한 것 같다. 그레이스는 순식간에 탭슈즈를 신었다. 이 슈즈로는 그렇게 할 수 있었다. 그레이스에게 딱 맞는 사이즈이기 때문이다. 끈을 묶고 춤을 추기만 하면 된다.

그러고 나서 그레이스는 침실로 뛰어 들어가서 새로 받은 파란색 드레스를 입어보기로 했다. 전에는 한 번도 드레스를 입고 춤을 춰본 적이 없다. 어떤 느낌인지 알고 싶었다. 그레이스는 드레스를 머리 위로 뒤집어쓰듯 입었다. 부드러운 천의 질감이 좋았다. 그런 다음 거울에 모습을 비춰 보면서 크게 숨을 들이마셨다.

"예쁘다." 그레이스는 예의 큰 목소리로 말했다.

그냥 드레스가 아니었다. 그레이스의 외모를 완성시켜주는 드레스였다.

새로 자른 머리와 손톱과 함께 어우러진 드레스는…… 예뻤다. 게다가 한 가지 변화가 더 있었다. 지금껏 눈치채지 못했는데 살이 빠져 있었다. 의도하지 않았고 별도의 노력을 한 적도 없는데 그렇게 되었다. 아마도 춤을 췄기 때문인 것 같다.

그레이스는 거울에 비친 자신의 모습을 보면서 미소 지었다. 한 번도 해본 적 없는 일이었다. 그런 다음에 주방으로 달려가 춤을 추었다.

그레이스의 엄마는 커피 테이블에 앉아서 담배에 불을 붙였다. 그레이스가 주방 바닥 위에서 톡톡 소리를 내기 시작하자 엄마는 얼굴을 찌푸렸다.

"담배는 밖에서 피기로 한 거 아니었어요?" 그레이스는 엄마와 비슷하게 인상을 쓰면서 말했다.

"너한테 한시도 눈을 떼어서는 안 되니까. 그 톡톡 소리 내는 건 좀 안 하면 안 되니? 그 소리 때문에 두통이 생겨."

"해야만 해요." 그레이스는 탭댄스 스텝을 하나도 빠짐없이 밟으면서 말했다. "하루에 몇 시간씩 이렇게 해야 해요. 공연을 준비해야 하니까. 잘하고 싶어요."

"그러면 두통이 오는데."

"그 말은 이미 하셨잖아요. 그리고 레일린 언니한테 가서 파자마를 가져와야 해요."

"그 이야기는 이미 끝냈잖니."

"또 옷을 입은 채로 잠을 자진 않을 거예요. 나는 파자마가 필요해요."

"레일린이 집에 오면 전화해서 옷을 복도에 내놔 달라고 해야겠다. 그런데 너 언제부터 하루에 몇 시간씩 춤 연습을 한 거니? 전에는 그런 적 없잖아."

"엄마가 정신 없던 사이에 많은 게 변했어요."

마침내 미끼를 덥석 문 엄마는 그레이스에게 소리를 지르기 시작했다. "그렇게 오래 그런 것도 아니야! 그 말 좀 그만해! 아주 지겨워 죽겠다!"

그레이스의 발이 움직임을 멈췄다. 그레이스는 두 발을 벌린 채 허리에 손을 얹고 섰다. 어떤 충격에도 넘어지지 않게 버티고 싶은 사람처럼 보였다. 그레이스는 엄마의 두 눈을 똑바로 보았다. 하지만 엄마는 시선을 피했다.

"엄마, 나를 봐요."

엄마는 흘깃 시선을 주었다가 다시 아래로 시선을 떨어뜨려서 러그를 쳐다봤다. 그리고 다시 담배 한 모금을 빨았다.

"모든 게 다 사실이에요. 엄마가 나를 보든 보지 않든 상관없이. 나는 탭댄스를 추고 스페인어를 말해요. 머리도 근사하게 달라졌죠. 미용실에서 상당한 돈을 주고 해야 하는 그런 머리예요." 그레이스는 자신의 목소리가 점점 높아지는 걸 느꼈다. 하지만 이제는 그만둘 수 없다는 생각이 들었다. 아니, 그만두고 싶지 않았다. "손톱도 예쁘게 다듬었고 발톱에도 예쁘게 페디큐어를 했어요. 나만을 위해 만든 새 드레스도 입고 있고요. 그리고 내 고양이도 있어요!"

그레이스는 외마디 비명 같은 고양이 이야기로 말을 마무리 지었다. 엄마가 그레이스를 납치해 온 이후부터 고양이 문제로 계속 실랑이를 벌여 왔기 때문이다.

그레이스는 자신의 목소리가 천장을 뚫고 빌리에게까지 전해지지 않을까 생각했다. 이렇게 용기 있게 엄마에게 맞서는 걸 듣고 빌리가 미소를 지을지 아니면 걱정할지도 궁금했다. 그레이스는 다른 사람이 걱정할 일은 하고 싶지 않았다. 특히 빌리를 걱정시키기는 더더욱 싫었다.

"우리 이웃 중에 한 사람이 총으로 자살을 했는데 엄마는 그것도 모르잖아요!" 그레이스는 소리를 지르며 말했다. "그러니 얼마나 오랫동안 정신을 잃고 있었다는 거예요!"

그레이스의 엄마는 되받아치지 않고 입을 다물었다. 엄마는 가끔 그런다. 하지만 그건 엄마가 정말 화가 났을 때 하는 일이었다.

"너한테는 고양이가 없어. 그리고 엄마가 두통이 있다고 말을 했는데도 그렇게 소리를 질러대는 이유를 도통 모르겠다."

"나한테는 고양이가 있어요. 이름은 미스터 래퍼티예요."

"그런 고양이가 이 세상에 있기는 하겠지." 엄마는 예의 그 소름끼치게 차분한 목소리로 말했다. "그런 고양이가 세상에 없다고 말하는 게 아냐. 그 고양이가 '네' 고양이가 아니라고 말하는 거지. 왜냐하면 내 허락 없이 네가 고양이를 키울 수는 없는 일이니까."

"허락을 해줘야 하는 그 순간에 엄마가 없었잖아요. 이미 늦었어요! 나는 고양이를 가졌어요. 그 고양이는 내 고양이예요. 나는 지금 당장 고양이를 보러 갈 거예요. 엄마는 나를 막을 수 없어요!"

그 말을 내뱉은 그레이스는 문이 있는 곳으로 성큼성큼 걸어 나갔다.

하지만 문 앞에 먼저 도착한 사람은 엄마였다. 엄마는 방범용 안전걸이로 문을 잠갔다. 그레이스의 손이 닿지 않는 높이에 달린 잠금장치였다.

그레이스는 의자를 움켜잡고 질질 끌어서 문가로 가지고 갔다. 하지만 엄마가 다시 쫓아와서 의자를 잡아채버렸다. 문제는 이미 그레이스가 의자 위에 올라가고 있었다는 사실이다. 이 모든 일이 거의 동시에 벌어졌다.

그레이스는 엉덩이와 어깨를 바닥에 찧으며 떨어졌다. 아팠다. 특히 엉덩이의 통증이 심하게 느껴졌다.

"아야!"

"미안해. 하지만 엄마가 의자를 빼고 있는데 올라가면 안 되지."

"내가 올라가고 있는데 의자를 빼내면 안 되는 거죠." 그레이스는 러그 위에 누운 채로 말했다.

"그레이스, 왜 이렇게 심하게 구는 거니? 원래 이러지 않았잖아."

"친구들을 만나고 싶으니까요. 내 고양이도 보고 싶고요. 그런데 엄마가 허락해주지 않으니까요."

"그 사람들은 너를 엄마한테서 떼어놓으려고 했어."

"아니요, 그렇지 않아요! 그저 나를 돌봐주었던 것뿐이에요! 그건 다 내 생각이었어요! 엄마가 약에 취해 있을 때 곁에 있고 싶지 않았단 말이에요! 엄마가 약에 취해 있을 때 곁에 있는 게 정말 싫어요!"

그 짧고 암울한 순간에 엄마는 그레이스 위에 서 있었다. 순간 그레이스는 엄마가 자기를 잡아 일으켜서 때리지 않을까 생각했다. 엄마는 그런 적이 단 한 번도 없었다. 하지만 이런 식으로 두 사람이 실랑이를 벌인 적도 없었다. 이렇게 크게 소리를 지르는 일도 없었다. 엄마에게서 욕구가 꿈틀거리는 걸 본 것만 같았다.

다행히도 이전과 다름없이 상황은 마무리되었다. 엄마는 예의 그 차분한 목소리로 다시 이야기를 시작했다. "너 때문에 엄마는 머리가 아파. 아스피린을 좀 먹어야겠다. 엄마가 약 먹는 동안 어디 갈 생각 하지 말고 가만히 있어." 엄마는 침실을 지나 욕실로 들어갔다.

그레이스는 현관문을 쳐다보았다. 그리고 일어섰다. 한쪽 엉덩이가 아팠다. 그쪽으로 무게 중심을 옮기자 통증이 커졌다. 의자를 다시 문 쪽으로 끌고 와서 방범용 안전걸이를 풀어볼까도 생각했다. 하지만 엄마가 훨씬 더 빨리 그레이스를 잡을 게 분명했다. 소용없는 일이다.

그레이스는 주방으로 어기적어기적 걸어가서 다시 춤을 추기 시작했다.

엉덩이가 아팠다. 그래도 춤을 추지 못할 정도는 아니었다. 지금 그레이스가 춤추는 걸 막을 수 있는 건 없었다. 단지 스텝을 밟을 때마다 통증 때문에 주춤거리게 되었다.

잠시 후 엄마가 돌아왔다.

"아스피린 먹었어요?"

"그래. 먹었어."

"아스피린만 먹은 거 맞죠?" 그레이스는 춤을 계속 추면서 말했다.

"자꾸 까불지 마. 참는 데도 한계가 있어."

"아직도 그 약들을 집에 두고 있잖아요? 그렇다는 건 언제든지 다시 먹을 수도 있다는 거죠. 머지않아."

"새로운 화제로구나." 엄마는 힘이 하나도 없는 목소리로 말했다.

"그건 내 생각이 아니에요. 욜란다 언니가 늘 그렇게 말했잖아요."

"춤이나 더 추렴. 말은 그만하고."

그레이스는 계속 춤을 추면서 엄마가 정말 무슨 약을 먹었는지 살펴보았다. 결과를 아는 데는 그리 많은 시간이 필요하지 않았다. 아스피린만 먹은 거라면 엄마는 말짱한 정신으로 그레이스를 보고 있었을 것이다.

엄마는 소파에 앉아 스르르 잠이 들었다. 고개를 뒤로 젖히고 입을 벌린 채로. 그레이스는 다시 의자를 현관문이 있는 곳으로 끌고 가서 조심스레 올라섰다. 그리고 문을 열었다. 엄마는 깨지 않았다.

그레이스는 단숨에 세 개 층을 올라가서 힌맨 부인의 문을 두드렸다.

"힌맨 할머니, 그레이스예요. 저만 있어요. 할머니가 만들어주신 새 드레스를 입은 제 모습이 얼마나 근사한지 보여드리고 싶어요. 그리고 감사하다는 말도 하고 싶고요."

그레이스는 활기차고 행복한 것처럼 말하려고 노력했다. 힌맨 부인이 행여 그레이스가 드레스를 좋아하지 않는다고 생각하게 하고 싶지 않았다.

"우리는 이제 네가 엄마랑 너네 집에서만 지내는 줄로 알고 있었는데." 힌맨 부인이 문에 걸어놓은 자물쇠를 열면서 말했다.

"네." 그레이스는 억지로 끌어올렸던 입꼬리를 내리며 말했다. "그랬죠. 하지만 오래가지는 않았어요."

17
빌리

톡톡톡 톡.

빌리는 시계를 확인했다. 레일런이 집에 일찍 온 모양이다. 빌리가 일어서자 고양이는 침실로 달려갔다.

문을 열고 복도를 내다보았다. 아무도 없었다. 그럴 리가 없다. 아무도 없는데 노크 소리가……. 빌리는 시선을 아래로 내렸다. 엉망이 된 그레이스의 얼굴이 보였다. 눈물 콧물 범벅이었다. 게다가 처음 보는 파란색 드레스를 입고 있었다.

빌리는 그레이스를 안아 올렸다. 그레이스는 두 팔과 다리로 빌리의 몸을 감고 어깨에 기대어 울었다. 품에 안은 그레이스의 온기와 아이의 마음을 느끼자 무릎이 후들거리면서 힘이 빠지는 게 느껴졌다. 빌리는 겨우겨우 아이를 안고 소파로 가서 앉았다.

그레이스는 빌리를 놓아주지 않았다. 그레이스의 눈물은 빌리도 울고 싶게 만들었다. 무슨 이유로 우는지도 몰랐지만.

"내가 어디에 있는지 알려주지 못해서 미안해요." 그레이스가 울음 섞인 목소리로 말했다.

"알려줬잖아. 우리 집 바닥을 쳐서 신호를 줬잖아."

"하지만 그것도 너무 늦게 했잖아요. 미칠 뻔하셨을 거예요."

"네가 바닥을 쳐준 다음에는 훨씬 나아졌어."

"아저씨 손톱을 몽땅 물어뜯은 건 아니죠?"

"애초에 물어뜯을 게 그리 많지도 않았어."

"그 말은 그랬다는 뜻이죠?"

"그렇다고 볼 수 있겠지?"

"할 수 있었다면 더 빨리 알렸을 거예요. 아시죠?"

"그 점에 대해서는 단 한 번도 의심한 적 없어. 지금 엄마는 어디 계시니?"

"조금만 생각해보면 아실 텐데요."

"아."

두 사람은 그렇게 1~2분 동안 있었다. 다른 인간과의 접촉을 참을 수 있는 임계점을 지나고 있던 빌리는 몸을 뒤로 잡아 빼고 싶다는 생각이 들었다. 하지만 그러지 않았다. 그저 가만히 앉아서 그 생각을 하고 있었다.

갑자기 빌리의 귀에 새된 비명 소리가 내리꽂혔다.

"우리 야옹이! 야옹아! 야옹아!"

그레이스는 빌리의 귀에 1차 테러를 자행하고 2차 테러로 허벅지를 밟고 벌떡 일어섰다. 빌리의 허벅지에 통증이 일었다. 한쪽 귀는 웅웅거렸다.

미스터 래퍼티가 어슬렁거리면서 거실 안으로 들어오고 있었다. 고양이는 고개를 들어 그레이스 쪽으로 향했다. 그레이스도 고양이 쪽으로 움직였다. 하지만 뭔가 이상했다. 그레이스에게 문제가 있는 것 같았다. 그레이스는 제대로 걷지 못했다. 오른쪽 다리를 절뚝거렸다.

"그레이스, 무슨 일이니?"

"고양이한테 인사를 하려고 하는데요."

"너 지금 절뚝거리고 있잖아."

"아, 이거요. 아무것도 아니에요."

"다쳤니?"

"별거 아니에요. 안녕, 미스터 래퍼티. 보고 싶었어. 빌리 아저씨한테 이렇게 잘 보살펴주셔서 감사하다는 말은 했니?"

"다친 것 같은데? 무슨 일이 있었던 거니?"

"아, 정말 아무것도 아니에요. 그냥…… 엄마랑 좀 싸웠어요."

빌리는 자신도 모르는 사이 소파에서 벌떡 일어섰다.

"엄마가 너를 아프게 했니?"

"음, 그렇다고 할 수 있죠. 하지만 그건……."

빌리는 그레이스의 말을 끝까지 듣지도 않고 문 밖으로 뛰어나갔다. 엄청나게 빠른 걸음으로 복도를 지나고 계단을 내려가서 그 끔찍한 여자가 사는 집 문을 크게 두드렸다.

쿵쿵쿵.

요란한 소리가 났다. 그러는 사이 빌리의 뱃속은 떨리기 시작했다. 흔히 사람들이 화를 내거나 소란을 피우면 이런 현상이 일어난다. 하지만 이번 경우는 '사람들'의 이야기가 아니다. 바로 빌리의 일이다. 빌리는 평생 단한 번도 이런 적이 없었다. 하지만 지금 그 일이 벌어지고 있다. 빌리 자신도 어떻게 막을 방법이 없었다. 빌리는 이런 자신이 낯설었다. 마치 다른 사람이 화를 내는 걸 볼 때 놀라는 것과 같은 느낌을 받았다.

"퍼거슨 부인!" 빌리는 소리를 질렀다. 목구멍이 팽팽하게 당겨졌다. "퍼거슨 부인! 좀 나와보세요! 지금 당장요! 정신이 없다는 건 알지만, 솔직히 그렇거나 말거나 상관없어요! 지금 당장 부인과 이야기를 좀 해야겠어요! 어서 나오세요!"

빌리는 잠시 말을 멈췄다. 온몸이 떨려왔다. 한참동안 그렇게 서 있던 빌리는 손가락 끝으로 나무문을 짚고 서서 몸을 가누었다.

아무래도 퍼거슨 부인은 나오지 않을 모양이었다.

하지만 빌리는 이 끔찍하게 낯선 영역에서 가만히 물러날 수 없었다. 돌이킬 수 없는 단계에 이르러 있어서 자신의 말을 내뱉어야만 했다. 그래서 하고자 했던 이야기를 쏟아냈다. 어쩌면 이 이야기가 문을 통과해서 퍼거슨 부인의 무의식에라도 전달될지 모를 일이다. 혼수상태에 있는 사람에게 책을 읽어주는 것과 같다. 빌리는 공격적인 목소리를 한껏 키워서 말했다.

"그레이스를 다치게 하면 안 됩니다. 지금 제 말 듣고 계세요? 그러면 안 됩니다. 절대로 안 돼요. 다시는 그러지 마세요. 제가 여기 있을 겁니다. 바로 위층에 살고 있단 말입니다. 그러니 그런 일은 허용할 수 없습니다. 다시 아이를 다치게 하려면 저를 죽이셔야 할 겁니다. 무슨 말인지 아시겠어요?"

아무런 대꾸도 없었다.

빌리는 뒤로 돌아섰다. 계단 위에 서 있는 그레이스의 모습이 보였다. 고양이를 안은 그레이스는 입을 벌리고 두 눈을 크게 뜨고 있었다. 거울 같았다. 빌리도 지금 딱 그런 상태일 것이다. 빌리는 다시 뒤로 돌아서서 문을 쳐다보았다.

"퍼거슨 부인, 지금 제 말을 듣고 계시면 좋겠습니다."

빌리는 다시 문을 두드렸다. 한 번, 두 번, 세 번. 문을 두드리는 소리가 울릴 때마다 얼얼하게 아프고 떨리는 뱃속에 총알이 박히는 것 같았다. 빌리의 속은 사포로 문질러 피부가 다 닳아버린 듯 쓰리고 아팠다. 상처가 난 곳을 또 다치는 것 같았다.

"다시는 안 됩니다!" 빌리는 악을 쓰듯 소리를 질렀다.

갑자기 누군가 파자마 바지를 잡아당기는 느낌에 빌리는 소스라치게 놀랐다.

"빌리 아저씨." 그레이스는 평소 속삭인다고 하는 말투보다 한층 더 나지막한 목소리로 속삭였다. 대부분의 사람들이 속삭임이라고 말하는 정도의 소리였다. "빌리 아저씨. 아저씨 지금 복도에 나와 있어요."

너덜너덜해진 속에 다시 그 지긋지긋한 아픔이 느껴졌다.

"사실 나도 알고 있어. 이번에는 나도 알고 한 일이란다." 빌리가 말했다.

그레이스의 두 손이 빌리의 한 손을 감싸 쥐는 게 느껴졌다.

"이제 집으로 가는 게 좋을 것 같아요." 그레이스가 말했다. "어서 가요."

미스터 래퍼티도 조용히 둘을 따라 걸었다.

"푹 젖은 행주가 된 심정이야." 빌리는 소파 위로 털썩 쓰러지듯 앉았다.

그레이스는 그 옆에 앉아 고양이를 무릎 위에 올렸다. 그레이스와 고양이는 빌리를 뚫어져라 바라보았다. 마치 빌리가 그대로 불타오르기라도 할 것처럼.

"제 눈에도 아주 안 좋아 보여요. 아저씨가 그런 말을 했다는 걸 믿을 수가 없어요."

"꼭 해야 하는 이야기였어."

"어떤 이야기든 늘 해야 하는 이야기죠. 하지만 이번에는 평소에 하지 않는 말이었잖아요. 미스터 래퍼티도 놀랐다고요. 그렇지, 미스터 래퍼티?"

"고양이 이름을 바꿔야 해." 빌리는 힘없는 목소리로 말했다.

"그럴 순 없어요! 이미 전에도 얘기한 거잖아요."

"그게 말이다…… 그 고양이가 수컷이 아니야. 여자라고."

"우리 래퍼티가 여자라고요?"

"그래. 펠리페가 알려줬어."

"펠리페 아저씨가요? 하지만 이름은 바꾸면 안 되는 거예요. 난 이미 고양이한테 그게 네 이름이라고 약속했단 말이에요."

그레이스는 잠시 고민하는 듯했다. "그럼 이제부터 '여자 미스터 래퍼티'라고 부르는 걸로 해요."

"어, 난 아닌 거 같은데." 빌리는 이런 간단한 대화를 나눌 만한 기력도 남아 있지 않다고 느꼈다.

"왜요?"

"너무 길지 않니?"

"래퍼티한테 물어볼게요. 그러니까 미스터 래퍼티한테 이름이 긴 게 신경 쓰이냐고 물어본다고요." 그레이스는 고양이를 자기 귓가로 들어 올리고 고양이의 얼굴에 자신의 귀를 갖다 댔다. "래퍼티는 상관없대요."

긴 침묵이 흘렀다.

"3일도 못 갔어요."

빌리는 아무런 말도 하지 못했다. 무슨 말을 해야 할지 알 수 없었다.

"우리 엄마 말이에요. 고양이 말고."

"무슨 뜻인지 알아."

"엄마는 약에 취하면 바로 내가 가버릴 걸 알고 있었어요. 그러면서 어떻게 그럴 수 있는 거죠? 엄마는 지금 약에 취해 있어요. 나보다 약을 더 사랑하나 봐요."

"중독은 이상한 현상이야." 빌리는 혼잣말하듯 속삭이며 말했다.

"아저씨도 뭔가에 중독된 적 있어요?"

"집에만 있는 것에 중독되었지."

"아, 그렇네요. 하지만 방금 밖에 나갔잖아요."

"정말 그랬구나."

"우리 엄마가 나를 아프게 하지 못하도록 하는 게 더 중요했기 때문에 그런 거죠?"

"그랬던 것 같아."

"그런데 우리 엄마는 왜 아저씨처럼 그렇게 못하죠?"

"나도 왜 그런지 알았으면 좋겠다."

"빌어먹을, 최악이에요."

"정말 그렇구나."

"레일린 언니한테는 제가 불평했다는 거 말하지 말아주세요."

"이번 경우에는 그럴 만하다고 레일린도 동의해줄 것 같은데. 불평할 필요가 있는 일도 있는 법이야."

하지만 그와 동시에 빌리는 생각했다. 1~2분 정도 중독에서 벗어났다고 해서 그게 지금부터는 밖으로 나갈 수 있다는 의미는 아니다. 그렇지만 그레이스에게 그런 이야기를 하지 않았다. 그레이스의 실낱같은 마지막 희망을 없애버리고 싶지 않았다. 그레이스가 아직 그 희망을 버리지 않았다면.

잠시 후, 빌리는 눈을 떴다. 자신의 집 거실에 서 있는 레일린이 보였다. 레일린은 그레이스를 부둥켜안고 있었다. 그레이스가 레일린을 들어오게 한 모양이다.

'내가 잠이 든 건가? 아니면 감정적 탈진 상태에서 일종의 혼수상태에 빠진 건가?'

"빌리는 왜 그러니?" 레일린이 그레이스에게 물었다.

"아저씨가 우리 엄마한테 마구 소리를 질렀어요. 그 바람에 지금은 완전히 기진맥진해 있는 거예요."

"빌리가 너희 엄마한테 소리를 질렀다고?"

"네, 하지만 엄마는 아저씨의 말을 하나도 못 들었을 거예요. 그래도 언니가 아까 빌리 아저씨를 봤으면 좋았을 텐데. 완전히 화가 머리끝까지 나 있었어요. 게다가 아저씨는 자기가 복도에 나와서 그 모든 일을 하고 있다는 걸 분명히 알고 있었대요."

"흠." 레일린은 그레이스를 내려놓았다.

"아야."

"괜찮아?"

"엉덩이를 다쳤어요. 빌리 아저씨가 미친 듯이 화를 냈던 것도 이것 때문이고요."

빌리는 고개를 들어 레일린을 보았다. 빌리를 내려다보는 레일린의 다정한 눈에는 걱정스러움이 가득 담겨 있었다.

"괜찮아요?" 레일린이 물었다.

"기운이 없어서 그런 것뿐이에요." 빌리는 간신히 대답했지만 웅얼거리듯 말이 흐려졌다.

"정말 잘했다는 칭찬을 많이 해주고 싶지만 목이 계속 잠겨서요. 이 이야기는 나중에 다시 나눠야 할 것 같아요. 이리 와, 그레이스. 이제 가자."

"그레이스를 데리고 가지 말아요." 깜짝 놀랄 만큼 강한 어조로 빌리가 말했다.

모두가 놀라고 말았다.

"왜요?" 레일린이 물었다.

"그러게요, 왜요?" 그레이스도 물었다.

"잠시만 여기에 놔둘 수 있을까요? 보고 싶었거든요. 아, 이기적인 생각이네요. 그렇죠? 레일린도 그레이스가 보고 싶었을 테니까요."

"아니에요, 괜찮아요." 레일린이 말했다. 레일린의 목소리가 쌕쌕거렸다. "그러니까 내 말은요, 그레이스를 보고 싶기는 했어요. 당연히 그랬죠. 하지만 원하시면 그레이스가 여기 더 있는 것도 괜찮다는 거예요."

"고마워요." 빌리가 말했다.

"하지만 걱정되지 않아요? 아이 엄마가 혹시라도……."

"상관없어요. 나는 유괴범이네요. 경찰은 그렇게 부를 테지요."

레일린은 잠시 더 서서 빌리를 내려다보았다. 레일린의 얼굴만 봐서는 무슨 생각을 하는지 가늠하기가 어려웠지만 빌리의 말을 모욕적이라거나 무례하다고 생각하는 것 같지는 않았다.

"그럼 좋아요." 레일린은 말하고 돌아서서 나갔다.

"모임 잊지 말아요." 그레이스는 레일린이 밖으로 나가려는 순간에 말했다. "모든 사람들에게 전해주세요. 모임을 하게 될 거라고요. 조만간요."

"무슨 모임인지 말해준 적이 없는데……."

"그래서 모임을 하자는 거예요. 무엇에 관한 모임을 하려는 건지 모두에게 말해주기 위해서요. 지난번 모임처럼요."

"그래." 레일린이 말했다. "알았다."

그레이스는 몇 시간 동안 빌리와 함께 소파에 앉아서 빌리의 작은 텔레비전에 나오는 만화 영화를 보았다. 그레이스는 빌리의 어깨에 기대앉았고, 여자 미스터 래퍼티는 그 둘 사이에 있었다. 두 사람은 언제든지 고양이를 다독거릴 수 있었다.

"아, 깜빡하고 말 안 한 게 있어요." 그레이스는 텔레비전 소리를 줄이는 수고 없이 그냥 크게 이야기했다. "학교에서 춤을 출 거예요."

"……언제?"

"석 달 남았어요."

"다행이네. 해야 할 일이 많거든."

그레이스는 아무런 대꾸도 하지 않았다. 빌리는 곁눈질로 그레이스를 보았다. 기분을 상하게 했거나 마음에 상처를 주었거나 아니면 그 두 가지를 모두 한 게 아닌지 염려됐다.

"타임 스텝은 잘하잖아요." 그레이스의 아랫입술이 평소보다 더 삐쭉 튀어나와 있었다.

"그래, 그렇지. 하지만 학교에서 제대로 된 공연을 하려면 좀 더 정교한 동작을 하고 싶어할 거라고 생각했는데. 처음으로 사람들 앞에서 공연을 하는 건 작은 일이 아니야. 결정적인 순간이지. 금세 잊히지 않는 그런 일이란다. 하지만 뭐 다 너한테 달린 일이지. 공연은 네가 하는 거니까. 쉽고 안전하다는 이유로 타임 스텝에만 의지하면서 최선이라고 생각할래? 아니면 정말 빛나볼래?"

그레이스는 한동안 아무 말 없이 고양이의 등을 만지고 있었다. 빌리는 그레이스의 머릿속에서 정신없이 돌아가는 온갖 생각들을 보고 있는 듯한 느낌을 받았다. 그레이스의 머릿속 회전통은 착지의 순간을 기다리고 있었다.

"나는 빛나고 싶어요." 마침내 그레이스가 입을 열었다.

"탁월한 선택." 빌리가 답했다.

18

그레이스

그레이스는 1층 계단 맨 아래에 서서 두 손을 동그랗게 모은 다음 자신이 낼 수 있는 최고의 목소리를 냈다. 엄청나게 크게 소리쳤다는 뜻이다.

"힌맨 할머니! 서두르세요! 모임에 늦으시면 안 돼요!"

계단 위쪽에서 뭔가 단단한 물건이 요란하게 떨어지는 소리가 들렸다. 그리고 일정한 간격을 두고 와당탕거리는 소리가 들렸다. 뭔가 웅얼거리는 듯한 외침도 함께 들린 것 같았다.

그레이스는 가만히 기다리면서 계단 위를 올려다보았다. 와당탕거리는 소리가 끝남과 동시에 널브러진 여행 가방이 눈에 들어왔다.

잠시 후 잔뜩 겁먹은 얼굴을 한 여자가 나타났다. 스무 살이나 되었을까? 어쩌면 열여덟 살 정도인지도 몰랐다. 하지만 잔뜩 겁을 집어먹고 있는 건 분명했다. 긴 금발 머리에 커다란 눈을 가진 그 여자는 낯선 장소에서 한달음에 도망가고 싶어 하는 긴장한 말처럼 보였다.

"너 때문에 놀랐잖니." 낯선 여자가 말했다.

"죄송해요." 그레이스는 사과했다. 하지만 이번에도 너무 크게 말한 모양이다. 그녀는 또 화들짝 놀랐다. "그런데 누구세요?"

"이사 왔어. 2층으로."

"아! 래퍼티 아저씨가 자살한 그 집으로 이사를 오신 거로군요."

그녀의 눈은 똥그래졌고, 얼굴은 하얘지는 것 같았다.

"거기서 누가 자살을 했다고?"

"네, 래퍼티 아저씨요." 그레이스는 방금 한 이야기를 다시 해야 하는 이 상황이 이상하다고 생각했다. 겁을 먹은 사람들은 기본적인 정보도 잘 기억하지 못하는 모양이다.

"난 몰랐어."

"이제는 아셨네요. 그런데 언니는 이름이 뭐예요?"

"에밀리야."

"전 그레이스예요. 혼자세요? 혼자면 언니도 우리 모임에 오셔야 해요."

"혼자냐고? 그게 무슨……."

바로 그때 힌맨 부인이 계단에 모습을 드러냈다. 그 바람에 에밀리는 또 놀라는 기색이었다. 에밀리는 여행가방을 집어 들고 위층으로 뛰어 올라 갔다. 그레이스가 두 사람을 서로 소개시키기도 전에 힌맨 부인의 곁을 스 치고 지나가버렸다.

힌맨 부인은 천천히 계단을 내려와서 그레이스가 서 있는 곳으로 왔다. 두 사람은 아주 천천히 복도를 걸어서 레일런의 집으로 갔다.

"아까 그 사람은 누구니?" 힌맨 부인이 물었다.

"이름은 에밀리예요." 그레이스는 말했다. "위층으로 이사 왔대요. 래퍼 티 아저씨가 살았던 곳에요."

"오, 그렇구나."

"왜 사람들은 다른 사람들을 무서워하는 거죠?"

"흠, 좋은 질문이구나. 그건 인간 생활 중에서 가장 신비로운 측면 중 하 나라고 생각해."

"할머니는 빌리 아저씨처럼 말하시네요." 그레이스는 불평을 하는 게 아니라는 걸 분명히 밝히는 어조로 말했다. "그게 다 무슨 뜻이에요? 방금 하신 말씀이요."

"있는 그대로 말한 거지. 그거야말로 멋진 일이라고 생각하는데."

그레이스는 요란한 한숨을 내쉬었다. 최악의 대답이라는 생각이 들었다. 하지만 굳이 그 점을 지적해서 힌맨 할머니를 힘들게 하고 싶지는 않았다.

"그 점에 대해서도 우리 모임에서 이야기해볼 수 있을 것 같네요." 그레이스는 그냥 그렇게 말했다.

"누가 먼저 하실래요?" 그레이스는 이렇게 묻고 나서 누군가 대꾸를 하기 전에 한마디 덧붙였다. "빌리 아저씨, 우리 이야기 들리시죠?"

그레이스와 펠리페, 힌맨 부인, 레일린은 레일린의 아파트에 모여서 아파트 문을 활짝 열어놓고 있었다. 빌리는 복도 건너편 자기 집 문 바로 안에 의자를 놓고 앉아 있었다. 두 손은 엉덩이 아래 깔고서. 그레이스는 손톱을 물어뜯지 않기 위해서인 것 같다고 생각했다.

빌리는 레일린의 아파트로 건너올 수 없었다. 당연한 일이다. 그리고 레일린은 빌리의 아파트로 갈 수 없었다. 고양이 때문이다. 그래서 바보 같은 모습이라고 생각하면서도 이 중요한 모임을 이런 식으로 열 수밖에 없었다.

"나는 좋아." 빌리가 말했다.

"그건 제 질문에 대한 답이 아니잖아요, 빌리 아저씨."

"네 질문을 들은 거잖아. 그렇지 않았다면 대답도 안 했겠지."

"오, 그러네요."

"먼저 뭘 하는데?" 레일린이 물었다. "우리는 아직도 이 모임이 뭘 하자는 건지 모르고 있어."

"사람들이 혼자 있어서는 안 되는 것에 대한 모임이에요. 이렇게 사람이 많은데 말이죠. 우린 다 혼자 살잖아요. 혼자 사는 사람이 네 명이 있는 거잖아요. 그러니까 얼마나 바보 같은 일이에요? 네 명이나 있는데 왜 혼자 있는 거죠?"

"그러니까 각자 자기 차례가 오면 무슨 이야기를 해야 하는 거니?" 펠리페가 물었다.

"왜 혼자 있는지에 대해 이야기하면 돼요. 힌맨 할머니만 빼고요. 할머니는 이야기하실 필요가 없어요. 가족이랑 친구들보다 할머니가 더 오래 살아서 혼자 계시는 거니까요."

침묵이 이어졌다. 힌맨 부인은 헛기침을 하면서 레일린의 소파 위에서 불편하게 몸을 움직였다.

"그게 진실의 전부는 아니란다." 힌맨 부인이 말했다.

"하지만 할머니한테 직접 들은 이야기인데요."

"그래. 그렇지. 내가 네게 들려준 이야기지. 하지만 내가 말하고 싶은 건…… 솔직하게 털어놓자면 그게 전부는 아니라는 이야기란다."

긴 침묵이 흘렀다.

그레이스는 어른들에 대한 또 다른 새로운 사실을 깨달았다. 어른들은 서로를 두려워할 뿐만 아니라 자신에 대한 이야기를 하는 것도 무척 어려워한다. 어린아이들이 어떻게 해야 한다는 등의 이야기는 입에 침이 마르도록 많이 하면서도.

"마브와 나는 매우 가깝게 지냈지." 힌맨 부인은 나직한 음성으로 말했다. 너무 소리가 작아서 빌리에게 들리지 않을 것 같았다. "……나는 그걸 핑계로 내 친구들과의 우정을 저버린 것 같아. 아주 오래된 친구들한테도 그랬지. 친구들과 자연스럽게 멀어졌어. 사실 왜 그렇게 되었는지 지금도 잘 모르겠어. 그냥 그렇게 하는 게 더 편하고 간단했어. 마브와 나만 살면 골치 아픈 일이 덜할 것 같았지. 논쟁을 벌일 일도 적어지고 감정이 상하거나 오해하는 일도 적어지잖아. 사람들과 어울리면 늘 겪게 되는 그런 일들 말이야. 하지만 결국에 마브와 나는 처음만큼 그리 가깝게 지내진 못하게 되었어. 오, 그러니까 뭐라고 말해야 할지 모르겠네. 곁에서 보면 달라진 게 없었어. 하지만 뭔지 모를 것을 잃어버렸지. 공허했어. 이 이상 어떻게 설명해야 할지 모르겠네."

그 이후 이어진 침묵은 그레이스를 제외한 모든 사람을 거북하게 만들었다. 레일린은 자기 손톱만 내려다보았고, 펠리페는 애꿎은 무릎만 폈다 접기를 되풀이했다.

그레이스는 복도 건너편에 있는 빌리를 보았다. 빌리도 예의 불안하고 스트레스받은 표정이었다. 힌맨 부인의 이야기를 다 듣지 못한 게 분명한데도 그 지경이었다.

힌맨 부인은 이상할 정도로 꼿꼿하게 허리를 펴고서 두 손을 무릎 위에 꽉 움켜쥐고 충격받은 표정으로 앉아 있었다. 마치 다른 사람이 그 모든 이야기를 자신의 허락 없이 말해버린 것처럼.

"다음은 누가 하실래요?"

아무도 입을 떼지 않았다. 그래서 누군가 활짝 열린 문 앞에 갑자기 나타났을 때 모두가 깜짝 놀랄 수밖에 없었다.

욜란다였다. 그것도 매우 화가 난 욜란다.

"아, 안녕하세요, 욜란다." 레일린이 일어나 욜란다를 맞이했다.

욜란다는 집 안으로 들어오자마자 따지듯 말했다. "이게 다 무슨 말이죠? 당신이 그레이스를 빼앗아 갔다고 하던데요?"

그레이스는 재빨리 두 사람 사이를 가로막고 섰다. "그건 내 아이디어예요."

"네 아이디어라고? 그게 무슨 말이야?"

"우리가 원한 건…… 그러니까 그 뭐냐…… 이런, 젠장. 또 그 말을 잊어버렸어요. 우리 엄마한테 하지 않으려고 한 그게 뭐였죠?"

"방조 행위." 레일린은 우뚝 선 채로 말했다. 레일린은 욜란다가 화를 내고 있다는 사실을 의식하고 있었다. "우리는 아이 엄마를 방조하지 않으려고 한 거예요."

"좋아요. 자기 아이를 키우게 놔두는 게 어떻게 방조 행위에 해당하는지 설명을 좀 해보세요."

"내가 설명할게요." 그레이스가 소리쳤다. "내가 설명하게 해주세요! 이번 일은 내가 잘 알고 있으니까요!" 그레이스는 욜란다에게 허락을 구하는 듯이 말했지만 그녀가 대답하기도 전에 빠르게 말을 이었다.

"엄마가 하루 종일 잠만 자고 있을 때 여기 있는 사람들이 나를 잘 돌봐줬어요. 그렇게 되니까 엄마는 원하는 대로 약을 마음껏 먹어도 나는 아주 잘 지내게 된 거죠. 우리는 그게 문제가 있다는 걸 알았어요. 사람들은 정말로 소중한 뭔가를 잃어버릴 정도가 되어야만 변할 수 있다는 걸 알게 됐거든요. 우리 엄마한테는 내가 그런 존재잖아요. 그래서 우리는 엄마가 약을 끊지 않으면 나를 다시는 못 볼 수도 있다고 말한 거예요."

그레이스는 잠시 말을 멈추었다. 욜란다가 무슨 생각을 하고 있는지 짐작도 할 수가 없었다. 욜란다는 한동안 그레이스의 얼굴을 빤히 쳐다보고 있었다.

"맙소사!" 마침내 욜란다가 말했다. "그거 멋지구나."

"그래요?" 그레이스는 욜란다가 좋아하는 모습에 놀라면서 말했다.

"그레이스, 그 모든 걸 네가 생각해낸 거니?"

"사실은 래퍼티 아저씨한테서 조언을 얻었어요."

"하지만 그레이스가 다 생각해낸 거죠." 레일린이 자랑스레 덧붙였다.

"좋아요. 이렇게 하죠." 욜란다가 말했다. "당장 내려가서 에일린에게 확실하게 말할게요. 나는 여러분 편에 설 거라고요. 무척 화를 내겠지만 뭐 어쩌겠어요. 그 방법밖에 없는데. 그러면 에일린이 얼마나 밀짱하게 시내야 그레이스를 다시 되돌려 받을 수 있는 거예요?"

침묵.

"아, 시간을 정하지 않았네요." 레일린이 말했다.

"시간을 정해야 해요." 욜란다가 말했다. "그레이스의 엄마도 하루이틀 정도는 정신을 차릴 수 있으니까요. 여태까지 그런 일이 되풀이됐죠. 30일을 주기로 하죠. 그러면 제대로 마음을 먹은 건지 알 수 있을 테니까요."

모든 사람들이 서로서로 쳐다보았다.

"좋아요." 레일린이 말했다.

"좋았어." 욜란다는 작별 인사도 없이 서둘러 돌아갔다.

"우리 모임은 미뤄야 할 것 같은데." 레일린이 말했다. "네 엄마가 속상해하는 경우를 대비해서 말이야. 빌리도 사라져버렸어."

그레이스는 복도 건너편으로 시선을 돌렸다. 빌리의 현관문이 굳게 닫혀 있었다. 빌리가 이 상황에 집 안으로 들어간 건 당연했다. 그레이스는 한숨을 쉬었다.

"빌리 아저씨한테 가봐야겠어요."

"아저씨, 있잖아요." 그레이스는 소파에 앉아 있는 빌리에게 말했다. 빌리는 평소보다 훨씬 더 웅크리고 앉아 고양이를 안고 있었다. "내가 춤을 출 때 아저씨가 학교에 와줬으면 해요. 거기 관중석에 말이죠. 저를 위해 박수를 쳐주면서요."

빌리는 코웃음을 쳤다. 그레이스의 말을 순전한 농담으로 여기는 것 같았다.

"이거 진지하게 하는 말이에요."

그레이스는 순간 빌리의 얼굴에서 핏기가 사라지는 걸 보았다. 애초부터 그리 혈색 좋은 얼굴은 아니었지만 그나마 남아 있던 핏기가 모두 사라져버렸다.

"그레이스. 내가 할 수 없다는 걸 잘 알잖니."

"아뇨. 아저씨가 '할 수 있다'는 걸 알고 있는데요."

"그레이스, 나는……."

"봐봐요, 빌리 아저씨. 아저씨는 늘 할 수 있는 일이라는 이유로 쉬운 것만 하고 싶으세요? 아니면 빛나고 싶으세요?"

빌리는 고개를 돌려 의기소침해진 얼굴을 했다.

"그건 공정하지 못한 말이야."

"아저씨가 나한테 말할 때는 공정했잖아요."

"그건 달라."

"어떻게 다른데요?"

"아무튼 달라."

"한번 생각 좀 해보세요. 네? 생각해보겠다고만 약속해주세요. 그러면 아저씨는 옳은 결정을 내리게 될 거예요."

"과신은 젊음의 경이로운 특성이지."

"그게 무슨 말이냐고 물어보지 않을래요."

"아마 그 편이 나을 거야."

다음 날 아침, 그레이스는 학교에 가기 위한 준비를 마치고 문 앞에 섰다. 레일린은 그레이스 뒤에서 코트를 입으며 걸어나왔다. 그레이스가 먼저 문을 열고 복도로 나왔는데 나오자마자 하마터면 누군가와 부딪칠 뻔했다.

에밀리였다. 그녀는 어제의 그 여행 가방을 끌고 있었다.

"어디 가세요?" 그레이스가 물었다. "짐을 더 가지러 가시는 건가요?"

"이사 나가는 거야." 에밀리는 걸음을 늦추고 이야기를 할 마음이 없어 보였다.

"방금 이사 오신 거잖아요." 그레이스는 살짝 쫓아가며 말을 이었다.

"저 끔찍한 곳에선 단 하룻밤도 더 보낼 수가 없어서."

"뭐가 끔찍한데요? 새로 산 멋진 카펫도 있는데요."

"설명할 수 없어. 여하튼 거기는 문제가 있어. 기분 나빠. 정말 이상해." 그 말을 마지막으로 에밀리는 건물 밖으로 나가버렸다. 너무 빨리 걸어서 그레이스가 미처 따라갈 수 없을 정도였다.

"누구니?" 아파트 현관문에서 그레이스를 따라잡은 레일린이 물었다.

"우리 이웃이었어요. 아주 짧은 시간이었지만요."

19
빌리

"오늘은 달력에 표시를 해놔야겠어."

모임 후 일주일 정도가 지난 토요일 아침. 빌리는 이제는 한 몸 같은 파자마를 벗고 벽장에 10년 넘게 깔끔히 정리되어 있던 댄스 팬츠와 스웨트셔츠를 꺼내 입었다. 춤을 추기 위해선 댄스 팬츠를 입어야 하는데, 댄스 팬츠와 파자마 상의는 너무나 이상한 조합이니까. 그러니까 다른 사람 없이 빌리 혼자 집에서 보기에도 힘든 패션이라는 말이다. 빌리는 어쩔 수 없이 스웨트셔츠까지 꺼내야 했다.

빌리는 벽장 불을 켜고 서랍장이 있는 곳으로 되돌아갔다. 손을 뻗어 맨 위 서랍에 들어 있는 자신의 탭슈즈를 촉감으로 확인했다. '빌리의 탭슈즈'다. 그레이스에게 빌려주었던 작은 슈즈가 아니다. 그가 성인이 되어 늘 착용했던 것이다. 가장 최근에 했던 탭댄스 공연에서 신었던 것이기도 했다. 물론 여기서 말하는 최근은 정말 최근이 아니다.

빌리는 슈즈를 집어 들고 희미하게 풍겨 나오는 낡은 가죽의 독특한 냄새를 맡았다. 모든 추억이 함께 느껴졌다.

모든 기억이 패키지로 엮여 있었다. 취사 선택은 허락되지 않는다.

빌리는 거실에서 탭슈즈를 신었다. 여자 미스터 래퍼티는 평소답지 않게 매료된 듯한 시선으로 그 모습을 바라보았다. 이번 일에 기념비적인 측면이 있다는 낌새를 알아차리기라도 한 것 같았다.

빌리는 스트레칭을 했다. 닳고 해진 낡은 카펫 위에 엎드려서 과거에 익숙하게 했던 자세를 취했다. 그러다 낯선 통증에 비명을 질렀다. 예전에는 너무도 쉽게 해냈던 곡예 같은 기술이지만 지금은 근육이 따라주지 못했다.

곧 빌리는 다 소용없는 짓이라는 생각과 살 해냈나는 잉극단의 중간쯤에서 마음의 균형을 맞춘 채 몸을 일으켜 세웠다. 그리고 댄스 플로어로 올라가 조심스레 위태위태한 태핑 소리를 내며 그레이스가 학교에서 발표하기에 적합한 안무를 짜기 시작했다.

안무를 더 빨리 짤 수도 있었지만 그레이스의 다친 엉덩이를 쉬게 하는 데는 일주일의 시간이 필요했다.

"시작은 타임 스텝으로 하면 될 거야." 빌리는 소리 내어 말했다. "천천히 리듬을 타기 위해서 말이야."

빌리는 큰 공연일수록 쉽고 익숙한 춤으로 시작하는 편이 좋다는 걸 경험으로 알고 있었다. 처음 몇 초 동안이 가장 어렵기 때문이다. 몸이 굳거나 실수를 하는 일은 모두 처음 몇 번의 스텝을 밟는 동안 일어난다. 하지만 춤을 시작하고 몇 초가 지나면 일종의 자동기억장치가 작동하기 시작하면서 모든 일이 딱 맞아떨어진다. 그러니까 처음은 눈을 감고서도 해낼 수 있는 익숙한 스텝으로 시작해야 한다.

빌리의 발은 아주 천천히 예전의 기억을 되살리는 듯한 묘한 과정을 거쳤다. 이상한 기분이었다. 머리에서는 그 스텝을 대번에 찾아냈다. 신경을 통해 두뇌에서 근육으로 보내는 모든 신호들은 예전과 완벽히 똑같았다. 하지만 근육의 반응은 끔찍한 종류의 꿈을 연상시켰다. 괴물을 피하기 위해서 달리려고 하지만 갑자기 다리가 천근만근 무거워지거나 뜨거운 늪에 빠져서 가라앉는 그런 꿈 말이다.

빌리는 동작을 멈추고 낙담한 얼굴로 가만히 서서 고양이만 한참을 쳐다보았다. 고양이도 빌리를 응시했다.

"후, 긴장 풀자, 빌리. 하고 싶은 마음만 있다면 몇 달 안에 되찾을 수 있을 거야."

뭐, 어느 정도야 가능할 것이다. 하지만 빌리는 열두 살을 더 먹었다. 지나가버린 시간을 되찾을 수는 없다. 그런 게 가능했다면 벌써 시간을 병에 담아 팔아먹는 사람이 생겨났을 것이다.

"회전 동작을 하게 해야 하는데." 빌리는 몇 번의 회전 동작을 시도해봤다. "그레이스라면 트리플 버팔로 턴을 할 수 있을 거야. 그러면 현란해 보이겠지. 지나치게 현란한 건 안 되지만 적당히 현란한 건 필요해."

빌리는 댄스 플로어 위에서 천천히 회전 동작의 좌표를 정했다. 연속 동작을 하기에 충분한 공간이 없어서 천천히 움직여야 했다. 그레이스는 키가 작고 다리도 짧다. 그러니 빌리가 할 수 있다면 그레이스도 할 수 있을 것이다.

180제곱센티미터 넓이의 댄스 플로어는 그레이스가 분명하고 엄격한 회전 동작을 유지하게 만들어줄 것이다. 이곳에서 완벽하게 회전 동작을 연습하면 공연을 하다가 무대를 벗어나 오케스트라 석으로 떨어지는 일은 없을 것이다.

빌리는 갑자기 멈춰 섰다. 그리고 느닷없이 조금 전에 했던 혼잣말을 떠올렸다. '하고 싶은 마음만 있다면 몇 달 안에 되찾을 수 있을 거야.'

빌리는 가만히 서서 오른쪽 신발의 끝만 톡톡 두드리면서 머릿속에 울려 퍼지는 말을 들었다.

그러다가 발끝을 두드리는 것까지 그만두고 가만히 서 있었다.

'지금 하고 싶은 마음이 있기는 한 거야?'

질문에 대한 답은 떠오르지 않았다. 안무를 더 짜야 하니 생각의 주제를 바꾸는 편이 합리적인 것 같았다.

"싱코페이션 리듬을 넣어볼까."

빌리는 몇 분 동안에 상당히 근사한 안무를 만들어냈다. 하지만 곧 자신의 잘못을 깨달았다. 그는 그 자리에 멈춰 서서 깊은 생각에 잠겼다.

"아니야." 빌리는 크게 소리 내어 말했다. "이봐, 빌리. 이건 엄청난 실수잖니. '네'가 상대하던 관중을 상상하다니. '그레이스'의 관중을 생각해야지. 싱코페이션 같은 걸 하면 리듬을 놓쳐서 실수했다고 생각할지도 몰라. 그래, 그런 무대에서는 확실한 게 필요해. 사용자 친화적인 것. 하지만 현란함을 놓치면 안 되지! 약간의 현란함은 모든 사람들이 좋아하니까."

"알았어." 빌리는 스스로 답하고는 다른 동작을 시작했다.

트레블 스텝을 연속하다가 트레블 홉 스텝을 했다. 한쪽으로 일곱 번, 반대 방향으로 일곱 번. 그런 다음 보폭을 좁혀서 네 번씩, 다시 두 번으로 좁혀서 근사하게 마무리…….

빌리는 한쪽 발을 재빨리 들어 올리면서 안무를 마쳤다. 화려한 엔딩이었다. 이제 박수 갈채 타이밍이다. 빌리는 마치 박수를 기대하기라도 하는 양 그대로 자세를 유지한 채 잠시 서 있었다.

하지만 박수 소리 대신 '똑' 하고 문을 한 번 두드리는 소리가 들렸다.

빌리는 조심스레 카펫을 가로질러서 문을 열었다. 그곳에는 빌리가 한 번도 만난 적 없는 남자가 그레이스와 함께 서 있었다.

머리는 깨끗하게 밀었지만 은발이 뒤섞인 수염이 풍성한 흑인이었다. 수염에 섞인 은발에도 불구하고 나이가 그리 많아 보이지는 않았다. 40대중반쯤 될까.

빌리는 그의 두 눈을 보면서 반짝반짝 빛난다는 말 외에는 다른 말로 표현할 수 없겠다고 생각했다. 그의 왼쪽 귓불에는 작고 붉은 루비 스터드 하나가 꽂혀 있었다.

"세상에나, 빌리 아저씨!" 그레이스가 새된 목소리로 말했다. "어떻게 된 거예요? 대단하네요! 옷을 모두 차려입었잖아요!"

"그렇게 희한한 일인 것처럼 말하지 마." 빌리는 턱짓으로 낯선 사람을 살짝 가리키면서 말했다.

하지만 빌리의 암시는 그레이스의 눈을 스치고 지나가버려서 머릿속에 입력되지 못했다.

"이런 모습은 처음 보는걸요. 그러니까 희한한 일인 거 맞잖아요, 그렇지 않아요?"

"이분은 누구시니?" 빌리는 얼굴이 빨개진 걸 들키지 않길 바라면서 질문을 던졌다.

"여기는 제시 아저씨예요. 새로운 이웃이죠."

제시가 빌리의 눈을 똑바로 쳐다보는 바람에 빌리는 시선을 피해야 했다. 제시가 똑똑한 사람이라면 빌리가 모든 사람들에게 이런다는 걸 알아차리지 않을까 생각했다. 나름 공평한 회피 현상이라고나 할까.

그때 제시가 한 손을 내밀었다. 빌리는 제시의 손을 잡고 악수를 하면서 신경계 신호의 압박을 견뎌냈다. 낯선 사람과의 신체 접촉에 대해 경고하는 신호들 때문에 뇌와 뱃속에 유리 조각이 들어차는 느낌이 들었다.

그리고 문득 그레이스가 이렇게 낯선 남자와 둘이서만 돌아다녀도 되는가 하는 의문이 생겼다.

빌리는 심호흡을 했다. 자신은 늘 사람 보는 눈이 있다고 자부해왔다.

이 사실을 기억해낸 빌리는 애를 써서 아주 잠깐 동안 낯선 남자의 두 눈을 똑바로 바라보았다. 그러고선 다시 시선을 돌리면서 긴 숨을 토해냈다.

괜찮다. 제시라는 사람은 괜찮은 사람이다.

빌리는 대화가 정상적으로 되기를 바라면서 말을 시작했다. "그럼……위층으로 이사 오신 건가요? 래퍼티 씨가 살던 곳?"

"네." 그레이스가 대답했다. "맞아요. 래퍼티 아저씨가 자살을 했던 그 아파트요. 그런데 그게 괜찮대요. 제시 아저씨는 그렇게 쉽게 섬뜩시 않는 데요. 지난번에 왔던 언니랑은 달라요."

"지난번에 누구?"

"아, 맞다. 아저씨는 그 언니를 한 번도 못 봤죠? 그 언니는 여기에 하루 있다가 으스스하다면서 이사를 나갔어요. 제시 아저씨한테 그 이야기를 들려줬지만 아저씨는 상관없대요. 아저씨한테는…… 제시 아저씨, 아까 뭐가 있다고 하셨죠?"

"세이지." 제시가 말했다. "화이트 세이지."

빌리는 처음으로 남자의 목소리를 들었다. 굵고 낮으면서 부드러워서 사람을 안심하게 만드는 목소리였다.

"맞아요, 세이지. 그거요. 아저씨는 화이트 세이지로 그곳을 평화시킨다고 했어요."

"정화." 제시가 말했다.

"네?"

"화이트 세이지를 태워서 그 연기로 아파트를 정화시킬 거라고."

"아, 맞다. 정화. 평화라는 말은 어디서 나온 걸까요?"

"글쎄다. 너의 그 풍부한 상상력과 재미난 두뇌 어딘가에서 나온 게 아닐까 싶다만."

"뭐, 어쨌든. 아저씨가 화이트 세이지로 정화를 시키면 악령이 멀리 쫓겨나게 되는 거죠?"

"사실 나는 악령 같은 게 존재한다고 믿지는 않아. 하지만 누군가 나쁜 기운을 주변에 남겨두었다면 그렇게 하는 게 도움이 되겠지."

"래퍼티 씨 경우는 그렇게 하는 게 좋을 것 같네요." 빌리가 말했다.

두 사람은 한동안 어색하게 서 있었다. 빌리는 두 사람을 집 안으로 들이지 않는 무례를 범하고 있다는 사실을 깨달았다. 하지만 빌리는 낯선 사람을 아파트에 들이지 않는다. 특히 예고 없이 갑자기 찾아온 손님의 경우는 더더욱 그랬다.

"이거 죄송하네요. 안으로 들어오시라고 해야겠지만……"

"아니에요. 우리는 가야 해요. 아저씨를 펠리페 아저씨한테 소개한 다음에 힌맨 할머니한테도 가야 해요."

그레이스가 불쑥 끼어들어 말을 가로챘다. 하지만 빌리에게는 듣던 중 반가운 소리였다.

"레일린은 벌써 만났니?"

"아, 네……" 그레이스는 평소답지 않게 뭔가 숨기는 듯한 말투였다. 언외의 의미가 느껴졌다. 하지만 빌리가 현재 파악한 정보만으로 그 의미를 판독하는 것은 불가능했다.

"세상에, 맙소사!" 그레이스는 갑자기 꽥 소리를 질렀다. "빌리 아저씨! 지금 탭슈즈를 신고 있잖아요!"

"그래."

"그런 슈즈를 갖고 있는지도 몰랐어요. 나한테 빌려줬던 게 아니잖아요. 왜 나한테는 탭슈즈를 가지고 있다는 말을 하지 않았어요?"

"말할 필요도 없는 일이라고 생각한 거지."

"엑, 틀렸어요. 혹시 지금 춤추고 있었던 거예요?"

"너를 위한 안무를 짜고 있었어."

"꺄! 멋져요!" 그레이스는 크게 소리쳤다. "신난다! 제시 아저씨를 모두에게 소개시키고 나면 곧바로 내려올게요. 우리 그때 시작해요. 저 완전다 나았어요."

"만나서 반가웠어요, 빌리." 제시가 말했다.

"저도 반가웠어요." 빌리는 목소리 톤과 얼굴 표정으로 진심임을 전하기 위해 노력했다.

그레이스가 제시를 계단으로 끌고 가는 모습을 바라보던 빌리는 어쩐지 버려진 듯한 느낌을 조금 받았다.

"빌리 아저씨는 사람들을 좋아하지 않아요." 그레이스가 계단을 올라가면서 제시에게 말하는 소리가 들렸다. "아저씨는…… 남달라요. 하지만 좋은 사람이에요."

그레이스가 다시 돌아온 건 20분 후였다. 그레이스는 들어오자마자 고양이를 덥석 안아 올렸다.

"춤을 시작하기 전에 아저씨에게 할 비밀 이야기가 있어요."

"비밀이라면서 어떻게 이야기를 할 수 있지?"

"그런 비밀이 아니에요."

"그럼 어떤 비밀인데?"

"눈으로 직접 본 그런 일이요. 그런데 누군가에게는 말하고 싶지만 온 세상 사람에게 말하고 싶지는 않은 그런 거요."

"그럼 내가 조만간 온 세상 사람에게 말할 거라고 생각한 거니?"

"이상하게 말하지 말아요. 내 말은 펠리페 아저씨랑 힌맨 할머니한테 말하지 말라는 거예요."

"좋아, 그렇게."

두 사람은 나란히 소파에 앉아서 그레이스가 중대한 비밀을 이야기할 무대를 만들었다.

"준비됐어요?" 그레이스는 고양이를 꼭 끌어안은 채로 말했다.

"준비되고말고."

"제시 아저씨가 레일린 언니를 좋아해요."

"오우. 그걸 어떻게 알았니?"

"아주 쉬워요. 내가 제시 아저씨를 만나자마자 '우리 모임에 나오세요. 오늘 모임을 할 거니까 오셔야 해요.'라고 말했거든요. 그랬더니 자기는 짐도 풀어야 하고, 다른 사람들이 아저씨를 잘 모르니까 그 자리에 오는 걸 좋아하지 않을 거라고 계속 말했어요. 그런데 레일린 언니를 소개해준 다음에는 나한테 이렇게 말했어요. '그 모임이 몇 시에 있다고 했지?'"

"아, 맞다. 그 모임은 몇 시니?"

"나도 몰라요. 모임이 시작된다고 내가 소리치는 때겠죠."

"그러면 너한테 모든 권력이 있는 거잖아?"

그레이스는 빌리의 오른팔을 가볍게 주먹으로 쳤다. "그럼 아저씨가 시간을 정하세요. 난 그냥 그 모임을 정말로 원하는 사람이 나뿐이라고 생각했다고요."

"그건 맞는 말이다."

"치, 내가 말한 엄청난 비밀에 대해서는 어떻게 생각해요?"

"음, 그리 놀랄 일은 아니야. 레일린은 매우 매력적인 여성이니까."

"맞아요. 언니는 예뻐요. 착하기도 하고. 하지만……."

"하지만 뭐? 레일린이 마음에 들지 않는 부분이라도 있는 거니?"

222

"아뇨. 언니의 모든 게 좋은걸요. 그냥 우리가 언니를 그렇게 잘 알지는 못한다는 이야기를 하려는 거였어요."

"우리가 모른다고?"

"나는 그렇게 생각해요."

"나는 잘 안다고 생각하는데."

"언니가 미용실에서 일한다는 건 알아요. 하지만 그게 전부예요. 펠리페 아저씨나 흰맨 할머니에 대해서는 더 많이 아는 거냐고 물으시면 아니라고 말해야 하죠. 하지만 그냥 보이는 게 있잖아요. 두 사람을 보면 알 수 있는 게 있죠. 하지만 레일린 언니는 많이 보여주지 않아요. 내가 언니를 보면서 알 수 있었던 건 언니가 두려워하는 게 있다는 것뿐이에요."

빌리는 잠시 생각에 잠겼다. 그레이스가 레일린에 대해 관찰하면서 알게 되었다는 것을 자신도 보았는지 생각해보았다. 빌리는 사람 보는 눈이 있다고 자신하던 터였다. 하지만 지금껏 보아온 바로는 레일린이 뭔가를 두려워하고 있다는 생각을 할 수 없었다.

"그게 뭔데?"

"카운티요."

"카운티?"

"내가 한 말 못 들었어요?"

"무슨 말인지 도무지 이해가 안 가서 그래. 레일린이 카운티를 두려워한다고?"

"네, 그래요."

"도대체 무슨 이유로?"

"집에서 아이를 데리고 가니까요."

"아, 그거."

"네, 그거요. 아마도 언니가 어렸을 때 카운티에서 언니를 데려갔던 것 같아요."

"아니면 아이가 있었는데 카운티에서 데리고 갔는지도 모르지. 언젠가 우리한테 그 이야기를 하고 싶은 마음이 들면 얘기해주겠지."

"그래서 우리가 모임을 해야 하는 거예요." 그레이스가 말했다. 뻔한 이야기를 또 해야 하는 게 못마땅하다는 어조였다. "그런 일에 대해서 다른 사람에게 이야기하는 걸 모두 원하지 않잖아요. 그런 이야기를 꺼내게 하려면 조금 세게 밀어붙여야 하거든요."

"춤 출 준비는 됐니?"

빌리는 재빨리 말했다. 그레이스가 빌리를 세게 밀어붙이려고 하기 전에 선수를 쳐야 했다.

"농담하세요? 저는 일주일 내내 준비가 돼 있었다고요. 가서 탭슈즈를 신고 올게요. 레일린 언니 집에 있거든요. 레일린 언니한테는 제 비밀 이야기하시면 안 돼요. 알았죠?"

"하지만 레일린도 거기 있었잖니. 네가 제시를 레일린에게 소개할 때 말이야. 제시가 레일린을 마음에 들어했다면 레일린도 알아차리지 않았을까?"

"모르겠어요. 어른들은 도무지 알 수가 없다니까요. 정말 뻔한 것도 놓치고 못 보는 일이 많잖아요. 어쨌든 우리가 이런 이야기를 했다는 걸 언니가 알게 하고 싶지 않아요."

"우리가 무슨 이야기를 했지?"

"제시 아저씨와 레일린 언니 이야기요!" 그레이스는 짜증이 잔뜩 나서 크게 말했다. 하마터면 복도 건너편 레일린의 집까지 울려 퍼질 정도였다.

"농담이야. 그러니까 일종의 암호 같은 거지. 무슨 이야기를 했는지 이미 잊어버렸다는 뜻이야."

"그럼 그냥 그렇다고 말하면 좋잖아요. 내가 그런 암호 같은 걸 어떻게 알겠어요?"

"그 정도는 모든 사람들이 안다고 생각했지. 일종의 문화라고 본 거야. 이제는 거의 집단 무의식이 된 그런 거거든."

그레이스는 눈동자를 하늘로 치켜떴다가 한숨을 푹 쉬며 말했다. "아저씨는 정말 이상하게 말해요."

"고맙다." 빌리는 조용히 그레이스의 등에 대고 말했다. 아이는 이미 문밖으로 나서고 있었다.

빌리는 다시 조심스러운 걸음으로 댄스 플로어로 되돌아가서 조금 전에 생각했던 동작을 천천히 되풀이해보았다. 조금 전보다 더 절도 있는 동작으로 마무리를 했다. 한 발을 들어 올린 채 서서 박수 소리가 들릴 차례라고 생각했다.

하지만 이번에는 '그'를 향한 박수가 아니었다. 이번에는 빌리가 주인공이 아니었다. '그레이스'에게 박수가 쏟아지고 있었다. 그레이스가 처음으로 사람들의 우레와 같은 박수갈채를 받고 있는 모습이 그려졌다.

"이런, 젠장." 빌리는 갑자기 큰 소리로 외쳤다. "나도 그 자리에 있어야 하겠어. 정말 그래야 한다고, 빌어먹을."

20
그레이스

"제발 누가 먼저 시작해주실래요?" 그레이스가 애처로운 목소리로 애걸하고 있었다.

그레이스는 모여 있는 모든 어른들을 한 사람씩 쳐다보았다. 힌맨 부인만이 시선을 당당히 받아쳤다. 지난 모임에 이미 이야기를 했기 때문에 압박감에 시달리지 않았다. 어른들은 약간의 압박감만 느껴져도 행동을 달리한다.

모든 사람들이 레일린의 집에 모였다. 심지어 빌리까지. 게다가 옷도 제대로 입고 있었다. 물론 현관문에 등을 대고 선 채였다. 조금이라도 집에 가까이 있으면 집이 목숨을 구해주리라고 믿는 사람 같았다.

"제에발요." 그레이스는 간절했다.

그때 레일린이 입을 열었다. 그레이스는 좋은 조짐이라고 생각했다. 하지만 금방 잘못된 생각이라는 걸 깨달았다.

"다른 사람은 어떤지 모르겠지만." 레일린은 낮고 차가운 목소리로 말했다. "나는 부담스럽다. 이런 일을 할 마음의 준비가 안 돼 있어서 말이야."

그레이스의 얼굴은 벌겋게 달아올랐다. 한 줄기 통증이 뱃속으로 퍼져나갔다. 레일린이 그레이스에게 이렇게 화가 난 투로 말한 적은 한 번도 없

226

었다. 그런데 이 많은 사람들 앞에서 화를 낸 것이다. 게다가 새로 온 사람도 있는데…… 두 눈에 눈물이 차오르는 게 느껴졌지만 기를 쓰고 눈물을 감췄다. 가까스로 입을 열었지만 입 밖으로 말이 나오지 않았다.

펠리페가 갑자기 고개를 들어서 그레이스의 두 눈을 똑바로 쳐다보며 말했다.

"나는 할 수 있을 것 같아."

그레이스는 펠리페를 껴안고 뽀뽀를 해주고 싶었지만 순식간에 일이 진행되는 바람에 할 수가 없었다.

"전에는 혼자가 아니었어요." 펠리페는 평소보다 더 독특한 억양으로 말했다. 심하게 피곤하거나 울컥하면 그렇다는 걸 그레이스는 이미 알고 있었다. "그러니까 내 말은…… 그리 오래되지 않았다는 거예요. 몇 주 전까진 여자 친구가 있었어요. 결혼할 사이였죠. 반지랑 모든 걸 여자 친구에게 줬어요. 우리한테는 아들도 있었어요, 20개월 된. 그런데 어느 날 퇴근해서 집에 돌아와 보니 문 앞에 가방이 있는 거예요. 안에는 칫솔이 들어 있었죠. 여자 친구 집에 두고 다녔던 속옷과 여분의 셔츠도 있었고요. 그리고 가방 맨 아래에는 반지가 든 작은 상자가 있었어요. 여자 친구한테 준 약혼 반지였죠. 그렇게 끝인 난 거죠."

펠리페는 잠자코 침묵이 이어지도록 했다. 그건 정말 대단히 조용한 침묵이었다.

"왜 그렇게 했는지 말해주시던가요?" 그레이스는 공손하게 말했다.

"연락을 할 수가 없었어. 문자 메시지를 만 개는 남겼을 거야. 마지막에는 여자 친구의 언니한테 전화를 했어. 그랬더니 다른 남자가 있다고 말해주더구나. 그런 지 오래되었다고……."

다시 침묵이 이어졌다.

레일린은 화를 냈다는 사실을 잊은 것 같았다. 레일린은 부드럽고 자상하게 말했다. "전혀 눈치채지 못했어요?"

그레이스는 레일린이 자신에게도 그렇게 말해주면 좋겠다고 생각했다.

"알고 있던 것 같기도 하고 아닌 것 같기도 해요. 처음 이야기를 들었을 때는 너무 놀랐어요. 하지만 돌이켜보니 나도 짐작을 하고 있었던 같아요. 왜 그런 거 있잖아요. 알면서도 알지 못하는 거. 뭔가가 이상하게 보이는데도 '아니야. 그건 말도 안 돼. 네가 틀렸어.'라고 자신에게 말하게 되는 거요. 그러다가 그 생각이 맞았다는 걸 알게 된 거죠. 그러면 머릿속에서는 '나는 몰랐어.'라고 말하는 부분이 있는가 하면 다른 쪽에서는 '이럴 줄 알고 있었잖아.'라고 말하는 거예요."

"아들은 어떻게 되었어요?" 걱정과 두려움으로 잠겨 있던 그레이스의 목소리는 이를 데 없이 낮았다.

"그 언니한테 물어봤어. '디에고는요? 그래도 내 아들이잖아요. 디에고는 어떻게 해야 만날 수 있죠?' 그랬더니 뭐라고 했는지 아니?"

마지막 문장을 말하는 펠리페의 목소리가 갈라졌다. 그레이스는 이야기를 더 듣고 싶은지 아닌지 알 수가 없어졌다.

"내 아들일 수도 있고 아닐 수도 있다고 하지 뭐니."

그레이스는 의자에서 일어나 방을 가로질러 가서 두 팔로 펠리페의 목을 끌어안았다.

"로 시엔토. 로 시엔토, 펠리페." 그레이스는 속삭임을 겨우 벗어난 목소리로 말했다.

"그라시아스(고맙다)." 펠리페는 가만히 숨을 내쉬며 말했다.

"그만 가봐야겠어요." 빌리는 문가 자리에 걸터앉은 채로 불쑥 말했다. 빌리에게 공포감이 엄습해오는 모양이었다.

그레이스는 펠리페를 안은 손을 풀고 뒤로 물러섰다. 빌리는 이미 문을 열고 있었다.

"어, 안 돼요, 빌리 아저씨. 조금만 더 있어주시면 안 돼요? 이제 진짜 모임이 되어가고 있단 말이에요."

"미안, 아가야. 이게 내가 할 수 있는 최선이야."

하지만 빌리는 밖이 아니라 안으로 한 걸음 내딛었다. 그는 펠리페를 향해서 네다섯 걸음 다가가서 펠리페의 의자 앞에 섰다. 빌리의 두 눈은 부드러웠다. 펠리페는 고개를 들어 슬프게 웃어 보였다.

"'로 *시엔토*'가 무슨 뜻인가요?" 빌리는 나직한 목소리로 물었다.

"'안타깝다, 유감이다'라고 말한 거예요."

빌리는 허리를 숙여서 펠리페의 어깨를 껴안았다. 아주 잠깐 동안의 포옹이었지만 다정하고 조심스러웠다.

"*로 시엔토, 펠리페.*"

"*그라시아스, 빌리.*"

빌리는 문을 향해 달려 나갔다. 그야말로 질주였다. 그레이스도 그렇게 빨리 움직일 수는 없었다.

"다음은 제가 할게요." 제시가 말했다.

모두가 고개를 들었다. 제시가 그 자리에 있다는 걸 모두가 잊고 있던 것처럼 보였다.

"그렇게 놀란 얼굴을 하지는 마세요. 저에 대해서 조금 더 알려 드리려는 것뿐이에요. 여기로 새로 이사 온 데다가 몇 달 정도만 있을 거라서요."

아무도 이의를 제기하지 않자 제시는 이야기를 이어갔다.

"저는 이 근처에서 자랐어요. 여기서 네 블록 떨어진 곳에서 어린 시절을 보냈죠. 이 아파트를 선택한 데는 그런 이유도 있어요. 예전에 살았던 곳에서 아주 가까우니까요. 많은 추억이 있죠. 물론 많이 달라지기는 했지만. 그리고 제가 최대한 돈을 아껴야 하기 때문이기도 해요. 6개월 휴가를 받았거든요. 모아 놓은 돈으로는 딱 그때까지만 버틸 수 있을 것 같아요.

어쨌든 저는 원래 채플힐에 살아요. 노스캐롤라이나예요. 대학을 다니러 그곳으로 갔다가 다시 돌아오지 않은 거죠. 지금 제가 여기 있는 이유는 저희 어머니가 죽음을 목전에 두고 계시기 때문이에요."

그레이스의 머릿속엔 엄청나게 많은 질문이 떠올랐다. 하지만 묻지 않았다. 그럴 필요가 없었다. 제시는 스스럼없이 마음을 열고 스스로 이야기를 이어나갔다. 억지로 털어놓게 할 필요가 없었다. 그레이스가 아는 한 이런 어른은 없었다. 새로운 유형의 어른이라는 생각이 들었다.

"나랑 우리 어머니가 재미있는 건, 사실은 한 번도 잘 지낸 적이 없다는 거예요. 의견 일치를 본 적이 한 번도 없죠. 그 어떤 일에 대해서도 말이에요. 우리 관계는 아주 불안정했어요. 그러니까 언제 폭발할지 모르는 격정적인 상태였다는 말이에요."

제시는 설명을 이어갔다.

"그게 뭐냐면요, 어머니와 저를 아는 대부분의 사람들은 우리가 서로 좋아하지 않는다고 생각해요. 심지어 우리가 서로 미워한다고 보는 사람도 있을 거예요. 하지만 나는 우리 관계를 '격렬한 유대'라고 보는 편이에요. 많이 사랑하지 않는다면 그렇게 강렬한 감정을 쏟아낼 이유가 없잖아요. 그건 사랑이에요. 다만 사랑의 이면인 거죠. 어머니랑 저는 사랑과 사랑의 이면을 모두 많이 갖고 있어요.

사람들은 사이가 좋지 않은 어머니와 사별하는 게 그리 어렵지 않을 거라고 생각하는 것 같아요. 하지만 그건 틀린 생각이에요. 어머니와의 사별은 늘 힘든 일이니까요. 항상 그렇죠. 어머니를 사랑했든 미워했든, 어머니의 과잉보호 때문에 죽을 것 같았든 아니면 늘 무시당했든 모두 마찬가지죠. 어머니는 어머니예요. 우리 엄마죠."

그레이스가 갑자기 울기 시작했다. 걷잡을 수 없이 서러운 흐느낌이 최고조에 이르렀다.

덕분에 모임 분위기는 와해되었다.

삽시기 모든 사람들이 그레이스 주변에 옹기종기 모여 있었다. 너무 가까이 다가와서 숨도 못 쉴 지경이었다. 모두들 그레이스에게 괜찮은지 물었다. 같은 질문이 계속 이어졌다. 그레이스는 모여 있는 사람들이 조금씩 뒤로 물러나기만 하면 숨을 제대로 쉴 수 있으니 더 괜찮아질 거라 생각했다.

"고양이를 보러 갈래요." 그레이스는 재빨리 밖으로 뛰어나갔다.

복도에 서서 계속 훌쩍거리면서 소맷자락으로 코를 닦았다. 그리고 빌리의 문을 한 번 똑! 두드렸다.

"아가야, 오늘은 밖에 더 있을 수 없을 것 같아. 이미 한계야. 미안하다."

"그 말을 하러 온 게 아니에요. 나도 들어갈래요. 문 좀 열어주실래요?"

빌리는 그레이스의 목소리에 묻은 흐느낌을 감지했다. 그런 건 놓치는 법이 없다. 빌리는 그레이스의 마지막 말이 끝나기도 전에 문을 벌컥 열었다.

그레이스는 빌리의 옆을 스치듯 지나서 소파에 앉았다.

"지금까지는 모임이 잘된 거지?" 빌리가 물었다.

그건 빌리 식 농담이었다. 뭐가 잘못되었는지 묻는 대신 재치 있는 말을 한 것이다. 하지만 숨 막힐 것처럼 사람들에게 둘러싸여 있는 편이 더 낫겠다고 생각하게 만드는 농담이었다.

그레이스는 문득 자신이 그곳에 온 이유를 떠올렸다. 고양이를 보러 온 게 아니었다. 그런 면이 아예 없는 것은 아니었지만 그건 어디까지나 부차적인 이유였다. 가장 큰 이유는 빌리를 보러 온 거다.

그레이스는 어설픈 고양이 소리를 내면서 여자 미스터 래퍼티를 불렀다. 고양이는 빌리의 침실에서 껑충껑충 달려 나와서 그레이스의 무릎 위로 풀쩍 뛰어올랐다. 그레이스는 고양이를 바짝 끌어안고 가르랑거리는 고양이의 배에 한쪽 귀를 갖다 댔다.

그레이스는 훌쩍거리면서 최대한 코를 들이마셨다. 여자 미스터 래퍼티의 털에 콧물이 묻을까봐 걱정이 되었다.

그레이스와 고양이로부터 세 뼘 정도 떨어진 소파 가장자리에 걸터앉은 빌리는 거대한 화장지 상자 하나를 그레이스에게 건넸다. 그레이스는 한 번에 네댓 장의 화장지를 뽑아서 두 눈을 닦고, 민망할 정도로 세게 '쿵' 소리를 내면서 코를 풀었다.

"아저씨 화장지를 제가 많이 쓰는 것 같아요."

"그 정도는 감당할 수 있어."

"아무래도 화장지 한 상자 사드려야 할 것 같아요."

"뭘로? 우리가 모르는 비상금이라도 갖고 있는 거니? 우리한테 비밀로 하는? 너 사실은 부자였던 거야?"

"네, 사실 전 끝내주는 부자죠."

그레이스는 다시 코를 팽 풀었다. 이번에는 화장지를 세 장만 사용했다.

"조잘거릴 일이 있는 거니?"

"빌리 아저씨, 우리말로 좀 하실래요?"

"이야기하고 싶으냐고."

그레이스는 한숨을 내쉬었다.

"그냥 엄마가 보고 싶어서요."

"아."

"우리 엄마가 좋은 엄마가 아니라는 건 알아요. 적어도 지금은 그런 상황이죠. 하지만 예전에는 착하고 예쁜 엄마였어요. 이제는 아주 오래 전 이야기지만…… 그렇다고 해도 말이에요. 그러니까 우리가 이제 사이가 좋지 않고 싸움도 크게 하고, 엄마가 나를 사랑하는 것보다 약을 더 사랑한다고 해도 말이죠. 그래도 엄마가 보고 싶어요."

"흠."

"아저씨는 이해하지 못할 수도 있겠네요."

"이해할 수도 있지. 나도 매일 우리 엄마가 그리워. 그런데 우리 엄마는 이 지구상에서 가장 무시무시한 여자야."

그레이스는 자기도 모르게 코웃음을 터트리고 말았다.

"그렇게 나쁠 리가 없잖아요."

"아니야. 그럴 수 있어. 실제로도 그렇고. 이 점에 대해서는 내 말을 믿어도 좋아. 그런데 모임은 끝난 거니?"

"그럴 거예요. 그 모임을 열고 싶어 했던 유일한 사람이 나였는데 내가 나와버렸으니까요."

잠시 후 모두가 레일린의 집을 나와서 흩어지는 소리가 들렸다. 다들 각자의 집으로 돌아갔으리라 생각한 그레이스는 복도로 나가다가 제시와 마주쳤다. 그레이스는 제시와 마주치고 싶지 않았다. 제시가 끝없이 이어지는 사과를 할 게 뻔했기 때문이다. 그레이스는 그의 사과를 받고 싶지 않았다. 그러면 분명 다시 울게 될 것이다.

"여기 있었구나, 그레이스." 제시가 말했다. "그렇지 않아도 사과할 기회를 잡지 못할까봐 걱정하고 있었어."

예상을 한 치도 벗어나지 않는 이 뻔한 상황.

"사과하실 필요 없어요." 그레이스는 울지 않으려고 조심하면서 말했다. "아저씨는 아무 잘못이 없어요. 아저씨는 그냥 사실을 말한 것뿐이잖아요. 그러려고 모인 거고요."

"네 마음을 상하게 할 생각은 없었단다."

"아저씨가 일부러 그랬다고 생각하지 않아요." 그레이스는 어쩔 수 없이 짜증스러움이 묻어나는 목소리로 말했다. "내가 그런 것도 모를 거라고 생각해요?"

그 말을 마친 그레이스는 제시가 발끈할 거라고 예상하며 가만히 기다렸다. 하지만 제시는 그레이스의 머리를 다독이고 나서 복도를 따라 위층으로 이어지는 계단을 올라갔다.

그레이스는 멀어지는 제시를 바라보면서 그가 래퍼티 아저씨의 영혼과 어떻게 지내고 있을지가 갑자기 궁금해졌다. 유령일지도 모르는 그 존재는 에밀리를 겁먹게 만들어서 쫓아내버렸다. 제시에게 그 이야기를 물어보고 싶다는 생각이 들었다. 하지만 다른 한편으로는 요란한 사과를 받지 않아도 되는 이 상황을 유지하고 싶었다.

그레이스는 복도 양편을 살펴보았다. 구석에 스파이라도 숨어 있는 게 아닌가 살피는 기색이었다. 그레이스는 계획에 없던 방향으로 걸음을 옮겼다. 터벅터벅 느릿하게 복도를 따라 걷다가 지하로 이어지는 계단을 내려갔다.

집 안은 어두웠다. 칠흑같이 어두운 정도는 아니었지만 빛이 하나도 없었다. 살아 움직이는 것이 하나도 없는 것만 같았다. 엄마는 침대에 있었다. 대자로 누워 코를 골고 있었다.

그레이스는 엄마에게 가까이 다가가서 가만히 쳐다보다가 엄마의 셔츠 소맷부리를 살짝 잡아 당겼다.

"엄마." 그레이스는 나직하게 말했다.

엄마는 눈꺼풀을 씰룩이다가 잠시 두 눈을 떴다.

"그레이스." 엄마가 대답했다.

"괜찮아요?"

"음, 여기서 뭐하고 있니?"

"엄마가 괜찮은지 보러 왔어." 그레이스는 목구멍 안에 뭔가가 걸린 것 같아서 말을 더 할 수 없었다.

엄마는 한 손을 들어 올렸다. 딸의 질문에 대답하는 가장 좋은 방법이 손을 흔들어주는 것이라고 생각하는 것 같았다. 하지만 그 손은 그리 오래 버티지 못했다. 제대로 된 형태로 흔들리지도 못했다. 그냥 스르르 떨어져서 다시 엄마의 배 위로 툭 내려앉았다.

그레이스는 뭔가가 더 있을 거라는 듯 그대로 기다렸다. 하지만 아무 일도 일어나지 않았다.

'이게 다야.' 그레이스는 입 밖으로 내뱉지 않는 혼잣말을 했다. '이게 다라고. 네가 받을 수 있는 건 이게 끝이야. 이제 레일린 언니네 집으로 가는 게 좋겠다.'

하지만 그레이스는 그러지 않았다. 아직은 아니었다.

대신 그레이스는 엄마의 머리를 손으로 빗어 넘겨주었다. 크게 세 번 엄마의 머리를 어루만진 다음에 허리를 숙여서 엄마의 귓가에 대고 속삭였다.

"사랑해, 엄마."

하지만 그레이스가 너무 몸을 깊이 숙였나 보다. 엄마의 귓가에 닿은 그레이스의 숨결이 지나치게 간지러웠던 모양이다. 에일린은 손을 뻗어 마치 모기나 파리를 잡듯이 그레이스를 찰싹 쳤다. 그레이스는 귓가를 정통으로 맞았다.

"아야!" 그레이스는 크게 소리쳤다. 필요 이상으로 큰 소리였다. 맞은 정도를 보면 지나칠 정도로 큰 소리가 분명했다. 아마도 그건 몸이 아니라 마음을 얻어맞았기 때문일 것이다.

울음이 터져 나오기 시작했다. 울음을 어쩌지 못한 그레이스는 집 밖으로 뛰어 나갔다. 그리고 안전한 레일린의 집을 향해 달렸다. 누군가에게 우는 모습을 들키면 큰일이라도 나는 듯 그레이스는 부지런히 눈물을 닦았다. 하지만 사실 그 자리에 가만히 서서 울었어도 알아차릴 사람은 아무도 없었을 것이다. 엄마는 깨어나지 않았을 테니까.

그레이스는 한 쪽 손으로 귀를 문지르면서 레일린의 집 문을 두드렸다. 울음은 멈춰 있었다.

레일린은 문을 열어 그레이스를 집 안으로 들였다.

그레이스는 레일린의 이마에 잔주름이 잡혀 있는 걸 보았다. 흔히 볼 수 있는 일이 아니었다.

"배고프니?" 레일린이 물었다.

"약간요."

"별로 먹을 게 없어. 땅콩버터 정도가 전부일 것 같아."

"땅콩버터 좋죠. 우리한테 젤리 잼은 없나요?" 순간 그레이스는 '우리'라고 말한 걸 후회했다. 레일린의 냉장고에 있는 건 전적으로 레일린의 것이지 '우리' 것이 아니었다. 그동안 너무 무례하고 버릇없게 굴었던 것 같다. 더군다나 지금처럼 레일린의 기분이 형편없을 때는 이러면 안 된다.

"그러니까, 내 말은 '언니'한테 젤리 잼이 있냐고 물은 거예요."

레일린은 여전히 냉장고에 머리를 집어넣은 채로 있었다.

"딸기 잼이 있네."

레일린은 그 딸기 잼이 '우리'에게 있는지 아니면 '자신'에게 있는지에 관해서는 아무런 언급도 하지 않았다. 그레이스는 아쉬웠다.

"완벽하네요." 그레이스는 포도 잼을 훨씬 더 좋아하는 사람처럼 기운 없게 말했다.

레일린이 샌드위치를 만드는 동안 그레이스는 식탁에 앉아 얌전히 기다렸다.

"그런데 언니, 제시 아저씨 어때요?"

묵직한 유리병을 조리대 바닥에 쿵 하고 내려놓는 소리가 들렸다. 그레이스는 화들짝 놀랐다.

"그레이스, 이제 그만해." 레일린은 모임에서 그레이스를 울기 직전까지 몰아갔던 바로 그 목소리로 말했다. 그레이스는 다시 울음이 터질 것 같았다. 오늘 왜 이러지? 곳곳에 그레이스를 울릴 폭탄들이 숨어 있다가 오늘 모두 터져대는 것만 같았다.

"뭘 그만둬요? 나는 아무것도 하지 않았는데."

"알지도 못하는 남자랑 나를 엮으려고 하지 말라고."

"난 그런 적 없어요! 난 아무것도 하지 않았다고요!" 그레이스는 치밀어 오르는 눈물을 꾹 눌러 참으면서 크게 소리쳤다. "나는 그냥 언니가 제시 아저씨를 어떻게 생각하는지 물어본 것뿐이에요. 세상에! 레일린 언니, 나는 왜 언니가 기분이 상했는지 모르겠어요. 제시 아저씨는 언니를 좋아해요. 그게 뭐 잘못된 건가요? 내가 그 아저씨한테 언니를 좋아하라고 말한 것도 아니에요. 그냥 아저씨가 그러는 거예요. 모두 그 아저씨가 혼자 생각한 거라고요."

레일린은 종이 접시 위에 샌드위치를 올려서 그레이스 앞에 놓았다. 차분한 얼굴을 하고 있었지만 아무런 이야기도 하지 않았다.

그레이스는 잠시 동안 샌드위치를 가만히 쳐다보았다. 처음 샌드위치 이야기를 꺼냈을 때는 배가 꽤 고팠는데 이제는 그런 것 같지 않았다.

"이 샌드위치 가지고 빌리 아저씨네 가서 먹어도 돼요?"

"너 하고 싶은 대로 해." 레일린은 무표정한 얼굴로 말했다.

그레이스는 샌드위치를 들고 현관문 쪽으로 가다가 잠시 서서 레일린을 보았다. 레일린은 싱크대에서 칼을 씻고 있었다. 고개를 돌려 그레이스를 보지 않았다.

"예전에 언니는 이렇게 화를 잘 내지 않았어요." 그레이스는 용감하게 말을 꺼낸 자신을 격려했다.

"예전에는 너도 내 사생활을 두고 이러쿵저러쿵 시비를 걸지 않았어." 레일린은 시선을 주지 않은 채 대꾸했다. "그게 서로 연관이 있을 거야."

"고양이는 땅콩버터 딸기 샌드위치를 좋아하지 않는 법이야." 그레이스는 여자 미스터 래퍼티에게 말했다.

하지만 다 소용없는 말이었다. 이 특별한 고양이는 그레이스의 지적에도 불구하고 땅콩버터 딸기 샌드위치를 꼭꼭 씹어서 꿀꺽 삼키고 있었다.

"레일린 언니는 기분이 정말 엉망진창인 상태예요." 이번에는 빌리에게 한 말이었다.

"그래. 나도 눈치챘어. 무슨 일로 그러는 거니?"

"몰라요. 제시 아저씨랑 상관이 있는 것 같기는 해요. 언니는 제시 아저씨를 좋아하지 않나봐요."

"아."

"그러니까 저는요…… 제시 아저씨는 언니를 좋아하고 착한 사람이니까, 외로운 사람이 줄어들 수도 있다고 생각했거든요. 그러면 두 명은 모임에서 나가고 나머지 사람들만 더 모임을 갖는 거죠."

"두 사람이 함께 하기 위해서는 그 이상의 것이 필요한 것 같은데."

"뭐가 더 필요한데요?"

"나도 몰라. 아마 다들 모를 거야. 그걸 알게 된다면 책으로 써 내림. 그럼 단숨에 부자가 되고 유명해질 수 있을 거야."

"아저씨는 정말 이상하게 말해요."

"그런데 그레이스? 지금껏 내가 너한테 말하고 싶었던 게 있어. 먼저, 고양이 좀 내게 줄래? 고양이를 안고 있으면 말하기가 더 쉬울거야."

"왜요?"

"나도 몰라. 그냥 고양이를 안고 있으면 마음이 차분해져."

"뭐, 그렇다면야."

그레이스는 여자 미스터 래퍼티를 빌리에게 건넸다. 고양이는 마지막까지 입천장에 붙어 있는 땅콩버터를 핥아 먹으려 애를 쓰고 있는 중이었다.

빌리는 크게 숨을 내쉬었다. 어찌나 크게 숨을 내쉬는지 그레이스 귀에도 생생하게 숨쉬는 소리가 들렸다.

"내일…… 네가…… 학교에 갈 때 말이다……."

"내일은 일요일이에요."

"아, 그렇지. 그럼 월요일에 학교에 갈 때 말이다……. 너랑 레일린이랑 함께 나도 조금, 아주 조금, 같이 걸어가 볼까 생각하고 있어."

그레이스는 입을 벌리고 소리를 지를 준비를 했다. 하지만 빌리는 재빨리 한 손을 들어서 그레이스를 제지했다. 빌리에게서 평소에는 볼 수 없는 강경함이 느껴졌다. 그와 관련된 그 어떤 반응도 원하지 않는 게 분명했다.

"아무 말도 하지 마. 네가 너무 신나하면 나는 더 겁이 날 거야."

그레이스는 모든 충동을 억누르고 얌전히 있었다. 그렇게 참다가 참다가 더는 참을 수가 없어진 그레이스는 속삭임에 가까운 목소리로 말을 꺼냈다. 그건 일반인들의 속삭임이었다.

"그건 아저씨가 우리 학교에 올 거란 뜻이에요?"

"한 번에 하나씩 해보자. 하나씩 천천히."

그레이스는 빌리에게 달려들었다. 고양이는 서둘러 자리를 비켰다. 그레이스는 빌리의 목을 두 팔로 꼭 끌어안았다.

"아저씨라면 해낼 거라고 생각했어요." 그레이스는 존경을 담은 속삭임으로 말했다. "아저씨가 할 수 없다고 말하기는 했지만 정말로 할 수 없는 게 아니라는 걸 알고 있었다니까요. 막상 닥치면 아저씨는 해낼 거라고 생각했어요."

"나는 월요일에 학교 가는 길의 일부를 걸어보겠다고만 했어."

"그래요." 그레이스는 뒤로 몸을 빼내고 무릎을 꿇고 앉은 채 말했다. "알았어요."

"그리고 나를 몰아붙이지는 마. 함부로 판단하지도 말고. 첫날은 아파트 현관 계단 정도까지만 나갈 수 있을지도 몰라."

그레이스는 자신의 눈썹이 치켜 올라가는 것을 느꼈다.

"매일 할 거예요?"

"뭐." 빌리는 잠시 묘한 침묵을 지키다가 입을 열었다. "연습을 해야지."

"그래서 오늘 레일린 언니네에 온 거예요? 연습으로?"

"뭐. 그렇지. 그런 면이 있다고 할 수 있지. 그리고 새로 이사 온 그 남자가 나를 완전히 한심한 괴짜로 생각하게 놔두고 싶지 않기도 했어."

"제시 아저씨만요? 나머지 우리는요? 우리가 어떻게 생각하느냐는 중요하지 않았어요?"

"제발 그만해. 여기 사람들한테는 이미 늦었잖아. 너는 이미 내가 완전히 한심한 괴짜라는 걸 알고 있잖아."

"사실 그렇기는 하죠." 그레이스는 불쑥 말했다가 잠시 자신이 한 말을 되짚어보고는 덧붙여 말했다. "이건 악의 없이 한 말이에요."

"나도 알아." 빌리가 말했다.

21
빌리

천만다행이었다. 다음 날 저녁, 제시가 찾아왔을 때 빌리는 그레이스를 위한 안무를 다듬고 있었다. 멋진 댄스 팬츠에 부드러운 소재로 만든 큼직한 파란색 스웨터를 입고 있었다는 말이다. 제대로 된 탭슈즈까지 신고.

'우리 운명이 달라지는 모양이야.' 빌리는 생각만 하고 말하지는 않았다.

문을 열어보니 새로 이사 온 잘생긴 이웃이 빛나는 미소를 띠고 한 손에는 레드 와인 병, 그리고 나머지 손에는 와인 잔 두 개를 들고 있었다.

묘하고 낯선 감정이 가슴을 가득 메웠다. 그 감정의 이름을 알 수는 없지만, 아주 좋은 느낌이었다. 무릇 사람 사는 게 이래야 한다는 생각마저 들었다.

집에서도 옷을 잘 입고 있는다. 그러면 점잖은 사람이 문을 두드리고 찾아온다. 그의 손에는 와인이 들려 있다. "괜찮으시죠? 먼저 전화를 드렸어야 하나요?"라는 정도의 말이 더해질 수도 있을 것이다. 그러면 "괜찮고 말고요. 안으로 들어오세요. 지금 안무를 짜고 있던 참이었어요."라고 답한다.

그동안 완전히 잊고 살았지만, 영화처럼 멋진 일이다. 아주 오래된 기억의 한 장면이랄까.

"예고도 없이 갑자기 찾아온 이웃에 대해 어떻게 생각하세요?" 제시는 여전히 미소 띤 얼굴로 물었다. "조금 짜증이 나나요? 아니면 짜증이 섞인 분노? 증오?"

"천만에요. 안으로 들어오세요. 지금 안무를 짜고 있던 참이었어요."

놀랍다. 이렇게 되면 거의 흡사해진다.

"무슨 안무요?" 제시가 빌리의 소파에 앉으며 물었다. 와인 병과 유리 잔은 테이블 위에 놓였다. "와인 잔을 갖고 계신지 몰라서요. 당연히 있을 거라고 생각하는 건 예의가 아닌 것 같아서요. 그렇다고 당연히 없을 거라고 생각했던 것도 아닙니다. 이 문제로 사실 한참 고심했어요."

"그레이스가 학교에서 공연할 안무를 수정하고 있었어요."

빌리는 지켜보는 눈을 의식하면서 차분히 발걸음을 옮겨 주방으로 갔다. 찬장을 열어서 두 개의 와인 잔을 꺼냈다. 사람이 직접 불어서 만든 그 잔들은 세상에 똑같은 모양이 하나도 없고 독특한 손잡이가 있는 아주 섬세한 잔이었다. 싱코페이션. 좀 더 세련된 연출을 위한 싱코페이션 같다고 빌리는 생각했다.

빌리는 잔을 들고 거실로 돌아와서 제시 앞에 놓인 커피 테이블 위에 내려놓았다. 제시라면 감탄하며 바라봐줄 것 같았다.

"와인 오프너는요?"

빌리는 얼굴이 달아오르는 걸 느꼈다. 바로 그 순간까지 빌리는 꿈에서 살고 있었다. '이게 사람 사는 거지. 다른 모든 사람들도 이렇게 살아.'라며 떠올린 이미지에 사로잡혀 있었다. 빌리에게는 당연히 아름다운 와인 잔이 있다. 야만인이 아니고서야 누구라도 와인 잔쯤은 있어야 하는 거 아닌가? 하지만 와인 오프너는 없다. 결국 이 와인 잔을 한 번도 사용하지 않았다는 걸 제시에게 들키고 말았다.

빌리는 질문에 답하지 않았다. 하지만 굳이 답할 필요가 없는 상황이었다. 빌리의 붉어진 얼굴과 침묵이 모든 걸 말해주고 있었다.

"차선책이 있죠." 제시는 자리에서 일어서서 한 손을 청바지 주머니에 넣고 뒤적거렸다. 그는 살짝 빛바랜 청바지에 하얀색 셔츠를 입고 넥타이를 매고 있었다. 넥타이라니! 빌리는 자신을 만나기 위해 넥타이를 맨 사람이 있다는 사실이 자랑스러웠다. "스위스 군용 칼이요."

"보이스카우트였나요?"

"어떻게 아셨어요?"

"그냥 농담으로 해본 말인데."

"하지만 정말 그랬어요. 보이스카우트였죠. 사실 이글스카우트까지 했어요. 그쪽은요?"

빌리는 소리 내어 웃었다. 그리고 얼굴을 붉혔다. "저요? 그럴리가요. 절대 아니에요. 저는 스카우트 활동을 할 타입이 아니에요. 캠핑은 제 취향이 아니에요. 벌레가 있잖아요."

"그건 그렇죠." 제시의 말이 떨어지자마자 코르크 마개가 펑 소리와 함께 뽑혔다. 제시는 자신이 쏘아 맞춘 경품이라도 되는 양 코르크 마개를 움켜잡고 번쩍 들어 올려 보였다. "그리고 곰도 있어요. 모기가 무자비하게 물어뜯기도 하죠. 그레이스랑 춤 이야기 좀 해주세요. 사실 그레이스에 대한 이야기를 듣고 싶어요. 그 아이와 엄마 사이에 도대체 무슨 일이 있는 거죠?"

"아, 그거요."

빌리는 소파에 앉았다. 제시의 무릎에서 두 뼘 정도 떨어진 곳에 자리를 잡고 와인을 받았다. 얄팍한 유리잔 손잡이를 잡고 있자니 마음이 뒤숭숭하면서도 설레었다. 와인 한 모금을 홀짝 마시자 가벼운 온기가 뱃속으로 전해졌다. 많은 추억도 함께 떠올랐다.

"좋네요." 빌리가 말했다.

"마음에 드신다니 기쁘네요. 이런 결례를 이걸로 때울 수 있으면 좋겠어요. 이렇게 불쑥 찾아온 것 말입니다. 평소에 뭘 드시는지도 몰라서."

"물이요."

빌리의 대답에 손님은 크게 웃었다.

"평소 대개 물을 마셔요. 가계 재정 상의 이유로요." 빌리는 제시기 자신을 야만인으로 생각하는 걸 막기 위해서 마지막 말을 덧붙였다.

"그리고 그레이스는요, 아이 엄마가 약물 중독이에요. 제가 아는 한에서만 말하자면, 한 2년 정도 약물 중독 치료를 받고 회복되어 지내다가 다시 심하게 약을 먹는 상황인 걸로 알아요."

"그럼 아이는 누가 돌보나요?"

"우리 모두가요. 아침에 레일린이 학교에 데려다주면 오후엔 펠리페가 데리러 가서 아이와 함께 걸어서 집에 와요. 그런 다음에 레일린이 퇴근하고 오기 전까지 나와 함께 있죠. 저녁이랑 밤에는 내내 레일린과 함께 있고요."

빌리는 마지막 말을 할 때 이 손님이 살짝 달라지는 걸 목격했다. 제시의 변함없는 미소가 잠시 흔들렸다. 뭔가 염려되어서 그러는 건 아닌 듯했다. 그보다는 대화에서 벗어나 잠시 다른 생각을 한 것 같았다.

"맨 위층에 사는 힌맨 부인은 재봉틀로 그레이스에게 드레스를 만들어주셨죠." 빌리는 덧붙여 말했다.

제시는 손을 들어 올려 넥타이를 살짝 느슨하게 풀었다.

"그것 참 흔치 않은 일이네요." 제시가 말했다.

"그렇죠. 더군다나 이런 동네에서는요."

"여기가 어때서요?"

"뭐, 아시잖아요."

"가난하고 쇠퇴한 동네라는 뜻인가요? 글쎄요, 저는 이런 일은 어느 곳에서도 흔치 않다고 생각하는데요. 오히려 이런 곳에서나 더 있을 법한 일이라고 보는 게 맞을 겁니다. 늘 적게 가진 사람들이 가장 많이 나누고 베푸니까요. 그렇지 않나요?"

"흠." 빌리는 그 정도로만 대꾸했다. 실제로 사람들과 많이 어울리지 못해서 그런 일을 충분히 보지 못했다는 사실을 솔직히 말할 수 없었기 때문이다.

여자 미스터 래퍼티가 느긋한 걸음으로 다가와서 제시의 다리에 몸을 부볐다. 제시는 손을 뻗어 고양이의 귀 뒤를 긁어주었다.

"이건 다 본인 건가요?"

빌리는 처음에 제시가 뭘 말하는 건지 이해하지 못했다. 그러다가 제시가 사진들을 바라보고 있다는 걸 알고서야 대답할 수 있었다.

"아, 네. 그건 제 지난 삶이죠."

"어떤 춤을 추셨어요?"

"뭐, 거의 다요. 클래식에서 탭댄스, 모던댄스, 재즈까지. 발레도 했죠."

"왜 그만두셨어요?" 제시는 질문을 던지고 나서 빌리가 답할 틈도 주지 않고 이어서 말했다. "이런, 죄송합니다. 제 말은 신경 쓰지 마세요. 너무 급하게 몰아쳤네요. 그런 이야기는 와인을 두 병 정도는 비우고 나서 해야 하는데요, 그렇죠?"

"열 병이어도 모자라죠." 빌리가 말했다.

두 사람은 잠시 동안 침묵 속에서 와인만 홀짝거렸다. 너무나 조용해서 여자 미스터 래퍼티의 가르랑거리는 소리가 유난히 크게 들릴 정도였다.

그 사이 빌리는 혼자만의 생각에 빠져서 뭔가 잡히지 않는 것을 잡으려 애쓰고 있었다. 이런 일이 어딘가 익숙하게 느껴졌다. 낯설지만 익숙한 느낌. 제시나 제시와 함께 와인을 마시는 일이나 제시가 넥타이를 느슨하게 푸는 일. 전에 제시를 만난 적이 있다는 게 아니었다. 그런 종류의 익숙함이 아니었다. 그렇다면 어떤 종류지? 아무리 알아보려고 쫓아가 봐도 모퉁이를 돌아보면 사라져버리고 없었다. 단어가 혀끝에서 맴돌기만 하고 생각이 나지 않는 그런 느낌이었다.

"앤 이름이 뭔가요?" 제시가 불쑥 질문을 던지는 바람에 빌리는 흠칫 놀랐다.

빌리는 자신의 신경이 병리적으로 연약하다는 사실이 드러날 정도였는지 잠시 생각했다.

그리고 크게 소리 내어 웃으면서 말했다. "정말 알고 싶어 하시는 건지 모르겠지만 말씀드리죠. 그 전에 제 고양이가 아니라는 것부터 말씀드릴게요. 그레이스의 고양이예요. 이름도 그레이스가 지었죠."

"네, 알겠습니다. 그걸 고려하고 들을게요."

"여자 미스터 래퍼티예요."

"그게 다 이름인가요?"

"네, 다 이름이에요. 처음에는 그냥 미스터 래퍼티였어요."

"그러다가 고양이가 남자가 아니라는 걸 발견했군요."

"이해가 빠르시니 좋네요."

"잠깐만요. 자살했다는 그 래퍼티 씨는 아니죠?"

"그분이 맞아요. 그분이 키우던 고양이거든요."

제시는 와인 잔을 내려놓고 고양이를 들어 올렸다. 그는 편안한 표정으로 자신의 품에 안긴 고양이의 얼굴을 똑바로 바라보았다. 고양이는 귀염

성 있는 태도로 계속 가르랑거렸다.

"그래, 여자 미스터 래퍼티." 제시는 진지한 어조로 고양이를 불렀다. "우리한테 해줄 이야기가 있을 것 같은데. 나한테 말해줄래?" 잠시 침묵이 흐른 뒤 제시는 고양이를 쓰다듬었다.

"그러고 보니까 생각이 났는데요." 이번에는 빌리에게 하는 말이었다. "정화 의식에 참여하시도록 저희 집으로 초대하고 싶어요. 래퍼티 씨가 남기고 간 뭔가가 있다면 그것과 이야기를 해보려고요." 제시는 고양이를 내려다보았다. "우리가 일종의 평화협정을 맺을 수 있는지 보려고 하거든요. 이웃들이 많이 오실수록 좋아요. 그리고 빌리 씨는 래퍼티 씨를 알잖아요. 저는 모르고. 어떤 분이셨죠?"

"끔찍한 사람이었어요. 약한 사람 괴롭히기를 좋아했죠. 그리고 편견이 심했어요. 하지만 그레이스를 무척 많이 좋아해주셨죠."

"그렇군요. 그레이스도 올 수 있을지 알아봐야겠어요. 그분한테 나쁜 감정이 없는 사람이 한 명쯤은 있어야 하거든요. 밖에 나가는 걸 그리 좋아하지 않으시니까……."

"갈게요." 빌리는 재빨리 대답했다. "갈 수 있어요."

빌리는 와인 잔을 내려다보았다. 언제 다 마신거지? 부지불식간에 일어난 일이었다. 하지만 일단 상황을 깨닫고 나니 오래 전부터 알고 있던 익숙한 느낌이 스멀스멀 그의 근육으로 스며들기 시작했다. 따스함이 욱신욱신 퍼져갔다. 와인을 마셔본 지 10년도 넘었다는 걸 깨달았다.

빌리는 제시가 고양이를 쓰다듬는 모습을 보면서 다시 그 느낌을 뒤쫓기 시작했다. 아주 오래되었지만 익숙한 그런 느낌이었다. 그런데 이 느낌은 왜 빌리를 피해 다닐까?

"잔을 채워야겠네요." 제시가 말했다.

제시가 병을 잡기 위해 앞으로 몸을 기울이자 고양이는 그의 무릎에서 풀쩍 뛰어내려 빌리의 무릎 위로 올라갔다. 제시는 빌리 쪽으로 좀 더 다가와서 잔을 채워주었다. 제시에게서 좋은 냄새가 났다. 산뜻한 향이었다. 향수인 듯도 했고 비누 냄새 같기도 했다. 어쩌면 그냥 제시의 체취인지도 모른다.

빌리는 마른 침을 꿀꺽 삼켰다. 도무지 정체를 밝히지 않고 도망 다니던 감정이 확 다가왔다.

그럴 줄 알았다. 짐작이 맞았다.

마음이 끌리는 것이다. 온 세상의 색이 갑자기 선명해지고 낯선 사람을 보면서도 미소 짓게 되는, 조금 전까지 존재하는지 의식하지도 못했던 사람들이 행복하기를 기원하게 되는 그런 마음이었다. 사랑과 비슷했다. 하지만 조금 더 풋풋하고 형태가 덜 갖춰진 감정이었다.

그러니 무엇인지 이해하는 데 시간이 걸릴 만도 했다. 아주아주 오래 전에 사라진 감정이었으니까.

"자, 여기 있습니다." 제시가 잔을 채우고 뒤로 물러나 앉았다. 그러고 나서 제시는 빌리의 두 눈을 똑바로 응시했다.

빌리는 시선을 피하고 와인 반 잔을 쭉 들이켰다.

"제가 뭔가 숨은 동기를 가지고 이곳에 왔다고 생각하게 되는 건 원치 않습니다만." 제시는 이야기 방향을 바꾸려는 의도를 분명히 보이면서 말했다. "이왕 여기에 왔으니, 레일린에 대해 궁금한 걸 몇 가지 물어볼 수 있을까 하고 생각했습니다. 지나치게 무례한 일이 아니라면 말이죠."

은근한 통증 한줄기가 꿈틀꿈틀 빌리의 가슴뼈를 따라 아로새겨지며 이동하더니 복부를 지나 좀 더 아래 한 지점에서 멈췄다. 빌리는 와인 잔을 한동안 응시하다가 남은 와인을 쭈욱 들이켰다.

제시의 말이 전혀 놀랍지 않았다. 하지만 그 순간 뭔가 한심하다는 느낌이 드는 건 지울 수가 없었다.

'사는 게 다 이렇지.'

잘생긴 청년이 와인을 들고 찾아온 것까지는 좋았다. 하지만 진짜는 이런 것이다. 잠시 동안 사랑에 빠진 게 아닐까 생각했던 상대가 다른 사람을 소개해 달라고 하는, 이런 게 진짜 삶이다.

'그래. 빌리의 삶이란 이런 거지.'

"괜찮으세요?" 제시가 물었다.

"네, 괜찮습니다."

"그러니까…… 빌리 씨는 레일린을 아시잖아요."

"그렇기도 하고 그렇지 않기도 해요." 빌리가 말했다. "나는 레일린을 많이 좋아합니다. 하지만 며칠 전에 그레이스하고 얘기를 나누면서 우리가 레일린에 대해 잘 모른다는 걸 알게 되었죠."

"그래도 저보다는 잘 알고 계시잖아요."

"그건 사실이죠."

"그리고 어쩌면 레일린은 저를 싫어하는지도 몰라요."

"말도 안 되는 소리 마세요. 누가 당신을 싫어할 수 있겠어요?"

그 말을 한 빌리의 얼굴이 달아올랐다. 아마도 빨개졌을 것이다. 빌리는 시선을 아래로 떨어뜨려서 시선 둘 곳을 찾았다. 시선은 빈 잔에 머물렀다.

"잔이 또 비었네요." 제시가 말했다.

"그러네요."

빌리는 잔을 내밀면서 최대한 팔을 멀리 뻗었다. 제시가 다가오지 않고도 잔을 채울 수 있게.

"레일린에게는 특별한 뭔가가 있는 것 같아요." 제시가 말했다. "하지만 오해는 마세요. 저는 스토커가 아닙니다. 레일린이 저한테 관심이 없다고 하면 더 밀어붙일 생각은 없어요. 레일린이 보내는 신호가 조금 복합적이라서요. 뭐, 제가 보고 싶은 것만 보는 걸 수도 있죠. 제가 틀렸을 수도 있어요. 전에도 그런 적이 있거든요."

빌리는 깊이 숨을 들이마셨다. 이 두 사람을 엮어줄 수도 있다. 아니면 말 몇 마디로 둘을 갈라놓을 수도 있다. 그것도 지금 당장. 영원히 얼굴 볼 일 없게 만들 수도 있다.

"레일린이 과거에 고통스러운 일을 겪은 것 같아요." 빌리는 말했다. "그 이야기를 내가 하는 건 아닌 것 같고요. 나도 잘 모르니까요. 하지만 레일린은 보기 드물게 좋은 사람이에요. 나라면 레일린에게 시간을 좀 더 줄 거예요."

제시는 빙긋 미소를 짓고는 손을 뻗어서 빌리의 무릎을 다독였다. 그 바람에 빌리의 온몸과 두뇌는 방어기제의 일종으로 마비 현상을 일으켰다.

"고마워요. 그럼 이만 저는 물러갈게요. 원래 하던 일 계속 하실 수 있게요. 다른 이웃들도 만나보고 정화 의식을 언제 할지 정해서 알려드릴게요. 그때는 좀 더 형식을 갖춘 초대를 하죠."

빌리는 조금 망설이다 마음을 가다듬고 말했다.

"와인 잔 잊지 말고 가져가세요. 스위스 군용 와인 오프너도."

제시는 웃으면서 와인 잔과 칼을 챙겼다.

빌리는 말없이 자리에서 일어나 제시를 문까지 배웅했다.

"감사합니다." 제시는 부드러운 음성으로 말했다. 그리고 미처 빌리가 대꾸를 하기도 전에 빌리에게 다가와 따뜻한 포옹을 했다. 빌리는 뻣뻣하게 서 있었다. 팔을 들어 포옹을 되돌려줄 수도 없었다.

짧은 포옹을 끝낸 제시는 빌리와 눈을 맞추며 물었다. "그런데 그레이스의 공연은 언젠가요? 저도 보고 싶어서요. 모두 다 가시나요?"

빌리는 살짝 시선을 피하며 말했다. "모두에게 물어보지는 않았어요. 저는 꼭 갈 거예요." 정신이 나간 모양이다. 이렇게 확실하다는 듯이 말하다니.

"그럼 저도 가야겠네요." 그 말을 남기고 제시는 밖으로 나갔다.

"잘 자요, 빌리." 제시는 복도에서 두어 걸음 옮기고 나서 말했다.

빌리는 뭔가 대꾸를 하려 입을 벌렸지만 아무런 말도 흘러나오지 않았다. 말할 힘도 남아 있지 않은 게 분명했다. 그래서 빌리는 한 손을 살짝 올려 한심하지만 최선을 다해 힘없이 흔들었다.

✦ ✦ ✦

"내 손 너무 꼭 잡지 마." 빌리가 말했다.

"왜 안 돼요?" 그레이스가 물었다. "아저씨가 도망 못 가게 막을 수 있는 유일한 사람이 난데요."

빌리는 레일린이 자신의 다른 손을 부드럽게 꼭 쥐는 걸 느꼈다.

"그렇지 않아." 레일린이 그레이스에게 말했다. "나도 꼭 잡고 있는걸."

세 사람은 복도에 서서 아파트 현관문을 뚫어져라 바라보고 있었다. 현관문 유리 너머로 거리가 보였다. 거리!

빌리는 청바지를 입고 말도 안 되게 하얀 테니스화를 신고 있었다. 10년 넘게 가지고 있었지만 단 한 번도 착용한 적이 없는 패션 아이템들이다. 집 안에서도 입은 적이 없다. 운동화 밑창마저도 완벽하게 원래의 하얀색을 유지하고 있었다. 빌리는 탐탁지 않은 눈길로 운동화를 내려다보다가 다시 시선을 들어 거리를 내다보았다.

가슴에서 뭔가 북받쳐 올라와 목구멍으로 치밀어 올라오는 것 같았다. 빌리는 그걸 꿀꺽 힘들게 삼켜냈다. 그게 무엇이든 꿀꺽 삼켜버려야만 했다.

"열쇠 가지고 있죠?" 레일린의 목소리가 개미 소리처럼 들렸다. 약간의 메아리 효과도 나는 것 같았다. 저 멀리서 들려오는 소리 같았다.

"물론이죠. 열쇠 있어요. 주머니를 여섯 번은 확인했는걸요. 세상에, 열쇠가 없다면 얼마나 큰일인지 알아요? 밖에 나샀나가 문이 잠겨서 안으로 들어갈 수 없는 상황이라니!"

"확인해본 거예요." 레일린이 말했다. "준비됐죠?"

"그럴 리가요."

"지금 진심으로 하는 말이에요? 가지 말까요?"

"가지 않는다고는 안 했어요. 그냥 준비가 안 되어 있다고 한 거죠. 나는 절대로 준비를 할 수가 없어요. 그러니까 그냥 빨리 해치워버려요. 내 마음이 변하기 전에요."

레일린은 현관문을 당겨 열었다. 한줄기 시원한 아침 공기가 빌리의 얼굴을 때렸다.

레드 와인이 떠올랐다. 더럭 겁이 나지만 어딘가 익숙한 느낌. 너무나 오랫동안 잊고 있었지만 좋은 느낌. 그 모든 것이 하나로 뒤범벅되어 현관 계단에 쏟아져 내렸다.

"괜찮아요?" 그레이스가 빌리의 얼굴을 흘깃 올려다보면서 물었다.

하지만 빌리는 목이 조여오고 가슴이 갑갑해지는 바람에 대답을 할 수가 없었다. 그래서 턱으로 앞을 가리키는 것으로 답을 대신했다.

세 사람은 계단에 발을 내딛고 아래로 내려가기 시작했다.

콘크리트 계단 다섯 개. 꼭 다섯 걸음이면 되는 거리였다. 빌리는 그 계단 위를 걸었던 게 얼마나 오래 전 일인지 계산해보기 시작했다. 하지만 아무리 생각해도 답을 찾을 수가 없다는 결론을 내고는 주제를 바꾸기로 했다.

빌리의 머리 위로 새 한 마리가 짹짹거리면서 날아가는 소리가 들렸다. LA에 아직도 새가 있나? 빌리는 물어보고 싶었지만 아무런 소리도 낼 수가 없었다. 빌리는 애를 써서 기억을 떠올려보았다. 아파트 밖에 있는 나무에서 새가 노래했다면 집 안에서도 들을 수 있었을 것이다. 그렇지 않겠는가? 확실한 기억은 아니지만 아무리 생각해봐도 그런 일이 없었던 것 같다. 그렇다면 지금 이 순간까지 빌리는 제대로 살지 못하다가 지금에서야 비로소 살아난 것이라고 봐야 하는 걸까?

빌리는 고개를 획 돌려서 자신이 살고 있는 아파트 건물을 보았다. 어느덧 세 개의 건물을 지나와 있었다. 빌리는 세 개의 건물을 지나쳐 오는 내내 지저귀는 새에 대해 생각하고 있었던 것이다. 하지만 막상 자신이 어디 있는지 명확하게 깨닫자 공포감에 사로잡혔다. 극심한 공포감이 엄습해서 빌리를 숨 막히게 만들었다. 형태 없는 커다란 손이 가슴을 죄어 으스러트리는 것만 같았다. 얼굴에서 한기가 느껴졌다. 동시에 이마에 땀방울이 맺히는 게 느껴졌다.

빌리는 그 자리에 딱 멈춰 섰다.

레일린도 함께 걸음을 멈췄다. 그레이스는 몇 걸음을 더 걸어가다 빌리의 팔에 걸려서 뒤로 다시 돌아왔다.

"왜요?" 그레이스가 물었다.

빌리는 말을 할 수가 없었다.

"돌아갈까요? 괜찮아요?" 레일린이 물었다.

빌리는 고개를 저었다. 기묘하게 불안한 움직임이었다. 간신히 균형을 잡고 있어서 갑작스럽게 움직이기라도 하면 그대로 쓰러져버릴 것 같았다.

"되돌아가면 돼요." 레일린이 말했다. "필요하면 얼마든지."

"조금만 더 가요, 빌리 아저씨." 그레이스가 애처로운 목소리로 채근했다. "제발요. 저기 모퉁이까지만요."

빌리는 고개를 내저었다. 이번에도 아주 조심스럽게 움직였다.

"좋아요." 그레이스가 말했다. "뭐, 그래도 괜찮아요. 처음인데 이 정도면 잘한 거죠."

그레이스와 레일린은 동시에 빌리의 손을 놓았다. 빌리가 헬륨 풍선이라고 생각하지 않았기 때문에 그렇게 했을 것이다. 두 사람이 빌리를 땅에 고정해준 유일한 모래주머니 같은 존재라는 건 꿈에도 생각하지 못했던 것이다. 두 사람의 손이 전해주는 따스한 온기가 빌리를 붙들어 놓은 유일한 것이었다. 두 사람의 따뜻한 손이 아니었다면 안전한 집에서 나와 이곳에 서 있는 일은 상상 속에서도 불가능했다. 도대체 무슨 생각으로 이런 일을 벌인 걸까?

빌리는 돌아서서 달리기 시작했다.

아파트 현관까지 돌아가는 데 몇 초면 되는 게 분명한데 어찌된 영문인지 시간이 사정없이 늘어나고 있었다. 빌리는 환각일 뿐이라고 스스로에게 말했다. 하지만 너무나도 생생하고 강렬한 환각이었다. 그렇게 족히 15분은 되어 보이는 시간 동안 사투를 벌인 빌리는 건물 현관에 도착했다. 문손잡이를 거칠게 비틀고 몸을 앞으로 내던져 안으로 들어가려 했다. 하지만 빌리는 문에 부딪혀 튕겨 나오고 말았다.

다시 시도했지만 소용없었다. 문은 잠겨 있었다.

공포감의 불길이 빌리를 휩쓸었다. 간신히 견딜 만한 수준으로 타오르고 있던 불에 기름 한 양동이를 부어 놓은 것 같은 상황이었다.

빌리는 문에 기대어 몸을 가누면서 일부러 크게 숨을 들이마셨다.

"이 문은 잠기지 않아." 빌리는 큰 소리로 말하고는 흠칫 놀랐다. 마침내 말을 되찾은 것 같았다. 마음을 잘 진정시킨 모양이다. "문손잡이를 제대로 돌리지 않아서 그러는 것뿐이야."

빌리는 다시 한 번 문손잡이를 잡고 돌렸다. 문손잡이를 돌리는 올바른 방법은 하나뿐이다. 그렇다면 이 문은 잠겨 있는 것이다.

빌리는 그레이스와 레일린에게 다시 돌아가는 방법을 생각해봤다. 하지만 그러다가 엉뚱한 방향으로 가게 되면? 빌리는 두 사람을 눈으로 찾아보았다. 혹시라도 그가 소리를 치면 들을 수 있는 거리에 있는지 확인하려고 했다. 하지만 두 사람은 없었다. 가버린 것이다. 모퉁이를 돌아서 가버린 게 분명하다. 하지만 빌리는 그 모퉁이가 어디인지도 몰랐고 어느 방향으로 돌아갔는지도 알지 못했다.

이 상황을 타개할 유일한 방법은 아파트 건물 안에 있는 이웃 중 한 명에게 알리는 것뿐이다.

'제시는 안 돼.'

빌리는 주먹을 쥐고 유리문을 세게 두드렸다.

"펠리페! 문이 잠겨서 못 들어가고 있어요! 나와서 문 좀 열어줄래요?"

빌리는 기다렸다. 아무런 반응도 없었다.

고개를 들어 2층을 쳐다보았다. 펠리페의 창문은 거리를 향해 나 있나? 저 창문이 펠리페의 창일까? 아니면 제시? 빌리는 알 수 없었다. 위층에 가본 적이 없기 때문이다.

"힌맨 부인!" 빌리는 비명 같은 소리를 질렀다.

필사적으로 발악하는 몇 초가 흐른 후 3층 창문이 열리는 게 보였다. 힌맨 부인의 머리가 불쑥 튀어나왔다.

"아유, 뭐 때문에 그렇게 소리를 지르고 있는 거예요?"

"문이 잠겨서 안으로 못 들어가고 있어요." 빌리는 악을 쓰며 질러대는 자신의 목소리를 들으며 뜨거운 눈물 몇 줄기가 흘러내리는 것을 느꼈다. 아무리 노력해도 눈물을 참을 수가 없었다.

"내 원 참. 뭐 그런 일로 그렇게 법석을 떨어요. 열쇠 없어요?"

"열쇠 있습니다! 제 열쇠는 가지고 나왔죠! 저희 집 열쇠요! 그런데 이 현관문은 원래 잠겨 있지 않잖아요!"

"무슨 소리, 늘 잠가 놔요."

"언제부터요? 언제부터 이 현관문을 잠갔나요?"

"한 10년은 된 것 같은데."

빌리는 콘크리트 계단에 털썩 주저앉아 등을 문에 기댔다. 그곳에서는 힌맨 부인이 보이지 않았다. 그러는 편이 나을 것 같았다.

"아무리 적게 봐도 8~9년은 됐는데." 힌맨 부인의 말소리가 들렸다.

빌리는 모든 전의를 소진했다. 문에 등을 단단히 기대고 앉아 있자니 완전히 진이 빠지고, 구역질도 났다. 안으로 들어가야 하지만 문이 자동으로 열리면 간신히 안으로 들어갈 정도의 기력 외에는 남아 있지 않았다.

"아래로 내려와서 저 좀 안으로 들어가게 해주실래요?" 빌리는 크게 외쳤다. 하지만 힌맨 부인이 들을 수 있을 정도로 크게 말했는지 확신할 수가 없었다.

"계단을 내려가는 일이 내 무릎에 크게 무리를 줘서 말이죠." 다행히 힌맨 부인의 대답 소리가 들려왔다.

"제발 서둘러주실 수 있을까요?"

"무릎 얘기를 듣고도 서두르라고 하는 건 또 뭐예요?"

빌리는 두 눈을 질끈 감았다. 지옥에 갇혀버린 것같이 자포자기 심정이 되었다. 밖에 나오면 이렇게 된다. 이렇게 통제불능한 상황이 벌어진다. 안전한 환경을 떠나면 일이 터지게 마련이다. 빌어먹을 일이 벌어진다. 결국 이렇게 된다.

빌리의 몸을 지지하던 문이 갑자기 열렸다. 그 바람에 빌리는 뒤로 벌렁 눕게 되었다. 제시가 서서 내려다보고 있었다.

"괜찮으세요?"

빌어먹을.

"문이 잠겨서 못 들어가고 있었어요." 빌리는 어린아이처럼 한심한 목소리로 말했다.

빌어먹을, 젠장. 얼굴은 눈물투성이고, 무기력한 공황 상태에 빠져 있는데다 운동화는 빌어먹게 하얗다. 이런 모습을 보여주고 싶지 않았다. 젠장.

"밖에 나갔다 왔는데, 여기 문을 잠가두는지 몰랐어요. 그래서 안에 들어가지 못하고 있었어요."

제시가 빌리에게 한 손을 내밀었다.

빌리는 제시가 내민 손을 한참 바라보고 있다가 잡았다. 빌리는 제시의 도움을 받아 겨우 일어섰다. 제시의 손에 잡힌 자신의 손이 벌벌 떨리고 있음을 느낄 수 있었다. 제시에게도 역시 떨림이 느껴질 것이다.

"그래도 밖에 나가셨잖아요." 제시가 말했다. "그건 잘된 일이네요."

오, 맙소사. 제시도 알고 있다. 모든 걸 알고 있는 것이다.

"연습을 해야 해서." 빌리는 떨리는 목소리로 말했다.

두 사람은 나란히 복도를 따라 걸어 빌리의 집으로 향했다. 제시는 빌리의 어깨 위에 한 손을 얹고 있었다. 제시는 헬륨 풍선을 알아볼 정도로 똑똑한 게 분명했다. 손을 놓으면 안 된다는 걸 잘 알고 있는 모양이다.

빌리는 떨리는 손으로 주머니를 뒤져서 열쇠를 찾은 다음 문을 열었다.

익숙한 고치 안으로 되돌아오자 모든 게 빠져나갔다. 공포, 기력, 사고력. 그 모든 것이 다 사라져버렸다. 빌리는 이제 텅 빈 껍데기가 되어 속에서 메아리가 울릴 지경이 되었다. 바닷가에서 파도에 쓸려 온 조개껍데기 같았다. 껍데기 안의 유기체가 죽음을 맞이하면서 텅 비어버린 껍데기.

빌리는 소파에 털썩 주저앉아 멍한 눈으로 제시를 올려다보았다.

"그레이스의 공연을 보러 갈 거라는 말을 하실 때부터 관심을 갖고 있었어요. 정말 대단하시다고 생각했고요. 광장공포증이 있으신 거라면 정말 대단한 말을 하신 거니까."

모든 게 끝났다고 빌리는 생각했다. 다행인 것은 그런 생각을 해도 별다른 감흥이 일지 않는다는 점이었다. 제시는 이미 모든 걸 알고 있었다.

"연습을 할 수 있을 거라고 생각했어요." 빌리는 속삭임에 가까운 목소리로 말했다.

"할 수 있죠." 제시는 빌리의 옆자리에 앉으면서 말했다.

"오늘 이 난리를 냈는데요."

"내일은 더 좋아질 거예요. 제가 바깥 현관문 열쇠를 복사해서 가져다드릴게요."

고양이가 야옹 하고 울면서 다가왔다. 빌리는 고양이를 안아 올려서 꼭 끌어안았다. 고양이의 온기와 털의 부드러움, 가르랑거리는 소리가 좋았다. 하지만 불행히도 그 바람에 눈물이 무방비로 흘러나오고 말았다. 이미 너무 늦은 일이니 신경 쓸 필요 없을지도 모른다. 제시에게 빌리 자신이 어떤 사람인지 감추는 건 이미 너무 늦어버렸다.

"아무래도 오늘의 충격을 하루 만에 회복하기는 어려울 것 같네요."

"좋아요. 그럼 내일모레."

"가능하지 않을 거예요." 빌리는 고양이 털에 얼굴을 묻으면서 말했다.

"도와드릴까요?"

빌리는 고개를 들었다. "뭘를요?"

"같이 가드릴까요? 혼자보단 나을 것 같아서요. 그렇죠?"

"사실 나는 혼자가 아니었어요. 레일린과 그레이스와 함께 학교로 걸어가고 있었죠. 하지만 중간에 나는 되돌아와야 했어요. 두 사람은 계속 걸어갔고요."

"그럼 제가 같이 따라갔다가 잘 되돌아올 수 있게 해드리면 되겠네요."

그건 지나친 도움이었다. 너무 과했다. 하지만 다르게 생각해보면 매일 아침 제시와 함께 산책을 한다는 생각을 하니 기운이 나는 것 같았다. 하지만 그런 식으로도 괜찮을까? 제시는 보모가 아이를 보듯이 도와주는 것뿐인데? 갑자기 많은 감정이 몰려오는 게 느껴졌다. 빌리는 그런 것들을 제대로 처리할 힘이 없었다.

"창피하네요." 빌리가 말했다.

"왜요? 창피할 게 뭐 있어요? 저한테도 광장공포증이랑 공황장애를 앓고 계신 삼촌이 있었어요. 그분은 단 한 번도 밖에 나가려는 시도를 하지 않았어요. 내가 삼촌을 알아온 평생 그런 일은 한 번도 없었죠. 그런데 빌리는 노력하고 있잖아요."

"노력은 하고 있죠." 빌리는 앵무새처럼 공허한 어조로 말했다. "그런데 실패했어요."

"쉬운 일은 아니니까요." 제시가 말했다. "그럼 어때요? 계속 노력하면 되는 거죠."

22
그레이스

그레이스는 빌리의 손을 잡고 2층으로 나 있는 계단을 조심스럽게 오르고 있었다. 빌리는 하얀색 스웨터에 청바지로 근사하게 차려입었다. 머리는 짧고 단정하게 정돈되어 있었다. 레일린이 머리를 잘라주고 매만져 줘서 머릿결이 보송보송하고 부드럽고 빛이 났다. 빌리는 보통 사람처럼 보였다. 다른 사람들처럼 평범한 사람 같았다.

월요일에 문 밖을 나서서 조금 걸었던 게 효과가 있었던 모양이다. 물론 그 이후 4일 간 빌리는 내내 집 안에만 있었다. 그러다가 '어쩌면' 하는 마음으로 다시 시도를 하게 된 것이다.

"계단을 올라가는 건 잘하네요." 그레이스가 말했다. 1학년 때 선생님이 긍정적이고 좋은 말을 먼저 한 다음에 비판을 해야 한다고 가르쳐주셨기 때문이다.

"고맙다." 빌리는 집 밖에서 절대로 길게 말하는 법이 없었다.

"우리 학교로 걸어가는 노력은 계속 할 거죠?"

"아." 빌리는 그레이스 덕분에 방금 아침잠에서 깨어난 사람처럼 말했다. "아, 그렇지. 그거. 그래. 내일, 내일 해볼게."

"내일은 일요일이에요. 아저씨는 나머지 일주일을 모두 흘려보냈어요.

설마 그걸 모르는 건 아니죠?"

"그것에 대해 생각하지 않기 위해 최선의 노력을 다하고 있었던 것 같아."

그레이스는 빌리와 한바탕 말싸움을 불사할 만반의 준비를 해두었지만, 하지 않았다. 빌리의 말이 매우 정직한 답인 것 같았기 때문이다.

이제 둘은 위층 복도에 서 있었다. 예전에 래퍼티 씨가 살았던 집 바로 앞이었다. 그레이스의 뱃속이 울렁거렸다. 여기에 왔던 마지막 날의 기묘한 기억이 떠올랐다. 물론 진짜 마지막은 고양이를 안고 나오는 것으로 끝나기는 했지만. 그레이스의 손을 잡은 빌리의 손에 힘이 약간 들어갔다. 그레이스와 같은 이유로 그러는 건 아닌 것 같았다.

"다음에 학교에 갈 때는 제시가 우리와 함께 갈 거야." 빌리가 말했다.

"왜요?"

"정신적 지원을 위해서지."

"걷는 데 무슨 정신적인 게 필요한데요?"

"일종의 사기 진작 같은 거야. 누군가의 사기를 북돋워주고 싶으면 같이 가서 정신적 지원을 하는 거거든."

"아저씨, 아저씨 말은 점점 이해하기가 힘들어지네요."

"그래, 나도 안다. 나를 견뎌내는 네가 신기할 지경이야."

"뭐, 좋아요. 그럼 같이 가요. 저는 제시 아저씨가 좋아요. 하지만 레일린 언니가 화를 낼 거예요."

"그건 맞아." 빌리가 말했다. "레일린은 그럴 거야."

문이 활짝 열렸다.

"와주셨군요!" 제시가 말했다.

그러고 나서 제시는 빌리를 한참 동안 쳐다보다가 빌리의 어깨를 잡고 빌리의 옆모습을 꼭 봐야만 한다는 듯 이쪽저쪽으로 돌려세웠다.

"머리를 자르셨네요."

"레일린이 잘라줬어요." 빌리는 쑥스러운 목소리로 말했다.

"멋진데요. 레일린이 솜씨가 좋네요."

연기가 그레이스의 코를 간질여서 재채기가 날 것 같았다. 화이트 세이지는 실꾸러미처럼 돌돌 말려 있었다. 세상에서 가장 뚱뚱한 시가처럼 보였다. 하지만 진짜 시가처럼 매끈한 게 아니라 파란색과 초록색의 굵은 실로 꽁꽁 묶여 있었다. 제시는 아주 오랫동안 그 끝에 라이터를 대고 불을 붙였다. 그레이스는 연기가 모락모락 피어올라 래퍼티 씨가 살던 그곳 천장에 닿는 모습을 지켜보았다.

제시는 사람들을 원을 이루어 둘러서게 한 다음, 한가운데 세이지를 담은 접시를 놓았다. 접시 옆에는 구리 그릇 하나와 몽땅하고 두꺼운 나무 막대기가 놓여 있었다. 그레이스는 두 가지 물건을 계속 주시했다. 왠지 이런 일에 어울릴 것 같은 물건이었지만 정확하게 어디에 쓰는 건지 알 수가 없었다.

그레이스는 집 안을 둘러보았다. 가구가 별로 없었다. 하지만 근사했다. 빛과 공기가 가득한 공간이었다. 커튼을 모두 젖히고 창문을 활짝 열어놓았기 때문이다. 이 건물에 사는 다른 사람들은 집에 빛과 공기를 들이지 않았다.

그레이스는 제시가 이곳을 떠나면 많이 그리워질 거라는 생각을 했다.

"잠깐만요." 그레이스는 재빨리 속으로 사람 머릿수를 셌다. "힌맨 할머니! 힌맨 할머니가 안 오셨어요."

"안 오실 거야." 제시가 말했다. "이게 비상식적인 일이라고 하셨거든."

"아." 그레이스는 실망스러웠다. "하지만 그렇지 않잖아요. 비상식적인 거 아니죠?"

"네가 그렇게 생각한다면 그런 거겠지." 제시가 말했다.

이해하기 어려운 문장이 또 나왔다. 하지만 그레이스는 그에 관해 다시 묻지 않을 정도로 현명했다.

"자, 이제 시작할게요." 제시가 말했다. 세이지 끝이 발갛게 빛을 내면서 타올랐다.

"고인이 되신 래퍼티 씨. 저는 선생님을 잘 모릅니다만 오늘 여기에 모신 분들은 모두 선생님을 알고 있죠. 모두 가슴에 묻어두었던 생각을 말하고자 합니다.

이분들은 선생님이 친절하지 않았다고 합니다. 저는 부정을 할 수 없습니다. 이분들이 거짓말을 하실 이유가 없으니까요. 하지만 선생님이 계셨던 이 장소에 제가 살고 있습니다. 그러니 이제는 이분들이 모르시는 것 그리고 어쩌면 선생님도 미처 모르고 계셨던 것에 대해 말하고자 합니다.

선생님은 두려우셨던 겁니다. 겁이 나서 사람들에게 고약하게 굴었다는 사실을 선생님은 알고 계십니까? 그러셨습니다. 저는 두려움이 어떤 것인지 알고 있습니다. 선생님이 이곳에 남겨두고 가신 것도 바로 그것이지요. 그래서 저희는 남아 있는 두려움을 이 방에서 치우는 일을 하려고 합니다. 하지만 우리가 삶의 겸손함을 잃지 않을 정도로는 그 두려움의 감정을 기억할 겁니다."

제시는 빌리 앞에 섰다. 빌리는 묘하게 수줍은 미소를 띠고 있었다. 그레이스가 한 번도 보지 못한 표정이었다. 마치 쑥쓰러워하는 것 같았다. 그런데 그 쑥스러움이 싫지 않은 기색이었다.

제시는 세이지 끝을 호호 불어서 부드러운 연기가 빌리 쪽으로 흘러가게 했다. 제시는 손으로 천천히 부채질을 하면서 연기가 빌리의 주변을 맴

돌게 했다. 빌리의 머리에서 무릎에 이르는 모든 곳에 연기가 닿았다.

"이 아파트와 함께 여기 있는 여러분 모두도 정화시켜 드리겠습니다." 제시가 말했다. "여러분에게도 래퍼티 씨의 두려움이 남아 있을 수 있으니까요. 그럴 가능성이 있습니다. 빌리? 예전에 이웃으로 지냈던 분에게 하고 싶은 말이 있나요?"

빌리는 가슴을 부풀리며 크게 숨을 들이마셨다.

"네. 저는 당신을 용서하기로 결심했어요." 빌리는 말을 꺼내놓고 깜짝 놀란 표정을 지었다. 다른 사람이 한 말을 자신이 듣기라도 한 것 같았다. 빌리는 잠시 주변을 둘러보다가 말을 이어나갔다. "내가 창가에 서 있었다는 이유만으로 나에게 소리를 질렀던 걸 용서하겠어요. 그리고 그날, 우리 집 문 앞에 서서 나에게 했던 온갖 고약하고 못된 말들도 용서할게요. 정말 용서할게요. 왜 이러는지 아세요?" 빌리는 고개를 들어 천장을 이리저리 보았다. 어느 쪽을 보고 말해야 할지 결정하려는 것 같았다. "나는 당신을 딱 두 번만 상대하면 그만이었지만 당신은 그런 자신과 매일을 살아야 했을 테니까요. 당신이 딱하고 안됐다고 생각해요. 그러니 저에게 했던 모든 행동이나 말 모두 용서할게요. 이제 정말로 다 잊어버릴 준비가 되었어요."

빌리는 천장을 바라보던 시선을 옮겨 제시를 쳐다보았다. 제시는 빌리를 보며 미소짓고 있었다. 그 미소를 보고서 빌리는 다시 묘하게 부끄러워하는 표정을 지었다.

그레이스는 제시가 마법을 부린다는 결론을 내렸다. 진짜 마법을 부린다는 의미는 아니다. 뭔가 특별한 능력을 지녔다는 이야기다.

"아!" 그레이스가 큰 소리를 내자 모두가 고개를 돌려 그레이스를 보았다. "죄송해요. 아무것도 아니에요. 갑자기 뭔가 생각이 나서요."

그레이스는 생각했다. 제시는 다른 사람들을 두려워하지 않는다. 그게 제시를 특별하게 만들었다. 마침내 사람을 두려워하지 않는 사람을 만나게 된 것이다! 하지만 그레이스는 이 사실을 소리 내어 말하지 않았다.

그러는 사이 제시는 작은 구리 그릇을 손바닥 위에 올려놓고 빌리에게 나무 막대를 주었다. 그는 막대기로 그릇을 치는 방법을 알려주었다. 빌리가 막대기를 받아 그릇을 치자 놀라운 소리가 방 안을 가득 메웠다. 마치 종을 울린 듯 맑고 높은 소리가 계속 퍼져 나갔다. 그레이스의 몸 속에서 뭔가 기분 좋은 느낌이 간질간질 일어나게 만드는 소리였다.

그 다음에 제시는 펠리페에게 가서 정화 의식을 했다. 펠리페는 심각한 얼굴을 하고 있었다.

"저는 래퍼티 씨를 도저히 용서하지 못할 거라고 생각했어요. 말도 안되는 이유로 사람을 미워하는 걸 용서하기란 무척 어려우니까요. 하지만 제시가 말한 것처럼 그 양반이 나를 두려워했기 때문에 그런 건지도 모르겠네요. 게다가 빌리가 용서한다면 나도 그러려고 노력할게요."

펠리페는 빌리에게서 막대기를 받아들고 구리 그릇을 쳤다. 이번에는 더 짧고 강한 소리가 났다. 귀를 조금 아프게 하는 소리였다. 그러나 여전히 그레이스는 그 소리가 좋았다.

펠리페는 나무 막대를 그레이스에게 넘겼다.

제시는 세이지를 다시 호호 불었다. 연기가 모락모락 피어올라 그레이스를 덮었다.

"나는 래퍼티 아저씨를 좋아했어요. 그렇다고 아저씨가 고약하게 굴지 않았다고 생각하진 않아요. 아저씨가 그런 건 사실이에요. 하지만 아저씨는 나에게 잘해주셨어요. 그래서 아저씨에 대해 좋은 말을 할 수 있는 누군가가 있게 된 거죠. 아저씨의 죽음을 아무도 신경 쓰지 않는 게 아니라

266

는 걸 알아주세요. 그리고 아저씨 고양이는 우리가 돌보고 있어요."

그레이스는 말을 마치고 레일린이 다음 차례를 이어가기를 기다렸다. 제시는 발을 옮기지 않았다. 그레이스가 왜 그런지 의아해하면서 쳐다보고만 있자 제시는 손바닥에 올려놓은 그릇을 살짝 들어 보였다.

"아, 맞다."

그레이스는 막대로 그릇을 정통으로 맞췄다. 예쁘지만 작은 소리가 났고, 그 소리도 곧 사라져버렸다. '나랑 완전히 반대네. 생각보다 훨씬 작은 소리를 내는 게.'

이제 제시는 레일린의 앞에 서서 그녀의 얼굴을 똑바로 바라보았다. 하지만 레일린은 빨갛게 타오르는 세이지 뭉치의 끝만 쳐다보고 있었다. 제시는 손을 흔들어 연기를 레일린에게 보내며 정화 의식을 했다. 다른 사람보다 더 오래 하는 것 같았다. 그레이스에게는 그렇게 보였다.

"그래, 좋아요." 레일린이 말했다. 하지만 정말 좋다는 뜻으로 하는 말은 아닌 것 같았다. 그보다는 이 정도 호응하면 되겠냐는 의미인 것 같았다. "저는 솔직히 말해서 용서한다는 게 뭔지 잘 몰라요. 나한테 못되게 군 사람을 마음에 담아두는 편이죠. 내가 여기 온 건 순전히 그레이스 때문이에요. 하지만 펠리페가 말한 것처럼 빌리가 용서한다고 하니 나도 할 수 있을 것 같네요. 최소한 노력은 해볼 수 있겠어요. 래퍼티 씨는 불행한 사람이었던 게 맞아요. 빌리가 하고자 하는 말이 뭔지 분명히 알겠어요."

레일린은 그레이스에게서 나무 막대를 받아들고 힘껏 그릇을 쳤다. 그릇은 가장 큰 소리를 내면서 흔들렸다. 소리는 메아리쳐 울려 퍼졌다. 계속 울려 퍼져서 모든 사람들을 가만히 서 있게 만들었다. 그레이스는 놀라웠다. 다른 사람들도 꼼짝하지 않고 서 있는 걸 보면 그레이스만큼 놀란 게 분명했다.

그레이스는 힌맨 부인이 이 마지막 소리를 들었을지 궁금해졌다. 이 소리를 들었다면 아래로 내려오지 않은 걸 후회하지 않을까? 그릇이 내는 소리는 너무나 아름다웠고 전혀 '비상식적'이지 않았다.

✤ ✤ ✤

"우리 기다려야 돼요." 그레이스는 책가방 끈을 어깨 위로 올리면서 말했다.

"뭘?" 레일린이 몽롱한 목소리로 물었다.

가끔 레일린은 아침에 일어나 커피 두세 잔을 마셔도 여전히 침대에서 막 일어난 사람 같을 때가 있다. 오늘도 그런 날 중 하나인 모양이다.

"빌리 아저씨가 올 거예요."

"아, 잘됐다."

잠시 후 두 사람은 계단을 총총 내려오는 발자국 소리를 들었다. 제시가 모습을 드러냈다. 재킷의 단추를 잠그면서 복도를 따라 잰걸음으로 내려오고 있었다. 머리는 방금 민 듯이 반짝반짝 광이 났고, 수염도 막 다듬은 것처럼 보였다.

"저는 준비됐어요." 제시가 말했다.

"뭘요?" 레일린의 목소리가 방어적으로 변해 있었다.

그레이스는 레일린이 손가락으로 머리를 빗어서 부풀렸다가 반듯하게 펴는 모습을 눈여겨보았다. 이상한 일이다. 헝클어진 머리를 정리하는 것 같은데, 평소의 레일린답지 않은 일이었다. 더군다나 좋아하지도 않는 제시 앞에서 왜 머리 모양을 고치려고 하는 걸까?

"저도 따라갈 거예요." 제시가 말했다.

"언제부터요?"

"빌리 아저씨를 돕기 위해서예요." 그레이스가 불쑥 끼어들어 말했다. "빌리 아저씨를 위한 정신적인 지원이죠."

"우리는 빌리한테 정신적인 지원이 되지 못하니?" 레일린이 물었다. "나는 그렇기 때문에 빌리가 우리와 함께 가는 줄 알았는데."

제시가 두 사람에게 가까이 다가왔다. 지나치게 가까웠던 모양인지 레일린은 뒤로 한 걸음 물러섰다.

"하지만 학교까지 다 가지 않는다면 도움이 되지 못하죠. 당신은 그레이스와 함께 학교까지 가야 하니까 빌리는 중간에 혼자서 돌아오게 됩니다. 지난번처럼 곤란한 상황에 빠지면 도와줄 사람이 없는 거죠."

복도 가득 침묵이 흘렀다. 그레이스는 레일린도 '지난번처럼 곤란한 상황'이 뭔지 아는지 궁금했다. 적어도 그레이스는 모르는 일이었다.

"지난번이요? 그때 무슨 일 있었어요?" 레일린이 물었다.

"제가 말하지 않았어요." 빌리의 목소리가 들렸다.

빌리가 복도에 발을 내딛고 있었다. 근사한 검은색 스웨트셔츠와 청바지를 입고 끈으로 엮인 샌들을 신은 빌리는 휴가를 떠나는 사람처럼 보였다.

"빌리." 레일린은 잘못된 행동을 한 아들을 꾸짖는 엄마처럼 말했다. "왜 나한테 말하지 않은 거예요? 도대체 무슨 일이 있었어요?"

"첫 번째 질문에 대한 답. 창피하고 부끄러워서 그 이야기를 하고 싶지 않았어요. 두 번째 질문에 대한 답. 아파트 문이 잠겨서 안으로 들어오지 못했어요. 난 아파트 현관문을 잠가 둔다는 걸 몰랐거든요. 그래서 제시가 나를 도와주기로 했어요. 또 중간에 되돌아온다면 집까지 함께 와주려고요. 그래도 괜찮죠?"

"그럼요. 필요하다면야." 레일린은 말했다. "그럼 어서 가기나 해요."

네 사람은 걷기 시작했다. 긴장되고 불편한 분위기였다. 몇 블록을 걷는 동안 아무도 말을 하지 않았다. 하지만 제시는 예외였다. 그레이스와 레일 린보다 두어 걸음 뒤에서 빌리와 함께 걷던 제시는 빌리에게 나직한 목소리로 계속 말을 건넸다. 서부 영화에서 야생마를 진정시키려고 계속해서 말을 거는 장면이 생각났다.

그레이스는 자꾸 뒤를 돌아보았다. 빌리는 계속 뒤에 있었다. 그 자체만으로도 기적 같았다.

"제시 아저씨는 마법을 부려." 그레이스는 낮은 목소리로 중얼거렸다.

"뭐라고?" 레일린은 잠이 깨지 않은 듯한 목소리로 물었다.

"아무것도 아니에요."

그레이스는 다시 고개를 돌려 제시가 한 손을 빌리의 뒷목에 대고 걸어오는 모습을 보았다. 흥미로운 광경이었다. 그레이스는 뒤로 몇 걸음 물러나서 두 사람을 쳐다보았다.

"힘을 빼세요." 제시가 말하는 소리가 들렸다. "여기 전체에서 힘을 빼려고 노력해봐요." 그런 다음 제시는 두 손으로 빌리의 어깨를 문질렀다. "여기도 마찬가지예요. 모든 걸 내려놓아보세요. 좋아요. 그거예요. 하지만 다시 숨쉬는 걸 잊어버린 것 같네요."

빌리는 아주 열심히 숨을 들이마셨다. 어찌나 열심히 숨을 들이마셨는지 공기 들어가는 소리가 들릴 정도였다.

"좋아요." 제시가 말했다. "꾸준히 이 자세를 유지하려고 노력해봐요. 했다 안 했다 하면 안 돼요."

그레이스는 두 사람 너머로 시선을 돌렸다. 벌써 집에서 세 블록이나 떨어진 곳까지 와 있었다.

"빌리 아저씨! 멀리까지 왔네요!"

빌리의 두 눈이 커졌다. 고개를 돌리려고 했지만 제시가 빌리의 목덜미를 손으로 잡고 앞만 보게 했다.

"안 돼요. 뒤돌아보지 마세요. 외줄타기 곡예를 하면서 아래를 내려다보는 것과 같은 일이에요. 한 걸음 더 앞으로 내딛어요. 지금 내딛는 발걸음에만 계속 집중하세요. 앞에 남은 길이 얼마인지 뒤에 걸어온 길이 얼마나 되는지는 신경 쓰지 말아요. 지금 내딛는 한 걸음이 전부예요."

레일린은 한 손을 그레이스의 어깨에 얹어서 그레이스를 돌려세웠다.

"두 사람은 잘하고 있어." 레일린이 말했다. "게다가 네가 발을 헛디디는 일은 없어야지."

그레이스는 앞만 보고 걸었다. 하지만 귀는 뒤에 있는 빌리와 제시에게 집중했다. 제시가 하는 모든 말이 들렸지만 두 사람에게 말을 건네지는 않았다.

그러고서 1분도 채 지나지 않아서 학교가 보이기 시작했다. 학교가 있는 거리까지 온 것이다! 그레이스는 걸음을 멈추고 휙 뒤로 돌아섰다. 두 사람은 여전히 뒤에 있었다. 빌리가 그대로 있었다!

"빌리 아저씨, 해내셨네요!" 그레이스는 비명처럼 소리를 질렀다. "우리 학교까지 왔어요!" 그레이스는 빌리에게 달려가 허리를 껴안았다.

"이제 집에 가야겠어." 빌리는 쉰 목소리로 아주 작게 속삭였다. 후두염에 걸린 사람처럼 목소리가 잘 나오지 않았다.

"그래도 정말 해냈어요!"

그레이스는 빌리가 자신의 머리 위에 키스하는 걸 느꼈다. 그러고 나서 빌리는 뒤로 돌아서 달리기 시작했다. 전력질주였다. 그레이스는 빌리가 그렇게 빨리 달릴 수 있는지 미처 알지 못했다.

제시는 한 손을 살짝 들어 작별 인사를 건넸다. "레일린, 같이 돌아가지 못해서 안타깝네요." 그러고 나서 제시도 빌리를 뒤쫓아 가기 시작했다.

"제시 아저씨, 아저씨는 마법 같은 사람이에요!" 그레이스는 제시의 뒤에 대고 소리쳤다.

제시가 그레이스의 말을 들었는지는 알 수가 없다. 하지만 이미 뱉어낸 말을 주워 담기에는 너무 늦었고, 레일린은 분명 그 말을 들었을 것이다.

그레이스는 잠시 레일린에게 바짝 붙어 서서 두 사람이 달려가는 걸 쳐다보았다.

"이제 정말로 믿어져요. 빌리 아저씨가 우리 학교에 와서 내가 춤추는 걸 본다는 말이요. 전에도 믿고 있다고 생각했는데 정말로 믿지는 않았던 것 같아요. 머리로는 그럴 수 있다고 생각했지만요. 그런데 언니는 정말로 아저씨를 좋아하지 않아요? 모든 사람들이 아저씨가 멋진 사람이라고 말하거든요."

"농담하니? 나는 빌리를 정말 좋아해." 그레이스가 레일린이 잘못 알아들었다는 걸 지적하기도 전에 레일린이 먼저 말했다. "아, 제시 말이구나."

"언니 일에 끼어들려는 건 아니에요. 그냥 궁금해서요. 제시 아저씨를 좋아하지 않는 게 어려운 일 같아서 말이죠."

레일린은 한숨을 쉬었다. 그레이스는 가만히 기다렸다.

"분명 괜찮은 남자인 것 같아." 레일린은 말했다. "난 그냥 다른 사람과 엮이고 싶지 않을 뿐이야. 아무리 괜찮은 사람이라도 말이야."

"나는 그러지 않을 거예요." 그레이스는 크게 소리치면서 뒤로 물러서서 두 손으로 엑스자를 만들었다.

"알아. 미안해. 그 일로 그렇게 성질을 내면 안 되는 거였어. 사과할게."

"맞아요, 언니가 정말 성질을 부리기는 했어요."

"너는 뭐 잘못한 적 없니?"

"음. 잘못 많이 했죠."

"그럼 너도 사과를 하면 받아주는 사람이 좋겠지?"

"알았어요. 좋아요. 언니 사과를 받아줄게요. 그치만 그때 마음이 많이 아팠어요."

레일린은 그레이스를 번쩍 안아 올렸다. 두 사람은 서로의 눈을 마주 볼 수 있게 되었다.

"마음 아프게 해서 미안해." 레일린은 그레이스의 볼에 키스를 하고 내려주었다. "이따 봐."

그레이스는 레일린에게 손을 흔들고 돌아섰다. 그리고 흘러내린 눈물 줄기를 재빨리 닦아야 했다. 학교에서 울 수는 없으니까.

23
빌리

빌리는 안전하게 자신의 집으로 들어와 문을 잠갔다. 며칠 동안 한숨도 못 자고 마라톤 코스를 세 번 정도 완주한 기분이었다.

세수를 하면서 몸에 진득이 남은 피곤함을 달래고 파자마로 갈아입었다. 그리고 모든 커튼을 닫고 침대로 쏙 들어가서 하루 종일 잠잘 채비를 했다.

하지만 채 10분도 지나지 않아서 누가 문을 쾅쾅 두드리는 통에 깜짝 놀라고 말았다.

그레이스와 레일린은 신호를 보내면서 문을 두드리고, 펠리페는 부드럽게 두드린다. 제시는 신사답게 두드리고, 래퍼티 씨는 죽었으며 힌맨 부인은 집으로 찾아오는 법이 없다. 그리고 그레이스의 엄마는 여전히 약에 취해 있다. 최소한 빌리가 아는 한은 그렇다.

"누구세요?" 빌리는 떨리는 목소리로 크게 외쳤다. 모든 기력을 써버리고 아무것도 할 수 없는 지경인데 이런 일이 벌어지다니.

"레일린이에요." 레일린의 목소리가 문 너머에서 들려왔다.

"오늘은 신호를 주지 않았네요."

"아, 죄송해요. 그랬네요. 깜빡했어요. 저기요, 그 사람은 갔나요?"

"누구요? 아, 제시 말이군요."

"당연히 제시죠."

"위층 자기 아파트에 있어요. 왜요?"

하지만 그녀는 아무런 대꾸도 하지 않았다.

"안으로 들어올래요?"

여전히 답이 없었지만, 빌리가 문을 열자 그녀가 안으로 들어왔다.

"레일린, 화난 것 같아요." 뭔가 이야기해야 할 것 같아서 빌리가 말했다.

"제시가 오늘 따라나선 게 정말 빌리를 걱정해서라고 생각해요?" 마침내 말을 시작한 레일린은 커다란 팔걸이의자에 앉았다.

빌리는 레일린이 고양이 알레르기가 있다는 사실을 잊어버린 건지 아니면 워낙 화가 나서 그런 문제는 대수롭지 않은 건지 궁금했다.

"나는 그렇게 생각해요. 전적으로 그렇다고 보고 있어요."

"나한테 접근하려는 생각으로 따라온 게 아니라고요?"

"네, 그렇지 않다고 생각해요. 제시가 처음에 나를 돕겠다고 자청했을 땐 레일린과 함께 간다는 걸 몰랐어요. 내가 혼자 나갔다가 일이 생긴 거라고 생각했거든요."

"아."

빌리는 레일린의 내면에서 고통스러운 변화가 일어나는 모습을 지켜보았다. 레일린은 화가 나서 이곳에 왔다. 화는 레일린에게 나쁘지 않은 일이었다. 그녀가 안심할 수 있는 피난처를 제공해주었다. 핑곗거리가 된다는 말이다. 빌리는 그걸 느낄 수 있었다. 하지만 빌리는 레일린의 화에 맞장구를 쳐주지 않았다. 바닥에 깔린 양탄자를 획 낚아채듯 정신이 번쩍 들게 그냥 진실을 말해버렸다.

빌리는 소파 가장자리에 걸터앉았다.

레일린은 얼굴을 두 손에 묻었다.

"나는 레일린이 이 일로 그렇게 화를 내는 이유를 도무지 이해하지 못하겠어요. 제시와 데이트하고 싶지 않으면 그냥 싫다고 말하면 되잖아요?"

긴 침묵이 흘렀다. 레일린은 얼굴을 가린 두 손을 치우지 않았다.

마침내 레일린이 말했다. "하지만 '싫다'가 틀린 답이면 어떻게 하죠?"

"아." 빌리는 두 손으로 무릎을 짚고 일어섰다. "가서 커피 내려 올게요."

빌리는 레일린에게 커피에 뭘 넣을지 물어보려 했다. 하지만 레일린은 무릎을 가슴까지 올려 몸을 웅크리고 두 팔로 무릎을 감싼 채 얼굴을 파묻고 있었다. 울고 있었다.

"여기요, 레일린." 빌리는 따뜻한 커피가 가득 든 머그잔을 의자 팔걸이 위에 내려놓았다. 그는 레일린의 무릎 근처에 놓인 보조의자에 앉았다. "뭐가 문제예요? 레일린이 이러니까 내가 겁이 나잖아요. 감정 과잉 배역은 내 몫이라는 걸 잊지 말아요."

레일린은 얼굴을 살짝 들고 서글픈 미소를 지었다. 아주 엷은 미소였다. 레일린의 화장은 엉망이 되어 있었다.

"혼자 독점할 필요는 없잖아요." 레일린이 말했다.

"그렇죠. 하지만 그 어떤 사람보다 내가 더 잘하는 일인 건 맞잖아요. 이제 뭐가 문제인지 말해봐요."

"그냥 남자 관계에 문제가 있어요. 나는 사람을 믿지 못해요. 아홉 살 때부터 위탁 가정을 전전하고 나서 생긴 고질적인 문제예요. 이게 다예요. 그러니까…… 내가 할 수 있는 이야기는 이게 다예요."

빌리는 레일린의 목이 잠겨가는 걸 알 수 있었다. 울어서 그런지도 모르지만 그게 아닐 수도 있다. 고양이 때문일지도 모른다. 레일린에게 고양이 이야기를 상기시켜야 할지 말지 고민이 되었다. 빌리가 너무 속이 상해서 복도에 나와 있는 걸 까맣게 잊고 있었을 때 그레이스와 레일린은 그 사실을 자상하게 상기시켜주었다. 빌리도 그렇게 해야 할 것 같았다. 생각해보니 그때가 무척 오래 전 일 같다. 그랬던 빌리가 오늘 아침에는 그레이스의 학교 앞에 서 있었다. 오래 서 있지는 못했지만 대단한 발전을 거듭하는 중인 건 틀림이 없다.

빌리는 한동안 두 손으로 자신의 머그잔을 감싸 쥐고 앉아서 그 온기를 느꼈다.

"펠리페와 나랑은 잘 지내잖아요."

"빌리와 펠리페는 내게 접근하려고 하지 않잖아요."

"그건 맞는 말이네요."

"못할 것 같아요."

"그럼 하지 마요."

"그런데 제시가 한 말을 계속 생각하게 돼요. 래퍼티 씨에 관해 한 말이요. 두려워하지 않고 지내야 한다는 이야기요. 그리고 또 자꾸 생각나는 게…… 휴, 래퍼티 씨처럼 삶을 마감하게 될 수도 있다는 상상해봤어요?"

"레일린은 그럴 리 없어요. 그런 걸로 스트레스 받지 말아요. 그런 일은 있을 수 없으니까. 그렇게 고약하고 못된 사람이 아니잖아요."

"하지만 나는 모든 사람들을 차단하면서 지내고 있어요."

"아니요. 그건 사실이 아니에요. 레일린은 그러지 않아요. 그레이스를 위해서 하고 있는 일만 봐도 그렇죠."

레일린은 쓸쓸하게 웃다가 코를 훌쩍거렸다. 빌리는 벌떡 일어나서 화장지를 가져다주었다.

"그러니까 내 말은 예전에는 사람들을 차단하고 살았다는 거예요. 그레이스와 함께하기 전에요. 그런데 지금은 그 중간에 있어요. 정말 불편하기 짝이 없어요."

"무슨 말인지 알아요." 빌리가 말했다.

"아, 맞다. 그러네요. 빌리도 알고 있겠네요. 깜빡했어요. 이 일이 얼마나 겁나고 무서운 건지…… 빌리도 잘 알 거예요. 빌리가 그레이스의 학교까지 걸어가는 걸 겁내는 것만큼이나 내가 이런 일을 겁내고 두려워한다는 걸 이해해줄 수 있겠죠. 빌리, 나는 어떻게 해야 할까요? 빌리라면 어떻게 하겠어요?"

아주 잠깐 동안 빌리는 제시와 데이트를 하는 행운의 인물이 되는 상상을 해보았다. 하지만 곧 자기 방어를 위해 상상 속에서 빠져나왔다.

"나는 그레이스의 학교까지 걸어갔잖아요. 그게 답이 되지 않겠어요? 양자택일의 문제로만 보지 말아요. 제시와 결혼할지 말지 결정할 필요 없어요. 그냥 같이 나가서 커피를 마셔요. 일단 데이트를 해봐요. 대화를 해보란 말이죠. 지금 당장은 그 정도면 되는 거예요."

"……그러네요. 좋아요. 그 정도는 할 수 있을 것 같아요. 그렇겠죠?"

빌리는 따뜻하고 변함없는 맛의 커피를 한 모금씩 마시면서 혼자 있고 싶다는 생각을 달랬다. 하루에 감당하기 어려울 정도로 많은 일들이 벌어졌다. 빌리는 레일린 자신이 답을 알고 있으리란 생각에서 마지막 질문에는 답하지 않았다.

"아, 잠깐만요. 안 되겠어요." 레일린이 거의 소리치듯이 말했다. 핑곗거리를 찾아내서 안도하는 기색이 어린 목소리였다. "저녁에 그레이스를 봐야 하잖아요."

빌리는 한쪽 눈썹을 추켜올리며 레일린을 보았다.

"그러네요. 저녁에 3시간 정도 나한테 그레이스를 맡겨 두는 건 절대 해서는 안 되는 일이죠."

"이런." 레일린은 외마디를 내지르고 다시 두 손에 얼굴을 묻었다.

"레일린, 나 못지않게 상태가 안 좋군요. 나도 그레이스의 학교까지 걸어갔다 왔잖아요. 그렇다면 레일린도 데이트를 할 수 있을 거예요."

레일린은 두 손에 묻었던 얼굴을 들어 올렸다.

"그거 알아요? 정말 맞는 말 한 거."

"그리고 고려할 사항이 하나 더 있어요. 제시는 겁에 질린 사람을 달래는 일을 정말 잘한다는 거예요."

레일린이 소리 내어 웃었다. 근사한 소리였다. 억지스럽지 않고 자연스러웠다. 가벼운 웃음소리가 천장까지 둥실 떠오를 것만 같았다. 정화 의식 때 울렸던 그릇 소리처럼 맑은 웃음소리였다.

레일린은 앞으로 몸을 숙여서 두 팔로 빌리를 꼭 안았다. 너무 꼭 안는 경향이 있었지만 빌리는 항의하지 않았다.

"빌리는 정말 지독하게 다정한 사람이에요." 레일린이 말했다.

"고마워요. 그런데 지금 이 집에 고양이가 있다는 거 알고 있는 거죠?"

"아, 이런. 내가 도대체 무슨 생각으로 이런 걸까요? 목이 잠기는 게 울어서 그런 줄로만 알았어요. 가야겠어요. 커피 가져가도 될까요? 컵은 나중에 돌려드릴게요."

레일린은 빌리의 한쪽 뺨에 뽀뽀를 하고 서둘러 밖으로 나갔다.

빌리는 한숨을 내쉬고 다시 침대에 누웠다.

12시 30분경, 문 쪽에서 아주 작은 소리가 났다.

누군가 문을 두드리고 있었다. 벽 속에서 쥐가 내는 소리보다 크지 않은 정도였다. 하지만 문을 두드리는 동시에 문 너머로 빌리에게 말을 걸었다.

"위층에 사는 힌맨이에요."

빌리는 힌맨 부인이 자신과 같은 부류라는 점이 정말 마음에 들었다. 힌맨 부인도 예고 없이 찾아와 문을 두드리는 걸 싫어하기 때문에 문을 두드리며 자신이 누구인지 함께 밝힌 것이다.

빌리는 한숨을 내쉬고 자리에서 일어났다. 그는 목욕 가운을 걸쳐 입고 힌맨 부인을 맞이했다.

"이런, 미안해요. 낮잠 자는 걸 내가 깨웠나봐요? 사과할게요. 하지만 이제 일어났으니 내가 좀 들어가도 될까요?"

'뭔가 의논할 일이 있는 모양이야.' 빌리는 생각했다. '힌맨 부인이 나와 같이 있으려고 찾아오는 건 자연스러운 일이 아니야. 무슨 일이 있는 게 분명해.'

"그럼요." 빌리는 뒤로 물러서서 문을 활짝 열었다.

사람을 집 안에 들이는 문제로 입씨름을 해봐야 얻을 것도 없었다. 한때 평화로운 안식처였던 이곳이 이제는 사람들이 부지런히 오가는 교차로가 되어버리다니. 통탄할 노릇이지만 딱히 어떻게 해볼 수 있는 게 없었다. 그저 한숨을 내쉬고 문을 연 다음에 그들이 하고 싶은 말을 하게 놔둬야 한다. 그러는 편이 훨씬 더 수월했다.

힌맨 부인은 다리를 절면서 거실로 들어왔다. 손에는 곱게 접은 옷가지가 들려 있었다.

빌리가 의자를 손으로 가리켜 보였지만 힌맨 부인은 그 제안을 받아들이지 않았다.

"그레이스를 위해 이걸 만들었어요." 힌맨 부인은 옷가지를 펴면서 말했다. 길이가 긴 티셔츠 형태의 미니 원피스였다. 그레이스가 좋아하는 파란색이고, 허리를 묶을 수 있는 띠가 달려 있었다.

"그레이스가 좋아하겠네요." 빌리는 말했다.

"정말 그렇게 생각해요? 오, 정말 그러기를 바라요. 이건 그레이스가 고른 옷이 아니거든요. 하지만 그레이스한테 잘 어울릴 것 같아서요. 드레스처럼 입을 수도 있고 청바지 위에 받쳐 입을 수도 있거든요. 또 타이츠랑 같이 입어도 좋을 거라고 생각했어요. 춤을 출 때 입을 옷으로도 좋을 것 같고. 나는 잘 모르지만 어쩌면 공연을 할 때도 입을 수 있지 않을까 생각했어요. 혹시 특별한 의상을 입어야 할까요? 그레이스랑 의상 이야기를 해본 적 있나요?"

"죄송하게도 그런 적이 없네요. 그레이스와는 춤에 대해서만 이야기를 했어요."

"그레이스에게 줄 스웨터도 뜨고 있어요. 그레이스가 매일 입고 다니는 낡은 스웨터 대신 입게 하려고요. 그 옷은 아주 형편없는 상태죠. 눈치채고 계셨는지 모르겠지만요."

"눈치채지 못하기 쉽지 않죠. 팔꿈치가 다 드러나는 수준인걸요."

그리고 침묵. 빌리는 힌맨 부인이 왜 이곳에 왔는지 이유를 설명하지 않았다는 사실을 되새겼다.

"그레이스가 학교에서 온 다음에 옷을 주시는 게 어때요?"

"아, 네. 그럴 수도 있겠죠."

하지만 부인은 돌아가려는 기색이 없었다.

침묵이 참을 수 없을 정도로 어색해지자 힌맨 부인이 말했다. "잠시 이야기를 나눌 수 있을까 해서요."

"알겠습니다. 자리에 앉으세요. 커피 좀 드릴까요?"

"오, 아니에요. 그러실 필요 없어요. 잠자리에 일찍 들거든요. 그런데 오후에 커피를 마시면 계속 깨어 있게 돼서요."

힌맨 부인은 여전히 자리에 앉지 않았다.

"그럼 앉기라도 하세요." 빌리는 두 사람 각자의 불편함이 만들어내는 중압감을 느끼면서 말했다.

"흠, 그게 조금 문제가 있어요. 무릎이 고장 나서 제멋대로거든요. 그래서 가끔은 앉았다가 다시 일어나는 게 매우 어렵고 힘든 일이 되곤 해요."

"제가 기꺼이 도와드릴 수 있는데요."

"아, 네. 좋아요." 힌맨 부인은 조심스럽게 빌리의 소파 쪽으로 갔다. "원래 도움을 청하는 걸 별로 좋아하지 않는 편이에요. 그런 일을 잘하지 못해요. 하지만 이번 경우에는 내가 부탁한 게 아니고 빌리가 자청한 거니까, 그렇죠?"

힌맨 부인은 조심스레 몸을 낮추어 자리에 앉을 채비를 했다. 빌리는 그 동작 안에 내포된 통증을 감지하고서 저도 모르게 얼굴을 찡그렸다. 빌리는 소파의 다른 쪽 끄트머리에 앉았다.

"물어볼 게 있어요. 오랫동안 밖에 나가지 않고 집 안에서만 살았던 일에 대해서요. 그 일에 대해 내가 조금 더 잘 이해할 필요가 있을 것 같아서요."

빌리는 소파 뒤로 기대며 본능적으로 힌맨 부인과의 거리를 넓혔다.

고양이가 느긋한 걸음으로 거실 안으로 들어왔다. 힌맨 부인은 흠칫 놀랐다.

"아이고 맙소사. 고양이 좀 치워줄 수 있을까요? 고양이를 조금도 좋아하지 않거든요."

"하지만 여기에 사는걸요." 빌리는 말을 하고 나서 자신이 평소보다 훨썬 솔직하게 말하고 있다는 사실을 깨달았다. 너무 피곤해서 생각을 거르지 못하는 게 분명하다. "제가 잡고 있을게요. 그러면 조금 더 편안하실 테니까요."

빌리가 손가락을 튕기자 고양이가 다가왔다. 빌리는 고양이를 번쩍 안아 올려서 가슴에 꼭 품어 안았다.

"그래, 우리가 어디까지 이야기를 했죠?" 힌맨 부인이 물었다. 하지만 정말 하던 이야기를 잊어버려서 하는 말은 아닌 듯했다. "아, 그래요. 빌리가 밖에 나가지 않는 것에 대해 이야기했죠."

"그건 이제 과거의 일이라고 볼 수 있어요. 지금 그 문제를 어떻게든 해결하려고 노력 중이거든요. 사실 오늘 아침에도 나갔다 왔어요. 그레이스의 학교까지 걸어갔죠. 여기서 열 블록 떨어진 곳이에요."

"멋지네요. 그건 정말 잘된 일이에요. 하지만 그래도 나는 빌리가 전혀 밖으로 나가지 않던 때에 대해 물어보고 싶어요."

빌리는 심호흡을 하고 이제껏 단 한 번도 해본 적이 없는 일을 하기 위해 마음의 준비를 했다. 그건 바로 무례한 말을 하는 것이다.

"그 문제에 대해서는 이야기하지 않겠어요. 개인적인 이야기인데다 극복하기 위해서 열심히 노력하고 있는 일에 대해 다른 사람들이 이러쿵저러쿵 얘기하게 되면 괴로울 것 같아요. 그러니 이제 괜찮으시면……."

빌리는 자리에서 일어나 고양이를 한 손으로 안고 다른 한 손을 힌맨 부인에게 내밀었다.

"제발 부탁해요." 힌맨 부인은 빌리의 손을 일부러 보지 않은 채 말했다. "내가 빌리의 기분을 상하게 했다는 건 알아요. 하지만 정말 그럴 생각으로 물은 게 아니에요. 내 이야기를 들어보세요. 내 무릎은 고장 났고, 이 건물의 맨 위층에 살아요. 조만간 나는 아래로 내려오지도 못하게 될 거예요. 한 1~2년은 괜찮을지도 모르지만 어쩌면 내일 당장 꼼짝 못하게 될 수도 있어요. 사실 후자의 가능성이 더 많아요. 나는 두려워요. 걷지 못하게 되면 나는 뭘 하게 될까? 죽게 될까? 나는 살기 위해 먹어야 해요. 그런데 어떻게 음식을 구하죠? 우편물은 어떻게 받고 온갖 청구서는 어떻게 해결하죠? 쓰레기는 어떻게 내다 버리고? 그러다가 문득 아래층의 젊은이가 몇 년 동안 그런 일을 잘 해내면서 지금껏 살아있다는 생각이 들었어요. 그래서 조언을 좀 얻을 수 있겠다 생각했죠. 나한테는 생사가 달린 일이에요."

빌리는 무릎을 굽히고 다시 소파에 앉았다. 이번에는 힌맨 부인과 조금 더 가까운 자리였다.

"저는 그렇게 젊지 않아요." 빌리는 나직한 음성으로 말했다. "서른여덟 살인걸요."

"그러니 젊지." 한층 편안해진 얼굴의 힌맨 부인이 말했다. "젊다는 게 어떤 건지 모르는군요. 그런데 식료품은 어떻게 구했어요?"

"배달을 시켰죠. LA에는 그 어떤 것이든 원하는 사람에게 배달해주는 서비스가 있어요. 문제는 이런 지역까지 다 배달해주는 건 아니라는 데 있죠. 하지만 그런 경우에도 추가 요금을 지불하면 됩니다."

"비싸겠네."

"맞아요. 그걸 만회하기 위해서 저는 덜 먹고 지내요."

"오, 이런, 맙소사. 지금보다 덜 먹고 지내야 하는 건 정말 싫은데. 이미 충분히 적게 먹고 있단 말이지. 내가 상관할 바는 전혀 아닌 걸 알기는 하지만…… 혹시 내가 지금 하려는 이야기가 거슬리면 당장 그렇다고 말해요……. 은행 일은 어떻게 보죠? 생활비는 어떻게 벌고요?"

"저희 부모님이요. 부모님께서 매달 소액의 수표를 발행해주세요. 그러면 제 은행 계좌로 곧바로 입금되죠."

"아하, 그걸로 두 가지 질문의 답을 찾았네요. 은행에 가지 않고도 어떻게 지냈는지 알겠어요. 나는 정부에서…… 그…… 신경이 지나치게 과민해서 일할 수 없는 사람들에게 주는 수표 같은 걸 받는 줄 알았어요."

"그런 걸 받을 자격은 차고 넘치죠. 하지만 부모님 덕분에 그런 걸 알아보는 모욕적인 일을 하지 않아도 되었죠. 어쩌면 저희 부모님이 모욕을 겪지 않으시려고 제게 이렇게 해주시는 건지도 모르고요."

"쓰레기는 어떻게 내놔요?"

"배달 온 사람에게 팁을 주고 부탁해요."

"아하. 혹시 의사가 필요할 때는……."

"아니요. 운 좋게도 내내 건강하게 지냈어요."

"하지만 나한테는 의사가 필요한데."

빌리는 이의를 제기하지 않았다. 아니 할 수 없었다. 대신에 빌리는 자기 속내를 털어놓았다.

"정말 문제는 의사가 아니에요. 적어도 제 경우에는 치과였어요. 치통이 약간 있거든요. 계속 악화될 게 분명하죠. 요즘 같은 시대라도 의사는 왕진이 가능하지만 치과의는 왕진이 어려울 거라고 장담해요."

"그러면 청구서는?"

"무슨 청구서요? 모든 관리비는 집세에 포함되어 있어요. 집세는 매월 자동이체로 해결하면 되고요."

"전화요금은 아니잖아요."

"저는 전화가 없어요. 예전에는 있었지만 요금이 비싸져서요. 저는 배달하는 사람이 올 때마다 직접 음식을 주문해요."

"이런, 맙소사." 힌맨 부인은 놀란 모양이었다. "전화기는 있어야 할 것 같은데. 전화를 걸 상대가 딱히 있는 건 아니지만. 그래도 응급 상황이 되면……."

"힌맨 부인, 잊고 계신 게 하나 있는 것 같아요." 빌리는 속수무책의 심정을 절절히 느끼고 있는 힌맨 부인을 쳐다보면서 말했다. "부인한테는 이웃이 있어요. 펠리페나 제시, 레일런이 슈퍼마켓에 대신 가줄 수 있으리란 생각은 못하세요? 응급상황이 발생하면 바닥을 세게 두드리기만 하면 누군가 달려올라 갈 거란 생각 안 해보셨어요? 어쩌면 부인과 아파트를 기꺼이 맞교환해줄 사람이 나타날 수도 있어요. 그러면 몇 년은 더 편안하게 잘 지내실 수 있을 거예요."

힌맨 부인은 반점이 있는 손을 무릎 위에서 꼭 쥐고 있었다. 파란색 원피스에 주름이 잡혔다.

"무슨 이유로 나에게 그런 일들을 해주겠어요?"

"우리가 이웃이어서 그러지 않을까요?"

힌맨 부인은 미심쩍다는 듯한 웃음을 웃었다.

"전에는 한 번도 그런 적 없어요. 서로를 돌봐주고 그러는 정도는 아니었단 말이죠."

"하지만 지금은 그러고 있잖아요." 빌리가 말했다.

긴 침묵이 흘렀다. 힌맨 부인은 친밀한 이웃 관계라는 개념에 혼란스러워하는 것 같았다.

"이제는 낮잠을 마저 자게 해드려야 할 것 같네요. 덕분에 정말 기분이 한결 나아졌어요. 오랜 근심거리였거든요. 그런데 다 부질없는 걱정이었나 봐요. 부탁을 하면 누군가가 나를 도와줄 거란 생각은 못했어요. 여전히 그런 일을 누가 해줄까 싶은 생각은 들지만…… 정말 그런다면 놀랄 일이잖아요? 하지만 그럴 수도 있다고 생각하는 데 익숙해져야겠어요. 저기요, 지금 나눈 이야기는 다른 사람들에게 말하지 말아줘요. 알았죠? 도움이 필요하다는 말을 하거나 다른 사람에게 그 사실을 알리는 건 너무 어려운 일이에요. 그러니 당분간 이 일은 우리 둘만의 비밀로 지켜줘요."

"좋습니다."

빌리는 자리에서 일어나 힌맨 부인에게 한 손을 내밀었다. 부인은 빌리의 손을 잡고 끙끙 앓는 소리를 내면서 천천히 일어섰다. 잡아당기는 힘이 의외로 세서 빌리는 하마터면 앞으로 고꾸라질 뻔했다. 빌리는 부인을 문까지 배웅했다.

힌맨 부인은 집 밖으로 나가면서 말했다. "그레이스가 모든 걸 바꾸어놓았네요. 그렇죠?"

"그 말로도 부족할 정도죠."

"고마워요, 빌리. 말로 다 할 수 없을 정도로. 젊은이가 정말 친절하기도 하지."

부인은 계단을 향해 비척비척 걸어갔다.

"계단 올라가는 걸 도와드릴까요?"

"아직은 아니에요. 하지만 물어봐줘서 고마워요. 그럴 때가 조만간 올 거예요."

빌리는 문을 닫고 고양이를 내려놓은 다음 다시 침대에 가서 누웠다.

3시 30분이 되자 평소와 다름없이 그레이스가 껑충껑충 달려왔다.

"오, 빌리 아저씨, 오늘은 파자마를 입고 계시네요. 이제는 옷을 차려입은 모습에 익숙해졌는데. 괜찮은 거죠? 당장 내 탭슈즈를 신고 연습을 시작할게요. 그 세 번 연속 턴하는 동작은 연습을 정말 많이 해야겠어요. 그걸 뭐라고 한다고 했죠?"

"버팔로 턴."

"동물 이름을 딴 거예요, 아니면 도시 이름을 딴 거예요?"

"확실히는 모르겠다." 빌리는 그레이스의 에너지를 평소보다 더 생생하게 느꼈다. "하지만 동물이 하기는 어려운 동작이니까 도시 이름에서 따온 거라는 데 한 표."

"내가 하기에도 어려워요." 어느새 탭슈즈의 끈을 모두 묶은 그레이스가 말했다. "돌다보면 자꾸만 러그 쪽으로 가 있어요. 그 동작만 잘하면 전체 안무도 꽤 잘 해낼 것 같은데."

"네가 공을 들여 연습했으면 하는 게 두 개 더 있어."

"아아, 늘 뭔가 더 있는 것 같아요. 그렇죠?"

"잘하고 싶은 사람에게는 그렇지. 빛나고 싶다면 어쩔 수 없어."

"좋아요. 뭐예요?"

"상체의 긴장을 좀 더 풀었으면 해. 몸이 뻣뻣해 보이지 않게. 그리고 웃어야 해. 미소 말이야."

"미소요?"

"반드시 미소를 지어야 해. 관례상 필수 요소지."

"빌리 아저씨, 우리말로 해주세요."

"필수라고."

"우리말이요!"

"꼭 해야만 하는 일이라고! 하지만 먼저 턴 연습부터 하렴. 나는 여기 소파를 침대 삼아 누워서 보고 있을게."

그레이스는 빌리의 침실로 가서 침대 끝에 있던 담요를 가지고 왔다. 빌리에게 담요를 덮어주고 이마에 키스를 했다.

"내가 웃고 있는 것처럼 보이면 말해줘요."

하지만 만족스러운 탭슈즈 소리는 빌리를 곧 잠에 빠지게 만들었다.

"레일린 언니가 늦네요." 그레이스의 말에 빌리는 화들짝 놀라며 잠에서 깼다.

"미용실이 바쁜가 보네." 빌리는 웅얼거리는 말투로 자다 깬 것처럼 말하지 않으려고 노력했다.

"그렇지 않을걸요." 그레이스는 빌리의 엉덩이에 기대앉으며 말했다. "언니가 평소와 다름없는 시간에 돌아오는 소리를 들었거든요. 그게 한 20분 전인 것 같아요."

"아, 그러면 제시랑 이야기를 하고 있는 모양이다."

"왜 제시 아저씨랑 이야기를 해요? 언니는 제시 아저씨를 싫어해요."

"글쎄다. 모든 건 변하는 법이야."

그레이스는 눈썹을 추켜올리며 빌리를 빤히 쳐다보았다. "무슨 일 있었어요?"

"내가 그 일로 레일린과 대화를 좀 했을걸?"

"아저씨가 해결했군요!" 그레이스는 신이 나서 소리쳤다. "마법을 부렸어요! 아저씨가 해결했어요!"

"나는 아무것도 안 했어. 그냥 레일린의 이야기를 들어줬을 뿐이야."

"으, 당장 쫓아가보고 싶은데. 너무 궁금해! 하지만 대신 춤을 춰야겠어. 신났을 때는 춤을 춰야 해. 빌리 아저씨, 보세요. 이제 그 버팔로 턴을 할 거예요. 내가 제대로 마무리를 하는지 봐주세요. 그리고 미소짓고 있는지도. 이번에는 잠들면 안 돼요."

빌리는 관중으로서 적절한 자세를 취하기 위해서 일어나 앉았다.

그레이스는 댄스 플로어에서 위치를 잡았다. 하지만 그레이스가 한쪽 발을 들기도 전에 문 두드리는 소리가 들렸다.

"레일린 언니다!" 그레이스는 미끄러지듯 문으로 달려 나갔다.

그레이스는 문을 활짝 열어서 빌리의 시야를 막았다.

"오, 레일린 언니가 아니에요!" 빌리는 그레이스가 외치는 소리만 들었다. "제시 아저씨예요! 안녕하세요, 제시 아저씨!" 그리고 잠시 멈췄다가 말을 이었다. "빌리 아저씨, 제시 아저씨가 할 말이 있대요!"

"지금 파자마 차림인데." 하지만 빌리의 말은 소용 없었다.

그레이스는 빌리의 팔꿈치를 단단히 움켜잡고 문 쪽으로 끌고 갔다. 빌리는 자유로운 한 손으로 최대한 머리를 빗어 넘겼다. 이런 모습을 보여주고 싶지는 않다. 하지만 너무 늦었다. 어느새 열린 문 앞에서 제시와 마주하게 되었다. 제시는 평소보다 더 부드럽고 솔직한 표정을 짓고 있었다.

빌리는 제시가 입을 열기를 기다렸다. 하지만 제시는 다짜고짜 두 팔을 벌려 빌리를 꼭 안았다. 거의 쥐어짜다시피 했다. 빌리는 눈 뒤쪽에서 눈물이 차오르는 걸 느꼈다. 눈물이 쥐어짜지는 것 같았다. 제시가 갑자기 빌리를 풀어주었다.

"가야 해요." 제시가 말했다. "나갈 준비를 해야 해서요. 고마워요."

그리고 나서 제시는 한꺼번에 계단을 두 개씩 올라 순식간에 위층으로 사라져버렸다.

"무슨 일이에요?" 그레이스는 빌리의 파자마 바지를 잡아당기며 물었다.

"글쎄다."

"제시 아저씨가 행복해 보여요."

"그렇더라."

"그러면 레일린 언니랑 데이트를 하게 됐다는 의미일까요?"

"그럴걸."

"정말 그러면 좋겠어요. 그래도 제가 턴하는 건 봐주셔야 해요."

빌리는 문을 닫고 소파에 앉아서 다시금 좋은 관중이 될 준비를 했다. 그레이스는 한쪽 발을 들었다가 다시 박자를 맞추면서 태평했다. 그때 누군가 문을 두드렸다.

"제길!" 빌리가 소리쳤다. "문이 남아나지 않겠어. 예전의 평화로웠던 삶을 다시 찾을 방법은 없어 보이는구나."

"설마 진심은 아니죠." 그레이스는 미끄러지듯 걸어서 문을 열러 가면서 말했다. "레일린 언니는 아닌 것 같아요. 언니의 노크 소리가 아니에요."

"머리가 복잡할 때는 레일린도 패턴을 잊어버려."

그레이스는 또다시 문을 활짝 열어서 빌리의 시야를 가렸다.

"레일린 언니예요! 빌리 아저씨! 언니가 아저씨랑 이야기하고 싶대요!"

빌리는 한숨을 내쉬었다. 오늘 하루 동안 한숨을 백 번은 쉰 것 같았다. 자리에서 일어나 문가로 걸어 나갈 힘이 없었다. 그래도 어찌어찌 문 앞으로 나가기는 했다.

"제가 시간이 별로 없어요. 준비를 해야 하거든요. 그레이스를 봐주겠다고 했던 제안 수락할게요. 여기 받으세요. 20달러예요."

레일린은 빌리의 손에 지폐 한 장을 밀어 넣었다.

"그레이스를 봐준다고 돈을 줄 필요는 없는데요."

"그런 거 아니에요. 그레이스의 식사를 준비하기 어렵잖아요. 그러니까 두 사람에게 피자를 사주고 싶었어요."

뒤에서 피자의 기쁨에 대해 조잘거리는 그레이스의 목소리가 들려왔다.

"우리 집에서 그레이스가 전화로 피자를 시키면 돼요." 레일린은 서둘러 말했다. "열쇠는 그레이스에게 있어요. 그런데 조언 하나, 그레이스에게 마음대로 주문하라고 하지 마세요. 치즈와 페퍼로니 피자만 된다고 정확하게 말해야 해요. 그렇지 않으면 20달러로는 해결이 안 될 거예요. 그리고 그레이스 취침 시간은 9시예요. 그때쯤에는 집에 오겠지만 혹시라도 못 오면 여기 소파에서 재워주세요. 아침에 데리러 올게요. 괜찮죠?"

'와!' 빌리는 레일린이 이렇게 빨리 말을 쏟아내는 건 처음 봤다. 빌리가 괜찮다고 말하기도 전에 레일린은 빌리를 힘차게 포옹하고 한쪽 뺨에 뽀뽀를 했다.

"이만 가야 해요. 고마워요."

"잘될 거예요." 빌리는 자기 집으로 들어가는 레일린에게 말했다.

빌리는 크게 숨을 들이마시고 문을 닫았다. 그레이스는 기대에 찬 눈으로 빌리를 올려다보았다.

"두 사람이 데이트하는 거예요?"

"그런 것 같지."

"예! 예! 예!" 그레이스는 위아래로 펄쩍펄쩍 뛰어오르면서 두 팔을 머리 위에서 흔들었다. "우리는 피자를 먹고 두 사람은 데이트를 하고~ 행복해! 이게 바로 행복한 그레이스의 춤." 그레이스는 신나서 뛰다가 미끄러져서 엉덩방아를 찧었다.

"그 마지막 동작은 슬픈 그레이스의 춤이고?"

"에고, 맞아요." 그레이스는 주저앉은 채로 엉덩이를 비비며 말했다. "빌리 아저씨, 아저씨는 진짜 마법사예요. 둘이 데이트를 하게 했어요."

"나는 아무 일도 하지 않았어. 그저 들어주었지. 레일린은 이야기를 할 필요가 있었던 거야."

"그러니까 마법이죠."

"학교에서 별에 대해 공부하고 있어요. 우주랑 태양계랑 블랙홀이랑 그런 거요. 괴상하기 짝이 없어요. 정말 이상해요."

두 사람은 빌리의 조그만 발코니에서 하늘을 보고 누워서 별을 쳐다보고 있었다. 스모그와 도시의 조명에도 불구하고 열 몇 개 정도의 별이 보였다.

"뭐가 이상한데?"

피곤함이 빌리의 몸을 노곤하게 만들었다. 달콤한 잠이 쏟아지면서 세상에 걱정할 일이 없는 듯이 느껴졌다. 빌리는 얼굴에 닿는 밤공기의 촉감과 공포감이 사라진 이 상태를 음미했다.

"일단 선생님이 우주가 영원히 계속된다고 말한 거요. 그건 불가능한 일이잖아요."

"그걸 어떻게 알아?"

"그냥 원래 그런 건 안 되는 거잖아요."

"불가능할지도 모르지. 하지만 그건 우리 두뇌로 잘 이해할 수 없는 일 중에 하나야. 이런 식으로 생각해보렴. 네가 우주선을 타고 우주 바깥을 향해서 계속 여행을 하는 거야. 우주의 끝을 찾는 거지. 우주가 끝나는 지점을 말이야."

"맞아요. 그런 곳이 있을 거예요. 어딘가에는."

"그럼 그 너머는? 우주가 끝나는 지점을 찾았다면 그 너머에는 뭐가 있을까?"

두 사람은 잠시 아무 말 없이 나란히 누워 있었다.

"아무것도 없어요." 얘가 졸고 있는 게 아닌가 의심할 무렵이 되어서야 그레이스가 대답했다.

"하지만 그게 우주야. 아무것도 없는 것. 그러니 아무것도 없는 게 끝나도 그 너머에는 아무것도 없지. 그러면 그 너머에는 우주가 더 있는 거라고 볼 수 있잖니."

"아하! 아아? 으…… 뇌가 터질 것 같아요. 좋아요, 그럼 우주가 영원히 이어진다고 해요. 아무리 봐도 말도 안 되는 이야기지만요. 그런데 선생님이 별이 수십억 개인가 수조 개인가 된다는 거예요. 그런데 하늘을 보세요. 그 많은 별들은 다 어디로 간 거죠?"

"도시의 조명 때문에 드러나지 않는 거야. 사막이나 산 위에 가면 훨씬 더 많은 별을 볼 수 있어."

"나는 도시를 벗어나 본 적이 없어요. 아저씨는요? 산이나 사막에 가본 적이 있어요?"

"그럼, 둘 다 가봤지." 멀리서 음악 소리가 들려왔다. 사실 음악은 계속 들리고 있었지만 빌리가 그제야 그 소리를 인식한 것이다. 중동풍 음악이었다. 누군가 파티를 하는 모양이다. 어디서나 사람들은 살아간다. 빌리조차도 살아가니까. "춤을 추던 시절에는 전국을 여행했어."

긴 침묵.

빌리는 음악 소리에 귀를 기울이며 날씨답지 않은 온기를 느꼈다.

"무슨 일이 있었어요? 아저씨한테 옛날에 무슨 일이 있었던 거예요?"

빌리는 말씨름을 하고 싶지 않았다. 조만간 닥칠 일이었다. 오히려 오늘이 그날이라는 게 다행스러웠다.

두 사람은 조금 더 말없이 있었다.

"설명하기가 조금 어려운데." 마침내 빌리가 입을 열었다. "하지만 설명해볼게. 한번 해보지, 뭐." 빌리는 크게 숨을 한 번 내쉬고 이야기를 시작했다.

"나는 늘 공황발작을 일으키곤 했어. 왜 그러는지 말해주기를 바라겠지만 그건 나도 정말 몰라. 그걸 아는 사람이 세상에 있을까 싶다. 나는 이상하고 무서운 집에서 어린 시절을 보냈지만 나만 그런 건 아니잖아. 그런데 다른 사람들은 공황발작을 일으키지 않아.

어쨌든 나는…… 언제부터더라…… 잘 모르겠다…… 아마 네 나이무렵부터 그런 것 같아. 아마도 1학년이나 2학년 때 처음 그랬던 것 같아. 하지만 갈수록 증상이 심해졌지. 처음 몇 년 동안은 춤을 추면서 공황발작을 이겨냈어. 최소한으로 막아냈지. 꾸준히 춤을 추면 그럴 수 있었어. 그러다가 나중에는 억지로 춤을 춰야만 발작을 막을 수 있게 됐지. 그래서 여행을 할 때나 극장에 가는 중에 공황발작이 일어났어. 커튼콜을 할 때도 그랬고. 그래서 점점 오디션을 보러 가는 일을 줄이기 시작했지.

그런데 집 안에 있으면 늘 괜찮은 거야. 그래서 나는 집 안에 처박히기 시작했어. 집 안에 있는 것에 중독된 거야. 당장 괜찮게 있기 위해서, 그러니까 장기적으로 잘 살 수 있는 가능성을 현재의 안정성과 맞바꾼 거지. 손해 보는 장사가 분명하지만 사람들은 늘 그런 실수를 한다. 중독이라는 게 그래. 지금 당장 기분 좋기 위해서 미래를 팔아버리는 거지. 너희 엄마도 그러고 계신 거야. 지금 나도 그렇고. 그렇게 하는 사람들이 정말 많아."

가볍게 코를 고는 소리가 들렸다. 빌리는 조용히 일어나 그레이스를 안아 올렸다. 소파 위에 눕히고 담요를 덮어주었다. 그레이스가 침대에서 가져온 이후로 다시 제자리로 돌아가지 못하고 있는 그 담요였다.

10시가 넘었다. 제시와 레일린이 서로의 눈을 바라보며 데이트를 하고 있으리란 생각을 하니 뱃속이 살짝 아렸다. 하지만 곧 그런 감정은 털어냈다. 둘은 행복을 찾을 권리가 있다. 정말 행복해야 하는 사람들이다. 둘이 잘되지 않는다고 빌리에게 좋을 일은 하나도 없다.

침대 이불 속으로 기어들어가기가 무섭게 그레이스가 거실에서 빌리를 불렀다.

"아저씨?"

"응?"

"아저씨한테 말하고 싶은 게 있어요."

"뭔데?"

"다른 사람에게는 말하면 안 돼요."

"좋아."

"나는 커서 춤꾼이 될 거예요."

빌리는 크게 숨을 들이마셨다. 기도로 뭐가 된다고 생각하지는 않지만, 그럼에도 불구하고 그레이스가 앞으로 살아가면서 회복 불가능한 상처를 받는 일이 없기를 잠시 기도했다.

"다른 사람한테는 왜 말하면 안 돼?"

"믿지 않을 테니까요. 다들 나를 아무것도 모르는 어린애라고만 생각할 거예요. 하지만 아저씨는 나를 믿죠? 내가 정말 해낼 수 있다는 거 믿죠?"

"그럼. 나는 네가 해낼 거라고 믿어. 네가 간절히 원한다면 말이다."

"그럴 거예요. 나는 꼭 되고 싶거든요. 이게 다 아저씨 덕분이에요. 나한테 빛나는 법을 알려준 사람이니까."

"지금보다 훨씬 더 많이 배워야 할 거야."

"알아요. 하지만 아저씨가 더 많이 가르쳐줄 거잖아요. 벌써 끝난 건 아니잖아요. 그렇죠?"

"그럼, 끝나지 않았지."

24
그레이스

"빌리 아저씨, 들려요? 누가 레일린 언니네 문을 두드리고 있어요."

그레이스는 댄스 리허설을 멈추고 귀를 기울였다. 한쪽 다리를 번쩍 든 채 균형을 맞추고 그대로 서 있었다. 그레이스의 균형 감각은 춤을 막 시작했을 때보다 훨씬 많이 좋아졌다.

"나가봐야겠어요. 언니가 5시 30분까지는 돌아오지 않을 거라고 말해 주게요."

"같이 가자." 빌리는 무릎 위에 앉아 있던 고양이를 내려 놓으면서 말했다.

"왜요? 문은 나 혼자서도 열 수 있는데."

"하지만 문 너머에 누가 있는지 모르잖니."

"아저씨가 우릴 지킬 수 있을까요?"

"야!" 빌리가 상처 입은 것 같았다.

"죄송해요."

그레이스는 빌리와 많은 시간을 보내다 보니 그가 감정을 쉽게 다치는 예민한 사람이란 사실을 자꾸 잊어버렸다. 늘 잊지 않도록 조심해야 한다.

빌리가 문의 잠금장치들을 풀자 그레이스가 문을 열었다. 훌륭한 팀워크였다.

레일린의 집 앞에 한 여자가 서 있었다. 본 적 있는 사람이다. 하지만 처음에는 어디서 봤는지 기억이 나지 않았다. 그때 여자가 뒤로 돌아서서 그레이스를 보고 활짝 웃었다. 그레이스의 속이 울렁거리기 시작했다. 카운티에서 나온 사람이다.

"거기 있었구나, 그레이스. 나를 기억하니?"

"네." 그레이스의 목소리라고 믿기 어려울 정도로 작은 소리였다. "이름은 잊어버렸지만요."

"캐츠."

"맞아요. 어떻게 그 이름을 잊어버렸는지 모르겠네요. 나는 정말로 고양이를 좋아하는데 말이죠."

"철자는 같지 않아." 여자는 여전히 가면 같은 미소를 띤 얼굴로 말했다. 아침에 화장을 하면서 얼굴에 같이 붙여 놓은 모양이다.

"철자는 중요하지 않죠." 그레이스는 말했다.

곁눈질로 보니 빌리가 엄지 손톱을 물어뜯고 있었다. 캐츠라는 이름의 이 여자 앞에서 빌리의 손을 때려도 될지 알 수 없었다. 카운티에서 나온 사람 앞에서는 어떤 행동을 해야 하고 어떤 행동을 하면 안 되는지 도무지 모르겠다. 누군가 가르쳐줬어야 하는데 그런 사람이 없었다. 이제는 너무 늦어버렸다.

"초면인 것 같은데요." 캐츠는 고개를 들어 빌리를 보면서 말했다.

그레이스는 빌리가 낡은 파자마 대신 제대로 된 옷을 입고 있어서 그나마 다행이라고 생각했다. 다시 생각해보니 요즘 빌리는 낮잠을 자려고 할 때를 제외하고는 늘 옷을 잘 입고 있다. 그레이스는 이제야 그 사실을 눈치챘다는 사실이 미안했다.

"빌리…… 펠드만입니다." 빌리가 손을 내밀어 악수를 청했다.

하필이면 오른손 엄지를 물어뜯는 바람에 엄지 끝에 피가 조금 나 있었다. 그레이스는 캐츠가 그걸 알아채지 못하기를 바랐다.

빌리는 문을 활짝 열고 캐츠에게 안으로 들어오라는 손짓을 했다. 하지만 겁먹은 얼굴을 하고 있었다.

캐츠는 빌리의 소파에 자리를 잡고 앉았다. 여자 미스터 래퍼티가 그녀의 무릎 위로 펄쩍 뛰어올랐다.

"좋아서 그러는 거예요." 그레이스가 서둘러 말했다.

"흐음, 그러니?" 캐츠는 한 손으로 래퍼티의 털을 쓸어내렸다. 손길이 마음에 들었는지 래퍼티가 엉덩이를 들어 올렸다. 그 모습을 본 그레이스는 카운티에서 온 캐츠를 조금 좋아하게 되었다.

"제 고양이예요. 위층에 사시던 래퍼티 할아버지 고양이였는데 권총으로 자살을 하셨거든요. 그래서 이제는 제 고양이가 되었어요."

빌리는 말없이 아까 그 엄지손톱을 다시 괴롭히고 있었다.

"그럼 펠드만 씨가 너를 돌봐주실 때마다 고양이도 데리고 오니?"

"누구요? 아, 맞다. 빌리 아저씨요. 아저씨 성이 펠드만이라는 걸 늘 잊어버린다니까요. 나는 그냥 빌리 아저씨라고 부르거든요. 성이 필요한 경우에는 빌리 샤인이라고 하고요. 아니요. 이 고양이는 나랑 같이 다니지 않아요. 고양이는 여기서 살아요."

"네 고양이인데 여기서 살아?"

"네. 우리 엄마가 허락해주지 않아서요. 고양이 말이에요. 하지만 그래도 나한테는 고양이가 있어요. 여기서 살지만요."

"아차, 커피!" 빌리는 자리에서 벌떡 일어나며 크게 소리쳤다. 지나치게 큰 목소리는 빌리가 당황스러워한다는 걸 고스란히 알려주고 있었다. "커피를 좀 내려 드릴까요? 진짜 우유로 만든 크림도 있어요."

"괜찮아요." 캐츠가 말했다. "그리 오래 있지 않을 겁니다. 그레이스. 그럼 너는 '여기서' 사니?"

빌리는 다시 자리에 앉으려다가 캐츠의 질문에 엉거주춤 동작을 멈추고 말았다. 앉은 것도 선 것도 아닌 자세에서 무릎을 굽히고 있었다.

"아니요." 그레이스가 말하자 빌리는 마법에서 풀려나 자리에 앉았다. "여기 살지 않아요. 학교 마치고 2시간 동안만 여기에 있어요." 그레이스는 캐츠가 고개를 끄덕이고 나서 서류 폴더에 뭔가를 적는 모습을 쳐다보았다. "레일린 언니가 데이트를 하지 않으면 그렇다는 거예요. 지난 일주일 동안은 거의 매일 밤 데이트가 있었어요. 그럴 때는 여기에 더 오래 있어요. 하지만 대개는 레일린 언니 집에서 살아요."

긴 침묵이 흘렀다. 길고도…… 좋지 않은 침묵이었다. 그레이스는 방금 자신이 한 말을 속으로 되짚어봤다. 겁에 질려 아주 빠르게 되감기를 해보면서 어디서부터 잘못되었는지를 찾으려 했다. 다 괜찮은 말인 것 같다. 하지만 지금 뭔가 잘못됐고 그 모든 게 자기 탓이라는 느낌이 왔다.

"존슨 양이랑 살고 있다고? 그러면 지금 엄마랑은 전혀 같이 지내지 않는 거니?"

그레이스는 갑자기 목이 막히면서 말을 하는 게 힘들어졌다.

"잠시 동안만 그러고 있는 거예요. 엄마 상태가 좋아질 때까지만요."

간신히 목구멍을 빠져나온 말소리는 삐걱거리고 있었다.

"허리를 다쳐서." 캐츠가 말했다. 그건 질문이 아니었다.

"네?"

"존슨 양이 네 엄마가 허리를 다치셨다고 말해줬어. 그래서 약을 많이 복용하고 계시다고."

"맞아요! 허리! 허리를 다치셨어요! 그래요!"

캐츠는 한숨을 내쉬고 서류 폴더를 내려놓은 다음에 그레이스의 얼굴을 똑바로 쳐다보았다. 그레이스는 얼굴에서 온기가 사라지는 걸 느꼈다. 창백해진 얼굴에 남은 것은 얼얼함과 냉기뿐이었다.

"그레이스, 그런데 문제가 있어." 캐츠가 말했다. 아이들에게 중요한 말을 하는 어른의 말투였다. "네 엄마랑 방금 이야기를 나누었어. 직접 만났지. 허리를 어떠냐고 물어보았더니 네 엄마는 무슨 말인지 전혀 모르시더라."

그레이스는 흘깃 빌리 쪽을 보았다. 빌리의 얼굴은 백지장처럼 하얗게 질려 있었다.

아무도 아무런 말을 하지 않은 채 무시무시하고 긴 침묵을 지켰다.

"그리고 또 다른 문제가 있어. 나는 여기 사람들이 너를 돌봐주는 걸로 알았는데 네가 여기나 존슨 양의 집에서 산다면 그건 이야기가 달라져. 여기 이웃분들 중 누구도 위탁 가정으로 등록되어 있지 않기 때문이야. 존슨 양은 언제 집에 오니?"

그레이스는 대답을 하기 위해 입을 벌렸지만 아무런 소리도 나오지 않았다.

"5시 30분경이요." 빌리가 말했다. "저녁 예약 손님이 없다면요."

"알겠습니다." 캐츠는 서류 폴더를 모아들고 가방 끈을 어깨에 메면서 말했다. "다른 곳도 가봐야 해서 이따가 다시 와야겠네요. 존슨 양에게 다시 오겠다는 말 전해주세요."

빌리는 벌떡 일어나서 외쳤다. "그레이스는 여기서 잘 지내고 있어요." 필사적인 목소리였다.

캐츠는 슬픈 미소를 지었다.

그레이스가 애원하기 시작했다. "제발 저를 데리고 가지 마세요. 여기를 떠날 수 없어요. 여기는 좋은 곳이에요. 바로 옆이니까 엄마가 나아졌는지 확인할 수 있어요. 게다가 두 달 있으면 학교에서 춤을 춰야 하는데 지금 나를 데리고 가면 춤도 추지 못하게 돼요. 세상에서 가장 중요한 일이에요. 지금 나는 춤을 잘 춰요. 빌리 아저씨 집에 매일 오기 전에는 춤을 어떻게 추는 건지도 몰랐어요. 간단한 스텝 하나도 몰랐죠. 그때는 뚱뚱했어요. 모든 게 엉망이었죠. 그런데 지금 저를 보세요. 여기서 제가 보여드릴게요."

그레이스는 재빠르게 댄스 플로어로 이동했다.

"미안하지만 나는 이만……."

그레이스가 캐츠의 말을 끊었다. "이걸 보셔야만 해요. 제가 춤추는 걸 보셔야 이 일이 얼마나 중요한지 아시게 될 거예요."

그레이스는 두 눈을 감았다. 그리고 셋을 세고 타임 스텝을 시작했다.

시작은 완벽했다. 빌리의 말이 맞았다. 단순한 동작을 완벽하게 하고 나면 마음이 안정돼서 나머지도 잘할 수 있다. 하지만 버팔로 턴을 해야 하는 순간이 다가왔다. 이것도 완벽하게 해내야만 한다. 지금까지 한 번도 성공하지 못했지만 그레이스의 미래가 이 턴을 완벽하게 하느냐 마느냐에 달렸다.

순간 그레이스는 자신이 잊고 있던 걸 생각해냈다. 즉시 상반신에 힘을 빼고 어깨를 떨어트렸다. 그리고 미소를 지었다.

버팔로 턴은 완벽했다. 지금껏 했던 중에서 최고였다. 올바른 착지 장소에서 턴을 마무리했다. 처음 춤을 시작했던 댄스 플로어의 한가운데였다.

그레이스는 고개를 들어 캐츠를 쳐다보았다. 그녀는 놀라기도 하고 감동도 받은 것 같았다. 통했다!

그레이스는 바로 트레블 홉 스텝에 돌입했다. 게다가 미소도 잊지 않았다!

하나, 둘, 셋, 넷, 다섯, 여섯, 일곱, 홉…… 하나, 둘, 셋, 넷, 다섯, 여섯, 일곱, 홉…… 하나, 둘, 셋, 넷…… 하나, 둘, 셋, 넷…… 하나 하고 둘. 하나 하고 둘. 하나 하고 둘. 하나 하고 둘, 셋하고 정지!

그레이스는 당당하게 한 발을 허공에 둔 채 활짝 웃었다. 최고였다. 해야만 하는 자리에서 해낸 것이다.

캐츠는 서류 폴더를 옆구리에 끼고 크게 박수를 쳤다.

"정말 잘하는구나. 정말 잘 추는데. 이걸 몇 달 만에 배웠다고?"

"네." 그레이스는 숨을 헐떡거리며 말했다. "연습을 많이 하거든요."

"펠드만 씨와 다른 이웃분들이 너에게 큰 도움을 주셨다니 정말 대단하구나. 이런 게 법적인 문제를 바꾸어 놓을 수 있다면 좋겠다만…… 존슨 양에게 내가 6시 이후에 다시 오겠다고 전해주렴."

그 말을 남기고 캐츠는 떠났다.

"이제 일어서렴. 춤을 춰야 하잖니." 빌리가 말했다.

"지금은 춤을 출 수가 없어요."

그레이스는 소파에 주저앉아 고양이를 꼭 껴안고 있었다. 지나치게 꼭 껴안은 게 아닌가 싶을 정도였다. 하지만 여자 미스터 래퍼티는 불평을 하지 않았다. 그저 가만히 안겨 있었다.

"이럴 때일수록 더욱 더 춤을 춰야 해. 그게 핵심이야. 춤을 추면 중요한 순간을 다시 되짚어볼 수 있어. 춤이 너를 구원해줄 거야."

"지금 몇 시예요?"

빌리는 주방에 있는 시계를 보았다. "6시 10분."

"나를 구원해줄 수 있는 건 아무것도 없어요."

"해보지 않고 그렇게 말하면 안 되지."

그레이스는 한숨을 내쉬었다. 고양이를 소파에 풀어주고 벌떡 일어섰다. 그 순간 그레이스는 자신이 지금껏 공황상태에 빠지지 않았던 건 여자 미스터 래퍼티의 따스한 털과 편안한 가르랑 소리 덕분이었다는 걸 깨달았다. 갑자기 숨쉴 수 있는 공기가 하나도 없는 것처럼 느껴졌다.

고개를 들어 빌리를 보았다. 빌리는 탭슈즈의 끈을 묶고 있었다.

"공황발작이 일어나려는 것 같아요." 그레이스가 말했다.

빌리는 펄쩍 뛰어올라서 그레이스에게 달려왔다.

"안 돼!" 빌리가 소리쳤다. "원상태로 돌아와! 그러면 안 돼. 일단 지금 상태를 그렇게 부르지 마. 지금 상태를 대단하게 생각해서도 안 돼. 없던 일로 해야 해." 빌리는 그레이스의 머리 주변에서 손을 흔들면서 말했다. "지금 당장 그 생각을 멈춰. 어서. 내가 같이 춤을 춰줄게."

빌리는 그레이스의 손을 잡고 주방 한가운데로 이끌었다. 두 사람이 신은 탭슈즈가 리듬감 있는 메아리를 만들어냈다.

"주방에서 춤추면 안 된다고 했잖아요."

"지금은 제발 네 엄마가 올라와서 소리치기를 빈다. 상의라도 할 수 있잖아."

그레이스는 자신도 모르게 피식 웃고 말았다. 빌리 아저씨가 그런 말을 하다니.

"이제 나랑 일렬로 서봐. 아니, 조금 더 떨어져서. 각자 턴을 할 수 있는 공간을 확보해야 하니까. 이제 춤을 추면 모든 걱정이 사라지는 걸 보여줄게."

더 잃을 것도 없다는 생각을 한 그레이스는 곁눈질로 가끔씩 빌리를 쳐다보면서 함께 춤을 추었다. 이번에는 완벽하지 않았다. 미소를 짓는 것도 잊어버렸다. 하지만 두 사람의 동작이 딱딱 맞는 걸 보니 재미있었다. 갑자기 그레이스는 춤에 집중하게 되었다. 빌리가 말했던 그대로였다. 어떻게든 일이 잘 풀릴 것 같은 생각도 들었다. 왜냐면…… 그냥 잘 풀릴 테니까.

"아저씨는 최고의 춤꾼이에요." 턴을 돌고 난 다음 그레이스가 말했다.

"예전 실력의 10퍼센트도 발휘하지 못하는걸."

"분명 잘했을 것 같아요."

"그럼. 아주 훌륭했지." 빌리는 그렇게 말하고 피날레 동작을 해냈다.

그때 레일린의 집 앞에서 문 두드리는 소리가 들려왔다.

25
빌리

"그래도 한 달 남았잖아." 레일린은 억지로 활기찬 목소리를 냈다. 하지만 동시에 가슴이 무너져 내리는 소리가 들려오는 것 같았다.

"충분하지 않아요!" 그레이스는 울부짖었다. "공연은 두 달 뒤란 말이에요! 그 사람들이 한 달 뒤에 나를 데리고 가면 나는 학교에서 춤을 추지도 못하게 돼요. 언니가 위탁모가 되어서 다시 나를 되찾아올 수도 있겠죠. 하지만 나의 중요한 댄스 공연을 하기에는 너무 늦어버린 뒤란 말이에요!"

빌리는 레일린의 품에 안겨 울고 있는 그레이스의 눈물을 닦아주었다.

"하지만 그 한 달 동안 엄마가 약을 완전히 끊을 수도 있잖아. 그렇게 되면 문제가 없어. 그러니까 우리 그 문제를 연구해보자. 그레이스의 엄마가 약을 하지 않게 도울 수 있는 방법을 생각하자고."

"욜란다 언니가 필요해요." 그레이스는 조금 진정된 얼굴로 말했다.

"우선 우리가 네 엄마를 만나서……."

"아니요, 욜란다 언니가 해야 해요. 엄마는 우리한테 화가 많이 나 있어요. 그리고 엄마가 약을 끊기 전에는 나를 보지 못할 거라고 이미 말했으니까 내가 다시 집에 갈 수도 없어요."

"이번은 예외로 해야 하지 않을까?" 레일린의 목소리는 무겁게 가라앉아 있었다.

"안 돼요. 약속은 약속이잖아요. 게다가 우리는 해볼 만큼 해봤잖아요. 그러니 욜란다 언니여야 해요. 욜란다 언니는 무서워요. 늘 그런 건 아니지만 필요하면 아주 무서운 사람이 될 수 있죠."

죽은 듯한 무풍 상태가 찾아왔다. 어떤 배도 움직이지 않았다. 돛 하나도 펄럭이지 않았다.

"여기서 나가야겠어요." 레일린이 말했다. "숨이 막혀서요. 그레이스, 집으로 가보렴. 우리 집에 가서 욜란다에게 전화를 걸어. 나는 잠깐 빌리와 이야기를 하고 있을게. 우리 집 열쇠 가지고 있지?"

그레이스는 고개를 끄덕이고 레일린 집으로 얼른 달려갔다.

레일린은 고개를 들어 빌리를 쳐다보았다. 패배감과 공포가 공존하는 시선이었다.

"이제 다 잘 돼간다고 생각했는데……." 레일린이 말했다.

"그러게요. 그럴 때 조심해야 하는가 봐요."

"어쨌든 이 고양이 소굴에서 어서 나가야겠어요. 목이 조여 오네요. 나랑 잠깐 복도로 나갈래요?"

빌리는 레일린을 따라 문 밖으로 나갔다. 그리고 음산한 복도를 따라 걸었다. 심장이 두근거리기 시작했다. 복도 끝에 이르자 실망스러울 정도로 작은 창문이 보였다. 빌리는 알지 못하던 창이었다.

레일린은 균형을 잃었는지 갑자기 앞으로 쿵 하고 넘어졌다. 빌리가 잡아주려 손을 뻗어보았지만 놓치고 말았다. 레일린은 그 자리에서 일어나지 않고 얼룩 진 벽에 등을 기댄 채 앉아서 몸을 웅크렸다. 그제야 빌리는 레일린이 무릎에 힘이 빠져 그렇게 되었다는 걸 알았다.

빌리는 레일린 옆에 바짝 다가가 앉아서 벽에 등을 세게 기댔다. 감정적 안정감을 되찾고자 하는 애처로운 노력의 일환이었다. 물론 소용없었다.

"그레이스에게 거짓말을 한 건 아니에요." 레일린은 부자연스러운 목소리로 말했다. "캐츠가 한 말을 들려주었죠. 하지만…… 전부는 아니었어요. 그레이스에게 차마 하지 못한 말이 있어요."

"말해봐요. 빨리 말할수록 좋겠어요. 점점 겁이 나기 시작하니까요."

"알았어요."

"어서 말하기나 해요."

"그레이스는 내가 가서 위탁모를 신청하면 곧바로 자기를 되찾아 올 수 있다고 생각하잖아요. 하지만 그러지 못할 수도 있어요."

레일린이 전해준 새로운 이야기는 빌리의 텅 빈 머리를 띵하게 만들었다. 그 이야기는 빌리의 머릿속에서 자리를 잡지 못하고 그저 아무것도 없는 허공에서 휘돌았다. 빌리는 아무런 대꾸도 하지 않았다.

"이 문제로 캐츠와 많은 이야기를 했어요. 서류가 통과될 수는 있대요. 하지만 오래 걸린다고 해요. 그리고 내가 위탁 가정으로 선정되더라도 그레이스보다 더 오랫동안 대기하고 있던 흑인 아이가 맡겨질 가능성이 많대요. 상황이 좋지 않아요. 일단 한번 그 시스템에 들어가면 우리는 다시 볼 수 없을지도 몰라요. 법적으로 인정받을 만한 관계가 아니니까요. 혈연도 아니고. 그레이스를 되찾을 법적 근거가 없어요. 심지어 아이가 잘 지내고 있는지 알아볼 권리조차 없죠."

빌리는 입을 움직일 수 있는지 시험해보았다. 움직여졌다. 놀라운 일이었다. 하지만 신체의 다른 부위와 분리되어 있는 것처럼 느껴졌다.

"하지만 우리와 그레이스는…… 우리 관계는……."

"하, 그들은 그런 걸 신경쓰지 않아요. 친부모에게서 아이들을 데려가는 사람들이라고요. 캐츠는 그레이스의 위탁 문제를 결정할 때 익숙한 환경에 대한 고려를 '약간' 할 수 있다고 하더라고요. 하지만 '다른 적합한 요소'와 대기 시간이라는 문제를 이길 수가 없을 거라고 했어요. 그 여자가 한 말을 그대로 옮긴 거예요. 인종 문제는 없냐고 따지고 싶었지만 말하지 않았어요."

두 사람은 한동안 말없이 앉아 있었다.

"그냥 그레이스를 데리고 도망갈까 봐요." 레일린이 말했다.

빌리는 힐끗 레일린을 보았지만 레일린은 그저 바닥을 응시하고 있었다.

"진지하게 하는 말 아니죠?"

"진지한 말일 수도 있죠."

"금방 잡힐 거예요. 그럼 그레이스는 위탁 가정에 가게 되고 당신은 감옥에 가게 되겠죠. 그러면 그나마 희박하게 남아 있던 그레이스를 되찾을 가능성이 아예 없어지는 거예요."

레일린은 잠시 동안 아무 말 없이 입술 안쪽을 질겅질겅 깨물었다. 레일린의 머릿속이 어떻게 돌아가는지 도무지 가늠할 방법이 없었다.

"그 말이 맞네요. 미친 짓이에요."

갑자기 그레이스의 커다란 목소리가 고요한 대기를 갈랐다. "여기들 보세요!" 레일린의 집 앞에서 그레이스가 소리치고 있었다. "좋은 소식이에요! 욜란다 언니가 와서 중독자를 혼내준대요!"

레일린은 평생을 사귄 친구를 보는 듯한 얼굴로 빌리와 눈을 마주쳤다.

"혼내주면 중독자가 중독이 아닌 게 되나요?" 레일린이 속삭였다.

"모르겠네요." 빌리도 속삭이듯 말했다. "하지만 그렇게 되기를 바라보죠. 지금 당장 우리가 기댈 수 있는 유일한 방법 같으니까요."

밤새도록 한숨도 자지 못해서인지 오늘따라 유난히 커피 향이 좋게 느껴졌다. 빌리는 머그잔 딱 하나를 채울 양만 내려서 이번 달 말까지 커피가 떨어지지 않게 주의하는 것도 잊지 않았다.

커피가 필터로 스며들어가서 한 방울씩 떨어지는 걸 지켜보던 빌리에게 거칠게 문을 두드리는 소리가 들렸다. 지하에서 나는 소리였다. 욜란다가 온 모양이다.

잠시 정적이 흐른 뒤 "문 열어요, 잠자는 숲속의 공주님. 당신의 빌어먹을 후견인이 왔어요."라는 말소리가 들렸다.

잠시 후 문이 삐걱거리며 열리는 소리가 들렸다. 빌리가 늘 찜찜하게 생각하던 것이 명확해지는 순간이었다. 빌리는 늘 그레이스의 엄마가 문 두드리는 소리를 실제로는 듣고 있지 않은가 하는 의문을 갖고 있었다. 그런데 이제 그 답을 얻었다.

빌리는 신경질적으로 손톱을 씹다가 다른 한 손으로 찰싹 때렸다. 그레이스가 그 자리에 있었다면 했을 일이었다. 물론 빌리는 그레이스보다 훨씬 살짝 때렸다.

빌리는 소파에 털썩 앉아 커피를 마셨다. 얇은 커튼 너머로 건물 앞 거리를 오가는 자동차들이 보였다. 다시 그레이스의 학교까지 걸어가는 일을 하기까지 30분도 채 남지 않았다. 빌리는 결의에 찬 표정으로 벌떡 일어섰다.

단호한 걸음으로 주방으로 가서 커피를 한 주전자 가득 내리기 시작했다. 커피가 내려지는 동안 크림이 얼마나 있는지 확인했다. 다음 식료품 배달이 올 때까지 먹기에 충분하지 않은 양이었지만 상관없었다.

뭔가 조치를 취해야만 하니까 조치를 취할 것이다.

빌리는 목욕 가운의 끈을 단단히 묶었다. 한 손에는 커피 주전자를 들고 한 팔로는 크림 통을 그러안았다.

반쯤 열린 문 너머에는 욜란다가 서 있었다. 빌리는 그레이스가 소집했던 모임에 끼어들었던 욜란다를 분명히 기억하고 있다. 사실 절대로 잊을 수 없는 사람이다.

"네?" 욜란다가 말했다.

빌리는 도망치고 싶은 마음을 꾹 눌렀다.

"그레이스의 이웃인데요."

"아, 맞아요. 기억 나네요. 그 예민하신 분. 그런데 이 좋은 냄새는 뭐죠? 어머, 그쪽에서 풍겨 나오네요. 커피군요."

"이른 시간이라 커피를 마시고 싶어 하실 것 같아서요."

"와우, 정말 친절하신 분이네. 안으로 들어오세요."

빌리는 조심스럽게 집 안으로 발을 내딛었다. 심장이 두방망이질 쳤다. 그레이스의 엄마가 있을 법한 쪽으로 시선을 흘깃 던져보았다. 그녀는 소파에 앉아 담배를 피면서 그를 노려보고 있었다. 두 사람의 시선이 잠시 얽혔다. 에일린은 벌떡 일어나 침실로 들어가면서 쾅 소리가 나게 문을 닫았다.

"그레이스의 엄마는 저를 미워하세요." 빌리는 비위가 상할 정도로 더러운 주방 조리대 위에 커피와 크림을 내려놓았다.

"네, 그러더라고요. '재미있게 보이려고 일부러 과장스럽게 행동하지만 전혀 재미있지 않은 사람'이라고 하더라고요. 깨끗한 머그잔을 가지고 올게요. 저의 구세주세요. 이 집에는 아무것도 없거든요. 커피도 없고 우유도 없고 음식도 없어요. 굶어죽지 않은 게 신기할 정도죠. 아마 며칠에 한 번씩 패스트푸드점에나 갔다 오는 모양이에요. 오, 여기 컵이…… 뭐, 닦아서 쓰죠. 어쨌든 정말 좋은 분이세요. 머그잔을 두 개 닦을까요? 같이 마실래요?"

"저는 이미 마셨습니다."

"에일린? 커피 마실래요?" 욜란다가 갑자기 고함을 쳤다. 그 바람에 빌리는 펄쩍 뛰어올랐다.

아무런 소리도 들리지 않았다.

욜란다는 씩씩하게 침실로 가서 문을 열고 머리를 안으로 들이밀었다. 그러고는 뒤로 물러나서 에일린 혼자 침실에 있게 해주었다.

"머그잔 두 개가 필요하네요. 에일린도 마실 거예요."

드디어 궁극의 희생을 할 시간이라고 빌리는 생각했다.

"크림 넣으실래요?"

"감사하지만 사양할게요. 저는 블랙으로 마셔요. 에일린도 설탕만 넣을 거예요. 어디선가 설탕을 본 것 같은데……." 욜란다는 수납장 문을 열었다. 안에는 설탕 한 상자와 시럽 한 병밖에 없었다. "찾았다. 설탕은 왜 남아 있는지 알아요? 설탕을 넣어 먹거나 뿌려 먹을 게 없어서예요. 그나저나 무슨 일로 오셨어요?"

빌리는 크림을 다시 집어 들어 한쪽 팔로 얼싸안았다.

"여기 와주셔서 감사하다는 말을 전하고 싶었어요. 우리 모두는 그레이스에게 무슨 일이 벌어질지 크게 염려하고 있거든요. 그리고 지금 일이 어떻게 되어가고 있는지도 조금 궁금해서요."

욜란다는 침을 튀기면서 요란하게 웃었다.

"제가 여기 온 지 10분이나 되었나요? 당연히 아직은 에일린의 삶을 완전히 바꾸어놓지 못했어요. 그걸 궁금해하신 거라면요."

빌리는 얼굴이 화끈 달아오르는 걸 느끼면서 문 쪽으로 걸어갔다.

"죄송해요. 그럼 이만…… 그…… 하던 일을 계속하세요."

"모질게 굴 생각은 아니지만 이런 일에는 시간이 필요해요. 아시죠?"

"그럼요. 당연히 그렇죠. 죄송합니다."

빌리는 문을 열고 서둘러 복도로 나갔다. 등 뒤로 문을 닫으려고 하는데 갑자기 문이 움직이지 않았다. 정신을 차리고 보니 욜란다가 복도에 나와 빌리 곁에 서 있었다.

"멋쟁이 양반, 내가 앞으로 어떻게 할지 알려줄게요. 먼저 이 집을 샅샅이 뒤져서 약을 다 찾아낸 다음에 변기에 넣고 물을 내려버릴 거예요. 그런 다음에 나는 출근을 하죠. 퇴근 후에 다시 이곳에 와서 에일린이 약을 먹었는지 아니면 약을 더 구할 방법을 찾아냈는지 확인할 거예요. 낙관적인 측면을 보자면 에일린에게는 돈이 없어요. 하지만 비관적으로 보면 중독자들은 늘 약을 얻을 방법을 찾아낸다는 거죠. 어떻게 되나 두고보자고요. 이따가 제가 찾아가서 커피 주전자도 돌려드리고 일이 어떻게 되어가는지 알려드리면 어때요? 많이 걱정하시는 것 같은데. 여기 1층에 살고 계시죠?"

"네, 맞아요. 레일린 앞집이에요."

"좋아요. 이런 일은 시간을 두고 경과를 지켜봐야 해요."

빌리는 서둘러 계단을 올라가서 자신의 집으로 돌아간 다음 냉장고에 크림을 넣어두고 소파에 앉았다. 그는 의식적으로 호흡을 고르면서 심장박동이 정상으로 돌아오기를 기다렸다.

"진지하게 하는 말인데요. 지금 공황발작이 일어났어요. 정말로 지금 공황발작이 오고 있어요."

집에서 서너 블록 떨어진 곳에서 그레이스가 말했다. 그레이스는 잡고 있던 레일린의 손을 놓고 인도에서 얼어붙듯이 멈춰 섰다. 제시가 몇 걸음 달려와서 한쪽 무릎을 꿇고 곁에 앉았다. 덕분에 빌리는 거대한 세상에 무방비 상태로 혼자 남게 되었다.

빌리는 천천히 그레이스의 옆으로 가서 제시와 가까운 쪽에 무릎을 꿇고 앉았다.

"그 생각을 지워버려." 빌리는 그레이스에게 말했다. "전에 어떻게 지웠는지 기억하지?"

"춤으로요." 그레이스는 숨을 헐떡이면서 말했다. "하지만 여기에는 탭 슈즈가 없는데요."

"이게 다 내 탓이다. 공황발작이 있다는 말을 하지 말았어야 했어."

"그런 말 한 적 없잖아요. 아저씨도 공황발작이 있어요?"

그레이스는 의아한 얼굴로 빌리를 보았다. 적어도 그 순간에는 그레이스도 다른 곳에 신경을 쓰게 되었다.

"그전 밤에 우리 집 발코니에서 별을 바라보면서 옛날에 나한테 무슨 일이 있었냐고 물었잖아."

"하지만 대답 안 해주셨잖아요."

"대답했어." 빌리는 한 손을 그레이스의 어깨에 얹었다. 제시가 늘 해주던 일을 이제 그레이스에게 해주고 있었다. "하지만 그때 너는 잠이 든 모양이다. 그런데 내 대답을 듣지도 않았는데 그 말은 어떻게 아는 거니?"

"모르겠어요. 어디선가 들었어요. 그런데 느낌이 바로 이런 것 같아요. 갑자기 다음 달이 지나면 다시는 이 거리를 못 볼 수도 있다는 생각이 들더니 숨을 쉴 수가 없는 거예요."

"그런 생각을 지울 수 있게 도와줄게."

"어떻게요? 여기서는 춤을 출 수 없어요."

"왜 안 되는데?"

"탭슈즈가 없잖아요!" 그레이스가 소리치자 울타리 안쪽 화단에 물을 주던 남자가 고개를 돌려 그레이스 일행을 주시했다.

"그래서? 세상에 춤이 탭댄스밖에 없는 줄 아니? 세상에는 온갖 종류의 춤이 있단다. 몇 가지 새로운 댄스 스텝을 보여줄 테니 학교까지 춤을 추면서 가자."

"사람들이 쳐다볼 텐데요."

"그래서 뭐? 볼 테면 보라고 해."

"아저씨도 나랑 같이 출 거죠?"

빌리는 마른 침을 꿀꺽 삼켰다. 세상에. 사람들이 쳐다볼 텐데.

빌리는 흘깃 제시를 보았다. 제시는 빌리의 대답을 기다리고 있었다.

"그래. 그렇게. 이제 시작하자. 정말 기본적인 라틴 살사 동작을 보여줄게. 여섯 박자에 맞춰서 하면 돼. 하나, 둘, 셋…… 넷, 다섯, 여섯."

빌리는 과장되게 두 발을 앞뒤로 내딛으면서 상체를 뒤쪽으로 젖히고 팔을 굽혀서 라틴 리듬에 맞춰 흔들었다. "팔을 많이 써야 한다는 걸 잊지 마. 한번 해봐."

그레이스는 속으로 박자를 세면서 빌리의 동작을 따라했다.

"팔, 오른쪽, 팔, 미소." 빌리가 말했다.

"그래요, 미소." 그레이스는 어색하게 씩 웃어 보였다.

빌리는 그레이스와 함께 스텝을 밟으면서 말했다. "이제 긴 스텝은 앞으로 보내고, 아주 짧은 스텝은 뒤로 보내기만 하면 돼. 그러면 움직일 수 있어."

두 사람은 천천히 살사춤을 추면서 이동했다. 화단에 물을 주던 남자는 하던 일을 멈추고 두 사람을 쳐다보았다. 두 사람이 그 집을 거의 지나갈 무렵, 남자는 호스를 팔꿈치에 끼고 두 사람에게 박수를 보냈다.

"*무이 보니타*(예쁘다)." 비꼬는 투가 전혀 없이 진심으로 하는 말이었다. "*미라다스 부에나스*(멋지네요)!"

"저 사람이 뭐라고 한 거니?" 빌리는 계속 춤을 추면서 그레이스에게 슬쩍 물었다.

"음…… '*보니타*'는 '예쁘다'라는 말이에요. '*부에노*'는……."

"'*부에노*'는 나도 알아. 우리를 비웃는 건 아니구나. 마음에 들었나 봐. 네가 받은 첫 번째 박수네."

"레일린 언니도 나한테 박수 쳐줬어요. 카운티에서 나온 그 언니도 그랬고."

"일반 대중에게 처음 받은 박수라고. 기분이 어때?"

"이상해요. 예상했던 것보다 더 이상하네요. 물론 내가 예상했던 건 길을 걸으면서 살사를 추는 모습은 아니었지만요."

한 블록을 더 지난 후 어깨 너머로 뒤를 보니 레일린과 제시가 열 걸음 정도 떨어진 뒤에서 나란히 걸어오는 게 보였다. 두 사람은 손을 잡고 있었다.

여섯 시가 지난 시각, 그레이스가 레일린에게 가고 얼마 지나지 않은 그때 욜란다가 빌리의 문 앞에 모습을 드러냈다.

빌리는 문을 활짝 열고 안으로 들어오라고 청했다. 비록 무서운 여자라고 생각했지만.

빌리는 욜란다에게 커피 주전자를 건네받고 주방 싱크대로 걸어가면서 그 끔찍하고 더러운 집에 주전자를 놔두고 온 자신을 용서하려면 몇 번이나 주전자를 닦아야 할지 생각해보았다.

거실로 돌아와보니 욜란다는 소파에 앉아서 고양이를 쓰다듬고 있었다.

"이게 그레이스의 고양이로군요, 그렇죠? 이 고양이에 대해서는 귀에서 진물이 날 정도로 들었어요. 엄마랑 딸한테 모두요. 시간 낭비하지 않고 본론으로 들어갈게요. 지금 상황은 나도 잘 모르겠어요. 에일린은 걸어다니면서 말도 하고 하루 종일 약도 믹지 않았다고 했어요. 그렇지만 아직 모르겠어요. 내일이나 모레가 되면 멀쩡한 상태가 지겨워질 수도 있죠. 그러면 어떻게든 약을 구할 거예요. 아니면 그레이스에 대한 이야기를 하는 것도 좋을 것 같아요. 위탁 시스템에 들어가게 될 거란 이야기요. 하지만 효과가 있을지 모르겠어요. 왜 이렇게 생각하는지 말해줄게요."

욜란다가 잠시 말을 멈춘 사이 빌리는 소파 끄트머리 가장자리에 걸터앉았다. 얼굴에 핏기가 모두 가시고 차갑게 식어가는 게 느껴졌다.

"에일린은 그렇게 되어도 더 나빠지지 않는다고 생각해요. 여러분이 모두 악마라고 생각하고 있어서 그레이스를 위탁 시설에 보내는 편이 지금보다 더 나을 거라고 믿고 있거든요."

빌리는 헛기침을 해서 목소리를 골랐다.

"하지만 우리는 그레이스를 사랑해요." 제법 목소리가 잘 나왔다. "그리고 그레이스도 우리를 사랑하죠. 그레이스는 여기서 정말 잘 지내고 있어요."

"에일린은 전형적인 중독자의 논리로 말하고 있어요." 욜란다는 거침없이 말했다. "분노와 억울함으로 삶을 바라보죠. 아직 약 기운이 남아서 그런 걸 수도 있어요. 며칠 더 지나면 진짜 에일린이 나와서 말해줄 거예요. 나는 2년 동안이나 에일린을 후원해 왔어요. 회복력이 좋은 사람이에요.

에일린 안에는 합리적인 에일린이 있어요. 조금 기다리면 만날 수 있을 거예요."

두 사람은 한동안 침묵을 지키며 앉아 있었다. 빌리의 머릿속 시계는 욜란다가 너무 오래 머물러 있다고 경고했다.

"그레이스는 카운티에서 자기를 데리고 가면 레일린이 곧바로 데리러 와줄 거라고 생각하고 있어요……." 빌리는 맥없이 말했다.

"그러면 누군가가 그레이스에게 진실을 말해줘야 해요. 한번 위탁 시스템에 편입되면 다시는 못 돌아와요. 아이 엄마라면 아이를 되찾을 수 있죠. 하지만 많은 시간과 노력을 들여서 약물 중독에서 벗어났다는 걸 증명해야 해요. 최소한 1년은 걸리는 일이죠. 그레이스는 진실을 알아야만 해요. 이건 그 아이의 미래니까요. 그렇지만 지금 당장 말하는 건 아닌 것 같네요. 아직은 기회가 있으니까요. 사람들이 그레이스를 데리러 오게 되면 무슨 일이 벌어질지 미리 알려줘야 해요."

"그럼 우리한테 아직 기회가 있다고 생각하시는군요." 빌리는 지독한 냄새가 나는 쓰레기더미 속에 손을 넣어 값비싼 보석 하나를 움켜쥐는 심정으로 말했다.

욜란다는 손가락으로 긴 머리카락을 빙글빙글 말았다. 긴장하면 나오는 버릇인 것 같았다.

"생각하고 있는 방법이 하나 있어요. 제가 휴가를 5일 쓸 수 있거든요. 그래서 그 카운티 여자분이 오는 날 앞뒤로 사흘을 여기에 와 있으려고요. 에일린 곁에 딱 붙어 앉아서 약을 끊고 깨끗한 상태를 유지하게 만들 거예요."

"훌륭하네요!" 빌리는 자신도 모르게 새된 소리로 말했다. 평소와 다른 커다란 목소리에 스스로도 놀랐다.

"에이. 생각하는 것처럼 그렇게 강력한 방법은 아니에요. 밖에 나가서 약을 사려고 한다면 말릴 도리가 없어요. 말로 설득할 뿐이지 묶어놓거나 할 수는 없어요. 합법적이지 않으니까. 내가 할 수 있는 건 창피해서라도 내가 보는 앞에서 그런 일을 하지 못하게 막는 게 다예요.

이 작전에 또 다른 약점이 있어요. 사실은 두어 가지 약점이 있죠. 일단 카운티에서 나온 사람이 한 달 말미를 준다고 했잖아요. 하지만 그게 한 달이 아니라 26일이거나 35일일 수 있어요. 그게 정확히 언제일지는 절대로 알 수가 없어요. 일부러 그렇게 하는 거라고 생각해요. 미리 약속을 하고 찾아오는 고마운 일을 해줄 리가 없어요.

어찌어찌해서 내가 에일린과 함께 있을 때 그 여자가 모습을 딱 드러냈고, 에일린은 깨끗한 상태로 있었다고 해도 문제가 있어요. 그렇게 되면 모든 일이 다 해결되고 아무도 그레이스를 위탁 시스템에 맡기지 않을 것 같죠? 카운티에서 그렇게 순순히 놔두지 않아요. 약물 중독자가 다음 날 다시 약에 취할 수도 있다는 걸 모를 만큼 멍청하지 않으니까요. 그 여자가 이런 일을 한두 번 해보겠어요? 그 여자는 다시 와서 확인할 거예요. 정기적으로 찾아오겠죠.

그러니까 노력은 해보는데 정말 어떻게 될지는 알 수가 없는 거죠. 몇 주 더 시간을 버는 것에 그칠 수도 있어요. 에일린이 치료 모임에 착실히 참석하지 않는 한 이 모든 게 헛수고가 될 거예요. 에일린 본인이 힘을 내고 노력하지 않으면 결론은 오직 하나예요."

빌리는 한동안 가만히 앉아서 숨만 쉬고 있었다. 요동치는 속에서 뭔가 물어볼 말이 치밀어 올랐지만 그 말을 감히 해볼 힘이 남아 있지 않았다.

"죄송해요." 욜란다는 자리에서 일어섰다.

"잠깐만요. 하나 더 물어보고 싶은 게 있어요. 확률이 어떻게 되나요? 그러니까…… 일반적인 확률이요. 중독자들이 완전히 약을 끊는 확률이요.”

그녀는 문에 손을 댄 채로 잠시 멈춰 서 있었다.

“백 명 중 세 명 꼴이에요.”

그 말을 남기고 욜란다는 밖으로 나갔다.

✦✦✦

빌리는 불안한 얼굴로 주변을 둘러보았다. 사방에 온통 날개만 보였다. 넓고 하얀색의 풍성한 깃털이 달린 날개였다. 그리고 그 날개들은 전혀 움직이지 않았다.

그렇게 가만히 있는 걸 보니 빌리는 더 불안해졌다. 놀림을 당하는 것 같았다.

“퍼덕거려!” 빌리는 날개를 쳐다보면서 소리를 질렀다. 그 긴장감을 더는 참아낼 수가 없었다.

하지만 날개는 여전히 가만히 있었다.

빌리는 정신없이 화를 냈다. “퍼덕거리라고, 이 빌어먹을 것들아! 그렇게 하고 싶잖아! 그럴 거잖아! 어서 퍼덕거리고 끝내버려!”

하지만 날개들은 꼼짝도 하지 않고 공중에 매달려 있었다. 그런데 어디선가 톡톡 두드리는 소리가 났다.

“빌리 아저씨!” 날개들이 멀리서 말했다.

아니다. 이건 날개가 하는 말이 아니다. 그레이스였다.

빌리는 번쩍 눈을 떴다. 한동안 흐릿하게 보이는 천장을 바라보면서 정신을 차리려고 노력했다.

“빌리 아저씨!”

이건 분명 꿈속에서 들리는 소리가 아니다. 그레이스가 문 너머에서 자신을 부르고 있었다.

빌리는 가운의 끈을 동여매고 비척비척 문으로 걸어가서 그레이스가 들어오게 했다.

"무슨 일이니?" 빌리는 그레이스를 내려다보면서 말했다.

그레이스는 처음 보는 파란색 잠옷을 입고 맨발로 차가운 복도 바닥에 서 있었다. 바닥이 차가운지 발을 번갈아 가면서 몸을 지탱하고 있었다.

"아저씨, 뭐가 잘못됐어요? 왜 소리를 질렀어요?"

"어, 내가 그랬니? 아무것도 아니야. 그냥 악몽을 꿨어. 어서 잠자리로 돌아가렴. 나는 다 괜찮아."

"그렇지 않잖아요. 그런데 왜 그렇게 말해요? 괜찮지 않은데 다 괜찮다고 말하면 안 되는 거잖아요!"

그레이스는 빌리의 옆을 지나쳐서 거실로 들어왔다. 그리고 소파에 떡하니 자리를 잡고 앉았다. 빌리는 문을 닫고 한숨을 내쉬었다.

"무서움을 다 잊고 다시 잠자리에 들 수 있을 때까지 누군가가 함께 있어주면 좋겠다고 생각하지 않아요? 나는 나쁜 꿈을 꾸면 레일린 언니 침대로 달려가요. 그러면 언니는 내 이마를 쓸어주면서 무슨 꿈을 꿨는지 물어보죠. 그러고 나서 '에고 우리 불쌍한 그레이스. 신경 쓰지 마. 그냥 꿈일 뿐이야. 꿈은 너를 다치게 하지 못해.'라고 말해줘요. 아저씨도 그렇게 해줄 사람을 원하지 않아요?"

빌리의 눈에서 눈물이 솟구쳤다. 하지만 최대한 꾹 참았다. 그런 걸 빌리도 원하고 있었던 모양이다. 평생 바랐던 모양이다. 하지만 이제야 그 사실을 깨닫고 있었다.

"알았다." 빌리가 그레이스 옆에 앉았다.

"무슨 꿈을 꿨어요?"

"커다란 하얀 날개가 내 주변을 가득 채우고 있는 꿈이었어."

"새의 날개 같은 거요?"

"내가 지금껏 보았던 새들의 날개는 아니었어."

"그럼 천사의 날개 같았나요?"

"모르겠다. 천사를 본 적이 없어서. 하지만 그런 것 같지는 않아. 천사의 날개라면 편안함을 주었겠지. 그 날개들은 전혀 편안하게 해주지 않아. 늘 그 날개 꿈을 꾸거든. 대개 그 날개들은 퍼덕거려. 잠자는 걸 방해하고 불안하게 만들지. 그런데 이번에는 처음으로 그 날개들이 가만히 있는 거야."

"아, 그래서 '퍼덕거려'라고 소리를 쳤던 거군요?"

"응. 들었구나. 왜 그랬냐면…… 잘 모르겠다. 설명할 수가 없네. 뭔가 나쁜 일이 일어나려고 한다는 걸 알면 긴장감이 커지잖아. 그래서 차라리 그 나쁜 일이 어서 일어나 끝났으면 하는 거야. 지금 내가 하는 말을 네가 이해할지 모르겠구나. 너도 비슷한 일을 겪어보면 알게 될 거야."

"원래 꿈이 그렇잖아요. 대부분 꿈은 도무지 이해할 수가 없거든요."

그레이스는 무릎을 꿇고 앉아서 빌리의 이마를 쓰다듬어주었다.

"에고, 우리 불쌍한 빌리 아저씨. 신경 쓰지 마세요. 그냥 꿈일 뿐이에요. 꿈은 아저씨를 다치게 하지 못해요."

"고맙다." 다시 눈물을 삼키면서 빌리가 말했다.

"천만에요. 그럼 나는 다시 잠을 자야 할 것 같아요. 아저씨 소파에서 자도 될까요? 아, 아니다. 내가 없어진 걸 보면 레일린 언니가 겁을 먹을 거예요. 돌아가는 편이 낫겠어요."

"그래. 나는 이제 괜찮아."

"그럼요. 꿈은 아저씨를 해치지 못하니까요."

그레이스는 총총걸음으로 러그 위를 가로질러 문을 활짝 열다가 손잡이를 잡은 채로 잠시 멈춰 섰다.

"아저씨한테 해주고 싶은 말이 있어요. 나는 아저씨를 늘 찾아낼 거예요. 아저씨는 나를 찾지 못할 수 있지만 나는 아저씨 찾는 법을 알거든요. 그러니까 어디를 가든, 물론 그런 일이 없기를 바라지만 만에 하나 그렇게 된다면…… 그러니까 레일린 언니가 나를 다시 데리고 오지 못한다면…… 나는 레일린 언니가 나를 되찾아 올 거라고 늘 말하지만, 그 이야기를 할 때마다 사람들이 모두 이상하게 창백한 얼굴이 돼요. 그래서 말인데요, 혹시라도 일이 잘 안 풀리게 되더라도, 나는 늘 아저씨를 찾아낼 거라는 걸 기억하세요. 물론 내가 열여덟 살이 될 때까지 기다려야 할 수도 있어요. 하지만 그 다음에는 아저씨를 찾아낼 거예요. 아저씨는 저의 베스트 프렌드니까요."

그레이스는 밖으로 나가서 문을 조심스레 닫았다.

빌리는 그날 밤 내내 집의 등이란 등은 모두 켜 놓은 채 텔레비전을 보았다. 잠을 자면 날개가 나올 걸 알고 있었기 때문이다. 날개가 빌리를 기다리고 있을 게 분명했다. 퍼덕거리든 퍼덕거리지 않든 날개는 날개였다.

26
그레이스

저녁 7시 15분 경이었다. 그레이스는 레일린의 집 러그 위에 양반다리를 하고 앉아서 텔레비전을 보고 있었다. 그레이스는 텔레비전을 가까이서 보는 걸 좋아했다. 그러면 자신이 텔레비전 세계의 일부가 된 것 같이 느껴졌다. 다른 사람의 인생에 정말로 들어가 있는 것 같았다. 하지만 오늘은 그렇게 집중이 되지 않았다.

그레이스는 고개를 돌려서 제시와 레일린을 보았다. 둘은 소파에서 손을 잡고 앉아 있었다. 하지만 그레이스가 보는 걸 알자마자 손을 놓았다.

"계속 손 잡고 있어도 돼요."

레일린은 제시를 흘깃 보았다. 제시도 레일린을 보았다. 두 사람은 누가 먼저 이야기를 할지 결정하지 못하는 것 같았다.

"우리는 그냥……." 레일린이 말문을 열었다. "그냥 이런 상황이 네게 낯설 것 같아서야."

"그래서요? 어쨌든 일이 잘 풀리면 되는 거잖아요."

"하지만 지금 상황이 어떻게 될지 우리도 몰라. 그냥……."

그때 그레이스가 한 손을 들어서 레일린의 말을 막았다.

"잠깐만요! 욜란다 언니 목소리가 들리는 것 같아요!"

그레이스는 문으로 달려가서 귀를 가져다 댔다. 그런 다음에는 주방으로 가서 바닥에 엎드려 한쪽 귀를 차가운 바닥에 댔다.

"아무 소리도 안 들려요."

고개를 들어 보니 레일린이 다가와 한 손을 내밀고 있었다.

"욜란다가 여기로 올 거야. 늘 그랬잖니."

"하지만 시간이 걸리잖아요!" 그레이스는 칭얼거리는 투로 말했다.

"그렇기는 하지. 자, 이리 오렴. 우리 같이 기다리자."

그레이스는 레일린의 손을 잡고 일어서서 함께 거실로 갔다. 그리고 제시와 레일린 사이에 앉았다.

"내일모레예요." 그레이스는 말했다. "점점 겁나요."

"사실 내일모레는 욜란다의 휴가 첫날이야. 그리고 그 다음날이 되어야 캐츠 양이 오겠지. 하지만 혹시 알아? 캐츠 양이 늦게 올지."

"아니면 일찍 올 수도 있죠." 그레이스가 말했다.

"그렇게 신경 쓰고 마음 상하지 마. 그러다가 또 토하기라도 하면 어떻게 하니? 괜찮니? 내 말은 할 수 있다면 마음 상하지 않도록 노력해보란 말이야."

"미안해요. 노력할게요. 하지만 어려워요."

욜란다가 문을 두드린 것은 그로부터 한 시간 정도가 지난 때였다. 그레이스가 이미 두 번이나 토한 후였다.

욜란다는 안으로 들어와서 자리를 잡고 앉았다. 평소처럼 고개를 저으며 복도에 서 있지 않았다. 그레이스는 그게 좋은 건지 나쁜 건지 알 수 없었다.

그레이스는 욜란다가 두 손을 무릎에 대고 앞으로 몸을 기울이는 모습을 지켜보고 있었다. 모든 일에 너무 시간이 많이 걸렸다.

"욜란다 언니, 당장 말해주지 않으면 난 폭발해버릴 거예요!"

그레이스의 입 밖으로 뛰쳐나온 말들은 서로 부딪치면서 퍼져 나갔다.

"미안. 그냥…… 나는 사람들에게 괜한 희망을 주는 일을 싫어하거든. 어쨌든 오늘 와보니 네 엄마는 정말 온전한 자기 정신으로 있었어. 일주일 만에 처음으로 앉아서 나를 쳐다보고 있더라고. 카운티에서 곧 다시 올 거라는 걸 알고 있었어. 그래서 겁이 난 것 같아."

"엄마는 그런 걸 신경 쓰지 않는데." 그레이스는 화를 내야 할지 좋아해야 할지 갈피를 잡을 수가 없었다.

"나도 그렇게 생각해. 처음에 그 이야기를 꺼냈을 때는 전혀 신경 쓰지 않았거든. 하지만 당시에는 어디까지나 가상의 문제였던 거지. 그런데 이제는 실제로 그 일이 일어나게 생겼다는 걸 알게 된 거지. 그래서…… 앞으로 2~3일이 정말 중요할 것 같아. 지금 당장 휴가를 낼 수 있다면 그렇게 하겠는데, 그러기에는 너무 늦었어. 어쨌든 내일 다시 올게. 그 외에 뭘 할 수 있을지는 모르겠어."

그레이스는 그 자리에 붙박이처럼 서 있었다. 진짜 사람이 아니라 시멘트로 만든 그레이스 모형 같았다. 레일린이 욜란다를 문까지 배웅하면서 뭔가 말하는 소리가 들렸지만 그레이스는 미동도 않고 가만히 있었다.

잠시 후 제시의 손이 어깨 위에 놓이는 게 느껴졌다.

"그레이스, 그렇게 의기소침할 것 없어. 이건 좋은 소식이라고. 알지?"

"알아요, 알아. 하지만 이제는 겁이 나요. 점점 더 많이 나요. 엄마가 약을 끊었다고 생각한 적이 얼마나 많은지 아저씨는 모르실 거예요. 하지만 그때마다 얼마 가지 못했어요. 너무 무서워요. 괜히 불행한 일이 생길 것만 같아요. 내일은 학교에 가고 싶지 않아요. 레일린 언니, 내일 학교에 안

가고 집에 있어도 될까요?"

"그렇게 하면 더 나빠지지 않을까?" 레일린은 그레이스의 곁에 바짝 다가앉으면서 말했다. "집에 있으면서 걱정만 하게 되지 않을까?"

"학교에서 토할까봐 걱정돼요."

레일린은 한숨을 내쉬었다.

"내가 도울 수 있을 것 같은데. 레이키를 해보자. 우리 몸의 자가 치료 능력에 도움이 되도록 기를 조작하는 일이야." 제시가 무릎을 꿇고 앉으며 그레이스와 눈을 마주쳤다.

"하지만 내일 아저씨가 학교에 있을 수 없잖아요."

"하지만 네가 혼자서 할 수 있게 알려줄 수는 있지."

제시는 두 손을 비벼서 따뜻하게 데우고 나서 그레이스의 배 근처에 두 손을 놓았다. 그레이스는 이상하다고 생각했다. 제시는 그레이스의 배를 실제로 만지지 않았다.

"뭔가가 조금 느껴지네요." 그레이스는 정말 그런 것 같다고 생각했다. "하지만 누군가의 손이 이렇게 가까이 있으면 뭐든 늘 느끼지 않나요?"

"맞아." 제시가 말했다. "그 사람의 기를 느끼는 거야."

"하지만 그게 늘 도움이 되는 건 아닌데요."

"그게 늘 '레이키'는 아니니까. 언제나 치유하는 기가 나오는 건 아니거든. 두 눈을 감고 뱃속에서 어떤 일이 벌어지는지 느껴보는 게 어때?"

"알았어요."

그 말은 그레이스가 말을 너무 많이 한다는 뜻이었다. 그레이스도 그 정도는 알아들었다. 하지만 그런 말에 상처 입으며 시간을 낭비하지 않기로 했다. 그렇지 않아도 골치 아픈 일이 너무 많았다.

잠시 후 그레이스는 뱃속이 조금 가라앉는 것 같다는 결론을 내렸다.

레이키 때문인지는 모르겠지만 어떻게든 컨디션이 나아졌다면 왜 그렇게 됐는지를 따지는 건 중요한 일이 아니다.

"이제 이걸 직접 하는 방법을 알려줄게."

제시에게 레이키를 배우고 나서 그레이스는 하루 종일 집에 있으면서 걱정하고 토하는 대신 아침에 학교에 가는 편이 최선일 거라는 데 동의했다. 그렇게 하루를 더 보내고 나면 그 다음에는 무슨 일이 벌어질까? 똑같은 표정으로 똑같은 생각을 하면서 며칠을 더 보낼 수 있을까?

여하튼 학교에 가기로 결정한 건 잘한 일 같았다. 레일린과 제시가 무척 좋아했기 때문이다.

다음날, 학교를 마치고 집으로 돌아오는 길에 펠리페와 나란히 걸으면서 스페인어를 배우고 있는데 그레이스의 시선을 가져간 여자가 있었다. 바로 캐츠였다. 아파트에서 불과 한 블록 떨어진 곳에서 은색 자동차를 몰고 갔다. 특별히 눈길을 끄는 그런 차도 아니었다. 그래서 그레이스는 자기가 왜 그 안을 들여다보았는지 알 수가 없었다. 여하튼 그 안에 있던 여자는 캐츠였다. 틀림없다. 그레이스의 뱃속이 대번에 알아보고 반응했다.

"생각보다 일찍 왔네요." 그레이스는 펠리페에게 말하면서 두 손을 비벼서 불쌍한 뱃속을 고치는 일에 최선을 다했다. "그 카운티에서 나온 언니요. 일찍 왔어요."

"아, 그런데 배는 왜 그렇게 잡고 있니? 아프니?"

"아프지 않으려고 노력하는 중이에요."

"일찍 온 건 좋은 일인지도 몰라. 네 엄마가 어제 약을 끊고 온전한 상태로 계셨다면서. 그러니 잘될 거야."

"하지만 그런지 아닌지 어떻게 알아보죠? 욜란다 언니가 오는 걸 기다렸다가는 몇 시간이 걸릴 텐데, 그 전에 저는 죽어버릴 거예요!"

"네가 엄마한테 가서 물어보면 되지 않을까?"

"아니요, 그럴 수는 없어요. 엄마한테 30일 동안은 나를 못 볼 거라고 했잖아요. 그러니 아저씨가 엄마한테 가서 물어봐 주세요. 펠리페 아저씨, 제발요."

"모르겠다. 너네 엄마는 나를 많이 싫어하서."

"맙소사. 하지만 나는 당장 알아야겠어요. 제발 부탁드려요."

"알았어. 좋아. 시도는 해볼게."

"배는 왜 그렇게 잡고 있는 거니? 아프니?" 빌리가 물었다.

"아니요. 아프지 않으려고 노력하는 중이에요." 그레이스는 초조한 음성으로 말했다. "레이키예요. 제시 아저씨가 가르쳐줬어요. 이렇게 하지 않으면 폭발해버릴 것 같아요. 펠리페 아저씨가 너무 늦어요."

"하지만 그건 좋은 일인 것 같다. 그건 네 엄마가 펠리페와 말을 하고 있다는 걸 의미하니까." 그런 다음에 빌리는 어조를 바꾸어서 말했다. "그레이스 퍼거슨! 너 지금 손톱 물어뜯고 있니?"

그레이스는 꿈에서 깨어난 듯 정신을 차리고 고개를 숙여 아래를 보았다. 지금 막 물어뜯긴 엄지손톱이 보였다.

"이런, 점점 아저씨를 닮아가는 것 같아요. 아무래도 아저씨가 나한테 좋지 않은 영향을 주나 봐요. 이런, 세상에, 펠리페 아저씨가 오네요! 발자국 소리가 들려요!"

그레이스는 달려 나가 문을 활짝 열었다. 펠리페가 안으로 들어왔다.

"네 엄마는 나에게 아무 말도 안 하셨어." 펠리페가 말했다.

"전혀요?"

"정말 아무 말도 안 하시더라. 하지만 내가 너를 위한 일이라고 말씀드렸지. 네가 카운티 여자와의 일이 어떻게 될지 정말 걱정하고 두려워하고 있다고 했어. 그랬더니 너네 엄마가 나보고 잠깐 기다리면 너에게 전할 쪽지를 주겠다고 하시더라. 자, 이거 받아."

펠리페는 그레이스에게 밝은 노란색 종이를 내밀었다. 전화기 옆에 놔둔 메모지였다. 그레이스는 거의 1년 동안 전화기 옆에 그 메모지를 두고 있는 게 어리석은 일이라고 생각했다. 집에 전화가 오는 일이 없었기 때문이다.

"뭐라고 적혀 있어요?" 그레이스는 감히 손을 대지 못하고 물었다.

"난 모르지. 이건 네 편지니까."

"아, 맞네요."

그레이스는 펠리페에게서 메모지를 건네받았다. 메모지는 화상을 입히거나 사람을 물지 않는다는 사실을 새삼스럽게 떠올리면서 메모지를 조심스럽게 펼쳐들었다. 그레이스는 소리 내어 편지를 읽었다.

"사랑하는 그레이스. 오늘 카운티 여자가 찾아왔을 때 엄마는 약을 먹지 않은 상태로 있었어. 엄마는 이틀 동안이나 약 없이 깨끗한 상태로 있었단다. 다 너를 위해 한 일이야. 28일을 이렇게 해서 너를 되찾을 거야. 사랑하는 엄마가."

긴 침묵.

"그건 좋은 소식이잖아, 그렇지?" 빌리가 물었다.

"네, 그렇죠."

"행복해 보이지 않는데." 펠리페가 말했다.

"믿기가 겁이 나서요." 그레이스가 말했다.

"하지만 카운티에서 오늘 너를 데리고 가지 않았잖아." 빌리가 말했다.

맞는 말이었다. 카운티에서 왔다 갔지만 그레이스는 여전히 이곳에 있다.

그레이스는 정말 이렇게 되면 기분이 무척 좋을 것이라고 기대했다. 여러 번 상상했던 상황이다. 상상 속의 그레이스는 기쁨 넘치는 행복한 표정으로 노래를 부르고 춤을 췄다. 하지만 현실에서는 휘청거리는 느낌이 들어서 앉아 있어야 했다.

욜란다는 평소와 같은 시간에 레일린의 집에 왔다.

제시가 문을 열어주었다. 레일린이 목욕을 하고 있었기 때문이다.

"자, 그럼." 욜란다는 문턱을 넘기도 전에 말을 꺼냈다. "오늘의 좋은 소식 먼저 들을래?"

"카운티 언니가 예상보다 일찍 왔지만, 엄마는 약을 하지 않고 있었어요. 그래서 그 언니가 나를 데려가지 않았죠." 그레이스는 고함치듯 말했다.

사실 고함을 지를 생각은 없었다. 평소의 목소리로 말을 하려고 했던 것인데 말들이 그레이스의 의지와 상관없이 멋대로 튀어나왔다.

"어머, 벌써 알고 있네. 좋아. 그럼 다음 후속 방문에 대해서도 들었니?"

"후…… 뭐요?"

"아, 좋아. 못 들었구나."

욜란다는 그레이스의 손을 잡고 소파에 나란히 앉았다.

"좋아, 어떻게 된 일인지 말해줄게. 카운티에서 한 달에 두 번이나 네 번 너희 엄마 상태를 확인하러 다시 올 거야. 엄마가 지금 상태를 잘 유지하고 있는지 보기 위해서 말이야."

"한 달에 두 번이나 네 번이요?"

"카운티가 바보일 리 없잖아. 중독자들은 꾸준히 감시해야 한다는 걸 알고 있지."

"아." 그레이스는 외마디로 대꾸했다. 그 외 다른 어떤 말도 생각해낼 수가 없었다.

"하지만, 뭐. 우린 첫 번째 관문을 통과했어. 그러니 다행이잖니?"

"맞아요." 그레이스가 말했다. "다행. 다행이네요. 저는 빌리 아저씨를 보러 갈래요. 제 고양이도요."

잽싸게 문 앞까지 도착한 그레이스는 뒤로 돌아서서 욜란다를 다시 보았다. 욜란다는 그다지 행복해 보이지 않았다.

"이제 언니의 휴가를 쓸 필요가 없네요. 언니, 생각해봤는데요. 제가 공연을 할 때 우리 학교에 오면 좋겠어요. 전에 말했을 때는 그때면 휴가를 다 썼을 거라고 했잖아요? 하지만 이제는 그렇지 않잖아요."

"그래." 욜란다는 뭔가 다른 생각을 하는 것 같은 얼굴로 대답했다. "알았어."

"올 거죠? 정말로?"

"그럼. 갈게."

"다행이에요. 감사합니다. 우리 엄마가 쪽지에 적은 대로만 한다면 엄마도 공연에 올 수 있을 거예요. 하지만 그건 뭐 두고봐야겠죠."

그레이스는 문을 열고 나가 타박타박 복도를 가로질러 똑! 하고 빌리에게 신호를 보내는 노크를 했다.

"저밖에 없어요, 빌리 아저씨. 들어가도 되죠?"

빌리가 문을 열었다.

"무슨 일이니? 레일린이랑 제시가 데이트를 하니?"

"아니요. 모르겠어요. 두 사람이 뭘 할지는 몰라요. 나는 그냥 아저씨 집에 있고 싶어요."

"알았다. 들어오렴."

"아저씨, 근사해요." 그레이스는 소파에 앉으면서 말했다. "늘 이 말을 잊어먹고 안 했어요. 요즘 아저씨를 볼 때마다 정말 멋지다고 생각했거든요. 좋은 옷에 머리도 빗고 있으니까요."

여자 미스터 래퍼티가 펄쩍 소파 위로 뛰어올랐다. 그레이스는 고양이를 꼭 끌어안았다.

"뭐가 문제니, 그레이스?"

"카운티에서 매달 두 번이나 네 번 찾아와서 우리 엄마 상태를 확인한대요."

"아." 빌리는 그레이스의 바로 옆자리에 앉았다. "얼마나 오랫동안?"

"그건 잘 모르겠어요. 영원히 그럴 수도 있죠. 아니면 엄마가 약에 취해 있는 현장을 잡아낼 때까지 계속일지도 모르고요."

"아."

"네, '아'예요."

두 사람은 그렇게 한동안 앉아 있었다. 그레이스는 빌리의 얇은 커튼 너머로 밖이 어두워져가는 걸 지켜보았다. 요즘은 어두워지는 시간이 많이 늦어졌다. 그레이스는 새삼스레 날짜가 자꾸 흘러간다는 사실을 떠올렸다.

혼자 생각에 잠겨 있는데 빌리의 목소리가 들리는 바람에 그레이스는 화들짝 놀랐다.

"그래서 너는 매일 행복하지 않을 작정이니? 다음에 일이 잘못될 수 있다는 이유로? 이번에는 그렇지 않았어도?"

"그럼 어떻게 해야 할까요?"

"이거야말로 우리가 선택할 수 있는 문제라고 보는데. 카운티에서 오늘 사람이 왔잖아. 그런데 네 엄마는 약을 안 하고 계셨고. 그런데 너는 단 1분도 그 일로 행복해지지 않는구나."

"흠, 그러네요."

생각지도 못한 깨달음이 찾아왔다. 캐츠는 오늘이라도 그레이스를 데리고 갈 수 있었다. 하지만 그러지 않았다. 그레이스는 오늘 당장 이곳을 떠나 다른 곳으로 가야 했을 수도 있지만 지금 이곳에 있다.

"아저씨 말이 맞아요. ……나한테 다른 춤 가르쳐주세요. 네?"

"무슨?"

"몰라요. 아무거나요. 춤을 추고 싶은데 학교에서 공연할 탭댄스는 연습을 지나치게 많이 했다고 아저씨가 그랬잖아요. 그러니까 다른 거요."

빌리는 자신이 좋아하는 왈츠를 가르쳐주었다.

서로 얼굴을 마주보고 손을 잡은 후 세 박자에 맞춰서 추는 춤이다. 이게 좋은 점은 다른 사람과 함께 할 수 있어서다. 빌리는 몇 번 스텝을 밟은 후에 그레이스에게 뒤로 물러서서 빙그르르 회전하는 법을 가르쳐주었다. 빌리가 머리 위에서 한 손을 잡아주면 그레이스는 제자리에서 빙그르르 돌았다. 그 다음에는 그레이스가 빌리를 뒤로 물러서게 해서 돌려주었다. 그 동작은 여자 몫이었고, 그레이스가 한껏 까치발을 들어도 빌리가 허리를 굽혀서 낮게 숙여야 했지만 상관없었다. 두 사람은 크게 웃고 말았다.

그렇게 하루를 즐겁게 마무리할 수 있었다.

27

빌리

그로부터 23일이 지났다.

톡톡톡 톡. 한낮에 레일린의 노크 소리가 들려왔다. 그레이스는 학교에 있고 레일린은 일하고 있을 시간이었다. 다른 사람은 이 노크를 알지 못한다. 빌리는 서둘러 문을 열었다. 레일린이다.

"안녕, 레일린. 낮인데 집에 있어요?"

"제시의 어머니 때문에요. 병세가 악화돼서 양로원에서 병원으로 옮기셨어요. 시간이 얼마 남지 않은 것 같아요. 좀 들어가도 될까요? 할 이야기가 있어요. 중요한 거예요."

빌리가 뒤로 물러서자 레일린이 안으로 들어왔다.

"커피?"

"아니요, 괜찮아요. 목이 막히니까 빨리 말할게요. 지난번에 너무 오래 있어서 회복하는 데 며칠 걸렸어요. 제시는 내가 함께 있어주기를 바라고 있어요. 어머니가 돌아가실 때요. 그래서 가봐야 해요."

"아, 그렇군요. 그럼 오늘밤 그레이스는 여기서 재울게요."

"오늘 하룻밤이 아닐 수 있어요. 얼마나 오래 걸릴지 알 수 없어요. 며칠이 될 수도 있거든요."

순간 빌리는 제시의 부재를 깨달았다. 이제는 아침 등굣길에 제시가 함께하지 않을 것이다. 하루 중 빌리가 최고로 생각했던 그 시간이 사라진다. 제시가 영원히 이곳을 떠나게 되면 어떤 기분이 들까? 빌리는 그런 생각을 떨쳐버리기로 했다. 견딜 수 없을 일이란 걸 알기 때문이다.

"괜찮아요. 그레이스는 필요한 만큼 얼마든지 여기 있어도 돼요. 그런데……. 이런, 레일런도 없는 거군요. 며칠 동안이나…… 그럼 그레이스는 아침에 학교를 어떻게 가죠?"

"맞아요. 그게 문제죠. 제 바람만 이야기하자면…… 빌리가 해주었으면 해요."

"나요?"

"그래 주면 좋겠어요."

"내가? 나 혼자서?" 빌리의 목소리는 놀랄 정도로 높아져 있었다.

"네. 빌리랑 그레이스 둘이서."

"하지만 혼자서 집에 돌아와야 해요."

빌리의 공포감이 말을 뚫고 솟아올랐다.

"많이 좋아졌잖아요. 매일 아침 우리랑 같이 걸었잖아요. 이제 조금은 자연스러운 일이 되었을 거예요."

"네, 그래요. 매우 자연스럽게 느껴져요. 하지만 그건 나 혼자서 그런 일을 할 리가 없기 때문이에요."

"알았어요. 하지만 나는 제시와 함께 가야 해요. 그리고 이런 일은 빌리에게 무리라는 걸 알아요. 처음부터 그럴 거라고 생각했어요. 그래서 펠리페에게 전화를 했어요. 정말 다른 방법이 없다면 자기가 하겠다는 답을 받아놓기도 했어요. 하지만 펠리페는 새벽 1시가 넘어서야 퇴근을 해요. 이 일을 하면 잠을 쪼개서 자게 되겠죠. 그렇지만 혹시 빌리와 펠리페 두 사람이 뭔가 방법을 찾아낸다면…… 그러니까 내일은 같이 가고, 그 다음 날은 빌리 혼자서 한번 가보는 식은 어떨까요?"

빌리는 부자연스러운 심호흡을 하고 나서 말했다.

"모르겠어요. 하지만 펠리페와 둘이서 어떻게든 해낼게요. 레일린은 가 봐요. 우리가 방법을 찾아볼게요."

레일린은 한걸음 앞으로 다가와 두 팔로 빌리를 껴안았다. 레일린의 입술이 빌리의 뺨에 온기를 전달했다. 그 따뜻함은 1초를 꽉 채워서 머물다가 서서히 사라졌다. 빌리의 얼굴을 지그시 누르던 레일린의 입술은 한참 동안 생생한 촉감을 전해주었다. 레일린이 문 밖으로 서둘러 나가고 난 후에도 그 온기는 남아 있었다.

"여기, 이걸 펠리페에게 가져다주렴. 이게 필요할 거야."

그레이스는 빌리가 건넨 머그잔을 두 손으로 조심스럽게 받았다.

"불쌍한 펠리페 아저씨. 잠을 거의 못 주무셨겠어요. 크림은 없어요? 왜 크림을 안 넣었어요?"

"펠리페는 블랙으로 마시니까."

"확실해요?"

"그럼."

"잠깐." 그레이스는 문 앞에서 걸음을 멈추고 말했다. "언제 펠리페 아저씨랑 커피까지 마신 거예요?"

"네가 학교에 가 있을 때 그랬어. 이제 빨리 가서 펠리페를 데리고 올래? 지금 나가야 해."

사실 서두를 필요는 없었다. 공연히 몰아붙이는 건 빌리의 스트레스 때문이었다.

잠시 후 그레이스는 펠리페를 데리고 계단을 내려왔다. 그레이스의 두 손은 펠리페의 팔꿈치를 잡고 있었다. 펠리페는 한 손으로 커피가 담긴 머그잔을 들고 다른 손으로는 두 눈을 비비고 있었다.

거의 감은 눈으로 그레이스의 안내를 받으면서 걸어온 펠리페는 빌리에게 졸음이 묻은 미소를 짓고는 크게 하품을 했다.

"친구여, 제가 왔습니다. 언제라도 출발 가능합니다."

펠리페의 독특한 억양이 평소보다 더 강하게 드러났다. 잠에 취해서 그런 것 같았다.

그런 다음 펠리페는 빌리를 한쪽 팔로 잽싸게 안았다. 제시의 부재를 채워주는 든든한 포옹이었다.

빌리는 펠리페와 어깨를 나란히 하고 서서 그레이스가 학교 운동장을 가로질러 가는 모습을 지켜보았다.

"정말 굉장한데." 펠리페가 말했다.

"뭐가요?"

"이런, 잠이 덜 깼나봐요. 그냥 생각한 건데 입 밖으로 말했네요……. 빌리를 처음 만났을 때를 생각했어요. 그때는 복도에 나오지도 못했잖아요. 그런데 지금은 이렇게 그레이스의 학교 앞에 서 있네요."

"자꾸 생각나게 하지 마세요. 6일 후에 그레이스의 공연이 있어요. 가장 어려운 부분이 저 학교 안에 실제로 들어가는 일이에요. 지금껏 한 번 시도도 못했죠."

빌리는 한숨을 내쉬었다. 두 사람은 집으로 돌아가는 길을 함께 걷기 시작했다.

"괜찮을 거예요. 지금까지 해온 일을 생각해봐요."

"제시가 있다면 괜찮을 것 같아요. 하지만 제시가 없을 수도 있어서요."

"제시가 뭐 그리 특별한가요? 아니에요. 신경 쓰지 마세요. 나도 어느 정도는 알아요. 다만 꼭 집어서 말하기 어렵다고 할까요? 하지만 빌리가 어떤 의미로 한 말인지는 알아요. 사람들에게 골칫거리가 생기면 나서주는 든든한 사람이죠. 아마 제시라면 이번에도 늦지 않게 돌아올 거예요."

"제발 그렇게 되기를 바라요. 이렇게 일찍 일어나게 해서 미안해요."

"제 탓이에요. 어젯밤에는 특히 더 늦게 잤거든요. 그건 실수였어요. 그러니 이렇게 대가를 톡톡히 치르는 거죠. 하지만 뭐 그래도 어쩔 수가 없었어요. ……여자를 만났거든요."

"정말요? 정말 잘됐군요."

"뭐, 꼭 그런 건 아니고요. 그러니까 여자를 만나기는 했는데…… 여자 사람을 내가 만나기는 한 건데 말이죠. 아직은 잘 모르겠어요. 왜 있잖아요. 그냥 만나기만 한 거죠. 내가 일하는 곳에 보조 요리사로 온 여자예요. 이름은 클라라죠. 어쩌다 보니 레스토랑 지붕에 올라가서 새벽 3시까지 이야기를 했어요. 미친 짓이죠. 하지만 지난번 여자 친구랑은 전혀 다른 여자예요. 아주 조용하고 부끄럼이 많죠. 여하튼…… 그런데 제시는 같이 걸어갈 때 도움이 될 만한 뭔가 특별한 일을 했나요? 아니면 그냥 제시라서 도움이 되었던 건가요?"

"글쎄요, 두 가지 모두였던 것 같네요. 제시라는 이유만으로도 든든했지만 한 손을 내 어깨 위에 올려주기도 했거든요. 하지만 펠리페가 원하지 않는다면 그 일은 하지 않아도 돼요. 이상하게 보일 수 있으니까요. 그런데 제시는 다른 사람이 어떻게 생각하는지 크게 개의치 않았어요."

잠시 후 빌리는 펠리페의 손이 자신의 어깨 위에 자리잡는 걸 느꼈다.

"고마워요." 빌리가 말했다.

"나는 어릴 적에 어둠을 무서워했어요. 뭔가를 무서워하는 이유를 아는 사람은 세상에 없을 거예요. 무서우면 그냥 무서운 거죠. 그런데 우리 아버지는 그런 일에 상당히 엄격한 편이셨어요. 왜 있잖아요. 모든 일을 똑바로 해서 아버지의 자랑이 돼야 하는 거요. 나는 늘 남자다워야 했어요. 다섯 살 아이에게 그건 어려운 일이었죠. 나는 무섭지 않은 척했지만 그럴 필요가 없었다면 더 편안하게 지냈겠죠. 그래서 나도 좀 알아요. 두렵다는 느낌이 어떤 건지."

그때 자동차 엔진이 부르릉거리는 소리가 들렸다. 둔중하고 거친 소리였다. 차가 두 사람의 곁에서 속도를 줄이자 빌리의 피는 얼어붙었다.

빌리는 흘깃 시선을 던져 운전석에 앉아 있는 히스패닉계 남자를 보았다. 그는 두 사람을 보면서 과장되게 입맞춤 소리를 냈다.

펠리페의 손이 옆으로 떨어졌다.

"마리꼬네스(호모 놈들아)." 그 남자는 신이 나서 소리를 질렀다. "에스탄 엔 아모르(아주 사랑에 빠졌구먼)."

남자는 가속기를 밟으면서 동시에 브레이크를 밟은 모양이었다. 타이어가 비명 같은 소리를 내면서 빙그르르 돌았다. 고무 타는 매캐한 냄새가 빌리의 콧속을 가득 채웠다. 다행히도 차는 다시 속도를 내서 멀어져갔다. 비록 그 운전자가 두 사람을 향해 가운뎃손가락을 세워 보였지만.

"미안해요." 빌리는 나직하게 말했다.

"아니요, 미안해하지 말아요. 미안해할 사람은 나예요. 왜 손을 내렸는지 모르겠어요. 우린 친구인데 말이죠. 그 자식한테 한번 붙어보자고 했어야 하는데. 저런 놈은 잊어버려요. 신경 쓰지 말자고요."

펠리페는 다시 빌리의 어깨에 한 손을 얹었다. 이번에는 조금 더 단호하고 애정이 담긴 손길이었다. 두 사람은 다시 걷기 시작했다.

"이제 내가 왜 밖에 나가는 걸 싫어하는지 알겠죠?"

"네. 알 것 같네요. 하지만 그래도 나가야 해요. 산다는 게 그런 거잖아요. 살아가야 하니까요. 그렇죠?"

"꼭 그런 건 아니죠. 꼭 살아가야 하는 건 아니에요. 삶을 살아가지 않는 사람도 많아요. 그냥 한 지점에 멈춰 서 있는 거죠. 일단 멈추고 나면 다시 시작하는 게 정말 힘들어요. 하지만 또다시 시작하면 멈추기가 어려워지죠. 그나저나 그 남자가 우리한테 뭐라고 한 거예요?"

"알 필요가 없는 말들이에요."

두 사람은 아무 말 없이 두어 블록을 더 걸어갔다. 마음을 안심시켜주는 펠리페의 손은 빌리의 어깨 위에 편안히 놓여 있었다.

그때 빌리가 말했다. "내일은 그레이스를 혼자서 데리고 갈 수 있을 것 같아요."

"정말요?"

"정말. 어떻게 할지는 솔직히 잘 모르겠어요. 하지만 할게요. 일 마치고 나서 클라라랑 이야기를 나누세요. 어떻게든 제가 해볼게요."

"지금 제가 아저씨 손을 잡고 있어요." 그레이스는 빌리가 알지 못하는 사실을 알려주듯이 말했다.

두 사람은 아파트 현관에 서 있었다. 봄날의 아침 기운이 빌리의 얼굴을 스치고 지나갔다. 빌리는 오늘도 어제와 똑같은 아침이라고 되뇌어보았다. 하지만 사실 똑같지 않았다. 빌리 혼자서 집으로 돌아와야 하는 날이다. 빌리는 미친 듯이 두근대는 심장과 관자놀이를 의식하면서 힘겹게 마른침을 삼켰다.

"아저씨는 이 일을 해내야 해요. 펠리페 아저씨한테 오늘 안 나와도 된다고 했으니까요. 이제는 아저씨가 나를 학교에 데리고 가야 하는 거죠."

그레이스는 두 손으로 빌리의 한 손을 꼭 잡고 조심스럽게 잡아당겼다.

"그래. 하지만 이 순간의 불가피성을 주장하는 건 나에게 효력이 없어."

"아저씨는 정말 이상하게 말한다니까요. 자, 이리 오세요. 생각은 그만하고 행동을 해야죠."

그레이스는 빌리를 앞으로 잡아끌었다.

"눈을 감으면 좋겠는데 그러면 발을 헛디딜 거야."

"눈을 감아도 돼요. 내가 아저씨를 데리고 갈게요. 나는 맹인견이 될 수 있어요."

"그게 도움이 될지 모르겠다."

"한번 해봐요."

빌리는 두 눈을 감고 아무것도 보이지 않는 상태로 네 걸음을 옮겼다. 그 순간 지나가는 차에 탄 성난 남자들과 길 끝에 있는 노상 강도의 모습이 머릿속에 떠올랐다.

빌리는 다시 눈을 떴다.

"이건 소용없겠다."

"맞아요. 방금 저도 아저씨가 집으로 올 때는 눈을 감을 수 없을 거라는 생각을 하고 있었어요."

"아, 집으로 혼자 돌아와야 한다는 걸 상기시켜줘서 정말 고맙다."

빌리는 인도 위에서 우뚝 섰다. 그레이스가 빌리의 손을 잡아끌었지만 빌리는 다시 걷지 못했다.

"지금 살짝 공황 상태가 되어가는 것 같아."

"잠깐 손을 놓을게요. 그래도 당장 집으로 달려가진 말아요."

그레이스가 손을 놓아도 빌리는 뿌리를 내린 나무처럼 그대로 자리를 지키고 있었다. 빌리가 어깨 너머를 흘깃 보았다.

"뒤돌아보지 마요!" 그레이스가 말했다. "그러면 안 된다는 것 정도는 알잖아요. 제시 아저씨가 여기에 있었다면 어땠을까요? 뭐라고 말했을까요?"

"뒤돌아보지 말라고 했을 거라고 생각해."

"생각이 아니고 그게 정답이죠."

"그레이스, 춥니? 왜 그렇게 손을 비비고 있는 거야?"

"아저씨한테 레이키를 하려고요."

"여기서?"

"더 나은 장소가 있나요?"

빌리는 한동안 가만히 서 있고 그레이스는 두 손을 빌리의 배 가까운 곳에 대었다. 공공장소에서 10살 여자아이에게 레이키 치료를 받는 건 불안을 줄여주기는커녕 오히려 또 다른 불안에 빠져들게 했다.

"조금 더 걷자." 빌리가 말했다.

그레이스는 빌리의 손을 잡았다.

빌리는 의지력을 최대한 발휘해서 두 블록을 더 걷다가 다시 붙박이처럼 멈춰 섰다.

"빌리 아저씨, 이걸 해내야 해요. 나 혼자서 갈 수는 없어요."

빌리는 입을 열어 대꾸하려 했지만 목소리를 낼 수 없었다.

"좋아요. 우리가 해볼 수 있는 유일한 방법이 있어요. 학교까지 춤추면서 가는 거예요."

빌리는 목소리를 되찾기 위한 필사의 노력을 했다. "나는 못 해."

"나한텐 효과가 있었잖아요. 우리 한번 해봐요. 라틴 살사로."

"난 못 해. 사람들이 쳐다볼 거야."

343

"그래서요? 볼 테면 보라고 해요."

"내가 했던 말을 그대로 되풀이하는 건 그만뒀으면 좋겠다. 신경질이 나려고 해."

"왜요? 그게 진실이라서?"

"그 비슷하지."

"그러지 말고 자, 라틴 살사예요. 어서요. 혹시 왈츠를 원하는 거예요?"

"앞으로 나가야 할 때는 왈츠가 어울리지 않는다고 생각해."

"그럼 살사를 시작해요, 빌리 아저씨."

빌리는 선택의 여지가 없는 상황임을 인정하고 그레이스의 지시에 따랐다.

'끝내주는군.' 빌리는 생각했다. 공공장소에 나오는 것보다 더 최악인 일이 공공장소에서 이상하게 행동해서 이목을 끄는 것이다. 하지만 빌리는 얼마 전에도 이렇게 했다는 사실을 떠올렸다. 불안감이 훨씬 더 적어졌다.

나이 지긋한 남녀 한 쌍이 집 앞에 나와서 두 사람이 춤추며 지나가는 걸 지켜보았다. 네 대의 차가 속도를 줄이고 천천히 곁을 지나갔다. 한 운전자는 고개를 살짝 흔들고 나서 가속 페달을 다시 밟았다. 어떤 사람은 "어이, 프랭키. 여기 나와서 이걸 좀 봐."라고 소리쳤다. 하지만 그 사람이 어디 있는지는 알 수가 없었다.

그렇게 두 사람은 그레이스의 학교에 도착했다. 사람들의 주목을 받았지만 학교까지 오는 길을 나는 듯이 빨리 지나쳐온 건 사실이었다.

빌리는 허리를 굽혀서 그레이스의 이마에 뽀뽀를 했다.

"이제 달려갈 거예요?" 그레이스가 물었다.

빌리는 고개를 끄덕였다. 목소리가 나오지 않았다.

"좋아요. 그럼 학교 끝나고 봐요. 돌아가는 건 어땠는지 그때 이야기해 주세요."

빌리는 다시 한 번 고개를 끄덕이고 전력질주를 시작했다.

빌리는 자신의 신기록을 계속 갱신하면서 점점 빠르게 달렸다. 빌리의 곁을 스치듯 지나가는 집과 아파트 건물들이 쭈욱 늘어나는 것처럼 보였다. 그곳을 통과하면서 시간을 변경시키고 있는 것만 같았다. 자신의 고통스러운 숨결이 만들어내는 거친 소리는 어딘가 먼 곳에서 들려오는 인위적인 소리 같았다. 그러다가 온 세상이 하얗게 변하기 시작했다. 순간 급격한 산소 결핍 상태가 되는 게 아닐까 하는 생각이 들었다. 그렇다면 당장 속도를 늦춰야 한다. 이대로 달리다가는 기절할 수도 있다. 하지만 빌리는 속도를 줄일 수가 없었다.

그때 난데없이 어떤 형상이 마음속에 그려졌다. 환각은 아니었다. 정말 눈에 보인 게 아니었다. 그냥 강렬한 사진처럼 빌리의 머릿속에 떠오른 이미지였다.

날개.

날개는 빌리를 향해 퍼덕거리지 않았다. 괴롭히지도 않았다. 날개는 빌리를 감싸주었다. 마치 따뜻한 담요처럼 빌리를 감싸 안았다.

빌리는 천천히 속도를 늦춰서 걷기 시작했다. 여전히 빠른 걸음이었지만 숨은 제대로 쉴 수 있었다.

✤ ✤ ✤

빌리는 꿈 없는 잠에서 깨어났다.

"빌리 아저씨? 자요?" 거실 소파에 누워 있는 그레이스가 속삭이듯 빌리를 부르고 있었다.

"그 비슷해."

"내가 깨운 거예요?"

"그 비슷해."

"이런, 죄송해요. 잠들기가 힘들어서요. 내일이 수요일이잖아요."

"그렇구나."

"그 다음은 목요일이고 그 다음에는 금요일이죠. 그러면 주말이고. 월요일은 공연날이에요. 매일 밤 잠들기가 점점 힘들어져요."

"춤 때문에 긴장되니? 안무를 훤히 다 알고 있잖니."

"조금요. 하지만 춤 때문에 긴장하는 건 아니에요. 우리 엄마요. 엄마가 정말로 올까요? 엄마가 정말로 30일 동안 약을 먹지 않았을까요?"

"욜란다 말을 들어보면 어머니가 정말로 잘 해내고 계신 것 같은데."

"맞아요. 나도 알아요. 그래서 더 무서워요. 나는 늘 큰 기대는 하지 말아야 한다고 생각했거든요. 그런데 지금 그렇게 하고 있는 거예요. 이제는 멈출 수가 없어요. 자꾸만 기대하게 되는걸요. 나는 정말로 엄마랑 살고 싶거든요."

빌리는 아무 말 없이 그레이스가 집에 간다는 말에서 느껴지는 감정의 울림을 듣고 있었다.

그런 빌리의 생각을 읽기라도 한 모양인지 그레이스가 말했다. "그렇게 되어도 저는 늘 아저씨한테 올 거예요."

"알아."

"또 걱정되는 게 매일 밤 잠드는 게 점점 더 힘들어진다는 거예요. 이러다가 일요일 밤에 아예 잠을 못 자면 어쩌죠? 그렇게 되면 공연할 때 너무 피곤할 거예요."

"제시가 돌아오면 너의 불면증을 레이키로 해결해줄 거야."

"하지만 오지 못하면요? 그것도 또 하나의 걱정거리예요. 제시 아저씨가 월요일까지 못 오면 어떻게 하죠? 그러면 레일린 언니도 못 올 테고."

"그렇게 자꾸 마음 상하는 생각을 하니까 잠들지 못하는 거야. 자, 이렇게 해보자. 두 눈을 감고 나랑 같이 머릿속에 그림을 그려보자. 먼저 크고 하얀 날개를 떠올려봐. 그 날개가 너를 부드럽게 감싸 안아주는 모습을 상상해봐."

"날개요? 아저씨가 악몽을 꿀 때 나타나던 그 날개 말이에요?"

"무섭다는 부분만 빼고 생각하면 돼. 그러니까 내 말은…… 반대로 뒤집어볼 수 있다는 거야. 내가 전에 고양이를 무서워했던 거 기억하지? 그런데 이제는 고양이랑 잘 지내잖아. 살아가면서 우리가 무서워했던 온갖 것들이 나중에 알고 보면 그렇게 나쁜 게 아니라는 걸 깨닫게 되기도 하거든."

"왜 그런 생각을 하게 됐어요?"

"그냥 한번 해보기나 해. 제발."

긴 침묵이 이어졌다.

빌리는 조심스레 침대에서 일어나 그레이스의 상태를 확인해보았다. 그레이스는 곤히 잠들어 있었다.

28
그레이스

금요일, 댄스 공연이 있기 전 마지막으로 학교를 가는 날이다.

빌리는 매일 아침 춤을 추면서 그레이스를 학교까지 데려다주었고, 매일매일 점점 더 많은 사람들이 창문으로 내다보거나 현관에 나와서 두 사람이 지나가는 모습을 지켜보았다.

목요일에는 탱고를 췄다. 사람들이 정말로 좋아하는 것 같았다. 그리고 오늘, 그레이스는 학교까지 왈츠를 추겠다는 야무진 계획을 세웠다. 빌리의 집 거실에서 왈츠를 추었을 때 너무 재미있었기 때문이다. 왈츠는 두 사람을 웃게 만들었다.

빌리는 그레이스를 말렸다. 왈츠는 원을 그리면서 움직여야 하니까 학교에 가면서 하기에는 무리였다. 하지만 그레이스는 학교 방향으로 좀 더 길게 스텝을 밟으면 된다고 확신했다. 살사를 했던 것처럼. 그리고 그레이스는 '하나도 놓치지 않을 거예요.'라는 마음가짐이었으므로 쉽게 물러서지 않았다.

그렇게 학교로 가는 길 중간쯤에 이르렀을 때다.

빌리가 손을 들어 그레이스를 회전하도록 하자 파란색 집에서 사는 가족이 두 사람을 향해 박수를 쳐주었다. 그레이스는 빌리도 회전을 하면

멋질 거라고 생각했다. 둘을 지켜보는 사람들이 무척 좋아할 거라는 생각도 했다.

그래서 손을 높이 들었다. 빌리는 몸을 한껏 낮춰서 힘차게 회전을 했다. 그런데 앞으로 무게 중심을 두고 움직이는 순간 한쪽 발이 두껍고 커다란 콘크리트 판에 걸렸다. 일은 순식간에 벌어졌다.

빌리는 커다란 나무처럼 넘어갔다. 나무를 베어놓고 '넘어간다'라고 소리를 지르면 그 다음에 나무가 슬로우모션처럼 느리고 크게 기우는 것과 같았다. 하필이면 내리막길이어서 가속도가 붙은 데다 얼굴부터 떨어지고 있었다. 빌리는 손을 내밀어 땅을 짚으려 했지만 얼굴이 먼저 바닥에 닿았다. 만화에서나 나올 법한 기세로 얼굴을 땅에 처박고 말았다.

"맙소사! 빌리 아저씨!"

그레이스는 넘어진 빌리를 부축해서 일어나 앉도록 도왔다. 코에서 엄청나게 많은 피가 흘러내렸다.

"괜찮아." 빌리가 말했다. "나는 괜찮아."

하지만 그건 사람들이 전혀 괜찮지 않을 때 하는 것과 같은 말이었다. 그때 파란색 집에 사는 가족이 두 사람을 돕기 위해서 달려왔다. 통통하고 작은 체구를 지닌 할아버지가 화장지 한 웅큼을 가지고 왔고, 할아버지의 딸인 듯 보이는 여자와 10대로 보이는 여자아이 한 명도 달려나왔다.

빌리는 화장지를 받아들고 조심스럽게 코를 닦으며 지혈을 하려 했다. 하지만 피가 너무 많이 흘러서 화장지를 모두 적셔버렸다. 연신 괜찮다고 말하는 빌리에게 그들은 계속 스페인어로 묻고 빌리는 계속 영어로 답하고 있었다. 그레이스는 그런 식이면 다람쥐 쳇바퀴 돌듯 이야기가 진전되지 않을 거라는 생각을 했다.

"에스타 부에노(괜찮대요). 빌리 에스타 부에노(빌리 아저씨는 괜찮대요)."

그새 그 집 딸이 깨끗한 수건을 가지고 왔다. 빌리는 수건을 받아서 코에 지그시 댔다.

"집에 가야겠다." 빌리가 그레이스에게 말했다. "혼자서 학교를 갈 순 없으니까 일단 나랑 같이 돌아가자."

"알았어요."

"가서 펠리페를 깨워. 펠리페가 너를 데려다줄 거야."

"그냥 오늘은 아저씨랑 같이 집에 있어야 할 것 같아요."

"괜찮아. 피는 곧 멎을 거야. 이 사람들이 수건을 돌려받고 싶어 하는지 물어보렴."

"'수건 돌려받고 싶으세요?'라는 말을 스페인어로 어떻게 하는지 몰라요."

"알았다. 뭐 어떻게 되겠지. 일어나는 것 좀 도와줄래?"

빌리는 두 손으로 수건을 잡고 코에 대고 있어서 그레이스가 잡을 수 있는 손이 없었다. 그래서 그레이스는 빌리의 한쪽 팔꿈치를 잡고 잡아당겼다. 하지만 빌리는 꼼짝도 하지 않았다. 그때 할아버지가 빌리의 다른 쪽 팔꿈치를 잡아서 일어나도록 도와주었다. 빌리는 일어서는 와중에 크게 비틀거렸다. 그대로 기절하는 건 아닌가 걱정이 되었다.

빌리는 잠시 동안 휘청거리는 몸을 가누면서 혼자 서 있었다. 그런 다음에 수건을 여자 쪽으로 내밀면서 물어보는 듯한 표정을 지었다. 수건을 떼자마자 코피가 빌리의 입술로 흘러내렸다. 빌리는 손으로 코피를 훔쳐내야 했다.

"아니, 아니에요. 가지세요." 여자는 손사래를 치면서 말했다.

"감사합니다." 빌리가 말했다.

"그라시아스(감사합니다), 무차스 그라시아스(정말 감사합니다)." 그레이스도 말했다.

두 사람은 집을 향해 걸었다. 빌리가 다시 휘청거렸다. 그러자 할아버지가 빌리의 팔꿈치를 잡았다. 할아버지는 빌리를 아파트 현관까지 부축해 주었다.

"가서 펠리페를 깨워." 빌리가 그레이스에게 말했다.

빌리는 수건을 얼굴에 댄 채 소파에 눕듯이 앉았다. 고양이가 빌리의 주변을 돌며 서성거렸다. 빌리를 걱정하는 것 같았다.

"왜요? 펠리페 아저씨가 필요해요?"

"아니, 너한테 필요하지. 학교에 가려면."

"어쨌든 지각이에요."

"그래서? 지각을 하더라도 학교에는 가야지."

"아저씨만 두고 갈 수 없어요. 내가 필요할 거예요. 얼음을 가져올게요."

"오늘 최종 리허설 아니니?"

"아니요." 그레이스는 주방에서 소리쳤다. "화요일이랑 목요일에 했어요. 어제가 최종 리허설이었어요."

그레이스는 얼음을 두 움큼 떠서 종이 냅킨으로 싼 다음 빌리에게 가져갔다. 빌리는 수건을 천천히 치웠다. 수건을 치우면 무슨 일이 벌어질지 몰라 잔뜩 겁을 먹은 것 같았다. 하지만 아무런 일도 일어나지 않았다. 마침내, 드디어, 피가 멎은 것이다.

"맙소사! 빌리 아저씨, 꼴이 엉망이에요!" 그런 말을 하는 게 아니라는 생각은 하지 못했다.

"어떤데?" 빌리는 통증이 느껴지는 목소리로 말했다.

그레이스는 솔직하게 말하고 싶지 않았다. 콧등이 부어오르고, 두 눈

주변은 온통 까맣게 멍들어 있었다. 한쪽 눈은 핏줄이 터진 것처럼 보였다. 끔찍했다.

"거울을 가져다 드릴게요. 거울이 어디 있죠?"

"없는데."

"거울이 없어요? 세상에 거울이 없는 사람도 있어요?"

"내가 그래."

빌리는 얼음을 코에 가져다 대고는 끔찍한 신음 소리를 냈다.

"아스피린은 있어요?"

"아마 없을 거야."

"레일린 언니한테 아스피린이 있을 거예요. 가서 찾아볼게요."

그레이스는 복도를 가로질러 레일린의 집 문을 열쇠로 열고 들어갔다. 레일린의 욕실 수납장에 있는 병에서 아스피린 두 알을 꺼냈다. 곰곰이 생각한 다음에 두 알을 더 꺼냈다. 욕실을 나오다가 레일린의 손거울도 집어 들었다. 그리고 문을 잠그고 빌리의 집으로 달려갔다.

"여기요. 아스피린 네 알을 가져왔어요."

그레이스는 손거울을 커피 테이블 위에 조용히 엎어 놓았다. 빌리가 눈치채지 못했기를 바랐다. 빌리가 거울을 보게 하는 게 잘하는 일인지 의문이 생겼기 때문이다.

"어디 보자." 빌리가 거울을 가리키면서 말했다.

"정말요?"

"보자."

그레이스는 거울을 빌리에게 건네주고 한 걸음 뒤로 물러섰다. 빌리는 거울을 들어 올려 한참 동안 뚫어지게 바라보았다.

"세상에나." 빌리는 한참 동안 머뭇거리다가 낮게 속삭였다. "어쩌다가 이렇게 늙어버린 거지?"

"부러진 건 아닌지 확인해야겠어요." 펠리페가 말했다. "미리 경고해 둘
게요. 아주 지랄맞게 아플 거예요."

"뼈가 부러진 거면 병원에 갈 거예요?" 그레이스가 물었다.

"아니. 부러졌어도 그냥 자연스럽게 낫도록 놔둘 거야." 빌리가 말했다.

"그냥 놔두면 안 될 것 같은데."

"그냥 놔두면 낫기는 하는데 고약하게 돼. 사고로 코가 부러진 사촌이
있었어. 그런데 아무 조치도 취하지 않고 그냥 내버려 두었지. 빌리처럼 고
집을 부려서…… 기분 나쁘라고 한 말은 아니에요. 고집을 부리는 이유가
다르니까 이해는 해요. 어쨌든 그냥 놔두는 바람에 지금까지도 꼴이 엉망
인 채로 지내요. 콧등이 휘고 중간이 튀어나오고 그랬죠. 이런 건 절대로
저절로 나아지지 않아요."

"아무래도 확인을 해보는 게 좋겠네요." 빌리는 체념한 듯이 말했다.

"좋아요. 뭐라도 꽉 쥐어요."

그레이스는 눈을 감았다. 도저히 지켜볼 자신이 없었다. 빌리가 비명을
지르는 소리가 들렸다. 그러고 나서 아무 소리도 들리지 않았다. 그레이스
는 천천히 눈을 떴다. 다 끝난 모양이었다.

"부러지진 않았네요. 그레이스 이제 학교 가자." 펠리페가 말했다.

"빌리 아저씨랑 여기 계속 있고 싶어요."

"내가 돌아와서 빌리랑 같이 있을게. 학교 가야지."

그때 그레이스의 머릿속에 그럴 듯한 핑계가 떠올랐다.

"나는 레이키를 해줄 수 있어요. 펠리페 아저씨는 못하잖아요."

바로 그때였다. 부드럽고 친절하며 사람을 안심시키는 목소리가 들려왔

다. 그레이스가 그렇게 좋아하는 목소리, 모든 사람이 좋아하는 목소리.

"내가 빌리에게 레이키를 해주면 되지."

그레이스는 휙 소리가 나도록 빠르게 뒤를 돌아보았다. 활짝 열려 있던 빌리의 집 문 앞에 제시와 레일린이 서 있었다.

그레이스는 그야말로 기쁨의 비명을 내질렀다. 빌리가 손가락으로 귀를 막는 모습이 얼핏 보였다.

그레이스는 레일린에게 달려가 몸을 던졌다. 그레이스도 이렇게나 레일린을 그리워하고 있었는지 그제야 깨달았다. 그레이스가 어찌나 격정적으로 달려가 안겼는지 레일린은 뒤로 넘어질 뻔했다.

"돌아와서 너무 기뻐요!"

그레이스는 제시에게 달려갔다. 제시는 그레이스를 번쩍 안아서 자신의 눈높이로 들어 올렸다. 그레이스는 제시의 턱수염을 행운의 부적인 양 만지작거렸다.

"제시 아저씨." 그레이스의 목소리는 미안한 마음을 담아 작아져 있었다. "어머니는 돌아가셨나요?"

"그러셨어."

"끔찍한 일이네요."

"그렇게 끔찍하지 않았단다. 설명하기는 어려운데 풀려나는 그런 느낌이었어. 게다가 어머니는 심한 통증을 겪고 계셨기 때문에 마지막 종지부를 찍는 건 축복 같았어."

"그럼…… 제가 제시 아저씨의 어머니가 꼭 돌아가셔야만 한다면 레일린 언니와 아저씨가 월요일날 제 춤을 볼 수 있게 돌아가시면 좋겠다고 생각한 게 그리 나쁜 생각은 아닌 거죠? 사실 그런 생각을 하면서 기분이 안 좋았거든요."

"괜찮다고 생각해." 제시는 그레이스를 내려놓으면서 말했다. "그리고 이제 넌 학교에 가야 할 것 같구나. 내가 빌리와 함께 있을게."

"좋아요. 제시 아저씨가 왔으니까 난 학교에 가도 괜찮을 것 같아요."

그레이스는 자신이 없어도 모두 괜찮을 거라는 사실에 만족스러워하며 펠리페와 함께 씩씩한 걸음으로 걸어 나갔다.

그리고 그레이스는 학교에 가는 길 중간쯤에 이르러서야 자신의 스웨터 소매에 빌리의 피가 상당히 많이 묻어 있다는 걸 알아차렸다.

29
빌리

빌리는 눈을 꼭 감고 가만히 제시의 온기를 느꼈다. 제시는 빌리의 가슴께에 양손을 올리고 레이키를 하고 있었다. 빌리는 코만 다친 게 아니고 갈비뼈에도 심각한 상처를 입었다.

"갈비뼈의 통증에만 도움이 되는 게 아니라 불안감에도 효과가 있는 것 같네요. 불안의 덩어리가 내 안에서 나가려고 하는 것 같아요."

"그럼 그렇게 되도록 놔둬요." 제시가 특유의 안심되는 목소리로 말했다.

"월요일에 학교에 갈 수 있을지 모르겠어요." 숨을 쉴 때마다 느껴지는 통증을 참으며 빌리가 말했다. 여전히 두 눈을 질끈 감은 채였다.

"그래도 가야죠. 그레이스를 위해서 꼭 가야 해요. 스스로 알고 있겠지만 반드시 해낼 거라고 믿어요. 그레이스에게 약속을 했고 그레이스는 철석같이 그 약속을 믿고 있으니까요."

"하지만 도저히 할 수 없으면요?"

"어떻게든 해낼 거라고 생각해요."

"정말 어떻게 해볼 도리가 없으면요?"

"그런 일이 있을지 모르겠네요."

"내가 이래서 몇 년 동안 혼자 지냈던 거예요. 사람을 들이면 그들은 대번에 나를 믿기 시작해요. 그러다가 내가 그들이 생각하는 대로 다 하지 않으면 실망을 하죠. 아예 사람들과 어울리지 않는 편이 훨씬 쉽다니까요."

"하지만 이미 너무 늦었어요. 이미 그레이스를 곁에 두었잖아요. 싫든 좋든 그렇게 되어버렸어요."

빌리는 한숨을 내쉬었다. 제시의 말이 맞다. 이미 꼼짝할 수 없는 상황이었다. "하지만 사람들이 많은 곳에서 이런 꼴을 보이고 싶진 않아요."

"세상에는 모자와 선글라스라는 게 있어요."

"제게는 모자와 선글라스가 없어요."

"나한테 있어요."

"문제는 그것뿐이 아니에요. 학교를 졸업하고 나서 단 한 번도 학교 건물 안에 들어가본 적이 없어요. 내 평생을 통틀어서 가장 큰 트라우마를 얻은 끔찍한 시기가 학창 시절이었거든요. 최악의 시절이었죠. 그래서 학교 안에 들어가면 기절할 것 같아요. 애초에 할 수 있다는 소리 따위를 함부로 하지 않았다면 얼마나 좋았을까요. 이번에도 학교까지 가는 방법을 알아냈다고 생각했는데 결국 이 꼴이 되었잖아요. 그러니 정말 세상에 나가면 무슨 일이 벌어지겠어요?"

"그러네요. 무슨 말인지 알겠어요. 세상은 빌리에게 코피를 안겨주었죠. 아마도 앞으로도 이따금씩 이런 일이 있을 거예요."

빌리는 두 눈을 계속 감고서 제시의 손에 담긴 에너지가 자신의 이마와 눈, 코로 옮겨오는 걸 느꼈다.

"그러니 어떻게 다시 일어설 수 있겠어요?"

"친구들의 도움을 받으면 되죠. 사람들이 빌리를 믿고 의지하는 걸 거꾸로 만드세요. 친구들을 믿고 의지하는 거죠. '감당이 안 되는 상황이라서 도움이 필요해.'라고 말하기만 하면 되는 거예요."

"그런 말을 할 수는 없어요."

"벌써 했잖아요."

그레이스는 토요일에 세 번, 일요일에 한 번 빌리의 집을 찾았다. 그리고 일요일 저녁에 또 한 번 찾아와서 닭고기 수프를 주었다.

"레일린이 만들었니?"

"아니요. 제시 아저씨가 만들었어요." 그레이스는 두 손으로 고양이를 안아 올리면서 말했다. "그런데…… 계속 궁금했는데 겁이 나서 물어보지 못했던 질문을 하려고 왔어요. 아저씨…… 내일 학교에 올 거죠? 이런 일이 있었어도 상관없죠?"

"뭔가 방법을 찾아야 할 것 같기는 해." 빌리는 주방에서 낮은 음성으로 말했다. 수프 숟가락을 찾으러 가던 참이었다.

"확실하게 오겠다는 건 아니네요."

빌리는 수프를 한 숟가락 떠먹었다. 정말 맛있다. 제시는 요리까지 잘하는 모양이다. 참 불공평한 일이라고 할 수 있겠다.

"최대한 정직하게 답하는 거야. 사실 못할 것 같다는 생각이 들어. 그럴 만한 능력이 없는 것 같아. 하지만 약속을 했으니까 해볼게. 그래서 불가능함에도 불구하고 가능하게 만들 수 있는 방법이 있는지 알아볼 거야. 제시가 도와주겠다고 했어. 물론 무슨 도움이 되겠나 싶기는 하지만."

"제시 아저씨라면 할 수 있을 거예요. 뭐든지 할 수 있는 아저씨니까요. 그럼 내일 어떻게 되는지 알려줄게요. 공연은 마지막 시간이에요. 그러니까 2시가 되기 전까지 와야 해요. 강당으로 오면 돼요. 먼저 정말 지루한 연극 공연이 있어요. 모든 아이들이 자기 무대를 갖는 게 아니니까 모두에게 하나씩 역할을 맡겨서 하는 그런 연극이에요. 연극이 끝나면 트럼펫 공연이랑 노래하는 무대가 있어요. 그 다음이 제 차례예요. 마지막을 장식하는 거죠. 이건 좋은 일이라고 생각해요. 최고 순서를 마지막까지 아껴두는 거잖아요. 그러고 나면 학교가 끝나요. 그럼 모두 함께 집으로 돌아오면 돼요. 그때 빌리 아저씨도 같이 있을 거라고 믿어요. 아저씨라면 해낼 거예요."

"신임 투표에 찬성표를 던져주니 고맙구나. 그런데 너 오늘 밤에는 잘 수 있겠니?"

"그러기를 바라고 있어요. 제시 아저씨가 긴장을 푸는 명상법을 알려줬어요. 아저씨는 잘 수 있겠어요?"

"어려울 것 같다."

사실 어려운 정도가 아니라 불가능한 일이라고 봐야 했다.

월요일 오후 12시, 제시가 빌리의 집으로 찾아왔다. 몸이 아팠지만 빌리는 해냈다. 이미 깨끗이 씻고 나갈 준비를 다 마친 후였다. 지나치게 일찍부터 지나치게 많은 준비를 했다.

"가기 전에 이걸 먹어요."

제시는 손에 든 열두 개 정도의 캡슐을 빌리의 손 위에 올려주었다. 빌리는 너희의 정체가 뭐냐고 묻고 싶은 얼굴로 캡슐을 뚫어지게 쳐다보았다.

"마약 아니에요." 제시가 캡슐을 대신해서 말했다. "허브예요. 하지만 제법 약효가 강해요. 쥐오줌풀 뿌리하고 카바카바인데 진정 효과를 내요. 살짝 졸리게도 만들죠."

빌리는 짧은 웃음을 내뱉다가 갈비뼈의 통증에 얼굴을 찡그렸다.

"그래요. 사람들이 많이 모인 데다 학교 건물인데 느긋하다 못해 졸기까지 한다고요. 그럴 리가 있을까요?"

"먹어서 손해볼 건 없을 거예요."

"맞는 말이네요. 고마워요."

빌리는 물 한 모금으로 허브 캡슐 열두 개를 한꺼번에 꿀걱 삼켰다.

빌리는 레일린의 식탁에 앉아 있었다. 레일린이 코와 눈 부분에 조심스레 화장을 해주는 동안 빌리는 시선을 어디에 둘지 몰라 어색했다. 이따금 몸을 움찔거리기도 했는데 그러면 레일린이 사과를 했다. 빌리는 계속해서 사과할 필요 없다는 말을 해야 했다.

"제시는 어디 있나요?" 빌리가 물었다.

"힌맨 부인이 계단 내려오는 걸 돕고 있어요. 그런 다음에는 차를 가지러 갈 거예요."

"힌맨 부인이요? 하지만…… 잠깐, 차요? 제시에게 차가 있어요?"

"그럼요. 아니면 어떻게 어머니를 보러 왔다 갔다 한다고 생각했어요?"

"여기 처음 올 때 비행기를 타고 왔다고 들은 거 같은데."

"싼 중고차를 하나 샀대요. 여기 있는 동안 쓰려고요."

빌리는 제시가 집에 가고 나면 그 차를 어떻게 할 건지 묻고 싶었다. 하지만 제시가 가버린다는 이야기를 꺼내고 싶지 않았다. 레일린에게 할 이야기는 아니었다. 물론 빌리 자신도 생각하고 싶지 않았다.

"흠, 내 입으로 말하기는 뭐하지만 나쁘지 않네요. 자요, 거울 좀 보세요."

빌리는 거울을 받아들었다. 지난 3일 사이에 두 번째로 자기 얼굴을 보게 되는 순간이었다. 레일린은 멍을 잘 가려주었다. 모두 감쪽같이 사라져 있었다. 물론 부어 오른 코나 눈동자의 터진 혈관까지는 어쩔 수가 없었다. 그 부분에 관심을 갖지 않기가 어려웠지만 빌리는 노력했다. 현재의 얼굴 상태를 받아들이기로 했다.

"두들겨 맞은 것처럼 보이지는 않네요. 하지만 여전히 늙었어요."

"누군 젊어지나요. 다들 늙어가잖아요."

"하지만 다들 하루씩 늙어가잖아요. 그런데 나는 12년을 한꺼번에 늙어버렸어요."

✛ ✛ ✛

빌리는 방문객 통행증에 달린 핀을 가지고 씨름해야 한다는 핑계를 대면서 학교 특유의 사물함과 교실 문 같은 걸 쳐다보지 않으려 애썼다. 함께 걷던 사람들이 멈추는 듯해서 고개를 들어보니 강당 표시가 보였다. 심장이 뛰기 시작했다.

수백 명의 초등학생들이 떠드는 소리가 들려왔다. 제시가 빌리의 손을 펴서 뭔가를 손바닥에 쥐어주었다. 형광색 고무 귀마개였다.

"안은 시끄러울 거예요."

"여기도 시끄러운데요."

"자, 어떻게 쓰는지 알려줄게요."

제시는 빌리의 귀 가장자리를 하나씩 살짝 잡아당겨서 원기둥 모양의 귀마개를 밀어 넣었다.

"곧 귀에 딱 맞게 펴질 거예요. 소리가 들리기는 하지만 둔탁해져서 들리겠죠."

제시는 강당 문을 활짝 열었다. 수많은 목소리가 단단한 소음의 벽을 이루며 빌리를 덮쳐왔다. 귀마개를 하지 않았다면 도대체 어느 정도였을지 상상이 되지 않았다. 귀마개 덕분에 현실과 거리감이 느껴져서 약간은 꿈속에 있는 것 같았다. 그리고 허브 덕분인지 약간 졸린 듯도 했다.

일행은 무대 앞 두 번째 줄 중앙에 앉았다. 빌리는 잠시 주변을 흘긋 둘러보다가 그레이스의 엄마와 눈이 마주쳤다. 그레이스의 엄마 옆에는 욜란다가 앉아 있었다. 맨 앞줄이지만 빌리와는 대여섯 좌석 떨어진 자리였다. 에일린은 매서운 눈으로 빌리를 쏘아보고 보란 듯이 고개를 돌렸다.

"에일린이 잡아먹을 것 같은 눈으로 나를 보고 있어요." 빌리는 레일린과 제시에게 속삭였다. 혹시 귀마개를 하고 있어서 자신이 생각하는 것보다 더 크게 말하는 건 아닌지 걱정이 되었다.

"아, 그럴 줄 알았어요." 레일린이 말했다.

그리고 침묵. 물론 300명의 아이들이 떠드는 와중의 침묵도 침묵이라고 부를 수 있다면 말이다.

그때 레일린이 말했다. "우리 엄마 이름이 뭔지 이야기했던가요? 에일린이라고?"

제시는 '네.'라고 하고 빌리는 '아니요.'라고 동시에 말했다.

"빌리에게 한 말이에요. 우리 아빠 이름은 레이예요. 레이와 에일린."

"아. 그래요…… 아하! 그렇군요. 레이와 에일린. 그래서 레일린!"

머리에 헤드셋을 낀 어른 한 명이 무대에 올라서 학예회를 시작하겠다고 선언했다. 그러자 놀랍게도 아이들이 입을 다물었다. 당장에 그렇게 된건 아니었지만 몇 초 사이에 아이들의 말소리가 사라졌다. 객석 조명이 어두워지고, 그 이후로는 조용한 꿈속이었다.

"이건 얼마나 오래 하나요?" 빌리는 제시의 귓가에 속삭였다. "이 연극이 한 시간을 다 차지하는 건 아니겠죠?"

"학예회 전체 시간이 50분이에요. 그레이스의 공연을 포함해서 말이죠."

"세상에. 벌써 1시간은 지난 것 같은데. 그렇지 않아요?"

"9분 지났어요." 제시는 흘깃 손목시계를 보고 속삭였다.

"이런 맙소사."

그레이스가 무대로 걸어나오자 다섯 사람은 크게 박수를 쳤다. 에일린과 욜란다 역시 박수를 치고 있었다. 빌리는 귀마개를 빼고 선글라스를 벗었다. 하나도 놓칠 수 없었다.

그레이스는 힌맨 부인이 만들어준 파란색 미니 드레스에 검은색 타이츠를 입고 있었다.

빌리는 제시 너머로 몸을 구부려서 힌맨 부인의 어깨를 살짝 만졌다.

"그레이스가 좋아할 거라고 말씀드렸죠?"

힌맨 부인은 환하게 웃었다.

그레이스는 무대 뒤편 가장자리에 서서 포즈를 취하고 있었다. 온 세상이 고요해졌다.

"이런, 맙소사. 그레이스가 정말 아름답네요." 빌리는 크게 숨을 내쉬면서 말했다.

그레이스는 안에서부터 뿜어져 나오는 기운으로 밝게 빛나고 있었다. 긴장해서 잠도 잘 자지 못했다는 걸 아무도 모를 것 같았다.

"그레이스는 타고난 아이였구나." 빌리는 가만히 숨을 내쉬면서 말했다. "천부적이야. 내가 잘못 봤어."

어떻게 그런 실수를 했는지 모르겠다. 아마도 다른 사람을 가르쳐본 게 이번이 처음이어서 그랬던 모양이다. 자신을 제외한 다른 사람들이 처음 춤을 시작한 몇 달 동안 어떻게 하는지를 본 적이 없었던 것이다.

그레이스는 아직 춤을 시작하지도 않았다. 음악도 시작하지 않았다. 하지만 무대를 장악하고 있었다. 관중을 완전히 압도하고 있었다.

"천부적인 재능을 타고난 아이였어." 빌리는 다시 한 번 읊조렸다.

음악이 시작됐다. 빌리가 선곡한 것이다. 그레이스는 고개를 살짝 옆으로 기울였다. 마치 음악에 귀를 기울이고 있는 것 같았다. 그리고 미소를 지었다.

완벽했다.

타임 스텝도 완벽하고, 버팔로 턴도 완벽했다. 팔도 완벽하고 상체도 자연스럽게 이완되어 있었다. 미소를 잃는 법도 없었다. 게다가 그건 진짜 미소였다. 무대용 미소가 아니었다. 미소마저도 타고난 모양이다.

트레블 홉 스텝을 할 때는 빌리도 함께 박자를 셌다. 긴장한 빌리는 어금니를 꽉 깨물고 열심히 박자를 셌다. 트레블 홉 스텝도 나무랄 데 없었다.

마무리는 훌륭했다. 깔끔하게 딱 떨어졌다. 높게 올린 다리는 흔들림이 없었다.

아주 잠깐 객석은 잠잠했다. 피날레를 따라잡기 위해 관중에게 잠깐의 시간이 필요했다. 이어서 커다란 박수가 터졌다. 빌리는 벌떡 일어서서 박수를 쳤다. 네 명의 이웃들도 그 뒤를 따랐다. 힌맨 부인은 펠리페에게 기대서 일어서려고 애를 쓰고 있었다. 에일린과 욜란다도 벌떡 일어났다. 그레이스는 허리를 숙여 인사했다. 그칠 줄 모르는 박수가 이어졌다. 다른 학부모들도 자리에서 일어나 박수를 쳤다. 그레이스의 미소는 환한 웃음으로 번져갔다.

제시는 준비해온 붉은 장미 한 송이를 무대를 향해 힘차게 던졌다. 줄기가 긴 장미꽃은 빙글빙글 회전해서 무대 위로 떨어졌다.

그레이스는 달려가 꽃을 집어들더니 왼발을 빼고 무릎을 굽혀서 몸을 숙이는 정식 인사를 했다. 그리고 한쪽 팔을 구부려 꽃을 부드럽게 안았다.

정식 무대 인사를 하다니! 빌리는 가르쳐준 적이 없다. 줄기가 긴 장미

꽃을 안아 드는 법도 가르쳐주지 않았다. 영화나 텔레비전에서 본 걸까? 아니면 그냥 자연스럽게 그렇게 한 걸까?

빌리의 뒤에 앉은 아이들이 강당을 빠져나가기 시작하면서 다시 시끌벅적 소음이 일었다. 하지만 빌리는 전혀 신경 쓰지 않았다.

그레이스가 빠른 걸음으로 무대에서 내려와 빌리에게 곧바로 다가왔다. 빌리도 앞으로 걸어나가 그레이스와 중간에서 만났다.

그레이스는 환하게 웃는 얼굴로 빌리를 바라보았다. 자랑스러움이 가득찬 눈으로 말없이 질문을 던지고 있었다.

'내가 자랑스러운가요?'

빌리는 두 손으로 그레이스의 얼굴을 잡았다.

"세상에. 그레이스. 너는⋯⋯."

빌리는 더 빨리 말을 해야만 했다. 머뭇대지 말고 곧바로 말했어야 했다. 빌리가 말을 마치기 전에 그레이스의 얼굴이 빌리의 손 사이에서 빠져나가버렸다. 누군가 낚아채듯 그레이스를 데리고 가버렸다. 에일린이었다.

"이거 보여요?" 에일린은 조금 떨어진 거리에 멈춰 서서 빌리에게 성난 목소리로 엄포를 놓았다. 그녀는 커다란 동전 크기의 선명한 오렌지색 칩을 번쩍 들어서 보여주었다.

"이게 뭔지 아냐고!" 에일린은 거칠게 말을 내뱉었다.

빌리는 멍한 표정으로 고개를 내저었다.

"30일 칩이야. 이건 내가 30일 동안 약을 하지 않았다는 의미라고. 내 피에 약 기운이 없다는 거지. 그러니까 당신들 중 누구라도 내 딸한테 접근하면 경찰을 불러서 유괴범으로 체포할 수 있게 되었다는 말이야."

말을 마친 에일린은 그대로 돌아서서 그레이스를 잡아끌고 강당 문을 나갔다. 그레이스는 어깨너머로 뒤돌아보면서 애처롭게 손을 흔들며 작별 인사를 전했다. 빌리도 손을 흔들어 답했다.

"미안해요." 욜란다가 불쑥 말을 걸어오는 바람에 빌리는 화들짝 놀랐다. "미안해요. 내가 가서 이야기해 볼게요." 욜란다가 빠른 걸음으로 두 사람을 쫓아갔다.

빌리의 꿈이 악몽으로 변했다. 그것도 학교에서.

30
그레이스

"그레이스, 엄마랑 이야기 좀 하면 안 될까?"

그레이스는 텔레비전에서 60센티미터 정도 떨어진 바닥에 책상다리를 하고 앉아서 팔꿈치를 무릎에 짚고 주먹을 볼에 댄 채 썩 좋아하지도 않는 만화 영화를 뚫어져라 보고 있었다.

"체커 한 판 할래?"

"아뇨. 됐어요."

"전에는 체커 게임하는 거 좋아했잖아."

"지금은 별로예요."

"밖에 나가서 아이스크림 사먹을까?"

"아뇨. 그럴 기분 아니에요."

엄마가 텔레비전을 꺼버렸다. 그리고 텔레비전 앞에 서서 그레이스를 내려다보았다.

"도무지 이해가 안 되는구나. 집에 돌아와서 기쁘다는 말을 한 번도 하지 않다니. 게다가 엄마가 30일 동안 한 노력에 대해서도 전혀 자랑스러워하지 않고. 나는 그 30일 동안 정말 많이 노력했어. 그런데 너는 몇몇 이웃사람이랑 나는 알지도 못하는 고양이 일로 화만 내고 있잖아. 엄마한테 잘했다는 말 한마디도 안 해주고."

그레이스는 한숨을 쉬었다. "그건 잘했어요."

엄마는 포기했다는 듯이 두 손을 들어 보이고는 쿵쿵 소리를 내면서 침실로 들어갔다.

욜란다는 다음날 저녁에 찾아왔다. 페퍼로니 피자도 가지고 왔다.

"감사합니다." 그레이스는 피자 한 조각만 집어 들고 텔레비전 앞으로 걸어갔다.

"와우." 욜란다는 에일린을 쳐다보았다. "그 이후로 쭉 저런 식이에요?"

"더 심할 때도 있어요."

"가족 간의 대화 시간을 가져보면 어때요?"

"별로 그러고 싶지 않아요."

"나는 대화할래요." 그레이스가 말했다.

그레이스는 피자를 든 채 소파의 한쪽 끝에 앉았고 다른 쪽 끝에는 욜란다가 앉았다. 그레이스의 엄마는 식탁 의자에 그대로 앉아서 담배에 불을 붙이면서 다른 쪽을 보고 있었다.

"엄마가 집에서 담배 피우는 거 싫어요."

"나도 알아. 하지만 늘 네 마음대로 하며 살 수는 없는 거야."

"내 마음대로 한 적이 한 번도 없는걸요."

"여보세요. 지금 대화를 하는 거지 싸우자는 게 아니라는 걸 기억하세요. 유용한 대화를 하는 거예요. 에일린, 그레이스가 자신의 생각을 이야기했는데 완전히 무시하는 말만 했잖아요. 그 부분으로 되돌아가서 다시 해볼래요?"

엄마는 크게 한숨을 내쉬었다.

"예전에는 밖에서 담배를 피웠지. 네가 그 편을 더 좋아한다는 걸 알고 있었으니까. 하지만 이제는 네 일거수일투족을 낱낱이 지켜보고 있어야 한다는 생각이 들어. 담배를 피우려면 한참 나가 있어야 하는데 그렇게 오랫동안 너를 혼자 놔두면 그 이웃들 중 한 명을 만나러 갈 거잖아."

"그래서요? 그게 그렇게 끔찍한 일인가요?"

"그레이스, 진정해. 유용한 대화를 하자. 엄마가 다시 밖에서 담배를 피운다고 약속하면 너는 그 동안 다른 곳에 가지 않겠다고 약속할래?"

그레이스는 한숨을 쉬고 코를 훌쩍거렸다.

"알았어요. 그럴게요."

"저 아이 말하는 것 좀 봐요. 억지로 쥐어짠 행주처럼 말하잖아요. 예전에 우리는 둘이서도 잘 지냈어요. 그레이스와 나, 이렇게 둘만 있으면 세상에 부러운 게 없었죠. 그런데 이제는 병든 강아지처럼 맥없이 돌아다녀요. 그 끔찍한 사람들을 못 보게 했다는 이유로요."

"그분들은 끔찍한 사람이 아니에요!" 그레이스는 소리쳤다.

"에일린! 반칙이에요!" 욜란다가 큰 목소리로 명령하듯 말했다. "다시 이야기하세요."

"알았어요. 미안해요. 내가 그 사람들을 못 보게 했다는 이유로요. 전에 그레이스는 나와 함께 있으면 행복했어요. 다른 사람이 없어도 즐거웠죠. 그런데 지금 그레이스는 베스트 프렌드라도 잃은 것 같은 얼굴을 하고 있어요."

"정말 그랬으니까요." 그레이스가 말했다.

에일린은 등을 돌리고 담배를 더욱 격하게 빨아댔다.

"그래요, 그레이스 상태가 안 좋아보이기는 하네요. 위층 사람들과 있을 때는 정말 생기 넘쳐 보였는데 지금은 말라가는 식물처럼 보여요. 에일린, 그레이스가 잘 지내는 걸 원하지 않나요?"

"'나와' 같이 잘 지내는 걸 원해요." 에일린은 등을 돌린 채로 말했다.

"그건 이기적이네요."

"빌어…… 집어치우고 가버려요, 욜란다."

"아이고, 말 안 해도 갈 거예요. 예전에는 단 둘뿐이었죠. 정말 보기 좋은 모녀였어요. 그런데 에일린이 먼저 자리를 비웠잖아요. 그건 그레이스 탓이 아니죠. 그래서 그레이스는 자신의 삶에 새로운 사람을 들인 거예요. 그건 잘된 일이죠. 그 사람들이 없었다면 그레이스는 죽거나 위탁 시스템에 편입되었거나 했을 테니까. 다시 그레이스를 찾아오려면 최소한 1년은 걸렸을 거예요. 그레이스가 여기 있는 건 몇몇 사람들이 에일린 대신 돌봐주었기 때문이죠. 그걸 없던 일로 할 수는 없어요. 그레이스는 그 사람들과 강한 유대 관계를 맺고 있어요. 그러니 아무리 애를 써도 그 사람들을 없애버릴 수는 없는 거죠."

"두고 봐요. 내가 하나, 못 하나." 에일린은 접시 위에 담배를 비벼 끄면서 말했다.

"좋아요. 그럼 다른 식으로 말해볼게요. 그레이스의 삶에서 그 사람들을 없애버릴 수도 있겠죠. 그건 정말 바람직하지 않은 일이겠지만 뭐, 내가 막을 수는 없으니까요. 하지만 그레이스에게서 그 사람들을 지워버릴 수는 없을 거예요."

"결국에는 극복할 거예요." 에일린은 조금 떨리는 낮은 목소리로 답했다. 우는 듯했지만 확실히 알 수는 없었다.

"그럼 한번 알아볼까요? 그레이스, 너는 결국 극복할 수 있겠니?"

"아니요."

"절대로 극복하지 못할 거라는데요, 에일린?"

"다들 그렇게 말하지만 결국에는 극복해요."

"지금 딸의 가슴을 찢어놓고 있는 거예요. 절충안을 생각해보라고 강력히 권하고 싶네요."

"절충안 같은 거 원치 않아요."

"누군들 그런 걸 원하겠어요." 욜란다는 그 말을 하고 나서 피자 한 조각을 집어 들고 문가로 걸어나갔다. "내가 필요하면 전화하렴, 그레이스."

"그럴 일 없을 거예요! 그레이스한테는 나만 있으면 돼요!" 에일린이 소리쳤다.

욜란다는 고개를 살짝 기울이고 한쪽 눈썹을 추켜올렸다.

"내가 필요하면 전화하렴, 그레이스."

"넵."

욜란다는 떠났다. 그레이스는 피자 세 조각을 재빨리 낚아채서 방 안으로 들어갔다.

아침에 일어나 보니 아직 날이 밝지 않은 상태였다. 그레이스는 멍하게 커튼 사이로 새어 들어오는 희미한 빛을 보고 있었다. 머릿속으로 월요일 댄스 공연 때 있었던 일을 재현해보았다. 엄마가 팔꿈치를 잡고 자신을 끌어당기던 그때까지.

그레이스는 이불을 걷어 제치고 침대에서 뛰어내려서 까치발을 하고 엄마의 침실 문으로 조심조심 걸어갔다. 숨을 참고 안을 살폈다. 엄마는 일어나지 않았다.

그레이스는 발끝으로 살금살금 걸어서 전화기 옆 노란색 메모지가 있는 곳으로 갔다. 그리고 조심스럽게 한 장을 찢어서 메시지를 적었다.

빌리 아저씨, 그때 뭐라고 말하려 했는지 기억하고 있어요?

사랑을 담아, 그레이스 등

그레이스는 조용히 현관문을 열었다. 잠시 멈춰 서서 엄마 방에서 아무런 기척도 나지 않는 걸 확인한 후 단숨에 계단을 올라갔다. 그리고 쪽지를 반으로 접어서 빌리네 문 아래 틈으로 밀어넣었다.

"빌리 아저씨, 안녕. 야옹이도 안녕." 그레이스는 문 너머로 속삭였다. "사랑해요."

그런 다음 잽싸게 집으로 돌아와 엄마가 깨기 전에 침대로 뛰어 들어갔다.

다음 날 아침, 잠에서 깨어나 보니 엄마가 주방에서 오트밀을 만들고 있었다. 실망스러웠다. 오트밀은 좋다. 몰래 빠져나갈 시간이 없는 게 문제였다. 그레이스가 몰래 빠져나가지 않겠다고 약속한 건 어디까지나 엄마가 담배를 피우러 밖으로 나갔을 때다. 새벽 6시에 대해서는 아무런 이야기도 하지 않았다.

그레이스는 터벅터벅 식탁으로 걸어가며 인상을 썼다. 엄마는 재빨리 담배를 비벼껐다.

"주방에서 맨날 고약한 냄새가 나요. 이런 거 정말 싫어요."

엄마는 한숨을 내쉬었다.

"좋아. 내일 아침엔 밖에서 피울게."

"감사합니다."

그레이스는 지금 엄마가 각별히 노력하고 있다는 걸 알고 있다. 하루 세 끼를 꼬박 요리하고 매일 청소기를 돌리고 시간에 맞춰서 그레이스의 등

하교를 챙기고 있었다. 엄마가 왜 그러는지도 잘 알고 있었다. 엄마는 친절한 이웃들의 빈자리를 완벽히 메우기 위해 싱글맘이 해야 하는 모든 일을 해내려고 노력하는 중이었다.

"오늘은 학교에 가고 싶지 않아요. 토할 것 같아요."

"어디가 안 좋니?"

"배가 아파요."

엄마가 그레이스의 이마에 따뜻한 손을 얹었다.

"열은 없는데."

"배가 아프다고 했잖아요. 진저에일이 먹고 싶어요."

"그래, 알았어. 아침 먹고 나면 사다 줄게."

"아침은 안 먹을래요. 그냥 좀 누울게요."

그레이스는 침대에 누워서 엄마가 손도 대지 않은 아침 식사 설거지를 하는 소리에 귀를 기울였다. 잠시 후 문 열리는 소리가 들렸다.

"한 10분 후면 돌아올 거야."

엄마는 그레이스에게 집에 가만히 있겠다는 다짐도 받지 않고 밖으로 나갔다. 이건 덫인가? 그레이스가 문을 열고 복도를 살피러 고개를 내밀면 화난 엄마의 기습 공격을 받게 될까?

문이 쿵 닫히는 소리와 밖에서 열쇠로 자물쇠를 돌리는 소리가 들렸다. 그레이스는 숨을 참으면서 가만히 있다가 살금살금 침대를 벗어나 창문으로 올라갔다. 엄마의 다리가 저만치 사라지는 게 보였다.

그레이스는 대번에 달려나가 문을 활짝 열고 쏜살같이 계단을 올라가 빌리의 집 문 앞에 도착했다.

하마터면 문을 두드릴 뻔했다. 순간적으로 신나게 문을 두드리며 빌리를 부를 뻔했다. 하지만 그때 엄마가 경찰을 부르겠다고 한 말이 생각났다. 그런 일이 생기면 빌리는 죽을 것이다. 심각한 문제였다. 빌리라면 정말 죽을지도 모른다.

그레이스는 손가락으로 문아래 틈을 훑었다. 종이봉투가 만져졌다. 봉투 모서리를 손가락으로 꾹 눌러서 잡아당기자 복도 쪽으로 쑥 빠져나왔다.

그레이스는 봉투를 움켜쥐고 자물쇠를 조심스레 잠갔다. 침대에 누워서 살짝 떨리는 손으로 봉투를 뜯었다.

그럼, 기억하고 있지. 그레이스 너는 타고난 춤꾼이야. 그 말을 하려고 했어. 내가 평생 본 사람 중에서 가장 빛나는 사람은 너야.

사랑을 담아서, 빌리

엄마가 집에 돌아왔다. 주방에서 한참 달각거리는 소리가 들렸다. 진저에일 병마개를 따자 쉬익 하고 가스 빠지는 소리까지 들렸다.

잠시 후, 엄마는 침실 문 앞에 서서 슬픈 미소를 짓고 있었다.

"내가 널…… 그래서 아프기까지 한 거면 정말 미안해…… 그래서 말인데, 엄마가 생각해봤는데…… 약간의 절충안이 가능할 것도 같아."

"어떤 건데요?" 그레이스는 기대감을 갖고 물었다.

"그냥 기다려봐."

31
빌리

쿵쿵쿵쿵.

심장이 멎을 뻔했다. 본능적으로 빌리는 자신의 모습을 점검했다. 아직 잠자리에 있던 참이라 파자마 차림이었다. 한 손으로 머리를 빗어 넘겼다. 며칠 동안 빗질 한 번 제대로 하지 않았다.

"누구세요?"

"에일린 퍼거슨이에요."

기분 좋은 구석이 전혀 없는 목소리였다. 그 어조는 빌리의 성치 않은 소화기관을 손톱과 얼음으로 가득 채우는 효과를 냈다.

"원하는 게 뭐죠?"

"그레이스의 고양이 때문에 왔어요."

빌리는 잠시 얼어붙어 있다가 자리에서 일어나 문으로 걸어갔다. 세 번 크게 호흡을 한 다음 문을 열었다.

그레이스의 엄마는 막상 빌리를 보고는 놀랐는지 한 걸음 뒤로 물러섰다. 보기 흉한 몰골임이 분명하다. 멍이 든 눈가는 노랗게 변해 있었는데 그걸 감춰주는 화장도 하지 않았으니 말이다. 하지만 빌리는 그런 데 신경 쓸 겨를이 없었다.

"고양이를 데려가시려고요?"

"그레이스의 고양이잖아요."

"물론 그렇죠. 하지만 고양이가 우리 집에서 지내는 데 익숙해져 있어요. 직접 고양이를 돌보실 건가요?"

"그레이스가 돌볼 거예요."

"그레이스는 어떻게 하는지 몰라요. 기껏해야 먹이를 주는 정도밖에 해본 적이 없어요."

"어떻게든 방법을 알아내겠죠."

빌리는 크게 숨을 들이마시면서 제시를 떠올렸다. 그라면 이런 상황을 어떻게 대처했을까?

"고양이에 대한 책임이 제게 있어요." 빌리는 차분하게 말했다. "그냥 고양이를 드릴 수는 없습니다. 고양이만 데려간다고 끝나는 일이 아니에요. 화장실이랑 고양이 모래도 있어야 하고, 화장실 치울 때 쓰는 모래주걱도 필요해요. 게다가 사료랑 물그릇도 있어야 하죠. 사료도 건사료와 습사료가 있고 털을 빗어주는 솔도 있어요. 그레이스가 잘 먹고 보살피도록 가르쳐줘야 해요. 그런 교육 없이는 고양이를 드릴 수 없어요. 제 눈에 흙이 들어가기 전에는 고양이를 데려가지 못할 겁니다."

대답을 기다리는 동안 빌리의 심장은 미친 듯이 뛰었다. 무릎에서 힘이 빠져나가고 있었다. 이런 대치 상황을 견딜 힘이 없었다.

"그럼 이렇게 하죠." 에일린은 화가 났을 때의 습관대로 머리를 뒤로 빗어넘기면서 말했다. "일단 그 고양이를 내게 줘요. 그럼 집에 있는 그레이스에게 데리고 가서……."

"그레이스는 왜 학교에 안 갔죠?"

"그쪽이 상관할 바가 아니에요. 내가 고양이를 그레이스에게 가져다줄게요. 댁이 그 고양이 물건을 모두 복도에 내다 놓으면, 내가…… 한 시간쯤 후에 와서 가져갈게요. 그동안 그레이스에게 먹이를 주는 법이라든가 할 일에 대해 편지를 써주세요."

빌리는 눈을 엄청나게 많이 그리고 빨리 깜빡거렸다.

고양이를 내주어야 하는 일이 벌어지리라고는 한 번도 생각해본 적이 없었다.

빌리는 맛있는 걸 줄 때 내는 특별한 소리로 고양이를 불렀다. 고양이가 잽싸게 달려 나왔다. 빌리는 두 손으로 고양이를 안아 올려서 에일린을 등지고 서서 부드러운 고양이 배에 얼굴을 묻었다.

"잘 가라, 아가." 빌리는 속삭이듯 말했다. "잘 지내."

고양이를 에일린에게 건넸다. 하지만 고양이는 겁을 집어먹고 풀쩍 뛰어내렸다. 빌리가 다시 에일린에게 주려고 했지만 고양이는 에일린에게 안기기를 거부했다.

"고양이가 부인을 싫어하네요." 빌리가 말했다.

"별 거지 같은 소리를 다 듣네요."

"아마도 당신이 화내고 있는 걸 감지하고 겁을 먹은 모양이에요."

"다시 주기나 하세요. 이번에는 꼭 잡을 테니까."

"안 되겠어요. 그레이스를 보내주세요."

"무슨 소리예요. 절대로……."

"그럼 여기 계속 서서 하고 싶은 대로 하세요."

빌리는 에일린의 두 눈을 똑바로 쳐다보았다. 에일린도 지지 않고 시선을 받아냈다. 적절한 대응법을 고심하는 것 같았다. 난투극을 포함한 여러 가지 옵션을 검토 중인지도 몰랐다. 하지만 에일린은 그대로 돌아서서 쿵쿵 소리를 요란하게 내면서 계단을 내려갔다.

잠시 후 에일린은 그레이스를 데리고 요란한 발걸음으로 돌아왔다. 그레이스를 보는 순간 빌리의 심장은 철렁 내려앉았다. 꼴이 엉망이었다. 낙담해서 기운 없는 얼굴에 아파 보이기까지 했다. '정말 아프니까 학교에 가지 않았겠지.' 빌리는 생각했다.

그레이스는 맨발로 터벅터벅 걸어서 빌리의 집 앞으로 다가왔다. 그리고 표정을 누그러트리고 마음을 숨김없이 드러내면서 빌리를 쳐다보았다.

"제발, 엄마." 그레이스의 목소리를 듣자 빌리의 가슴은 찢어질 듯 아팠다. "고양이가 없으면 빌리 아저씨가 너무 외로울 거야."

"고양이나 받아. 고양이도 못 키우게 하고 네 친구들도 못 만나게 한다고 늘 불평을 했잖아. 그러니 그 빌어먹을 고양이를 어서 받아."

빌리는 허리를 숙여서 고양이를 그레이스의 품 안에 놓았다.

"데리고 가. 괜찮아."

"죄송해요." 그레이스는 속삭이듯 말했다. "정말 고양이가 없어도 외롭지 않겠어요?"

"난 괜찮을 거야."

에일린은 그레이스의 팔꿈치를 낚아채듯 잡아끌고 계단을 내려갔다.

빌리는 여자 미스터 래퍼티의 물건을 모두 모았다. 언제 어떻게 사용해야 하는지 포스트잇 메모지에 적어서 각각에 붙였다. 그런 다음 복도에 물건을 모두 내놓았다. 그리고 생각 끝에 댄스 플로어도 끌고 나와서 문 밖에 내놓았다.

침대에 누워 물건이 하나씩 사라지는 소리를 들었다. 빌리를 달래줄 고양이도 없었다. 외로웠다.

외로운 날이 열두 번 지난 후 레일린이 와서 제시가 조만간 비행기를 타고 집으로 돌아간다는 사실을 알려줬다.

"곧 직접 와서 이야기할 거예요." 레일린은 빌리의 소파에 편안히 앉아서 말했다. 고양이가 나간 후부터 레일린은 빌리의 집에서 오래 머물렀다. "하지만 그 전에 빌리랑 잠시 이야기를 하고 싶어서 왔어요."

빌리는 한숨을 쉬고 기다리면서 방금 새로 입수한 정보를 소화시키려 노력하고 있었다. 예상하지 못했던 일은 아니다.

"뭐, 이런 일이 있을 거란 걸 모르고 있지는 않았잖아요? 머지 않아 일어날 일이라고 생각했어요. 그럼 차는 레일린이 맡게 되나요?"

그 정도가 빌리가 할 수 있는 최선의 말이었다. 그리고 그 누구보다 이 소식에 낙담했을 사람은 애인인 레일린일 것이다.

긴 침묵이 흘렀다. 뭔가 중요한 함의가 담긴 침묵인 것 같았지만 빌리는 그게 무엇인지 짐작도 할 수 없었다. 고물 자동차 이야기가 뭐 그리 심각한 거지?

"저도 같이 가요." 레일린이 말했다.

빌리도 자리에 앉았다.

"오랫동안 이 문제로 이야기를 나누어 왔어요. 그레이스를 두고 갈 수 없어서 망설였죠. 그런데 더는 그레이스를 볼 수 없게 되어서…… 빌리를 두고 가야 하는 것도 정말 싫어요. 빌리를 버려두고 떠나는 것처럼 느낄지도 모른다는 생각도 했어요. 하지만……."

"나는 성인이에요. 세상에서 제 몫을 다하는 사람은 못 되지만 그래도 다 자란 어른이죠. 나 때문에 레일린이 여기 남는다면 그거야말로 미친 짓이에요."

"고마워요. 이해해줘서. 나는…… 어쩌면 이게 행복으로 가는 마지막 기차가 되지 않을까 생각했어요. 늦기 전에 기차에 올라타는 편이 나을 것 같아서요."

"그래야죠."

"미안해요."

"미안해하지 말고 어서 가서 행복하게 살아요. 그놈의 기차에 어서 올
라타요."

그 외로운 날이 다 지나기 전에 제시가 직접 찾아와서 정식으로 작별
인사를 했다. 한 손에는 갈색 종이봉투를 들고 있었다.

"세 가지 선물을 가지고 왔어요." 제시가 말했다.

빌리는 저 목소리를 듣지 못하고 어떻게 살아갈지 생각해봤다.

"정확하게 말하면 두 개하고 반 개라고 해야겠네요. 새 물건은 아니
에요."

제시는 빌리에게 봉투를 건넸다. 봉투 안에는 고급스러운 붉은색 실크
파자마와 조금 타 들어간 세이지 뭉치가 들어 있었다.

"그렇다고 하루 24시간, 365일을 파자마만 입고 지내라는 건 아니에
요." 제시가 말했다.

"고마워요. 이 세이지 막대가 0.5개짜리 선물인가요?"

"네. 그리고 자동차요. 차를 두고 가려고요. 빌리에게 주고 가려고 했는
데 그러면 괜히 짐만 될 것 같다는 결론을 내렸어요. 차를 타려면 이것저
것 신고하고 처리할 것들이 있으니까요. 그래서 펠리페에게 주면서 빌리와
펠리페, 힌맨 부인 세 사람이 같이 사용할 차라고 말해두었어요. 펠리페는
최소한 일주일에 한 번씩은 두 사람을 태우고 식료품점에 가겠다고 약속
했어요."

"힌맨 부인에게도 잘된 일이네요."

"우리도 그렇게 생각해요. 부인이 걷는 걸 힘들어하시니까요."

"그래요."

"우리를 기억해달라는 의미도 있는 선물이에요."

제시는 그 말과 함께 안으로 한 걸음 들어와서 빌리를 안았다. 제시를 안아줄 수 없어서 빌리는 마음이 아팠다. 갈비뼈가 아팠지만 그 때문만은 아니었다.

"두 사람 없이 어떻게 살아갈지 모르겠어요."

그 말을 하지 않으려고 노력했지만 이내 터져 나오고 말았다.

"우리가 없는 게 아니에요. 조금 멀리 떨어져 있을 뿐이죠. 이제 우편함을 확인하는 일도 다시 시작해야 할 거예요."

"그건 할 수 있어요."

그로부터 외로운 날이 세 번 지난 날, 두 사람은 떠났다.

그 후 다시 외로운 날이 네 번 지났다. 빌리와 펠리페, 펠리페의 수줍음 많은 여자친구 클라라, 건물 관리인 캐스퍼는 힌맨 부인이 레일린이 살던 집으로 이사하는 걸 도와주었다. 덕분에 힌맨 부인은 행복해졌다.

만족해하는 힌맨 부인을 보고 있으니 빌리도 조금은 덜 외로운 것 같았다. 하지만 세상 모든 일이 그렇듯이 좋은 감정이든 나쁜 감정이든 다 지나가게 마련이다.

그러고 나서 외로운 몇 주가 지났다. 이따금씩 복도에서 낯선 목소리가 들려왔다. 새로운 남녀 두 쌍이 이사를 왔기 때문이다. 한번은 문을 열고 불쑥 고개를 내밀어 10대로 보이는 히스패닉계의 젊은 남녀 한 쌍에게 인사를 건넸다. 하지만 괜히 놀라게 한 것 같았다. 빌리는 다 포기하고 다시 외로운 생활로 되돌아갔다.

또다시 외로운 2개월이 지났다. 빌리는 문 아래에 끼어 있는 노란색 메모지 하나를 발견했다. 그레이스가 정성스럽게 써서 보낸 편지였다.

여자 미스터 래퍼티가 아저씨를 보고 싶어해요. 저도 마찬가지고요.
사랑을 담아서, 그레이스

빌리는 답장을 썼다.

네가 늘 나를 찾아낼 거라고 말했던 거 기억나니? 그 말을 잊지 말아줘.
사랑을 담아서, 빌리

하지만 그 답장은 빌리의 집 문틈에 한 달 동안 그대로 있었다. 그레이스는 답장을 가지러 탈출하지 못한 것 같았다. 결국 빌리는 그 편지를 도로 집어서 버려버렸다.

그로부터 외로운 3개월이 지났다. 펠리페가 빌리를 찾아왔다. 펠리페는 클라라와 함께 살기로 했다는 소식을 전해왔다.
"클라라가 지금 사는 곳이 우리 집보다 훨씬 좋아요. 집도 더 크고 동네도 더 좋아요. 집세도 줄어드니까 돈도 더 모을 수 있겠죠. 그러다 보면 결혼 자금을 충분히 마련할 수 있을 것 같아서요. 클라라가 요리 학교에 다니고 있다는 말을 했던가요? 클라라는 셰프가 될 거예요. 여자 셰프가 그리 많지 않아요. 멕시코계 미국 여성은 더 흔치 않죠. 정말 대단하지 않아요?"

두 사람은 한동안 가만히 앉아 있었다.

빌리는 커피를 내렸다.

"차는 가져가지 않으려고 해요. 우리 모두의 것이니까요."

"내가 차를 어쩌겠어요? 운전면허증도 없는데."

"그러면……. 우리는 여기서 그리 멀지 않은 곳에서 살 거예요. 차로 15분 거리죠. 일주일에 한 번씩 와서 힌맨 부인이랑 빌리를 식료품점에 데려갈게요. 그 문제로 실망시키지 않을게요."

"알아요."

빌리는 펠리페에게 커피를 따라 주고 자신의 잔에는 조금 적게 따랐다. 크림이 들어갈 자리를 만들어둔 것이다. 빌리는 크림을 많이 넣었다. 식료품을 배달시키지 않기 때문에 생긴 여유였다.

"여기에 빌리를 남겨두고 떠나는 것 같아 기분이 좋지 않아요. 하지만 나는…… 어쩌면……."

"어쩌면 이게 행복으로 가는 마지막 기차일 수 있죠. 그래서 꼭 그 기차에 올라타야 하고요."

펠리페는 빌리의 말을 되씹어보았다. "그런 것 같아요. 기차 같은 거라고 생각해보지는 않았는데…… 뭐 그 비슷한 거예요. 맞아요."

"그럼 그렇게 해야죠. 그놈의 기차에 어서 올라타요."

그 후로 외로운 1개월이 더 지났다. 빌리는 우편함을 확인하러 나가다가 에일린과 그레이스와 마주쳤다. 학교에서 돌아오는 중인 것 같았다.

빌리는 제시가 준 빨간 파자마를 입고 머리에 빗질도 하지 않은 채였다.

빌리를 본 그레이스의 두 눈이 반짝거렸다. 하지만 이전에 보았던 그레이스의 눈동자와는 전혀 달랐다. 잘 지내던 그 시절의 그레이스는 아니었다.

"빌리 아저씨!"

"저 사람한테 말 걸지 마." 그레이스의 엄마는 그레이스의 팔을 붙잡고 지하로 끌고 갔다.

빌리는 난간에 몸을 기대서 계단 아래를 쳐다봤다. 그레이스는 고개를 들어 빌리를 보고 슬프게 손을 흔들었다. 빌리도 손을 흔들어주었다.

집으로 돌아온 빌리는 문을 걸어 잠그고 커피를 내리다가 정작 우편함은 확인하지 않았다는 사실을 깨달았다. 그 일을 다시 해야 했다.

하지만 그러길 잘했다. 레일린에게서 편지가 와 있었다.

레일린은 네 살짜리 남자아이를 입양했다고 전해왔다. 이름은 자말. 아이 엄마는 약물 남용으로 세상을 떴단다. 제시가 마법을 부려 모두 잘 적응하고 있다고.

"어련히 잘하겠어." 빌리는 외로운 아파트에서 큰 소리로 혼잣말을 했다.

제시와 레일린은 이번에도 그레이스에게 보내는 편지를 동봉해왔다. 두 사람은 만에 하나 빌리가 그레이스를 만나게 된다면 전해지기를 바라고 있었다.

"어쨌든 그레이스를 보기는 했네." 빌리는 다시 소리 내어 말했다.

그리고 레일린에게 답장을 썼다.

'레일린에게.'라고 시작되는 그 편지에는 다음과 같은 말이 쓰여졌다. '레일린은 그런 일에 천부적 재능을 타고났어요. 그런 역할을 맡으려고 태어난 사람이라는 말이죠.'

그로부터 외로운 5개월이 더 지났다. 힌맨 부인이 세상을 떴다.

빌리는 며칠 동안 힌맨 부인을 보지 못했지만 미처 그럴 거라는 생각은 하지 못했다. 매일 만날 때도 있지만 만나지 못할 때도 가끔 있었기 때문이다.

그런데 펠리페가 차를 몰고 와서 식료품점에 가기 위해 부인의 집 문을 두드렸는데 아무런 대꾸가 없었다. 펠리페는 부인의 우편함을 억지로 열어서 3일치의 우편물이 쌓여 있는 걸 확인했다. 특히 매달 3일이면 노심초사하면서 챙겨가는 사회보장연금 수표도 그대로 있었다.

펠리페는 아파트 관리인에게 연락을 했다. 캐스퍼가 와서 문을 열었지만 빌리나 펠리페는 안으로 들어가지 않았다.

잠시 후 캐스퍼가 나와서 힌맨 부인이 침대에 잠을 자는 것처럼 누워 있다고 말해주었다. 아마도 부인은 잠을 자듯 평온하게 세상을 떠난 것 같았다.

"불행 중 다행이네요." 펠리페가 말했다.

"네. 누구나 언젠가는 세상을 뜨게 되니까." 캐스퍼가 말했다.

"그래도 부인한테는 마지막을 챙겨줄 사람이 있어요."

"그래요. 그런데 다들 언제부터 이렇게 가깝게 지낸 거예요?"

빌리는 캐스퍼와 이야기를 하고 싶지 않았고, 펠리페도 자세한 답을 하진 않았다.

잠시 후 캐스퍼가 관계 당국에 연락을 취하고 떠났다.

펠리페는 빌리에게 두 사람이 할 수 있는 일이 있는지 물어보았다.

"친구도 없고 친척도 없으시니."

"장례식도 못하는 거죠. 우리가 한다면 모를까."

두 사람은 할 줄도 모르는 장례식을 치렀다. 정식 절차나 의례보다는 뜻이 더 중요한 것이라고 생각하면서.

어느 날 빌리는 창 밖을 내다보다가 어느새 봄이 찾아왔다는 사실을 깨달았다. 외로운 날들과 외로운 몇 주와 외로운 몇 달이 모이니 어느새 외로운 1년이 되어가고 있었다.

"빌리, 지금 무슨 생각을 하는 거야? 갑자기 태양이 마음을 바꿔먹고 오랜 관례를 깨트리기라도 할 것 같아?" 빌리는 소리 내어 혼잣말을 했다.

32
그레이스

욜란다가 비상키로 직접 문을 열고 집으로 들어오는 소리가 들렸다. 원래는 그레이스가 가지고 있던 열쇠였다. 하지만 앞으로는 그레이스 혼자 어디를 갈 일이 절대 없으니 더는 열쇠가 필요하지 않을 거라고 그레이스의 엄마가 결정했다.

그레이스는 댄스 플로어에 배를 깔고 누워서 숙제를 하고 있었다. 러그보다 댄스 플로어가 더 깨끗했기 때문이다.

욜란다는 그레이스에게 가까이 와서 내려다보았다.

"역사?"

"네."

"나는 학교 다닐 때 역사를 좋아했어."

"나는 싫어해요."

"이제 춤은 추지 않니?"

"그리 많이 추지는 않아요. 똑같은 춤을 계속 반복하는 게 지겨워서요. 엄마한테 댄스 레슨을 받게 해달라고 말했지만 그럴 여유가 없대요. 우리랑 같이 모임에 가려고 오신 거예요? 엄마의 1주년 기념식이라서? 그런데 너무 일찍 오셨네요. 2시간이나 남았는데."

욜란다는 그레이스 옆에 웅크리고 앉았다.

"그러기 전에 먼저 5단계 과정을 거쳐야 하거든."

"그게 뭔데요?"

"4단계는 모든 사람들이 싫어하는⋯⋯."

"아, 알아요. 목록이죠. 문제가 되는 자신의 성격적 결함을 모두 적어서 목록으로 만드는 거요. 아, 잠깐만요. 알겠어요. 그럼 5단계는 그 결함을 후견인이나 다른 사람 앞에서 모두 말하는 거죠?"

"내가 후원하는 모든 사람들에게 반드시 시키는 일이야."

"아, 그렇군요. 엄마가 끝까지 버티지 않고 해냈다니 정말 다행이에요."

"네 엄마를 잘 아는구나."

"두 사람이 하는 이야기, 다 들리거든요!" 그레이스의 엄마는 침실에서 고함을 질렀다.

"넌 여기 가만히 있어. 침실로 오지 말고."

그레이스는 목소리를 조금씩 줄여가면서 말했다.

"엄마한테 내 친구들을 만나지 못하게 하는 것도 엄마의 성격적 결함이라고 말해주실래요?"

"이건 내가 아니라 너네 엄마가 해야 하는 건데." 욜란다도 목소리를 낮추어 말했다. "하지만 때가 되면 꼭 네 엄마에게 전달하도록 할게."

✤ ✤ ✤

두 사람이 침실 밖으로 나왔을 때 시계는 7시 30분을 가리키고 있었다. 엄마는 너무 조용히 카펫만 바라보았다. 아주 힘든 일을 치른 모양이라고 그레이스는 짐작했다.

욜란다는 엄마의 옆구리를 팔꿈치로 두 번 쿡쿡 찔렀다. 하지만 엄마는 아무런 말도 하지 않았다.

욜란다가 말했다. "그레이스. 엄마가 네게 하고 싶은 말이 있으시대."

그레이스는 댄스 플로어에서 책상다리를 하고 앉아서 고양이를 바짝 끌어 안았다.

엄마가 옆으로 다가와 앉을 거라고 생각했다. 하지만 엄마는 그러지 않았다. 그저 주방 조리대 옆에 서서 한 손가락으로 타일이 빠진 부분을 쓰다듬고 있었다.

"9단계까지 다 하고 나서 그때 한꺼번에 하면 안 될까요?"

"에일린. 딸이 지금 바로 당신 앞에서 기다리고 있잖아요. 어서 잘못된 일을 바로잡으세요."

그레이스의 엄마는 과장된 한숨을 내쉬었다.

"알았어요. 그레이스, 욜란다와 단계별 회복 프로그램을 하다 보니 내가 그 사람들에게서 너를 빼앗듯 데리고 온 건 이기적이고 고약한 일이라는 걸 깨달았어."

"엄마, 이름을 말해주세요. 계속 '그 사람들'이라고 불러서는 안 돼요."

"그런다고 뭐가 달라지니?"

하지만 욜란다는 엄격한 후견인의 얼굴로 에일린을 쏘아보았다.

"알았어요. 너를 빌리와 레일린 등등의 사람들에게서 빼앗듯이 데리고 온 거 말이다."

그레이스는 기다렸다. 하지만 엄마는 더 할 말이 없는 것 같았다.

"그래서요?"

"그래서…… 내가 너한테 심하게 굴었고 그것 때문에 네가 의기소침해지고 우울해졌다는 것도 알았어."

"그래서요……."

"그래서 미안하다고 말하려고 해."

"그래도 엄마는 마음을 바꾸지 않을 거죠."

"미안하다는 말을 하려는 거야."

"하지만 진짜 그렇지는 않잖아요. 정말 미안하면 그 일을 그만둬야죠."

"맙소사." 그레이스의 엄마는 욜란다를 쳐다보면서 지원을 요청했다. "지금 내가 뭘 참아내고 있는지 알겠어요?"

"나한테 호소해도 소용없어요. 나는 그레이스 편이에요. 미안하다는 말은 아무것도 아니에요. 미안할 일을 멈출 생각이 없다면요. 행동으로 일을 바로잡아야죠. 말은 누군들 못하겠어요."

그레이스의 엄마는 두 눈을 질끈 감았다. 이성을 잃지 않기 위해 열을 셀 때 하는 행동이었다. 잠시 후 그레이스의 엄마는 두 눈을 뜨고 말했다. "아무리 해도 마뜩치 않죠?"

"에일린의 회복을 위해 하는 일이에요." 욜란다는 동정어린 목소리를 내지 않으려고 노력하면서 말했다. "이 문제에 대해서는 모임에서 더 이야기하도록 해요."

그레이스는 모임에 가는 동안 엄마와 욜란다가 이야기를 더 나누기를 바랐지만, 아무도 말을 하지 않았다.

그레이스는 뒤편에 책과 커피가 있는 테이블로 갔다. 사람들을 밀치면서 '실례합니다'를 반복하며 뒤로 가다가 휠체어의 커다란 바퀴에 쿵 하고 부딪치고 말았다.

"맙소사. 커티스 숀펠드."

"안녕, 그레이스." 커티스는 하지 말아야 할 말을 하고 나서 후회하는 것 같았다.

"엄마랑 거의 1년 동안 매번 나왔는데 너를 한 번도 보지 못했어. 이사 갔니?"

"아니." 커티스는 휠체어를 밀어서 그레이스에게서 멀어지면서 말했다. "이사 안 갔어."

그레이스는 커티스와 조금 더 이야기를 하고 싶었다. 하지만 커티스는 원하지 않는 것 같았다. 그래서 그레이스는 땅콩버터 쿠키 세 개를 낚아 채고 뒤편에 앉아서 모임이 시작되기를 기다렸다. 오래 기다릴 필요는 없 었다. 모임은 바로 시작되었다.

처음으로 이야기를 시작한 사람은 11년 기념일을 맞이한 여자였다. 그 레이스의 엄마는 두 번째로 이야기를 하게 되어 있었다.

평소에 모임에서 나오는 이야기에 귀를 기울이지 않던 그레이스는 11주년을 맞이한 여자의 이야기를 경청했다. 긍정적인 이야기를 하고 있 어서 그랬는지도 모른다. 자신이 과거 약을 했다는 사실을 계속 곱씹는 이야기가 아니라 현재를 바라보는 새로운 시각에 대해 이야기하고 있었 다. 아니면 그레이스의 엄마가 열심히 듣고 있어서 그랬는지도 몰랐다.

인정하기. 발표 내용의 핵심이었다. 아닌 척하거나 마음에 들지 않으니 다른 방식으로 할 수 있다고 우기는 것이 얼마나 미친 짓인지 말하고 있 었다. 그런 태도가 약물 중독을 일으키고 모든 사람들의 삶을 망친다고 도 이야기했다.

다음은 엄마 차례였다. 하지만 엄마는 할 말이 그리 많지 않은 것 같았 다. 에일린이라는 이름을 밝히고 중독자라는 사실을 이야기한 다음에는 계속 말을 이어가지 못했다. 결국 자신은 아무것도 몰라서 아무런 이야기 도 할 수가 없다고 말했다. 예전에는 많은 걸 알고 있다고 생각했는데 방금 그 생각이 얼마나 틀렸는지 깨달았다고 했다.

그레이스는 흘깃 커티스 숀펠드가 있는 쪽을 보았다. 엄마가 아무것도 모른다고 말하는 걸 녀석이 비웃진 않는지 확인을 해야 했다. 하지만 커티스는 아예 이야기를 듣고 있지 않은 것 같았다.

✤ ✤ ✤

모임이 끝나자 욜란다는 엄마의 어깨를 다독이면서 말했다. "정말 잘했어요."

모든 사람들이 서성거리며 이야기를 나누고 있었다. 그레이스는 그 사이를 간신히 비집고 욜란다에게 가서 물었다. "뭐를 잘했다는 거예요? 엄마는 아무것도 모른다고 했잖아요."

"맞아. 그게 잘한 거야."

"말이 안 되잖아요. 아무것도 모르는 게 어떻게 잘한 일이에요?"

"그렇지 않아. 아무것도 모르는 사람이 아무것도 모른다는 사실을 알게 되는 건 정말 잘한 일이야."

"어, 그런가요."

"모든 걸 다 안다고 생각하면 아무것도 달라지지 않으니까."

"아……."

셋은 나란히 욜란다의 차가 있는 곳으로 걸어갔다.

그레이스는 오랜만에 밤공기가 향긋하다는 생각을 했다.

33
빌리

6월도 거의 막바지에 이르던 어느 아침. 빌리는 문 두드리는 소리를 들었다.

이제는 누구도 빌리의 집 문을 두드리지 않았다. 아무도 없었다. 빌리의 소원이 이루어진 것이다. 펠리페가 일주일에 한 번씩 찾아와서 식료품점에 데려다주지만 시간을 정해놨기 때문에 늘 빌리가 먼저 복도에 나가서 기다렸다.

"누구세요?" 빌리는 문 너머에 대고 소리쳤다. 초조함이 담긴 목소리를 내지 않으려고 노력했다. 하지만 빌리는 자신의 목소리를 듣자마자 그 노력이 수포로 돌아갔음을 알게 되었다.

문을 두드리는 손길이 매우 부드러웠다. 떨림이 느껴질 정도로 조심스럽게 두드리고 있었다. 위층에 사는 믿을 수 없이 어리고 잘 놀라는 커플이 뭔가 필요한 게 아닐까 추측을 해봤다.

"에일린 퍼거슨이에요."

"아, 저한테 무슨 볼일이 있으신가요?" 빌리는 가능하면 문을 열고 싶지 않았다.

"안에 들어가서 이야기를 할 수 있으면 좋겠는데요."

에일린의 목소리는 맥 빠지고 의기소침하게 들렸다. 그레이스에게 무슨 일이 있는 게 아닐까 하는 생각이 순간 빌리의 머릿속을 스치고 지나갔다.

빌리는 달려나가 문을 활짝 열었다.

"무슨 일이에요? 그레이스는 어디 있죠? 괜찮은 거죠?"

"그레이스는 잘 있어요. 지금 집에 있어요."

"아, 그렇군요." 하지만 빌리의 심장은 여전히 거세게 뛰었다. "안에 들어오고 싶다고 하셨죠. 들어오시죠. 커피를 내릴까요?"

"네, 좋죠. 월말이라 커피가 다 떨어진 참이었어요."

에일린은 빌리를 따라 주방으로 가지 않고 소파에 앉았다. 빌리는 커피를 준비하면서 여기에 왜 왔느냐고 어떻게 물어봐야 할지를 궁리했다.

"설탕만 넣은 블랙커피죠?"

"제 커피 취향을 어떻게 아세요?"

"이야기하자면 길어요."

이제 빌리는 주방에 계속 있으면서 커피가 내려지는 걸 지켜봐야 할지 아니면 거실로 가서 에일린과 함께 앉아 있어야 할지를 결정하지 못해서 전전긍긍했다. 하지만 아무리 생각해도 결론이 나지 않을 문제니 그냥 둘 중 하나를 하기로 했다. 빌리는 거실로 가서 에일린과 함께 앉았다.

에일린은 아무 말도 하지 않았다.

"그레이스는 어떻게 지내나요?"

"그럭저럭요. 조금 기운 없기는 해요."

"춤은 여전히 추고 있죠?"

"아니요. 같은 춤을 계속 반복하는 게 지겹대요. 레슨을 받게 해줄 수 있냐고 해서 안 된다고 했어요. 돈이 없어서요. 정말 우리는 돈이 없어요.

하지만 그레이스는 내가 허락만 해주면 공짜로 레슨을 받을 수 있다고 말해요. 그 말을 들으면 내 자신이 아무짝에도 쓸모없는 쓰레기처럼 느껴져요."

'쓰레기'라는 말을 하는 순간 에일린의 두 눈에서 눈물이 새어 나오기 시작했다. 눈물을 참으려고 안간힘을 쓰는 게 분명해 보였지만 소용없었다. 빌리는 화장지를 가져다주었다. 거의 1년이 된 화장지였다. 화장지 한 곽을 가져다 놓았지만 예전처럼 정신없이 뽑아 쓸 사람이 없었다. 이제 빌리의 집에 찾아와서 우는 사람은 없었다.

"12단계 프로그램에 대해서 좀 아시는지 모르겠네요." 에일린이 호흡을 가다듬으며 말했다.

"전혀 몰라요."

"그 프로그램에서 상처 준 사람들에게 속죄하라고 하거든요."

"아, 그렇다면 내가 아니라 그레이스에게 속죄하셔야 할 것 같은데요."

"그레이스에게는 이미 속죄했어요. 그런데 왜 그렇게 말하세요? 제가 그레이스를 데리고 갔을 때 상처받지 않으셨나요?"

"아, 상처받았죠. 상당히 많이 아팠어요. 지금도 그렇고요."

"그런데 그쪽이 아니라 그레이스에게 속죄하라고 말한 이유가 뭐예요?"

"아, 모르겠네요. 좋은 질문인데. 아마도 나보다는 그레이스가 더 아팠을 것 같아서요."

빌리가 말하고 나서 한참 동안 침묵만이 그득했다.

마침내 빌리는 자리에서 벌떡 일어났다. "커피를 가지고 올게요. 그 다음에 여기에 찾아온 목적을 이루세요."

커피가 담긴 머그잔을 건네는 빌리의 손이 떨리고 있었다. 에일린도 눈치챘을 것이다.

빌리는 에일린의 건너편에 앉았다. 참기 어려울 정도로 긴 시간 동안 아무 일도 없었다. 빌리는 꼼짝도 않고 앉아서 얇은 커튼을 통과해 비스듬히 비쳐 들어오는 아침 햇살과 코앞에서 춤추는 조그만 먼지 입자들에게 주의를 집중하고 있었다.

"면목 없고 창피해서 그랬던 것 같아요." 에일린이 불쑥 말을 꺼내는 바람에 빌리는 깜짝 놀랐다.

하지만 감히 말을 보탤 수가 없었다.

"그런 느낌 아시나요? 형편없는 사기꾼인 자신의 정체가 만천하에 드러날 것만 같은 느낌이요. 그렇게 되면 모든 사람들이 나를 함부로 재단할 것 같은 거예요."

"잘 알죠."

"그레이스를 제게서 떼어놓으셨을 때 제가 바로 그런 느낌을 받았어요."

"네. 분명 무척 힘드셨을 거라고 생각해요. 그런 느낌을 받으시라고 한 일은 아니에요. 하지만 완전히 아니라고 말할 수도 없을 것 같네요. 그 일이 얼마나 끔찍하고 괴로울지는 우리 모두가 알고 있었어요. 그런데 우리는 그런 고통과 아픔이 자극이 되어서 그레이스의 엄마로 되돌아오기를 바랐던 거예요."

"그 모든 게 그레이스를 내게 되돌려주기 위한 일이었다는 말이에요?"

"네. 그리고 그 아이디어는 그레이스가 생각해낸 거였어요."

"처음에는 그 말을 믿지 않았어요." 에일린은 목소리를 높였다. 높아진 목소리만큼 감정도 격해지고 있었다.

"믿지 못하시는 심정은 알아요. 하지만 사실이에요."

"그레이스가 왜 그런……."

"세상에서 가장 소중하게 생각하는 걸 잃게 되면 당신이 정신을 차릴

지 모른다고 생각했기 때문이죠. 그렇게 하면 당신이 치료를 받을 동력을 얻을 거라고 생각한 거예요. 그레이스는 엄마가 낫기를 바랐어요. 레일린이 그 말을 해주지 않았나요?"

"잘 모르겠어요. 어쩌면 말했을지도 몰라요. 솔직히 말하면 레일린이 그 말을 했든 안 했든 상관없이 나는 귀담아듣지 않았을 거예요. 당시 나는 '그레이스를 잃게 되면 나는 더 엉망이 될 거야. 그러니 이건 절대로 있어선 안 될 일이야.'라고 생각했거든요."

두 사람은 또다시 고통스러울 정도로 긴 시간을 가만히 앉아 있었다. 먼지 입자가 소용돌이치고 있었다.

"빌리만 보면 지금도 면목 없고 창피해요." 에일린이 말했다.

빌리는 크게 소리 내어 웃었다.

"내 앞에서 창피하다고 생각할 사람은 세상에 아무도 없어요. 이 꼴을 보세요. 어떻게 그럴 수 있어요?"

"내가 형편없는 엄마라는 걸 들켜서요. 그 일로 나를 비난하고 있을 거란 거 알아요."

"이봐요, 에일린. 그럴 권리가 내겐 없어요. 누구를 비난하거나 평가할 기준 같은 것도 없고요. 나는 불안장애와 공황장애를 앓고 있는 광장공포증 환자예요. 장장 12년을 저 발코니에도 나가보지 못하고 살아왔죠. 우편함을 확인하러 복도도 나가본 적이 없었어요. 내 밑에 아무도 없을 정도로 밑바닥 인생을 살고 있는데 누구를 얕잡아 보겠어요?"

두 사람은 긴 시간 동안 침묵을 지키면서 앉아 있었다. 그 사이에 에일린은 달콤한 커피가 담긴 잔을 비웠다.

"알았어요." 에일린은 갑자기 벌떡 일어서면서 말했다. "이렇게 이야기를 나눌 수 있어서 정말 기뻤어요. 좋았어요."

에일린이 문을 향해 걸어가자 빌리는 그 앞으로 뛰어나가 문을 열어주었다. 에일린은 밖으로 나갔다. 그렇게 두 사람의 만남은 끝났다. 더 생각해보겠다는 말도 없고, 형식을 갖춘 작별 인사도 없었다. 빌리는 실제적인 속죄 행위는 없었다는 생각을 하게 되었다. 12단계 프로그램에 대해서는 여전히 아는 바가 없고, 속죄를 어떻게 하는 것인지도 알지 못했지만 '속죄'라는 단어가 무슨 의미인지는 충분히 잘 알고 있었다.

일반적으로 속죄에는 미안하다는 말이 포함된다. 실제적으로 잘못을 바로잡는 행동을 해야 속죄가 되는 것이다.

✛ ✛ ✛

그로부터 2~3분 정도가 지났을 때 빌리는 어떤 소리를 들었다. 어쩌면 5분이나 10분이 지난 후였을 수도 있다. 어쨌거나 빌리의 주의를 끄는 소리가 났다. 매우 익숙하지만 오래되었고, 아주 좋은 기분이 드는 소리였다.

그레이스였다. 기쁨에 들떠 새된 비명을 지르고 있었다. 빌리는 무슨 일로 그렇게 좋아하는지 짐작도 할 수 없었다. 하지만 그 즐거운 비명은 빌리의 가슴을 가득 채우기 시작했다. 감정이 북받쳐 가슴이 터져버릴 것 같았다. 아래층에서 그레이스의 소리가 들려온 지 거의 1년이 넘은 것 같았다. 그레이스는 그레이스의 본질이 매우 시끄럽게 구는 것이란 사실을 잊고 있는 것 같았다.

지하에서 문이 활짝 열리는 소리가 들리는 것 같더니 아파트 건물 전체를 가득 메울 만큼 커다란 비명 소리가 들려왔다.

"빌리 아저씨! 빌리 아저씨! 문 열어주세요!"

빌리는 달려나가서 잠금장치를 풀고 문을 활짝 열었다. 때를 놓치지 않는 신속함이었다. 그레이스는 땅을 박차고 빌리에게 온몸을 던졌다. 그레이스를 두 팔로 받아 안은 빌리의 입에서는 절로 비명 소리가 흘러나왔다. 하마터면 그대로 둘 다 러그 위로 나가떨어질 뻔했다.

그레이스는 냉큼 빌리의 품에서 내려와 빌리의 얼굴을 쳐다보았다. 생기가 가득한 그 눈동자는 빌리가 기억하던 그대로였다.

"우리 언제 춤춰요?" 마침내 그레이스는 그레이스다운 소리를 내질렀다. 빌리는 귀가 아픈 것도 기뻤다.

34
그레이스

"우와! 와, 와, 와, 와!" 그레이스의 탄성이 멈추질 않았다.

도로 옆으로 펼쳐진 모래 평야에 도착했다. 펠리페는 자동차 시동과 헤드라이트를 껐다. 사방이 어두워졌다. 그레이스가 처음 보는 진짜 어두움이었다. 전에는 진짜 어두움을 본 적이 없다는 사실도 몰랐다. 하지만 이제는 알 수 있다. 도시의 어둠은 가짜였다.

처음 보는 별들이 있었다. 진짜 별들이다.

"멋져요!" 그레이스는 비명을 지르듯 말했다.

"아이고, 귀 떨어지겠다." 빌리가 말했다.

"미안요."

그레이스는 별을 바라보던 시선을 주변으로 옮겼다. 아무것도 없었다. 그레이스의 두 눈에는 아무것도 보이지 않았다. 건물도 없고 다른 사람도 없고 거리의 가로등도 없었다. 그저 어두운 도로와 '베프' 빌리가 있었고, 차 안에는 펠리페와 클라라가 있었다. 펠리페와 그의 여자친구는 한 시간 넘게 차를 몰아서 빌리와 그레이스를 LA를 둘러싸고 있는 사막 지역으로 데려다주었다. 아무것도 없는 아름다운 곳이었다.

그레이스와 빌리는 차 옆에 나란히 선 채 처음 만나는 어둠 속에서 목을 길게 빼고 있었다.

"정말 멋져요. 별이 진짜 많아요." 그레이스가 말했다. 이번에는 한층 차분한 목소리였다.

"뭐야, 내 말을 안 믿었던 거니?"

"믿었어요. 별이 더 많이 있다고 했을 때 그냥 그렇구나 했죠. 하지만 이렇게 많을 줄은 몰랐어요. 내 머릿속에서 그려본 모습과 전혀 달라요. 마치 유리로 된 공 안에 들어와 있는 것 같아요. 지구가 둥글다는 걸 제대로 알게 해주네요."

빌리는 그레이스의 허리를 잡고 번쩍 안아 올려서 자동차 보닛 위에 앉혔다. 그레이스는 차가운 자동차 앞유리에 등을 기대고 앉아서 덥기로 유명한 사막이 왜 밤이 되면 추워지는지에 대해 생각했다.

빌리도 보닛 위로 훌쩍 올라와서 그레이스 옆에 앉았다. 그렇게 두 사람은 하늘을 올려다보았다. 둘이 함께.

그레이스는 두 손을 앞으로 뻗어 원을 만들었다. 그 작은 동그라미에 별이 얼마나 들어가는지 알아보고 싶었다. 하지만 손으로 만든 렌즈 안에 담긴 별도 다 셀 수가 없었다. 그레이스는 두 손을 다시 무릎 위에 내려놓고 놀랄 만한 규모의 별들을 있는 그대로 인정하기로 했다. 그리고 깊이 숨을 들이마셨다가 다시 숨을 토해냈다.

"저건 뭐예요?" 잠시 후 그레이스가 손가락으로 허공을 가리키면서 물었다. 하늘에 아주 작은 빛 하나가 움직이고 있었다. 매우 멀리 있는 뭔가였다. "우주선인가요?"

"그럴 리가. 어디를 보고 말하는 거니?"

"바로 저기요."

"아무것도 안 보이는데."

"내가 가리키는 쪽이요. 정말 작아요."

"네 눈이 더 좋은 모양이다."

"수십억 킬로미터는 떨어져 있는 것처럼 보여요. 그런데 움직여요."

"빨리?"

"아니요. 느린 편이에요."

"그럼 위성일 거야."

"아, 그렇구나……. 저기 너머에는 뭐가 있을지 정말 궁금해지네요. 우리가 가서 볼 수 있으면 좋겠어요."

"이제는 선생님이 무슨 말을 하고 싶으셨는지 알겠니?"

"빌리 아저씨, 내 뇌를 터지게 하지 말아요. 간신히 다시 붙여놨으니까."

두 사람은 한동안 침묵 속에 잠겨서 나란히 앉아 있었다. 그러다가 그레이스가 어깨너머로 슬쩍 펠리페와 클라라를 보았다. 두 사람은 여전히 자동차 앞좌석에 앉아 있었다.

그레이스는 팔꿈치로 빌리의 옆구리를 살짝 찔렀다. "저 두 사람 뭐하고 있는 거예요?"

빌리는 어깨너머로 뒤를 살짝 보았다. "그냥 서로의 눈을 바라보고 있는데."

갑자기 펠리페의 목소리가 들려왔다. "여기서도 두 사람 목소리 다 들리거든요."

"로시엔토(미안합니다), 펠리페. 로시엔토, 클라라." 그레이스가 말했다.

"에스타 비엔(괜찮아요)." 클라라가 웃으며 대꾸했다.

두 사람은 한참을 더 침묵 속에 앉아 있었다.

"상당히 편안해 보이네요." 그레이스가 빌리에게 말했다.

"그래, 정말 편안해졌지. 물론 집으로 돌아가면 이보다 훨씬 더 편안하겠지만. 내가 매주 슈퍼마켓에 다녔다는 걸 잊지 마. 1년 동안 계속 그렇게 했어.”

“그럼 슈퍼마켓이 아닌 곳에 온 건 이곳이 처음인가요?”

“아니. 치과에도 갔어.”

“정말? 언제요?”

“그게…… 너를 보지 못하게 되고 얼마 지나지 않아서였는데.”

“치과라니. 우웩이에요.”

“선택의 여지가 없었어.”

“이렇게 집에서 멀리 나와보니 기분이 어때요?”

빌리는 잠시 동안 아무런 대답도 하지 않았다.

“우리 집 발코니에 나가서 별을 쳐다보던 때를 기억하니? 지금 나는…… 그때와 같은 별을 보고 있다는 생각을 하고 있었어.”

“말도 안 돼요! 여기 별이 훨씬 더 많은걸요!”

“아니. 별의 갯수도 그때나 지금이나 같아. 다만 우리 눈에 더 많이 보이는 것뿐이지.”

“아, 그러네요. 그러니까 같은 별이 맞아요. 하지만 그건 내 질문에 대한 바른 답이 아니에요.”

“답을 한 건데. 그때와 같은 별 아래 있는 거라면 집에서 아주 멀리 떠나온 건 아니라고 생각하고 있었어. 큰 관점에서 보면 그렇다는 거야.”

그레이스는 자기가 빌리의 말을 제대로 이해한 건지 자신이 없었다. 하지만 전체적인 뜻은 분명히 알 것 같았다.

“그거 좋은 생각이네요. 빌리 아저씨 생각치고.”

두 사람은 한참을 더 별을 바라보고 있었다. 그러다가 그레이스가 말했다. “아직도 가능한 한 빨리 집으로 돌아가고 싶다고 생각해요?”

"네가 생각하는 것보다 더 간절해."

"어떤 기분이 들어요? 집에서 멀리 나와 있는 거 말고요. 저기에 있는 별들을 정말로 보고 있는 거 말이에요. 어떤 기분이 들어요?"

"음. 세상이 다시 커진 것 같아. 집 안에 있을 때는 세상이 점점 작아지는 것 같았거든. 하지만 이제는 늘 세상이 크다고 생각해. 집 밖에서 큰 세상이 나를 기다리고 있지. 내가 다시 돌아오기를. 너는 어떤 기분이 드니?"

"신나요. 하지만 왜 그런지를 어떻게 설명해야 할지 모르겠어요."

"그리고 미미한 존재가 된 것 같지."

"빌리 아저씨, 우리 말로 해주세요."

"내가 중요하지 않은 것처럼 느껴진다는 말이야."

"나한테 아저씨는 중요한 사람이에요."

"고맙다. 이제 집에 갈까? 내 용기가 거의 바닥을 드러내고 있어."

그레이스는 과장된 몸짓을 하면서 한숨을 내쉬었다.

"알았어요. 지금 당장 아저씨한테 기대할 수 있는 건 이게 다인 거죠?"

"네가 이런 나를 참아주는 이유를 모르겠다."

"쉽지는 않아요." 그레이스는 보닛에서 펄쩍 뛰어 내려와 마음속으로 별들에게 잘 자라는 인사를 보냈다. 집에 가도 이 별들은 여전히 하늘에 있다는 사실을 마음에 되새겼다. 별들이 보이든 보이지 않든 별은 늘 그 자리에 있는 것이다.